SYLKE HÖRHOLD

Recht wie Wasser

OBERLAUSITZKRIMI
DER DRITTE FALL

NEISSUFERVERLAG
NATASCHA STURM

Die Geschichte und die handelnden Personen sind erfunden, Ähnlichkeiten mit tatsächlichen Personen und Ereignissen rein zufällig. Die von Figuren geäußerten Meinungen entsprechen nicht unbedingt der Meinung der Autorin.

Neissuferverlag Natascha Sturm
1. Auflage Dezember 2018

Reuterstr. 7, 02826 Görlitz
info@neissuferverlag.de
www.neissuferverlag.de

Lektorat: Karin Damaschke
Umschlaggestaltung: Annalena Weber
Layout und Satz: Dorit Schneider
Druck und Bindung: Standartu Spaustuve, Vilnius, Litauen

ISBN 978-3-9818700-3-9

Es soll aber das Recht offenbart werden wie Wasser
und die Gerechtigkeit wie ein starker Strom.
Amos 5,24

Prolog

Offensichtlich war er tot.

Gestrandet inmitten wütend tosender Wasserfluten, die das alte Haus mehr und mehr auseinandernahmen. Sein regloser Körper hing rücklings auf einem Trümmerhaufen einstiger Büromöbel. Die blutverschmierten Augenlider waren geschlossen. Neben seinem Kopf saß der rostrote Kater und versuchte, sich das Fell trocken zu lecken. Ab und zu sandte das Tier einen wissenden Blick zu ihm hinauf. Dieser Punkt bloßer Existenz, an dem sich Alwin nun wiederfand, lag weit über der Höhe der Zimmerdecke, so als wäre diese gläsern geworden bei seinem Übergang. Lichtvoll klar war es hier, durchscheinend. Eine nie gekannte Leichtigkeit durchflutete ihn. Pures Sein. Es war, als könnte Alwin nun weiter und tiefer schauen als jemals zuvor in seinem irdischen Dasein. Was ihn inmitten dieser Sintflut dort unten in das verlassene Büro seiner Anwältin geführt hatte, erschloss sich ihm jedoch nicht. Umso mehr wünschte er, es wäre ihm gleichgültig und bedeutungslos – das, was ihn hier noch band. Tiefes Sehnen zog ihn weiter in dieses liebevolle Annehmen, in dieses süß klingende andere Sein, das sich ihm an dieser Schwelle offenbarte. Er war voll kindlichem Erstaunen. Und vertrauensvoll wie ein Kind wollte er diesem sanften Ziehen nachgeben, ihm folgen und weitergehen, wohin immer es ihn führen würde. Wäre da nicht dieses Band, das ihn hier fesselte, Ketten der Erinnerung. Kaum fassbar und doch so quälend bindend.

Er spürte eine Präsenz bei sich. Dorothea. Seine liebste Doro. Sie war es. Er wusste es und es beglückte ihn zutiefst, sie hier in dieser lichtvollen Gegenwart zu wissen. Wie schwer war ihr Ringen mit dem Tod gewesen damals. Ohne Christa hätte er das kaum durchgestanden. Hier und jetzt jedoch schwand aller Schmerz, löste sich diese dunkle Erinnerung in freudige Gewissheit auf. Alles in ihm zog ihn dahin, wo Doro auf ihn wartete. Was war es nur, das ihn dennoch an diesen Ort band? Warum ging es nicht weiter zum Licht, das auf ihn wartete, ihm Frieden und bedingungslose Liebe versprach? –

Höllenheiß durchfuhr ihn die Erkenntnis, rüttelten die Ketten seiner Erinnerung.

Etwas geschah, veränderte sich schlagartig, so als wäre ein Licht am Verlöschen. Der Kater machte einen Buckel und fauchte die Fensterfront an. Ein Grollen inmitten der rauschenden Fluten und dann ein Schlag, der das alte Umgebindehaus wie unter einem Todesstoß in seinen Grundfesten erzittern ließ. Alwin spürte, wie es ihn wider Willen zurück in seinen Körper trieb. Hier war noch etwas, was auf ihn wartete. Hier war Axel.

Teil eins

1.

»Rettungsdienst, guten Tag. Sie sprechen mit Bruno Werner.« Bruno legte das schönste Timbre in seine Baritonstimme, was beruhigend wirken sollte. Bestimmt war es wieder ein aufgeregter Anrufer wegen der Regenflut, die das Oberlausitzer Bergland seit den Nachmittagsstunden heimsuchte. Doch die ältliche Frauenstimme meldete einen Einbruch.

»In Finkendörfel«, wiederholte Bruno sicherheitshalber und sah auf die aktuellen Meldungen. Da war doch vorhin etwas gewesen.

»In Finkendörfel ist die Kaltbachbrücke gebrochen«, bestätigte seine Kollegin gegenüber, die seine Worte gehört hatte. »Da ist Land unter. Im Moment kommt man dort höchstens mit einem Hubschrauber hin.« Bruno nickte ihr zu zum Zeichen, dass er verstanden hatte. Sie widmete sich achselzuckend wieder ihrem Anrufer.

»Bei den Nachbarn. Julia Eisler und Trude Hölzel und … Am Kirchberg 1«, fuhr die Anruferin währenddessen atemlos fort. »Die sind alle zum Schuleintritt. Ich kann niemanden erreichen.« Ihre Stimme bekam etwas Verzweifeltes. Bruno glaubte sogar, ein Schluchzen zu vernehmen. »Bitte, beruhigen Sie sich erst einmal«, sagte er deshalb besonders sonor. »Was genau ist denn nun passiert? – Wir haben hier Meldungen wegen Überflutungen in Finkendörfel.«

»Alles ist überschwemmt«, wurde ihm bestätigt. »Die Dorfstraße ist ein einziger Strom. Da schwimmt alles

Mögliche. Wir kommen nicht rüber zu Trude.« Die Frau schluckte ihre Tränen runter, bevor sie fortfuhr. »Das Wasser hat die Glasfront von Julias Büro eingedrückt und da ist der Einbrecher rein. Wir haben ihn beide gesehen …«

»Wir?«, unterbrach Bruno sanft den Redefluss.

»Meta und ich, also das ist meine Schwester. Wir wohnen doch gegenüber von denen. Wir haben ihn genau gesehen. So ein großer Kerl im dunklen Anorak und die Kapuze über dem Kopf.«

»Befindet sich der Einbrecher denn noch im Haus Ihrer Nachbarn?«

»Nein, nein. Der ist schon wieder abgehauen in Richtung Park. Bestimmt hat der was bei der Julia geklaut. Die ist Anwältin. Da liegen doch wichtige Dokumente. Oder auch Computer …«

Bruno war sich da nicht so sicher. Er meinte, dass solche Gelegenheitseinbrecher eher auf Geld aus seien.

»Bitte unternehmen Sie nichts auf eigene Faust«, sagte er und wechselte einen Blick mit seiner Kollegin, die die Augen rollte. »Bleiben Sie im Haus, so es sicher ist. Alle Einsatzkräfte sind momentan durch die Flut gebunden.«

»Na, was denken Sie denn«, rief die Frau. »Hier ist eben der halbe Friedhofshang ins Haus gerutscht. Es ist ganz furchtbar. Und das Wasser steigt und steigt.«

»Sind Sie in Sicherheit? – Sagen Sie mir doch bitte noch einmal Ihren Namen, Frau …?«

»Heller, Friedegard Heller – aber um mich geht es doch gar nicht. Unser Haus steht hoch genug. Wir wohnen am Viebig. Es geht um das Haus gegenüber, von der Hölzel Trude und ihrer Familie. Wenn die wüssten, was mit ihrem schönen Häuschen passiert!«

Jetzt hörte er sie wirklich schluchzen. »Alles geht hier den Bach runter!«

»Beruhigen Sie sich, Frau Heller«, sagte Bruno. »Bleiben Sie mit Ihrer Schwester im Haus und unternehmen

Sie nichts auf eigene Gefahr. – Sind denn noch andere Nachbarn zu erreichen?«

Brunos warme Stimme zeigte erste Wirkung. Die Anruferin schnäuzte sich erst und fuhr dann wesentlich gefasster fort. »Nein. Die sind alle drinnen. Wir sind hier halt meist so ältere Semester wie ich. Julia und Paul sind da die Ausnahme. Wer kann, ist bei der Brücke unten mit anpacken. Da hat es einen Container angeschwemmt.« Wieder ließ sie ein Schnauben innehalten.

Bruno nutzte die Gelegenheit, um zu erwähnen, dass das Technische Hilfswerk informiert sei und mit schwerer Technik anrücken würde. Wichtig sei nun, die Ruhe zu bewahren und abzuwarten, bis die Fluten zurückwichen. »Bleiben Sie mit Ihrer Schwester im Haus, Frau Heller«, wiederholte er. »Ich gebe Ihre Meldung weiter. Vielleicht können Sie es übernehmen, die Familie zu informieren?«

»Da hört doch keiner!«, empörte sich die Anruferin. »Wahrscheinlich haben die ihre Handys aus. Die sind in Herrnhut zum Schuleintritt der Nichte, soviel ich weiß. Und Meta, also meine Schwester, die wollte doch unbedingt noch Trudes Katzen retten, bis dann der Hang abrutschte und das gesamte Haus … – Was ist das? – Oh mein Gott … Meta! Was macht dieses närrische Weib …?« Die Verbindung brach ab.

»Unternehmen Sie nichts, was Sie und Ihre Schwester in Gefahr bringen könnte«, mahnte Bruno noch einmal in die stumme Leitung. Er versuchte, den Ruf wieder aufzubauen, doch vergebens. Seine Kollegin schüttelte den Kopf, als sie sein besorgtes Gesicht sah. »Keine Chance im Moment, nach Finkendörfel durchzukommen«, sagte sie.

»Wer weiß, ob das wirklich ein Einbrecher war, den die beiden alten Frauen da beobachtet haben«, brummte Bruno unzufrieden. »Vielleicht war es ja nur ein besorgter Nachbar, der auch die Katze retten wollte, oder so was. – Aber ich gebe die Meldung natürlich weiter. Immerhin ist die Geschädigte Anwältin.«

»Und die wissen noch gar nicht, dass ihr Haus hinüber ist?«

Bruno schüttelte den Kopf.

»Die armen Schweine!«

2.

Sie hatten die Nebelscheinwerfer eingeschaltet, dichte Regenschwaden ließen nur wenige Meter Sicht zu. Gerade noch rechtzeitig brachte Georg seinen Wagen hinter dem von Paul zum Stehen. Sie sahen, wie er durch die geöffnete Scheibe der Fahrertür mit einem Mann diskutierte, der sich ihnen gestikulierend in den Weg gestellt hatte. Dann lenkte Paul um. Er hielt kurz neben ihnen. Georg ließ die Scheibe herunter. Sofort sprühte Regen durch das Fenster. »Das Pließnitztal ist gesperrt«, rief Paul zu seinem Schwiegervater herüber. »Überschwemmung. Wir müssen über die Zittauer zurück.«

»Alles klar.« Die Scheibe surrte hoch. »Na, ob unsere Herrnhuter da noch gut durchgekommen sind?«

»Sind sie«, verkündete Eddie vom Rücksitz aus. »Schwagerherz hat mir eben eine Nachricht geschickt. Ich staune ja, dass sich unser Johannes tatsächlich auf so was Unsägliches wie eine SMS einlassen konnte.«

»Sei nicht so ätzend, Eddie«, maßregelte ihn Julia, die neben ihm saß. »Du ärgerst dich doch nur über Baras Handyverbot bei der Kaffeetafel.«

Ihr Bruder schnaubte verächtlich statt einer Antwort und fuhr dann fort, seine unzähligen Netznachrichten zu verfolgen, bevor die Strenge des Herrnhuter Teils seiner Familie ihn wieder davon abhalten würde. Julia dagegen genoss die Nichterreichbarkeit, so wie die einsetzende

Stille im Auto. Ihr war heute melancholisch zumute. Das mochte am düsteren Dauerregen liegen, eher jedoch an der nahenden Geburt ihres Kindes.

Mutter Milla hatte ihr heute den ganzen Tag damit in den Ohren gelegen, sich endlich eine Wohnung in Bautzen zu suchen, damit genug Platz sei für das Baby und Paul und sie. Vor allem aber, argwöhnte Julia, damit sie nach der ersehnten Geburt des Kindes stärker unter Mutter Millas Fuchtel stehen würden. Und wie es Millas Art war, hatte sie natürlich schon einige Optionen für sie erwogen oder gar beschlossen. Allein die Vehemenz, mit der sie darauf bestanden hatte, bei Paul und Ella-Ma mitzufahren, zeigte Julia, dass ihnen für den Rest des Schuleintritts ihrer Nichte keine ruhige Minute mehr erlaubt sein würde vor lauter mütterlicher Besorgnis. Normalerweise vermochte es Milla, ihre jüngste Tochter damit in helle Wut zu versetzen. Doch dazu fehlte Julia heute entschieden die Energie. Es war, als würden diese unaufhörlichen Wasserströme allen Widerstand und Trotz in ihr aufweichen und davonschwemmen, als luden sie Julia ein, in ihren Wassern zu treiben. Seit gestern Abend regnete es ununterbrochen. Mit jeder Stunde wurde es heftiger. Das Baby regte sich. Julia legte schützend die Hände über ihren Bauch.

»Der reinste Weltuntergang da draußen«, ließ sich Trude plötzlich vernehmen. Sie, die sonst so lebhaft und immer für eine Feier und gutes Essen in froher Runde zu begeistern war, hatte sich die ganze Schuleintrittsfeier über mürrisch und schweigsam gezeigt, was ihr bereits eine ernste Verstimmung mit Ella-Ma eingebracht hatte.

Vater Georg zögerte deshalb, bevor er sich räusperte. »Das aus dem Munde unserer lieben Regentrude?«, scherzte er dann etwas bemüht. »Du predigst uns doch immer, es gäbe kein schlechtes Wetter, nur unpassende Kleidung.«

Trude richtete sich auf und drückte den Gurt von ihrer Bluse weg. »Das ist doch kein normaler Regen hier«, schimpfte sie dann. »Geradezu widernatürlich ist das. In Russland brennt die Erde und wir ersaufen hier mitten im Sommer!«

»Na, na, mein Trudchen!«

»Außerdem wirst du doch nicht etwa unseren Festtagszwirn hier als angemessen bezeichnen wollen für diese Sintflut da draußen!«

Trudes Ausbruch ließ Eddie von seinem Display aufschauen. Er wechselte einen bedeutsamen Blick mit Julia. »Herrnhut liegt auf dem Berge«, beruhigte Julia. Sie beugte sich zu Trude vor, soweit es ihr Babybauch zuließ. »Da sind wir sicher.«

»Und gleich gibt es da ordentlich was zu futtern«, ergänzte Eddie mit ungespielter Begeisterung. »Baras Schwiegersippe kann vielleicht Kuchen backen, was Trude? Das entschädigt doch für alles, oder?« Wie zum Beweis schaltete er in vorauseilendem Gehorsam sein Handy stumm und steckte es in seine Jacketttasche.

»Da wären wir«, sagte Georg, während er den Wagen auf den Hof des Gemeindezentrums chauffierte. Paul war schon vor ihnen eingetroffen. Sie sahen Milla und Ella-Ma in seltener Eintracht unter einem Regenschirm über den Hof zur Glastür schreiten. Paul hielt Trude die Tür auf und half ihr heraus. Er mied den Blickkontakt zu Julia. Doch an seinen roten Ohren konnte Julia erkennen, dass ihr Mann bis auf das Äußerste gereizt war.

»Oh Mutter!«, entfuhr es Julia, während sie Trude und Paul hinterherblickte.

»Sei nicht so streng mit ihr«, sagte Vater Georg und drehte sich halb zu ihr um. »Sie meint es nur gut.«

»Mutter Milla meint es immer nur gut, wie wir alle wissen. Nicht wahr, Schwesterchen?«

Schadenfroh feixend schob sich Eddie aus dem Auto,

warf die Wanderjacke über sein Jackett und rannte den anderen hinterher.

»Ich habe ihr aber schon hundertmal gesagt, dass wir weiter in Finkendörfel wohnen werden«, erwiderte Julia derweil trotzig. »Es ist unsere gemeinsame Entscheidung. Wir wollen bei Ella-Ma und Trude bleiben. Sie wünschen sich das übrigens genauso, auch wenn sie uns gewiss nicht bedrängen. Ende des Jahres ist dann auch Trude über die achtzig.« Sie schnallte sich ab.

»Warte, ich helfe dir!«

»Papa! Ich bin schwanger und nicht behindert.«

»Ich weiß, ich weiß«, seufzte er gutmütig. »Deswegen kannst du dich ruhig auch ab und zu verwöhnen lassen, Liebes. Oder habt ihr Frauen von heute das völlig verlernt?« Vater Georg schien fest entschlossen, sich seine Feierlaune weder von Trudes Verdrießlichkeit noch von seiner störrischen Tochter verderben zu lassen. Summend löste er seinen Gurt und machte sich ans Aussteigen.

Julia betrachtete ihren Vater liebevoll dabei. Er war wieder stattlicher geworden seit seinem Geburtstag im Mai. Seine Bewegungen wirkten schwerfällig und er schnaufte, als er sich aus dem Autositz hochstemmte. Damit war Georg Veit weit entfernt von der schlanken Fitness seiner agilen Frau Ludmilla, in deren gestrenge Sport-Diät-Programme sie ihn nur zu gern mit einbezogen hätte. Georg hatte sich jedoch in vierzig Ehejahren als erstaunlich einfallsreich in seinem Widerstand gezeigt und seine Gattin war nahe daran, an dieser Front zu kapitulieren. Zumal sich nun gerade eine neue Arena für ihren nimmermüden mütterlichen Einsatz für ihre Familie auftat: Tochter Julia erwartete ihr zweites Kind, Kindsvater und Lieblingsschwiegersohn Paul, der gerade aus Amerika zurück war, hatte noch keine feste Arbeitsstelle und überhaupt war die derzeitige Behausung der jungen Familie in Finkendörfel in Millas Augen einfach inakzeptabel.

»Es wird halt wirklich ganz schön eng in dem alten Weberhäuschen, wenn euer Murkel dann da ist«, sagte Vater diplomatisch, als er den Regenbogenschirm über Julia aufspannte und ihr aus dem Wagen half.

»Wir haben da zu viert mit Ella-Ma und Trude gelebt, bis Eddie kam, wie du dich sicher erinnerst«, protestierte Julia. Sie hakte sich bei ihm unter.

»Das waren aber andere Zeiten, Julia. Ihr braucht wenigstens ein Arbeitszimmer, wenn nicht zwei.«

»Wieso denn zwei?«

»Was, wenn Paul wieder wissenschaftlich arbeitet?«

Julia spürte, wie ihr das Herz eng wurde bei diesen Worten. »Das steht die nächsten Jahre nicht zur Debatte, wie du weißt.« Paul hatte eine Unterlassungserklärung unterschreiben müssen. Sie alle konnten nur ahnen, was das für ihn bedeutete. Er sprach nicht darüber. Niemand wagte zu fragen. Wann immer die Sprache auf Pauls Forschungsarbeit in Boston kam, wollte keiner mehr ein Wort über den riesigen rosa Elefanten verlieren, der dann im Raum stand.

»Montag fängt Paul erst einmal bei Dr. Köhler in der Praxis an«, sagte Julia schließlich tapfer. »Er macht die Vertretung für die nächsten Wochen.«

»Ein Anfang, gewiss«, gab ihr Vater zu. »Die Abfindung vom Institut war ja auch entsprechend großzügig.« Prüfend sah er sie von der Seite an. »Aber ehrlich: Kannst du dir unseren Paul als Landarzt vorstellen?«

»Wieso denn nicht? Paul war Jahrgangsbester, Forschungsstipendiat, Professors Liebling …«

Vater Georg winkte ab. »Paul ist ein Tüftler, Julia. Ein Forscher. Er ist Naturwissenschaftler.«

Sie hatten den gläsernen Eingangsbereich des Gemeindezentrums erreicht. Julia löste sich von ihrem Vater. »Er ist in erster Linie Arzt«, erwiderte sie fest. »Und das wird er euch allen beweisen. Du weißt, was Paul für ein

Streber ist.« Sie schaffte es sogar, darüber zu lachen. »Bei uns zu Hause sieht es aus wie in einer Studentenbude. Überall Fachbücher und ärztliche Magazine, Notizzettel und Tabellen.«

Georg versuchte, das Lächeln seiner Tochter zu erwidern, doch seine Augen blieben ernst. »Eine Studentenbude – eben. Ihr seid aber beide Ende dreißig, Liebes. Das Baby kommt bald. Eine Bude ist da nicht geeignet. Ihr habt schon einmal ein Kind verloren.«

Julia schossen die Tränen in die Augen. »Hör auf!«, zischte sie wutentbrannt. Dann stürmte sie hinein.

3.

Wie hypnotisiert starrte sie durch den Regen auf das Dorf hinunter. Die Knie waren ihr weich geworden. Gabriele lehnte sich an einen der alten Parkbäume. Ihr zitterten die Finger, als sie die Wahlwiederholung zum gefühlt hundertsten Mal tippte. Diesmal nahm ihr Mann an.

»Axel«, rief sie. »Na, endlich!«

Sie glaubte, allen Schrecken und Frust auf einmal hinaussprudeln zu müssen. »Wo steckst du denn? Ich versuche seit einer guten Stunde, einen von euch zu erreichen. – Du glaubst gar nicht, was hier los ist: Das Wasser staut sich hoch bis zum Markt und gerade ist der halbe Friedhofshang in das Haus unserer Anwältin gerauscht. Ein richtiger Erdrutsch.«

»Und? Sind die noch drin, oder was?« Er hatte getrunken. Seine Sprache verriet ihn. Ihr Entsetzen von eben wich der vertrauten Wut. »Ich habe keine Ahnung«, erwiderte sie. »Aber dein Vater soll dort hin sein, sagt Christa.« Die Frau ihres Schwiegervaters war völlig außer sich gewesen deswegen. Es musste zuvor einen furchtbaren Krach gegeben haben. Selbst Charlotte waren die

Tränen gekommen. Keine der Frauen hatte ihr sagen wollen, was diesmal der Auslöser für Alwins Wutattacke gewesen war. Wieder einmal war Gabriele außen vor, so als wäre sie ein überflüssiges Anhängsel der Böhmes, das man wohlwollend duldete, aber nicht so wichtig nehmen durfte. »Was, wenn es ihn da unten mit erwischt hat?«, fragte sie dennoch. »Das Haus sieht ganz schief aus. Wie verschoben.«

»Wenn schon«, knurrte Axel. »Der Alte kann von mir aus vor die Hunde gehen.«

»Es ist nicht nur das«, fuhr Gabriele fort. »Das Hochwasser hat die Maschinenhalle geflutet. Die Sandsäcke halten nicht. Ich erreiche einfach niemanden, der zur Hand geht …«

»Weißt du was, Gabi? Das geht mir alles glatt am Arsch vorbei!« Axel spuckte diese Worte mehr in sein Telefon, als dass er sprach. »Was geht mich das jetzt noch an? Schließlich hat mich dieser Saftsack gerade enterbt.«

»Axel! Du kannst doch jetzt nicht …«

»Ach, lasst mich einfach in Ruhe!« Die Verbindung brach ab.

Erbittert blickte Gabriele auf ihr verstummtes Telefon hinunter. Sie wusste, dass jeder weitere Versuch, Axel zu erreichen, zwecklos wäre. Sie drückte die Nummer für ihren Schwager Berthold. Auch der schien seit dem Streit heute Mittag wie vom Erdboden verschluckt. Ihre Befürchtung wurde prompt bestätigt: Der Teilnehmer sei im Moment nicht erreichbar. Es sah dem ehrgeizigen Berthold gar nicht ähnlich, sich an einem Samstagnachmittag und angesichts einer derartigen Flutkatastrophe ins Private zu verkriechen. Was war nur los mit den Böhmes? Gabriele steckte ihr Telefon in die Wetterjacke. Ihre Firma ging ihnen doch sonst über alles, sinnierte sie über ihre Schwiegerfamilie. Nur heute war offensichtlich etwas eingetreten, was ihnen wichtiger war als die millionenteure neue Maschinenhalle, die gerade abzusaufen drohte. Alwin wüsste jetzt Rat. Niemals ließe er zu, dass seine geliebte Damastweberei hier einfach so den Bach hinunterging. Nächstes Jahr würde das große Firmenjubiläum gefeiert werden, das Alwin schon intensiv vorbereitete. Sogar eine Broschüre der hundertjährigen Firmengeschichte wollte er dazu veröffentlichen. Gabriele war bisher noch nie Zielscheibe von Alwins unkontrollierten Zornesausbrüchen gewesen. Sie ging ihm nicht aus dem Weg, wie seine Söhne es taten. Im Grunde mochte sie ihn sogar ein wenig. Etwas in seiner Art war wie bei Axel, als sie sich in ihn verliebt hatte. Etwas, was bei Axel mehr und mehr im Suff unterging. Ihr alter Groll erwachte wieder. Sie straffte sich. Vielleicht war Alwin noch unten bei dem eingedrückten Haus am Fuße des Kirchberges, durch das das Wasser floss wie durch eine bebaute Brücke. Entschlossen klappte Gabriele ihren Regenschirm auf und stakte den aufgeweichten Parkweg hinunter in das überflutete Dorf.

4.

»Bist du noch zu retten, Opa! – Wegen so ein paar Holzscheiten zu ersaufen?« Heinrich sah, dass Charlie noch am ganzen Körper zitterte, während er seinem Großvater das Badehandtuch zum Abtrocknen reichte. Oswald vergrub sein Gesicht zunächst im Frottee, bevor er sie mit widerspenstigen Blicken maß. »Was wisst denn ihr schon! Könnt ja alles kaufen. Ist euch ja alles nichts mehr wert, was anderer Leute harte Arbeit geschaffen hat.«

»Ist gut jetzt, Vater!«, mischte sich Heinrich unwirsch ein. Auch er spürte noch in sich den Schrecken der Rettungsaktion nachbeben. Vielleicht stimmte Hannas Verdacht und Vater wurde wirklich langsam senil auf seine alten Tage. »Der Junge hat völlig recht, Vater: Das war ausgemachter Wahnsinn. Wirst du denn jetzt vollkommen närrisch? – Da habt ihr gerade erst den Pfarrer aus seinem gefluteten Haus gerettet und der halbe Kirchberg ist ins Dorf gerutscht, da musst du deinem Holzhaufen hinterherspringen!«

Oswald wollte gerade zu einer wütenden Widerrede ansetzen, als er stutzte. »Der Kirchberg?«

»Ja. Wir sind vorsichtshalber über den Bornhain rübergekommen.« Heinrich griff nach seiner Schiebermütze, die er auf dem Wannenrand abgelegt hatte. »Ich muss jetzt los. Siggi wird schon warten. Den Schneeschieber werden sie ja wohl endlich drangeschraubt haben.«

»Mit dem Schneeschieber willst du die Flut bezwingen?«, höhnte Oswald und begann, sich seinen Kopf trocken zu rubbeln.

»Du hast keine Ahnung, Vater!«, erwiderte Heinrich ärgerlich. »Was denkst du, was da alles so angeschossen kommt, wo früher mal unsere Straße war. Und jetzt schwimmen da ja auch noch deine Holzscheite mit herum.« Er schob sich die Mütze über den fast kahlen Schädel und ging an Charlie vorbei auf den Flur hinaus. »Pass gut auf Opa auf, Karl«, flüsterte er ihm zu.

»Ich komme mit«, entgegnete Charlie. »Ich will nach Thieme sehen. Der war völlig von der Rolle vorhin.«

»Wisst ihr schon, wo ihr den Pfarrer unterbringt?«, fragte Heinrich.

»Thieme bleibt bei mir«, rief Oswald aus dem Badezimmer heraus. »Damit das klar ist!«

»Von mir aus.« Heinrich zuckte mit den Schultern. »Es ist schließlich dein Haus. Und wenn du denkst, der Pfarrer verkraftet deinen kunterbunten Kinderzoo hier …«

Jetzt war auch Charlie wütend. Heinrich sah es daran, dass die Ohren seines Jüngsten aufglühten. »Schon gut, Karl«, wollte er ihn beschwichtigen, »sollte nur ein Scherz sein.« Doch Charlie schob sich mit einem Schnauben an ihm vorbei hinaus.

Auf dem Hof der einstigen Faktorei herrschte das rege Treiben eines Marktplatzes. Von überallher kamen Leute. Sie trugen Kisten, schleppten Säcke und brachten Schaufeln herbei. Das Tor zur einstigen Scheune stand weit offen. Dort schraubten einige Männer von Charlies Kommune, wie er seine arbeitsfreudigen Sommergäste nannte, den Pfeilschneepflug an Siggis hochbeinige Zugmaschine. Ein weiterer sortierte die Bergsteigerausrüstung, mit der sie vorhin erst den Pfarrer und dann Oswald Braun aus ihrer misslichen Lage gerettet hatten. Die Leute waren emsig und angeregt. Bei allem Eifer, aller Hilfsbereitschaft lag auch Begeisterung in der Luft über die Heldentaten der Stunde. Ein Abenteuereffekt in der Katastrophe, der es vermochte, das Beste in den Menschen zu aktivieren. Noch nie hatte es so eine traute Zusammenarbeit zwischen den linksalternativen Mitgliedern aus Charlies Sommercamp und den eher biederen Finkendörflern gegeben. Heinrich legte seinem Sohn die Hand auf die Schulter. »Fleißig, fleißig«, sagte er bewusst anerkennend.

Charlie schüttelte die Hand seines Vaters ab. »Was dachtest du denn?«

Unter dem Schutz der Regenplane eines der Baugerüste machten sie die kugelige Gestalt des Pfarrers aus. Thieme saß auf seinem Koffer und schaute trübsinnig vor sich hin. Jeder im Dorf wusste, wie glücklich er gewesen war, das Pfarrhaus im Ruhestand weiter nutzen zu dürfen, weil der neue Pfarrer in Eckertswalde wohnte, zu deren Gemeinde Finkendörfel mittlerweile gehörte. Die Flut hatte ihm sein Zuhause entrissen. Es war fraglich, ob das alte Pfarrhaus bei den Schäden noch einmal bewohnbar sein würde. »Sie waren ja bestens vorbereitet«, meinte Heinrich mitfühlend, als sie bei Thieme ankamen. Er wies auf den Koffer. Thieme erhob sich ächzend und reichte dem Steinmetz die Hand. »Tja. Dank Ihres Sohnes, mein lieber Braun, bin ich nun gerettet aus den Fluten mit meinen paar Habseligkeiten.« Er blickte Charlie dankbar durch die runden Gläser seiner Brille an. »Und was den Koffer betrifft: Ja, der ist bei uns immer gepackt gewesen. Bei meiner Mutter schon. Bombenkind, wissen Sie?« Vater und Sohn nickten in seltener Eintracht. »Wir sind dem Feuersturm von Dresden entkommen«, fuhr Thieme fort. »So klein ich auch war, das vergisst man nie. Ist wie eingefressen solch eine Erinnerung. Der Rest ist Familienlegende.« Wieder blickte er trüb in die Regenströme. »Doch nun ist es das Wasser, nicht das Feuer, nicht wahr? Gott steh uns bei!«

»Wir holen dann noch die Kirchenbücher raus«, versicherte Charlie, um ihn aufzumuntern. »Wir retten, was wir retten können. Platz ist hier genug. Opa sagt, Sie können bei ihm wohnen.«

Heinrich spürte erneut, wie mit Angst durchsetzter Ärger in ihm aufstieg. »Du bist genauso verrückt wie dein Großvater: Wegen so ein paar alter Schwarten riskierst du Leib und Leben! Muss das denn sein? Muss das jetzt sein? Das Wasser geht auch wieder mal weg.«

»Ihr Vater hat recht, Charlie …, ich meine Karl. Mein lieber Karl. Wir sollten vielleicht …«

»Diese Kirchenbücher sind unsere Geschichte«, unterbrach Charlie bestimmt. »Wir holen die da raus. Wir sichern uns schon ab, keine Sorge!« Damit stapfte er durch den Regen zur Scheune hinüber.

»Sag das mal deiner Mutter«, seufzte Heinrich, der ihm reumütig hinterhersah. Thieme legte ihm seine Hand auf den Arm. »Ich bete für Sie.«

»Tun Sie das, Herr Pfarrer«, erwiderte Heinrich mit wenig Überzeugung. »Tun Sie das.«

5.

Angst lähmte sie. Sie machte Friedegard so schwach, dass sie sich an das Gartentor klammerte, während ihr das Wasser über den Rand ihrer kurzen Gartenstiefel schwappte. Tiefe, namenlose Furcht, die ihr ganzes Sein umfasste, jeden Gedanken umklammert hielt und ihren Willen erstickte, so dass sie um Atem ringen musste. Ohnmächtig ausgeliefert an etwas unmenschlich Starkes, Großes, Unberechenbares. Das Entsetzen längst vergangener Kindertage, als Meta noch die Verschickung in die Anstalt drohte und Schlimmeres, wie man damals munkelte; als die Dorfjugend ihre Schwester noch jagte und plagte und sie stillhalten mussten, als sie beide allein in ihrer Angst blieben. Immerhin hatte Meta endlich aufgehört, von einem Mörder zu schreien.

Der Klammergriff der Lähmung entließ Friedegard nur langsam. Irgendwann ging jeder Panik die Puste aus. Friedegard atmete etwas auf. Die Glieder waren ihr noch weich wie Pappe im Regen. Zittrig schob sie sich das durchnässte Haar aus dem Gesicht und schaute über das strudelnde Wasser zu ihrer kleinwüchsigen Schwester hinüber. Wimmernd umklammerte Meta die letzte verbliebene Granitsäule des Lattenzaunes, der vor der Flut Ella-Mas hübschen Vorgarten umgeben hatte. Die Flutwelle von eben hatte ein großes Loch in das Erdreich gerissen. Dahinter türmte sich der Erdrutsch vom Kirchberg. Die Schlammlawine hatte den Anbau getroffen, in dem die jungen Leute wohnten. Trudes Katzenasyl im Schuppen war nur noch ein Trümmerhaufen im Lehmgebirge. Die Katzen waren allesamt verschwunden, ihr feiner Sinn für Unheil hatte sie wohl noch rechtzeitig gewarnt. Das würde Trude trösten, wenn sie nach Hause zurückkehrte. Doch wie mochte es dem verwöhnten Perserkater Raki ergangen sein, der als einziger Katzenzögling ins Haus durfte. Wegen ihm hatte sich Meta auf diese waghalsige

Rettungsaktion eingelassen, die sie beide nun in diese schreckliche Situation gebracht hatte. Noch immer keine Spur von den Bewohnern des geschundenen Hauses. Es war überhaupt keine Menschenseele zu sehen. Bei den Mirtschinks drüben wackelte die Gardine. Kurz hob Friedegard die Hand, um sie sogleich wieder entmutigt sinken zu lassen. Das war sicher nur die alte Erika, die ging schon seit Jahren nicht mehr aus dem Haus.

»Friedel«, flehte Meta derweil von der anderen Seite des Stromes, der einstmals ihre Dorfstraße gewesen war. »Wir müssen Raki retten.«

»Ach, lass doch dieses Katervieh«, murmelte Friedegard. Doch Metas Ruf ließ die Furcht weiter weichen. Mit grimmiger Entschlossenheit rüttelte Friedegard erneut an dem widerspenstigen Gartentor. Ein Ast blockierte das Scharnier. Mit aller Kraft zog und zerrte Friedegard daran. Warum nur gehorchten ihr die alten Knochen nicht mehr so wie früher. Weiteres Wasser schwappte ihr in die Gummistiefel und ließ sie endgültig volllaufen. Sie musste sich beeilen. Immer höher strudelte der Strom auf der Straße, der vom Oberdorf heruntergeschossen kam und sich mit denen von den Berghängen vereinigte. Eine Papiertonne wurde angeschwemmt und donnerte gegen den Zaun. Ihr Inhalt flößte mit ihr. Papierfetzen verfingen sich im Zaun und am großen Rhododendron gegenüber.

»Friedel! Ich kann nicht mehr …«

»Ich komme, Kleine! Ich bin gleich bei dir!« Mit aller Kraft, die Friedegard aufzubringen vermochte, zerrte sie an dem Ast. »Herrgott!« Das Grünholz bog sich und brach, so dass sie den Widerhaken des Astes durch die Gitterstäbe fädeln konnte. Sie öffnete das Gatter so weit, dass sie sich hindurchzwängen konnte. Einer ihrer Gummistiefel blieb hängen und wurde ihr vom Strom weggerissen. Friedegard kam ins Wanken. Mit Mühe hielt sie sich am Tor fest und sah ihrem davonschwimmenden

Stiefel nach. Ein totes Schaf trieb hinterdrein, ebenso Kinderspielzeug und Bauholz. Friedegard spürte Steine und Asphaltreste unter ihrem nackten Fuß. Die überflutete Straße kam ihr so breit vor wie ein Ozean. Sie schüttelte die neue Verzweiflung ab und rettete sich in Wut. »Wenn doch nur eine Menschenseele zur Stelle wäre, wenn man mal Hilfe braucht!« Sie spähte die Dorfstraße auf und ab. Es gab nur Wasser und Trümmer und ihre Schwester, die sich vor Trudes zerstörtem Haus an den Pfosten klammerte. Hinter dem Rhododendron bei Julias Büro wippte ein Regenschirm. »Trude!«, schrie Friedegard aus Leibeskräften. »Paul? Seid ihr das?«

Der Regenschirm verharrte. Dann wackelte er hinter dem Busch auf und ab und bahnte sich seinen Weg hinter dem Busch hervor, bis schließlich eine schlanke Frauengestalt im sportlichen Dress über die Barriere aus angeschwemmtem Schutt kletterte, wobei sie den Schirm eher zum Balancehalten denn als Regenschutz benutzte.

»Julia?« Nein, das konnte nicht sein, die hatte doch jetzt ihren dicken Babybauch, schoss es Friedegard ein.

»Keine Julia«, bestätigte die Gestalt unter dem Regenschirm prompt, als sie einigermaßen festen Stand gefunden hatte. »Ich bin‘s nur. Die Böhme Gabi.«

Friedegard schirmte ihre Augen vom Regen ab und spähte über den Strom. »Frau Böhme! – Was machen Sie denn hier?«

»Ich suche unsere Männer«, schrie Gabi Böhme herüber. »Die Weberei ist überflutet. Das staut sich bis sonst wohin. Seit Mittag sind alle verschwunden.« Sie machte eine wegwerfende Bewegung. »Ich dachte, ich finde wenigstens meinen Schwiegervater hier. Und dann rutscht da der halbe Kirchberg in das Haus! Es ist ein einziges Trümmerfeld.«

»Eine Katastrophe«, bestätigte Friedegard lauthals. »Doch Sie schickt der Himmel!«

»Da ist noch eine Katze drin.« Gabi wies mit dem Regenschirm gen Trudes Umgebindehäuschen.

»Raki!«, schrie Meta von der Zaunsäule herüber. »Wir müssen Raki retten!«

»Die saß da ganz ruhig auf dem ganzen Chaos drinnen«, beruhigte Gabi, die Meta erst jetzt entdeckte. »Ich hab mich aber nicht reingetraut.«

»Bloß nicht!«, bestätigte Friedegard. »Das Haus kann jeden Moment einstürzen.«

Meta machte eine aufgeregte Armbewegung in Richtung ihrer Schwester. »Raki!«

»Lass doch endlich dieses Katervieh«, wiegelte Friedegard ab. »Du machst, dass du hier rüberkommst! – Frau Böhme: Könnten Sie meiner Schwester zurück über die Straße helfen?«

»Aber sicher.« Sofort klappte Gabi ihren Schirm zusammen, den sie nun wie einen Stock benutzte. Dann watete sie vorsichtig in die Strömung hinein und zu Meta hinüber. »Kommen Sie, nehmen Sie meine Hand.« Meta gehorchte ihr erst nach langem Zögern. Das Wasser reichte der kleinwüchsigen Frau bereits bis über die Hüfte. Doch Gabi hielt sie fest unter einer Achsel und an der Hand, während sich Meta mit ihrer freien Hand auf den Schirm stützen konnte. »Ganz vorsichtig, Schritt für Schritt.«

»Achtung!«, schrie Friedegard. »Da kommt was!«

Es war zu spät. Von den Hölzern, die mit großer Geschwindigkeit angespült wurden, traf eines das ungleich große Paar mitten auf der Straße. Sie strauchelten. Einen Augenblick lang geriet Meta unter Wasser. Mit kräftiger Hand zog Gabi sie wieder hoch und an ihre Seite. Metas Brille saß schief auf ihrer knolligen Nase. Sie japste nach Luft. Der Schirm schwamm mit den Hölzern davon in Richtung Niederdorf.

»Sind Sie in Ordnung, Frau Böhme?«, fragte Friedegard besorgt.

»Jaja.« Gabi wischte sich ihr regennasses Gesicht an der Schulter ab. »Wir kommen.«

Meta jedoch war in Schockstarre. Nachdem sie ihre Brille gerichtet hatte, verschränkte sie die Arme vor der Brust, zog einen dicken Flunsch und war entschlossen, sich keinen Zentimeter weiterzubewegen. Weder sanftes Ziehen noch gute und weniger gute Worte vermochten die kleine Frau zum Weitergehen zu bewegen. So standen sie wie angepflockt inmitten der Fluten, während Friedegards Verzweiflung wieder wuchs. Angstvoll studierte sie das Treibgut. Trotz des unsicheren Bodens unter ihrem nackten Fuß zog sie in Erwägung, sich selbst bis zur Straßenmitte vorzuwagen, um mit anzupacken und Meta irgendwie herüberzuzerren.

»Tragen wird mir dann doch zu schwer, Frau Heller«, bekannte Gabi gerade. »Aber ich glaube, da kommt jemand, der uns helfen kann.« Sie streckte ihren Arm in Richtung Dorfmitte. Friedegard wandte sich um. Tuckernd bahnte sich da unter einer gigantischen Dieselwolke ein alter Traktor seinen Weg durch den Wasserstrom. Man hatte einen Schneepflug vor die antiquierte Zugmaschine gespannt, die damit mühelos durch das Treibgut kreuzte.

Vor dem zugeschobenen Haus am Fuße des Kirchbergs brachten die Männer ihr Gefährt zum Stehen. »Guck dir das an, Heinrich«, rief der eine. »Da hol mich doch …!«

»Das Weberhäusel von den Hölzels«, stellte der andere fest. Er machte sich ans Absteigen. »Steht schon seit einer Ewigkeit hier. Und nun das. – Verdammt!«, schimpfte er anschließend. »Ich hab denen schon lange gesagt, dass sich die Nässe an der Friedhofsmauer staut. Das musste ja mal passieren, wenn es ein paar Tropfen mehr regnet.«

»Sind schon ein bissel mehr als ein paar Tropfen«, meinte sein Kamerad versöhnlich.

Friedegard rieb sich das Wasser aus den Augen. Dann erkannte sie die beiden Männer. Der lange Heinrich Braun, der jetzt bei Picker-Herschel den Steinmetzbetrieb führte, und Pursche Siggi, der ehemalige LPG-Chef. Eine seltsame Allianz hatte die Flut da geschmiedet, wie sie fand. Die Familien waren sich seit Generationen alles andere als grün. Den genauen Grund des Zwistes kannte keiner mehr so genau. Heute jedoch zogen sie gemeinsam los, um gegen die Fluten zu kämpfen. Friedegard wollte sie rufen, doch ihr versagte die Stimme. Mittlerweile hatten die Männer jedoch die beiden Gestrandeten inmitten des Flutstromes ausgemacht. »He, ihr beiden«, scherzte Siggi. »Ihr sucht wohl eine Mitfahrgelegenheit?«

Der lange Heinrich stapfte inzwischen durch das Wasser zu den Frauen. »Ist noch jemand im Haus?«

»Nein«, sagte Gabi. Sie sah zu Friedegard hinüber. »Die sind alle beim Schuleintritt«, ergänzte die prompt und winkte resigniert ab.

Siggi kratzte sich den Schädel. »Das wird eine schöne Bescherung, wenn die heimkommen.« Dann watete auch er zu dem ungleichen Paar, das zum Monument erstarrt inmitten der Strömung verharrte. »Und was plantscht ihr hier mitten im Wasser?«

»Der Mörder ist im Haus«, erklärte Meta finster. »Wir müssen Raki retten.«

»Ah, ja!« Die Männer sahen Gabi fragend an.

»Sie meint den Kater. Der ist noch drin. Ich habe ihn gesehen. Er sitzt aber ganz friedlich da und schaut nur.«

»Wir müssen Raki retten!«, beharrte Meta.

»Katzen haben neun Leben«, tröstete Siggi die kleine Frau, die ihre bockige Haltung noch um keinen Zentimeter verändert hatte. »Es wäre Wahnsinn, wegen des Katzenviehs in das Haus zu gehen. Die Bude bricht ja bald zusammen.«

Heinrich betrachtete abschätzend das schwer getroffene Umgebindehaus. »Vielleicht auch nicht«, sagte er dann. »Das muss man abwarten, wenn das Wasser weg ist.

So eine Blockstube kann man wieder richten. – Aber jetzt wollen wir erst mal sehen, wie wir euch zwei Hübschen ins Trockene bringen.«

Gabi war froh, die Verantwortung für die störrische Meta an die Männer abgeben zu können. »Haben Sie irgendeinen von unseren Männern gesehen?«, fragte sie, nachdem sie sich schon zum Gehen wenden wollte.

»Axel?«

Gabi winkte ab. »Axel, Alwin, Berthold – egal wen. Sie sind alle verschwunden seit Mittag.« Man hörte ihren Ärger in der Stimme. »Uns säuft so langsam, aber sicher die Maschinenhalle ab.«

»Sieht dem alten Böhme gar nicht ähnlich, seine Weberei im Stich zu lassen bei so einer Katastrophe«, bemerkte Heinrich stirnrunzelnd.

»Eben! Ich habe ein paar von unseren Leuten ranholen können, doch die meisten haben mit der Sicherung ihrer Grundstücke zu tun. Und die anderen kommen nicht mehr durch, weil die Straßen gesperrt sind.« Die Männer schauten betroffen, da sie ihre grollende Verzweiflung spürten.

»Weiter oben im Dorf ist die Strömung noch ärger, da ist es so eng und steil«, warnten sie. »Das Wasser schießt von allen Seiten rein. Es hat das halbe Pfarrhaus unterspült.«

»Aber über den alten Kirchsteig könntest du rüberkommen, wenn du ins Oberdorf willst.«

»Danke.« Gabi nestelte schon nach ihrem Telefon, doch dann hielt sie inne. »Da ist er ja!«

Über das Trümmerfeld am Fuße der Mure kletterte barfuß und in hochgekrempelten Jeans ein schlanker, hoch aufgeschossener Mann in ihre Richtung. Sein offener Anorak schlug wie die Flügel eines Raben um ihn herum. »Berthold! Na endlich. Warum gehst du nicht an dein verflixtes Telefon!« Dann erst sahen sie sein blasses, dreckverschmiertes Gesicht. »Hast wohl ein Moorbad genommen«, witzelte Siggi. Er erntete einen wütenden Blick.

»Was ist denn los?«, rief Friedegard besorgt von der anderen Straßenseite herüber.

»Verstärkung ist da!«, verkündete Siggi und zeigte mit dem Daumen auf den schlammigen Neuankömmling. »Wir bringen dir dein Schäfchen hier gleich ins Trockene.«

6.

Mit Tränen in den Augen war Julia an ihm vorbeigestürmt. Paul sah seinen Schwiegervater fragend an, als der wesentlich gemessseneren Schrittes Julia hinterher in den geräumigen Vorraum des Gemeindezentrums trat.

»Das ist vielleicht eine trübe Stimmung heute bei uns«, versuchte Georg abzulenken, doch er sah an Pauls Gesicht, dass dieser sich damit nicht abwimmeln lassen würde. »Ich war ungeschickt«, gab er deshalb zu. »Ich habe euren kleinen Stevie erwähnt.«

»Oh!« Paul nickte. »Immer noch ein Minenfeld«, sagte er. Er nahm seine Brille ab und betrachtete sie mit gesenktem Blick, damit Vater Georg nicht den Schmerz in seinen Augen sehen konnte. Fast vier Jahre war es jetzt her, dass sie ihr Söhnchen durch plötzlichen Kindstod verloren hatten. Noch immer stieg die Trauer unvermutet auf wie ein launischer Geysir. Wenn sie in sich zusammenfiel in der Erkenntnis der Unwiederbringlichkeit, hinterließ sie in ihm eine tiefe Leere. Nun kam noch die Angst dazu.

»Es tut mir leid«, beteuerte Georg, der sich aus seinem Mantel schälte. »Uns geht es doch genau wie euch darum, dass euer Kind beste Bedingungen hat, wenn es auf die Welt kommt. Es sind nur noch ein paar Wochen und bei unseren beiden lieben Alten geht es nun mal recht beengt zu.«

Paul verkniff sich die schon zu oft zitierte Bemerkung, dass auch seine Schwiegerfamilie mit zwei Kindern im Hause von Julias Großmutter und ihrer Trude gelebt hatte. »Ich hänge an diesem Haus«, sagte er stattdessen ruhig. »Es ist mir wichtig, dort zu sein, gerade jetzt nach den Jahren in Boston. Ein festes Stück Heimat. Und schließlich ist es unser beider Vaterhaus, von Julia und von mir.«

Erstaunt sah Georg seinen Schwiegersohn an. »So emotional kenne ich dich ja gar nicht.«

»Ist das emotional, ja?« Auch Paul knöpfte sich seinen Trenchcoat auf. Dann putzte er sorgfältig seine Brille. »Lasst es uns doch erst einmal versuchen. In aller Ruhe. Ein Umzug ist das Letzte, was wir jetzt gebrauchen können.«

»Wir helfen euch natürlich!«

»Montag fange ich bei Köhler in der Praxis an. Da habe ich überhaupt keinen Nerv für irgendwelche Umsiedlungsprojekte.«

»Meinetwegen«, gab sich Vater Georg geschlagen. »Du bist so still und so stur wie dein Vater. – Aber nun komm, hänge deinen Mantel auf. Drinnen singen sie schon.«

Als Julia wenig später den Saal betrat, fand sie die Gesellschaft zu Adeles Schuleintritt, überwiegend einträchtig, bei gigantischen Kuchenbergen an den Tischen sitzend vor. Vater, Barbara und Eddie hatten sich für die fröhlichere Gesellschaft der Herrnhuter Familie entschieden. Dort saß auch Ella-Ma und bewunderte gebührend die Zuckertüte ihrer Urenkelin. Trude dagegen stand abseits an der Fensterfront und sah in die graue Regenwand hinaus, als suche sie dort nach Orakeln der drohenden Apokalypse. An einem Ende der Tafel erblickte Julia den Rücken ihrer Mutter über den Tisch gebeugt und dahinter auf der anderen Seite das verschlossene Gesicht ihres Mannes. Pauls Ohren glühten schon wieder vor unterdrücktem Zorn. Sie konnte sich denken, dass Mutter Milla die Ursache dafür war. Entschieden schritt Julia auf die beiden zu. »Liebe Güte, ich bin am Verdursten«, unterbrach sie die einseitige Diskussion am Tisch. »Paul, bist du so lieb und besorgst mir eine Apfelschorle?«

Paul erhob sich sofort. Wortlos ging er zum Getränketisch. Mit einem theatralischen Prusten setzte sich Julia auf seinen Platz und sah ihre Mutter kampflustig an. Milla lehnte sich langsam zurück. In ihrer Miene spiegelte sich eher Enttäuschung als Ärger. »Bin ich also wieder mal die Böse?«

»Lass ihm einfach Zeit, Mama.«

»Paul muss doch auch mal an morgen denken«, mahnte Milla. »Die Vertretung bei Köhler geht maximal sechs Wochen. Ich habe ihm lediglich nahegelegt, sich um Barbaras Stelle in Bautzen zu bemühen. Sie wechselt nach Zittau an die Klinik wegen Adele.«

»Zeit, Mama! Das ist alles, worum wir dich bitten.«

Milla schnappte nach Luft. »Du tust gerade so, als könnte ich die euch geben!« Sie wies auf Julias Bauch. »Hier ist jemand, der euch einfach keine lange Zeit mehr lässt. Der Termin ist in neun Wochen!«

»Ich weiß, Mama.« Julia faltete fromm ihre Hände über dem Tisch im Versuch, nicht weiter zur Eskalation beizutragen, die sich bereits in Mutter Millas Mienenspiel ankündigte.

Paul stellte ein Glas Schorle vor Julia hin. »Ich gehe mal rüber zu Trude«, verkündete er. »Sie sieht traurig aus.«

Milla sah ihm mit dem Bedauern einer Katze nach, deren gefiederte Beute gerade auf und davon fliegt. »Sag mal, haben die beiden sich gestritten?«, fragte sie dann. »Ella-Ma hat ihre Trude hier noch keines Blickes gewürdigt. Es sieht deiner Großmutter gar nicht ähnlich, eingeschnappt zu sein.«

»Trude macht sich schon seit heute früh Sorgen

wegen des Wetters«, erklärte Julia lahm. »Das nervt Oma offensichtlich.«

»Wetter!« Milla schürzte missbilligend ihre Oberlippe. »Was sind denn das für neue Schrullen?«

Ihre Tochter zuckte mit den Achseln und nippte an ihrem Glas. Einen Moment schwiegen sie beide. Julia gab sich jedoch nicht eine Sekunde der Illusion hin, sie wäre bereits aus dem Schussfeld der mütterlich besorgten Kritik. Milla nahm sich gerade die Zeit, vom Kaffee nachzugießen, ehe sie sich eines ihrer nächsten Lieblingsthemen vornahm. »Ich habe gehört, du hast jetzt endlich eine Hebamme gefunden?«, begann sie im neutralen Ton.

»Ariane«, bestätigte Julia. »Sie ist erst hierhergezogen. Da hatte sie noch freie Kapazitäten.«

»Ariane? Klingt mir eher nach einer Rakete«, mäkelte Milla.

»Sie ist Hebamme, Mama.«

»Wenn sie neu hier ist, hat sie ja wohl kaum Referenzen oder Empfehlungen vorzuweisen. Du hättest dich eben rechtzeitig um eine richtige Hebamme kümmern sollen.«

Als Julia die Augen verdrehte, schob Milla nach: »Wo hat sie überhaupt ihre Praxis? Ich hoffe doch, sie arbeitet mit den hiesigen Frauenärzten zusammen.«

»Sie wohnt bei Charlie in der Kommune. Dort richtet sie sich jetzt ihre Praxis ein«, sagte Julia betont lässig und nahm sich ein Stück Kuchen vom Teller. »Charlie baut den alten Faktorenhof aus bei seinem Großvater.« Aus dem Augenwinkel nahm sie wahr, wie Milla bei der Erwähnung Charlies zusammenzuckte.

»Karl Ludgers Villa Kunterbunt ist ja wohl kaum der richtige Ort, um für werdende Mütter zu sorgen.« Mutter war einer der wenigen Menschen, die darauf bestanden, den armen Charlie auch gegen seinen Willen mit seinem vollständigen Taufnamen anzusprechen. »Du wirst dich und dein Kind doch nicht irgendwelchen linksalternativen Spinnern anvertrauen, Julia!«

Julia biss resigniert in ihren Streuselkuchen. Eine Diskussion über Lebensformen jenseits konservativer mütterlicher Vorstellungen hatte sich bei Milla noch nie als fruchtbringend erwiesen.

»Ariane ist eine staatlich examinierte und sehr engagierte Hebamme«, sagte Julia, als sie endlich heruntergeschluckt hatte. »Sie arbeitet ab September auch als Beleghebamme in Ebersbach.« Julia lächelte gewinnend. Dann griff sie über den Tisch nach der Hand ihrer Mutter, als Milla gerade mit einem skeptischen Gesichtsausdruck ihre Kaffeetasse ansetzte.

»Ariane würde dir gefallen, Mama. Und so ein Kräutlein hier und da zur Unterstützung hat noch nie jemanden geschadet.«

»Ja, aber …«

»Ich fahre mit Trude nach Finkendörfel zurück«, ließ sich Paul plötzlich neben ihnen vernehmen. »Ihr geht es nicht so gut.« Julias Hand fuhr zurück in ihren Schoß, während sie zu Paul aufsah.

»Könnt ihr nicht noch bis nach dem Abendbrot warten?« Milla stellte klappernd die Kaffeetasse ab. »Bara wird sehr enttäuscht sein. Und Adele erst! Sie ist doch dein Patenkind.«

»Ja. Sie sind beide sehr unzufrieden mit mir«, bestätigte Paul. »Trude findet aber keine Ruhe hier. Wir haben uns schon verabschiedet.«

Julia stellte fest, dass auch sie sich um etwas betrogen fühlte. Adeles Schuleintritt hatte ein fröhliches Fest für ihre Nichte werden sollen. Am Tisch der Familien Veit und Eisler herrschte jedoch eher die Stimmung einer Begräbnisfeier.

»Ich bleibe noch«, sagte sie. »Damit wir nicht allesamt ins Gerede kommen.«

Paul nickte. »Gut so. Halte die Stellung und iss für drei! Du weißt, was Ariane gesagt hat.« Aufmunternd klopfte er ihr zum Abschied auf die Schulter und sah dabei unendlich traurig aus. Für einen Augenblick war Julia versucht, mit ihnen zu fahren, nur um bei ihm zu sein. Wenn sie nur ergründen könnte, was ihren Mann seit seiner Rückkehr aus Boston so niederdrückte. Es stand wie eine Nebelwand zwischen ihnen und ihrem Glück.

»Oma und ich können ja dann bei den Eltern mitfahren«, schlug sie stattdessen vor.

»Denke daran, dein Handy wieder einzuschalten, wenn unsere Bara ihre strengen Vorschriften nachher etwas lockert.« Er rang sich ein Lächeln ab. Dann ging er mit raschen Schritten zur Tür, den Autoschlüssel schon in der Hand. Trude trottete ohne einen Gruß hinter ihm her, gefangen in ihren eigenen düsteren Vorahnungen.

Kaum, dass sie verschwunden waren, nestelte Julia in ihrer Handtasche nach ihrem Handy und schaltete es an. Das Piepen der Anmeldung alarmierte Barbara, die eben neben ihnen aufgetaucht war. »Kannst du denn nicht mal ein paar Stunden ohne dieses Ding sein!«, tadelte sie ihre Schwester. Gehorsam schaltete Julia das Telefon wieder aus und steckte es in ihre Tasche.

»Trude ist so komisch«, fuhr Bara mit einem Seufzen fort, als sie sich zu ihnen setzte. »Ich habe Oma noch nie so ärgerlich wegen ihrer Trude erlebt. Weißt du, was da los ist zwischen den beiden?« Als Julia sich ahnungslos gab, wandte sich Bara an ihre Mutter. »Wusstest du, dass Omas Mutter das Gutshaus schon vor dem Krieg an die Brauns verkauft hat? Um die Schule für Oma und ihre Schwester zu bezahlen.«

»So?« Milla zog die Augenbrauen hoch. »Das hat mich nie interessiert.«

»Wie kommt ihr denn jetzt ausgerechnet darauf?«, fragte Julia, die heilfroh über diesen Themenwechsel war.

»Papa erzählte es eben, als er mit Oma darüber stritt, dass es für euch vielleicht ein gutes Zuhause abgäbe, Schwesterherz. Er erwägt, es zurückzukaufen.«

Julia prustete. »Diese Ruine? Was sollen wir denn bitte mit diesem riesigen, alten Kasten? Es kostet ein Vermögen, so eine Bude zu erhalten, geschweige denn, ein schönes Zuhause aus diesen rauchenden Trümmern zu machen.«

»Du übertreibst mal wieder maßlos! Dort raucht seit einem halben Jahrhundert nichts mehr.«

»Eben«, setzte Julia entschieden nach. »Selbst der alte Braun überlässt Charlie lieber seinen Faktorenhof und nicht dieses Schlössl. Die Brauns sind nun wirklich keine Armen.«

»Ich werde nie begreifen, was diesen alten Zausel dazu getrieben hat«, bemerkte Mutter Milla angewidert. »Und dass er da mitten unter diesen Spinnern lebt!«

»Mama!«, riefen Julia und Bara wie aus einem Munde.

»Wer weiß das schon!«, gab Milla unbeeindruckt zurück. »Die machen da vielleicht eine Sekte auf oder handeln mit Drogen oder so etwas. Abgesehen davon finde ich, euer Vater hat gar nicht so unrecht: Wir könnten doch versuchen, das Eigentum eurer Vorväter zurückzubekommen.«

»Oma sagt aber, sie werde nie wieder ihren Fuß da über die Schwelle setzen«, erzählte Bara mit leichtem Grusel in ihrer Stimme. »Für sie ist der Ort für immer vergiftet.«

Ausnahmsweise blieb Milla auf diese Aussage eine Antwort schuldig. Sie schüttete sich erneut Kaffee nach. »Jaja, der Krieg«, sagte sie dann lapidar. »Nehmt euch noch vom Kuchen, Kinder!«

7.

Vorsichtig lenkte Paul den Wagen über den asphaltierten Radweg am Waldrand entlang. Seit der letzten Straßensperrung, die ihnen nur diesen Weg über den Eckertsberg nach Finkendörfel ließ, hatten sie kein Wort mehr gesprochen. Trude umklammerte mit ihren Händen die Seiten des Beifahrersitzes. Ihre Augen waren starr nach vorn gerichtet. Der Scheibenwischer lief auf Hochtouren, ohne dass es eine Chance gab, den Wasserfilm länger als eine Zehntelsekunde von der Scheibe fernzuhalten. Dann bogen sie um die Kurve und das Tal von Finkendörfel lag vor ihnen. Paul brachte den Wagen zum Stehen. Wie auf Kommando stiegen sie beide aus. Sie achteten nicht auf den Regen, der sie im Nu durchnässte. Zu groß war ihre Bestürzung über den fremdartigen Anblick, der sich ihnen bot. »Das ist der Untergang«, entfuhr es Trude. Paul legte den Arm um ihre Schulter. Über seine Brillengläser rann der Regen, doch er sah auch so, dass das Wasser bis zum Marktplatz zurückstaute. Im Niederdorf war Land unter, eine fremdartige Seenlandschaft, in der der Kirchberg mit dem Park auf seiner Seite wie eine bewaldete Insel aufragte. »Wie es aussieht, steht auch unser Haus unter Wasser«, sagte Paul. Trude packte seine Hand. »Raki ist noch da drin! – Der arme Kerl!«

»Bestimmt hat er sich in Sicherheit gebracht«, beruhigte Paul. »Wie die anderen Katzen auch. Du sagst doch immer, die Tiere haben den sechsten Sinn.«

»Aber Raki hasst das Wasser. Er ist als kleiner Kater mal beinahe ersoffen. Was muss er für eine Angst haben jetzt.« Sie wandte sich zum Auto um. »Ich muss zu meinem Kater!«

Paul folgte ihr. Während Trude entschlossen ihren Gurt anlegte, putzte er noch nachdenklich seine Brille. »Am besten wir fahren weiter in Richtung Eckertswalde und dann über den Viebig ins Dorf runter«, überlegte er laut.

»Bei der Heller Friedegard wird ja wohl jemand da sein. Vielleicht können wir uns dort auch ein paar alte Sachen borgen und Stiefel.«

»Egal«, rief Trude. »Ich hole meinen Kater notfalls auch in Filzlatschen aus den Fluten!«

»Das wirst du auf jeden Fall sein lassen. Es sind Leute schon bei weniger Wasser ertrunken. Die Katerrettung überlässt du gefälligst mir.«

Trude setzte ein störrisches Gesicht auf. »Nu, fahr endlich!«

Sie gelangten ohne weitere Barrieren bis zu dem Hof der Hellers, der ihrem Haus gegenüberlag. Die Kirchturmuhr schlug die fünfte Stunde. Mittlerweile schien der Regen etwas nachzulassen. Paul parkte den Wagen auf dem Hof. Auch hier floss das Wasser in breiter, schlammiger Flut über die Hofzufahrt durch den Vorgarten runter zur Dorfstraße. Sie folgten dem Wasserstrom mit energischen Schritten um das Haupthaus herum. Der Anblick ihres zerstörten Zuhauses und des reißenden Schlammstromes, der sich daran vorbeiwälzte, ließ sie vor Entsetzen erstarren. »Das gibt es doch nicht!«, sagte Paul entgeistert. Trude brach in Tränen aus. »Hundertfünfzig Jahre! Hundertfünfzig Jahre steht unser Haus hier! Und jetzt schiebt es uns den halben Friedhof rein.« Sofort wollte sie sich in die Fluten stürzen, um Raki zu retten. Paul hatte alle Mühe, sie zurückzuhalten.

»Trude! Paul! Na, Gott sei Dank seid ihr da!«, rief Friedegard vom Fenster aus. Hinter ihr erschien der wirre Haarschopf ihrer Schwester, die ihnen begeistert zuwinkte.

»Raki!«, schrie Trude durch den Regen hinauf. »Ist Raki bei euch?« Sie stemmte die knochigen Hände in die Hüfte. »Ich will zu meinem Kater!« Die Haare klebten ihr um das Gesicht. Alles an Trude war wilde Entschlossenheit. Paul packte sie vorsichtshalber am Arm und zog sie an sich heran.

»Raki ist in Sicherheit«, versicherte Friedegard derweil. »Die Böhme Gabi hat ihn auf den Trümmern sitzen sehen bei Julia im Büro.«

»Wer?«

»Bei Julia?«

»Da ist der Mörder!«, schrie Meta aufgeregt dazwischen.

»Ach, so ein Unsinn! Kommt erst mal rein. Ich mache euch auf.« Der Fensterflügel wurde energisch geschlossen. Paul führte die widerstrebende Trude am Haus entlang wieder zurück auf den Hof. Sie wurden schon erwartet. Kaum waren sie im Haus, sprudelten die Schwestern alle Unheilverkündigungen auf einmal heraus. »Der Einbrecher ist natürlich längst über alle Berge«, bekam Paul gerade noch mit, der es bald aufgab, dem Strom schnatternder Neuigkeiten zu folgen. »Der Mörder war das«, behauptete Meta erneut. Sie hatte eine gewichtige Miene aufgesetzt und tätschelte Pauls Arm, während der versuchte, aus dem Sommermantel zu schlüpfen.

»Ach, hör doch endlich auf, Kleine! Was redest du nur immer für ein Zeug.« Friedegard warf ihrer Schwester einen tadelnden Blick zu. »Bitte kommt weiter. Ihr armen Seelen! Hier habt ihr ein paar trockene Schlappen.«

»Raki passt auf euer Haus auf«, fuhr Meta unbeeindruckt fort. »Wenn der Mörder wiederkommt. – Und mich haben sie mit dem Schneepflug gerettet!«

In Decken gehüllt und mit einem Pott starkem Kaffee in der Hand saßen sie dann in der Küche der Schwestern und versuchten, Ordnung in die Berichte zu bringen.

»Den Einbruch habe ich schon gemeldet«, erzählte Friedegard. »Aber da kann natürlich jetzt gerade keiner kommen.«

»Ein Einbruch während der Flut! Was für eine bodenlose Frechheit«, empörte sich Trude, die langsam wieder zu ihrer üblichen Form fand.

»Das war der Mörder!«

»Was hatte denn diese Böhme Gabi bei uns gewollt so mitten in der Katastrophe?«, fragte Paul. Er entsann sich, dass Julia Firma und Familie Böhme als Anwältin betreute.

Friedegard zuckte mit den Schultern. »Die suchte einen von ihren Männern. In der Weberei ist das Wasser auch eingedrungen. Obwohl die doch schon ein ganzes Stück höher liegen. Das ist aber auch eine Flut! So was hat Finkendörfel noch nicht gesehen. Zum Glück lässt der Regen jetzt ein bisschen nach. Noch Kaffee?«

»Das Pfarrhaus hat es auch so schlimm erwischt?«, fragte Trude ungläubig.

»Stell dir vor, den Herrn Pfarrer haben sie mit Seilen rübergeholt, damit es ihn nicht wegreißt.«

Meta prustete. »Der dicke Thieme! Baumelt da über der Straße.« Ein vernichtender Blick ihrer Schwester brachte sie zum Schweigen.

»Der Braun-Junge hat doch jetzt so eine Kommune in der Faktorei«, fuhr Friedegard ihrerseits fort. »Da ist einer mit einer Kletterausrüstung dabei.«

»Charlie! – Unser guter alter Freund Charlie.« Paul nahm seine Brille ab, um sie sorgfältig zu putzen, während er nachdachte. »Sagt mal, habt ihr vielleicht ein Paar feste Schuhe für mich?«

Wenig später stand Paul auf der anderen Seite des Dorfes oberhalb des Friedhofes und pries Friedegard Hellers Sinn für das Bewahren. Ihr Mann war schon vor über drei Jahren verstorben, doch seine Arbeitssachen, Stiefel und ein breitkrempiger Cordhut lagen wie eh und je im Waschhaus bereit. Als Paul in diesem Aufzug und mit dem Katzenkorb bewaffnet vorhin auf dem Hof der Faktorei aufgetaucht war, hatte er erst ungläubiges Staunen, dann Gelächter geerntet, bevor Charlie und seine Freunde begriffen, dass es ihm und vor allem Trude bitterernst war mit dem Ansinnen, Raki aus dem halb zerstörten Haus zu retten. Im Nu war eine kleine Hilfsmannschaft zusammengestellt, der Paul vorausgegangen war, um bei einem der Parkbäume einen guten Ausgangspunkt für seine Seilschaft zu finden. Der Regen ging in fein stäubenden Niesel über. Das Wasser stieg nicht weiter. Auf seinem Weg den Kirchsteig hinauf und an der Friedhofshalle vorbei war Paul keiner Menschenseele begegnet. Bei Charlie unten an der Faktorei dagegen bildete sich mittlerweile ein halber Volksauflauf. Es herrschte eine aufgekratzte Stimmung. Die Nachbarn hatten einen Kasten Bier für die Retter gestiftet und halfen nach überstandenem ersten Schrecken nun fleißig mit beim Vertilgen des Gerstengetränks. Schon wurden erste Pläne geschmiedet für das Aufräumen am nächsten Tag.

Die praktische Leichtigkeit, mit der die Leute die Katastrophe aufnahmen, die Hilfsbereitschaft und Gemeinschaft hatten auch Pauls Herz mit frischem Mut erfüllt. Beim Anblick des abgerutschten Friedhofshanges und seines zerstörten Zuhauses wich diese Ermutigung jedoch wieder tiefer Fassungslosigkeit. Ein Mann mit dunkler Kapuzenjacke stand mit verschränkten Armen am Pfad zum Park hin und betrachtete ebenfalls Trudes Häuschen. Als er Paul bemerkte, wandte er sich halb um und schaute ihn prüfend an. Paul erkannte in dem bärtigen Gesicht Axel Böhme. Er hob die Hand zum Gruß, doch Axel begriff erst, wen er vor sich hatte, als Paul direkt vor ihm stand. »Paul! Mensch, wie hast du dich denn verkleidet?«

»Ist eine lange Geschichte«, sagte Paul und reichte Axel die Hand.

»Hat euch ja echt schlimm erwischt mit der Mure.« Alkoholdunst wehte um seine Worte. »Willst wohl ein paar Sachen holen?« Axel wies auf das Seil, das Paul über der Schulter hing. Paul nickte. »Wir wollen Trudes Kater retten«, sagte er. »Charlie kommt gleich mit ein paar Jungs von seiner Truppe.«

»Ihr seid echt verrückt!«

»Ich will gerade nach einem geeigneten Baum schauen drüben beim Park, damit wir uns abseilen können. Willst du mitkommen?«

Einen Moment zögerte Axel und sah sinnend auf das halb verschüttete Haus unter ihnen. Dann zuckte er mit den Achseln. »Warum eigentlich nicht.«

»Also, wir lassen zuerst dich mit dem Achter runter«, kommandierte Charlies Bergsteigerfreund genüsslich. »Sieh zu, dass du dich bis zu diesem Trümmerhaufen da drüben hangeln kannst.«

»Dieser Trümmerhaufen war mal unser Katzenasyl«, sagte Paul und verzog das Gesicht. Der Bergfreund schüttelte den Kopf. »Konzentriere dich auf die Rettung des Katers und gehe nicht unnötig auf die Suche. Kein Mensch weiß, ob da nicht noch etwas abgeht vom Kirchberg. Da unten fixierst du das Seil, bleibst aber mit dem hier angeseilt.« Er zeigte es ihm. »Charlie steigt dir dann nach. Du gibst ein Zeichen, wenn du den Kater hast. Alles klar?« Paul kletterte rasch den steilen Wiesenhang zum Schuppen hinunter bis an die Zunge des Erdrutsches heran. Das Vogelhaus war umgerissen worden. Es stakte durch das zerborstene Küchenfenster ins Haus hinein. Wie geheißen, ließ Paul das Seil um seinen Körper, nachdem er es um den stabil wirkenden Wäschepfosten geschlungen hatte. Die Hintertür war durch mitgerissenes Buschwerk blockiert. Kniehoch stand das Wasser im Hof. Er tastete sich vorsichtig durch den Schlamm. Hellers Stiefel waren ihm zu weit. Paul musste sich konzentrieren, nicht zu fallen, während er sich, mit dem Katzenkorb in der Hand, dem Haus näherte. Durch die zerbrochene Scheibe hindurch öffnete er das Küchenfenster und hievte sich mitsamt der Katerrettungsbox hinein. Mit beiden Füßen platschte er ins Wasser. Die Küche wirkte fremd durch die Zerstörung. Der vertraute Geruch nach Nahrung und Wärme, der diesem Familienraum so eigen gewesen war, wurde vom jauchigen Abwassergestank überdeckt.

Von draußen her drang das bedrohliche Geräusch strudelnden Wassers, das sich noch immer wie ein wütender Schlammdrache durch das Dorf wälzte. Paul konnte es durch die Fenster zur Straße hin sehen. Er sah auch, dass das Wasser hier drinnen schon zurückgegangen war. Die Marke zog sich bis über den Fenstersims. Blumentöpfe und Bilderrahmen schwammen in der Brühe um ihn herum.

»Raki!«, lockte Paul. »Katerchen!«

Er watete durch die angelehnte Küchentür hinaus auf den Flur und dann hinüber in den Anbau, der als Julias Büro diente. Ein Anblick der Verwüstung erwartete ihn auch hier. Die Glasfront hin zum Vorgarten war zerborsten, ob durch den Einbrecher oder die Gewalt des Wassers, konnte Paul nicht ausmachen. Die Strömung hatte die Büromöbel durcheinandergewirbelt und zu einem Trümmerberg angehäuft. Da oben thronte Kater Raki in aller Pracht. Paul nahm die Brille ab, um im Dämmerlicht des frühen Abends besser sehen zu können. Neben dem Perserkater, das blutüberströmte Gesicht zur Zimmerdecke gestreckt, lag ein Mann.

8.

»He, Leute«, rief Eddie, als er von den Toiletten wieder zurück in den Gemeindesaal kam. Er schwenkte sein Telefon. »Da draußen ist alles am Absaufen. Wir sollten vielleicht doch mal die Nachrichten lesen?« Die letzten Worte waren reichlich gallig an seine älteste Schwester

Barbara gerichtet, die Eddie mit ihrem Handyverbot während der Feier schon mehr als genug genervt hatte. »Flut-ka-ta-stro-phe!«, wiederholte Eddie gedehnt, da es dauerte, bis seine Nachricht die Gesellschaft erreichte und Ruhe einkehrte. Die Empörung in Barbaras Gesicht wich Bestürzung. Julia bebte vor Schrecken. Sie suchte nach ihrem Telefon. Ihr Zittern war so stark, dass sie sich beim Eingeben der PIN vertippte. Wasser sammelte sich in ihrem Mund. Alles Denken war eingefroren. Paul!

»Tobi schreibt, in Görlitz ist Land unter«, fuhr Eddie indessen fort, als er sich der Aufmerksamkeit der Familien sicher war. »In Polen ist ein Staudamm gebrochen. Das Schlimmste steht denen noch bevor. Aber auch im Oberland muss alles überflutet sein. Es kann sein, wir kommen gar nicht mehr heim.«

Aufgeregtes Gemurmel erhob sich. Ella-Ma saß wie versteinert. Nur ihre blassen Lippen zitterten. Georg Veit ergriff die Hand seiner Mutter. »Sicher haben sie es noch geschafft«, sagte er mit aller Überzeugung, die er aufzubringen vermochte. »Sonst wären sie doch umgekehrt, oder?« Dann zog auch er sein Handy aus der Jacketttasche. Eddie hatte Julia inzwischen geholfen, ihr Telefon zu aktivieren. »Oh Mann!«, rief er. »Du hast ja an die hundert Nachrichten!«

»Gib her!« Julia wollte ihm das Telefon aus der Hand reißen, doch Eddie verweigerte es ihr. »Lass mich das machen, Schwesterchen und setz dich lieber, sonst kriegst du hier noch eine Sturzgeburt, du schlotterst ja richtig.« Es war leicht, seiner flapsigen Sorge zu folgen. Julias Knie waren butterweich. Sie ließ sich auf den nächstbesten Stuhl fallen. Die Familie scharte sich um sie mit besorgten Mienen. »Was? Was ist los?«

»Zwölf Nachrichten auf der Mailbox«, verkündete Eddie. Dann lauschte er weiter, bevor er eine Schreckensmeldung nach der anderen ansagte. »Bei euch haben sie eingebrochen. In dein Büro, Julia. Eure Nachbarin hat das wohl gesehen. – Oh, die Flut hat euer Häuschen erwischt, muss wohl richtig übel aussehen.« Bei der nächsten Meldung zog Eddie es vor zu schweigen. Es war die von der Schlammlawine. Dann immer wieder ein zunehmend verärgerter Paul. »Also, Trude und Paul haben es geschafft«, fasste er schließlich zusammen. »Sie sind bei den Nachbarn untergekommen.«

Julia sprang auf. »Ich muss zu ihm!«

»Nichts überstürzen, Liebes.«

»Denk an deinen Zustand.«

»Lass gefälligst meinen Zustand aus dem Spiel, Mama!«

»Die Straßen sind zu bis Finkendörfel. Alles wegen Überflutung gesperrt. Es soll ganze Brücken weggeschwemmt haben.« Eddies Stimme klang nun viel weniger sensationslüstern als zu Beginn. »Ihr sollt unbedingt mit uns nach Bautzen und ja nicht zurück nach Finkendörfel«, berichtete er, an Julia und Ella-Ma gerichtet, weiter von Pauls Nachrichten. »Paul versucht jetzt, den Kater zu retten.«

Die Gesellschaft hatte sich schnell aufgelöst. Schon bald bahnten sich die Veits im voll besetzten Wagen ihren Weg zurück nach Bautzen. Es gab viele Umleitungen. Eddie nahm die Augen nicht mehr vom Handy und gab im Minutentakt neue Flutmeldungen heraus, bis ihm Mutter Milla scharf das Wort verbot. Ella-Ma rannen still Tränen über ihre alten Wangen. »Und ich habe meine Trude heute so gescholten wegen ihrer bösen Ahnungen!«, murmelte sie immer wieder.

Trude, die nicht die Spur eingeschnappt wirkte, gab der Familie währenddessen einen Lagebericht über Georgs Freisprechanlage. Raki war gerettet und saß bereits schnurrend auf ihrem Schoß. »Die Freunde von dem Braun-Jungen haben Paul geholfen«, berichtete Trude.

»So richtig mit Bergsteigerzeug. – Bloß gut, so konnten sie auch gleich den Mann rausbringen.«

»Mann?«

»Na, da lag doch ein Mann in deinem Büro, Julia. Hat eine schlimme Kopfverletzung. Paul und der Braun-Junge haben ihn da rausgeholt. – Wartet mal, der Rettungshubschrauber kommt gerade!«

»Trude! Was für ein Mann? Der Einbrecher?«

»Der ist angeblich über alle Berge«, erklärte Trude wie nebenbei. Offensichtlich beobachtete sie fasziniert die Landung des Hubschraubers. »Aber ein Komplize vielleicht. Er ist bewusstlos. Sie haben ihn rauf auf den Kirchhof gehievt. Paul ist noch bei ihm und betreut ihn ärztlich. Den Kater hat mir der Böhme Axel gebracht, denkt euch nur!«

»Axel Böhme?« Julia riss die Augen auf. »Wie kommt der …« Sie unterbrach sich.

»Ah! Jetzt ist er gelandet!« Sie hörten, wie sich Trude bewegte. »Zum Glück regnet es kaum noch jetzt. – Und dass ich dich wiederhabe, mein süßer kleiner …« Der Rest ihrer Rede versank voller Zärtlichkeit im Katerfell, wie sie vermuteten. »Ich melde mich später wieder«, verkündete sie, als sie wieder auftauchte. Die Geschehnisse draußen waren zu interessant geworden. Dass Trudes altvertraute Sensationslust wieder erwachte, erleichterte die Autoinsassen. Sie waren kurz vor Bautzen, als Trude auflegte.

»Einbrecher in meinem Büro?«, fragte sich Julia halblaut. »Und dann so schwer verletzt?«

Milla rümpfte die Nase. »Gelegenheit macht Diebe. Das waren vielleicht Plünderer, die die Flut ausgenutzt haben.«

»Ja, und dann gab es Zoff wegen der Beute«, fantasierte Eddie genüsslich, ohne die Augen vom Display des Telefons zu heben.

»Beute?« Julia knuffte ihren Bruder in den Arm. »Witzbold! Ich frage mich, was die überhaupt bei mir gesucht haben.«

Vater Georg räusperte sich. »Das ist in der Tat ein Rätsel. Es ist ja nicht so, dass Trudes Häusel und das Büro einer Anwältin in Finkendörfel irgendwelche Reichtümer versprechen oder überhaupt leichte Beute an Technik oder Geld. Hattest du etwas im Safe?«

»Überhaupt nichts weiter«, erklärte Julia. »Geld schon gar nicht! Und die Dokumente bringe ich doch immer mit nach Bautzen.«

»Irgendwelche besonders heiße Fälle in letzter Zeit, Schwesterherz?«

Wider Willen musste Julia lachen. »Heiße Fälle? Du spinnst wirklich, Eddie. Was soll ich schon an heißen Fällen haben?«

»Der Fall vom Frühjahr war ja wohl heiß genug«, bemerkte Milla spitz.

Unwillkürlich umfasste Julia ihren Leib. Damals, als in der Oberlausitz die Hexenfeuer brannten, waren sie und das Ungeborene in Gefahr geraten. Dabei hatte sie in einer Vision ihr Kind gesehen. Ein Mädchen. Seit damals wusste sie, dass es diesmal gut gehen würde. Es war nicht der Tod wie bei Stevie, der auf sie wartete, sondern Leben, das geboren werden wollte, egal wie schwierig die Bedingungen sein mochten. Kinder wurden zu allen Zeiten geboren und unter weitaus schlimmeren Umständen. Julia ballte ihre Fäuste, während das letzte Zittern in ihr versiegte. Allen Flutkatastrophen, Depressionen und Einbrechern zum Trotz: Sie würde kämpfen um ihr Kind, um ihren Mann und um ihr Zuhause.

»Alwin Böhme?« Julia unterbrach ihre ruhelose Wanderung durch das Jugendzimmer ihres Bruders und starrte auf das Display, das ihr das lachende Gesicht eines jugendlichen Pauls zeigte. Ein Bild aus glücklichen Tagen. Lange vor Stevies Tod entstanden.

»Seine Familie hatte ihn schon seit Stunden vermisst«, hörte sie Pauls Stimme sagen. Er klang merkwürdig aufgekratzt. »Er lag da halb im Wasser. Auf den ersten Blick dachte ich, er wäre tot. Er hat unwahrscheinliches Glück gehabt.«

»Hast du eine Ahnung, was passiert ist?«

»Vielleicht ist er gestürzt, als das Haus von der Lawine getroffen wurde. Sein Oberkörper hing zwischen Stuhlbeinen fest. Das hat ihn vor dem Ertrinken bewahrt.«

»Oh mein Gott!«, entfuhr es Julia.

»Bestimmt hat er instinktiv nach Halt gesucht im Fallen. Seine Hände umkrallten alles, was er hatte greifen können, egal ob Stuhlbein oder Papier. Unser Raki lag wie ein Hütehund neben seinem Kopf.«

»Papier?«

»Ja, ein Fetzen, wie aus einem Briefblock gerissen. Wir hatten einige Mühe, die Hände zu öffnen.«

»Stand etwas darauf?«, fragte Julia.

»Worauf?«

»Auf dem Papier, meine ich.«

Paul überlegte. »Möglicherweise. So genau haben wir nicht hingesehen. Ich glaube, der Zettelrest steckt noch in der Jacke vom alten Heller.« Er hielt kurz inne. »Böhmes Kopfverletzungen sind wüst«, fuhr er dann leiser fort. »Aber er lebt. Die Unterkühlung hat geholfen. Zäher alter Bursche«

»Oh ja!«

»Du kennst ihn näher, wie ich von den Böhmes gehört habe.«

»Ein Klient von mir, ja«, antwortete Julia karg. »Was hatte er zu dieser unseligen Stunde in meinem Büro zu suchen?«

»Die Familie glaubt, dass er sein Testament retten wollte. Hat er wohl erst vorgestern bei dir aufgesetzt?«

»Ach, was ist denn das für ein Unsinn«, rief Julia. »Das bewahre ich doch nicht in meinem Büro auf. Ich habe es gleich mit nach Bautzen genommen. Die Trögerin hat es ordnungsgemäß verwahrt. Montag geht es, wie besprochen, zum Amtsgericht, wo es hinterlegt wird. – Oh je!«, fiel ihr siedend heiß ein, »wir haben doch Mittwoch den Termin wegen des Gesellschaftervertrages! Den werden wir wohl verschieben müssen.« Noch während sie laut überlegte, schämte sie sich dieser profanen Gedanken angesichts der tödlichen Gefahr, der Alwin Böhme gerade entronnen war.

Doch die Anwältin in ihr wusste bereits, dass daraus größere Komplikationen entstehen würden bei den Böhmes. Am besten, sie beriet sich darüber mit Vater.

Pauls Überlegungen blieben derweil noch bei Alwins vermeintlichem Einbruch. »Vielleicht hat er ja auch beobachtet, dass jemand bei dir durch die zerstörte Tür gestiegen ist, der nicht zum Haus gehört, und ist hinterher. Durch die Flut waren alle abgelenkt.«

»Was auch immer«, murmelte Julia und rieb sich die Stirn. »Ich kann es immer noch nicht fassen. Erst die Flut und unser Haus zerstört und dann das! Was könnte einen Einbruch bei mir lohnen?«

»Axel meint, dass die häufig auf Technik scharf sind«, antwortete Paul.

»Wie kommt Axel eigentlich zu dieser Rettungsaktion?«

»Ich habe ihn oben am Kirchberg getroffen, als ich auf Charlie und seine Truppe gewartet habe.«

Julia schwieg einen Augenblick. »Welchen Eindruck machte er auf dich?«, fragte sie dann.

»Wer?«

»Axel, natürlich.«

»Zunächst mal einen recht betrunkenen«, bekannte Paul. »Aber dann hat er schon mit angepackt.«

»Sag mal, Paul«, fragte Julia nachdenklich, »ist es

denkbar, dass Alwin die Verletzung durch jemand anderen erhalten hat?«

»Durch den Einbrecher?«

»Durch Axel.«

Zunächst antwortete Paul nicht, so verblüfft war er. »Er wirkte nicht wie einer, der weiß, dass sein Opfer da unten in unserem Haus liegt«, sagte er schließlich. »Er hatte ja erst mal den Kater rübergebracht. Doch als er dann sah, dass es sein Vater war, den sie da in den Hubschrauber schafften, war er ehrlich entsetzt.«

»Nun, ein großer Schauspieler ist er nicht gerade, unser Axel«, gab Julia zu. »Und dennoch, wenn man bedenkt …«

»Was bedenkt?« Im Hintergrund erklang Gelächter.

»Ihr feiert wohl?«, wich Julia seiner Nachfrage aus. Selbst mit ihrem Mann besprach sie keine vertraulichen Details aus ihren Fällen, so wie Paul das auch niemals tun würde.

»Ich bin bei Charlie in der Faktorei«, erklärte Paul. »Er hat hier so eine Art Sommerlager, Familienurlaub mit Arbeitseinsatz. Ist eine prima Truppe, sage ich dir.«

Julia spürte, dass er viel gelöster war als bisher seit seiner Rückkehr.

»Ohne Charlies Truppe hätte ich es nicht geschafft, Alwin und unseren Prinzen Raki zu retten. Die Typen sind echt nett.«

Paul machte eine Pause. »Ariane wohnt ja auch hier«, sagte er dann.

»Ich weiß.«

»Sie hatte die Idee, dass wir doch übergangsweise bei ihnen in der Kommune einziehen könnten. Die haben noch ein Familienzimmer frei.«

»Mutter Milla bekommt bestimmt einen Nervenzusammenbruch, wenn sie das hört.«

Wieder wartete Paul einen Moment, bevor er fortfuhr. »Was meinst du?«

»Von mir aus gern«, beschloss Julia in einem Anflug spätpubertärer Rebellion. Mochte Mutter Milla doch toben. Charlies Gesellschaft tat Paul offensichtlich gut.

»Dann ist es abgemacht«, hörte sie Paul sagen. »Charlie?« Wahrscheinlich zeigte er seinem Freund gerade einen erhobenen Daumen für ihre Zustimmung. Doch gleich war er wieder bei ihr. »Trude schläft mit ihrem Lieblingskater bei den Nachbarn, der Heller Friedegard und ihrer Schwester.«

»Wir sehen uns morgen«, rief Julia. In ihr schwang unerklärliche Freude.

»Macht euch auf einen Schock gefasst«, warnte Paul.

»Das ist mir egal. Hauptsache, ich bin wieder bei dir!«

9.

»Was sagten Sie eben?« Julia zwang sich, aus den trübsinnigen Betrachtungen ihres verwüsteten Büros aufzutauchen und wandte sich der Polizistin in Zivil zu, die mit ihrem Kollegen den Einbruch untersuchte. Die junge Frau schenkte ihr ein dünnes Lächeln, als sie ihre Frage wiederholte. »Ob es nicht doch denkbar wäre, dass der Herr Böhme das Testament bei Ihnen retten wollte, als er hier eingedrungen ist.« Sie wies auf die zersplitterten Scheiben der Eingangstür, die zum Garten hinausführte. Entwurzelte Apfelbäume hingen aneinandergeklammert auf der Wiese zum Dorfbach hinunter. Wo bisher Ella-Mas blühender Vorgarten das Herz des Betrachters erfreut hatte, gähnte ein schmieriges Lehmloch. Eine friedliche Augustsonne beschien die Szenerie und ließ die Verwüstungen in Finkendörfel noch surrealer erscheinen.

»Er hat bemerkt, dass die Fensterfront eingedrückt war und wollte retten, was zu retten war«, mutmaßte die Polizistin derweil weiter. »Und dann überraschte ihn der

Erdrutsch. Es schleuderte ihn gegen diesen Trümmerhaufen hier. Er verletzte sich am Kopf und wurde ohnmächtig.« Sie besah sich kritisch den Wust aus Aktenordnern und angeschwemmten Korbstühlen um den umgestürzten Schreibtisch, wo Alwin Böhme gestern gefunden worden war. »Zum Glück hat er hier dann Halt gefunden«, vollendete die Polizistin mit leichtem Schaudern.

»Oder er bemerkte den Einbrecher und wollte den Helden spielen«, versuchte Julia müde, sich an der Spekulation zu beteiligen.

»Dann hätten wir einen Einbruch in Tateinheit mit schwerer Körperverletzung«, sagte die Polizistin. »Doch bei dem Ausmaß der Flutschäden lassen sich unmöglich Hinweise auf ein gewaltsames Eindringen finden.«

»Zumindest nicht auf das eines Menschen«, murmelte Julia und rieb sich die Schläfen. Ihr war, als hätte sich ein bleierner Mantel um ihre Schultern gelegt, seitdem sie das Haus betreten hatte. Die Schmutzwasserpumpen liefen. Aus den Nachbargebäuden drang bereits das Dröhnen der Trockengebläse. Bei Trudes Haus war man noch lange nicht so weit. Sie durften nur den Teil des Haupthauses betreten, der in früheren Zeiten der Stall gewesen und nun zu ihrem Büro ausgebaut worden war. Der Anbau mit ihrer Wohnung war vom Erdrutsch so stark getroffen, dass ein Einsturz drohte. Die Blockstube war ebenfalls beschädigt, aber nicht so stark. Experten würden über das weitere Schicksal des alten Umgebindehauses entscheiden. Von draußen hörte sie Mutter Milla aufgeregt mit Trude diskutieren, dass die Jugend nun dringend nach Bautzen umziehen müsse.

»Wir nehmen das alles auf«, sagte die Polizistin derweil, während ihr Kollege weitere Fotos machte. »Es ist natürlich schwierig, aber vielleicht könnten Sie schauen, ob irgendetwas fehlt. – Und …« Sie machte eine bedeutsame Pause. Julia wandte sich zu ihr um. »Ja?«

»Ihren Mann müssten wir auch noch sprechen.«

Julia spürte, dass sie ertappt errötete, denn Paul war mit Charlie und seinem Bergsteigerfreund gerade dabei gewesen, entgegen dem Verbot, im Anbau einige Sachen zu bergen, als die Polizei eingetroffen war. »Ich weiß gar nicht, wo der gerade steckt«, log sie mit fester Stimme. »Er hilft bei den Aufräumarbeiten.«

Die Polizistin nickte. »Gewiss.« Sie reichte Julia eine Karte. »Er möchte sich bitte bei uns melden. Wir sind dann im Anschluss bei den Böhmes.«

»Wenn die überhaupt schon zurück sind«, brummte ihr Kollege unzufrieden. »Und nicht noch in der Uniklinik.«

In dem Augenblick erschien Paul hinter ihr. Er hatte die letzten Worte gehört. »Gibt es schon etwas Neues von unserem Verletzten?«, fragte er, während er der Polizistin die Hand zur Begrüßung reichte. »Eine Vernehmung ist vorerst nicht möglich«, sagte die Polizistin. »Die Folgen der Verletzung sind noch zu stark.« Ihr Lächeln hatte sich bei Pauls Auftauchen vertieft. Sie strich sich eine Haarsträhne aus dem Gesicht. Dann wandte sie sich an ihren Kollegen. »Du machst derweil hier weiter, Micha?« Ihre Zungenspitze fuhr kurz über ihre Lippen, bevor sie sich wieder zu Paul umdrehte. Sie strahlte ihn an. »Wir finden für unser Gespräch doch gewiss ein etwas trockeneres Plätzchen, Herr Dr. Eisler?«

»Hier ist ja echt was los«, sagte der Polizist. Er steckte sich eine Zigarette an. Ungefragt war er zu ihnen getreten. Familie und Nachbarschaft machten Pause bei ihren gemeinsamen Aufräumarbeiten, um sich einen Imbiss zu gönnen. Plaudernd und schmatzend scharten sich alle um den voll beladenen Bollerwagen, mit dem Gwen, Ariane und die Kinder aus Charlies Kommune angekommen waren. Julia trat einen Schritt beiseite, um dem Zigarettenqualm zu entgehen. »Ja«, bestätigte sie schmallippig. »Wir bekommen alle erdenkliche Hilfe. Das ist eine große Erleichterung in all dem Chaos hier.«

»Die Not schweißt die Leute immer zusammen«, philosophierte der Polizist weiter. »Immerhin wird dabei auch an das leibliche Wohl der fleißigen Helfer gedacht.« Seine begehrlichen Blicke wanderten über die Kuchenberge und die belegten Brötchen, um dann beim Bierkasten hängen zu bleiben. »Kann ich Ihnen etwas anbieten?«, fragte Julia. Rasch versorgte sie ihn mit allem Gewünschten und erreichte so, dass er seine Kippe austrat. »Danke!« Begeistert biss er in den Bienenstich. »Die brauchen aber auch lange!« Diese gemümmelte Beschwerde galt seiner Kollegin, die immer noch mit Paul im Polizeiwagen saß und seine Aussage aufnahm.

»Sie sagen es«, bestätigte Julia missmutig. Als hätte seine Kollegin den aufkeimenden Unmut gespürt, stiegen die beiden aus dem Auto aus. Pauls Ohren glühten. Er schob die Brille zurecht, als er auf Julia zuging. Die Polizistin war in weitaus fröhlicherer Stimmung. Sie winkte ihrem Kollegen zu. »Aufbruch!«, rief sie herüber. »Wir fahren zu den Böhmes. Die werden wohl nun aus Dresden zurück sein.« Hastig verschlang der Polizist das letzte Stück Kuchen und gab Julia mit einem Ausdruck des Bedauerns den Kaffeepott zurück. »Alles Gute für Sie!« Kurz danach holperte das Auto der Polizisten die schadhafte Straße hinunter in Richtung Park, wo sich die Damastweberei Böhme & Söhne nebst ihrer Familienvilla befand.

Paul und Julia sahen ihnen nach. Charlie gesellte sich zu ihnen. »Und? Werden sie ihn jagen?«

»Wen?«

»Na, den Einbrecher.«

»Wir wissen gar nicht, ob es überhaupt einen Einbruch gab«, sagte Julia müde. »Ob es nicht doch Alwin selbst war, der in das Haus eingedrungen ist.«

»Ich frage mich, was ihn überhaupt ins Dorf getrieben

hat bei der Flut, die da ankam«, überlegte Charlie. »Über seine Firma geht ihm doch sonst nichts.«

»Es sieht ihm nicht ähnlich«, gab Julia zu. »Irgendetwas war ihm offenbar wichtiger gewesen gestern.«

»Vielleicht hat es was mit den Briefen zu tun, die ich ihm am Freitag noch vorbeigebracht habe.«

»Briefe?«

»Ich helfe ihm doch bei seiner Firmenchronik.« Charlie wurde eifrig. »Hundertjähriges Jubiläum nächstes Jahr. Wir durchforsten gemeinsam das Firmenarchiv und die Korrespondenz der Altvorderen. Das ist vielleicht eine Aufgabe!« Sein Stolz darüber war unverkennbar.

Paul griff an seine Brusttasche, als wäre da noch der Zettel, den er Alwin am Vortag aus der klammernden Hand genommen hatte. Ein warnender Blick von Julia ließ seine Hand wieder sinken. »Was waren das denn für Briefe, die du Alwin gebracht hast?«, fragte er stattdessen.

»Aus den Zwanzigern«, plapperte Charlie. »Von seinem Großvater noch, Böhmes Bruno. Der war der zweitälteste Sohn des Gründers. Bei den Böhmes fangen die Erstgeborenen immer mit A an. Und sie erben die Firma.« Er warf einen unruhigen Blick auf Julia. »Na ja, fast immer«, fuhr er dann hastig fort, um das heikle Thema des enterbten Axel zu umschiffen. Wahrscheinlich war es längst rum im Dorf. »Der Älteste der damaligen Böhmes hat sich umgebracht in der Krise. Da musste Bruno plötzlich ran. Der hat seine Sache aber richtig gutgemacht.«

»Das stand alles in den Briefen?«

»Ach wo! Da ging es um einen Gefallen, den ein Kriegskamerad ihm oder besser gesagt der Firma getan hatte. Die Weberei hatte so ihre Schwierigkeiten in der Wirtschaftskrise. In den Briefen war das quasi der Dank für den Dank. Sie wollten, dass sich ihre Familien verschwägern oder so ähnlich.«

»Was hat Alwin dazu gesagt?«

Charlie schnaubte. »Gemeckert hat er und mich blöde angeblafft, ob ich wüsste, wie spät es ist? – Na ja … es war wirklich kurz vor Mitternacht, als ich bei ihm aufkreuzte. Da haben die braven Bürger ja schon ihre Zipfelmützen auf und rücken die Bettpfannen zurecht.« Er feixte über seinen eigenen Witz. »Das hatte ich in meinem Eifer nicht bedacht. – War aber auch nicht weiter schlimm. Alwins Wut ist wie Seltersblubber: Pffft! Und weg.«

»Es wäre also denkbar, dass Alwin die Briefe erst am nächsten Morgen gelesen hat«, überlegte Paul laut. »Vielleicht hat er ja etwas gefunden, dass …«

»Wir sollten jetzt nicht weiter spekulieren«, befand Julia plötzlich. »Lasst uns lieber über den Bollerwagen herfallen. Ich sterbe vor Hunger!«

»Auf ein Wort, mein lieber Paul«, sagte Georg. Mit Mutter Milla im Schlepptau schritt er ihnen beherzt entgegen. Julia warf Paul einen beschwörenden Blick zu, bevor sie sich an ihren Eltern vorbei zum Kuchenteller schob. Auch Charlie machte, dass er weiterkam. Paul folgte dem Geheiß seines Schwiegervaters mit einer widerspenstigen Schicksalsergebenheit, die Mutter Milla sofort in Rage brachte. »Du brauchst gar nicht so genervt zu gucken«, fuhr sie ihn gedämpft an, da die anderen sich immer noch um den Bollerwagen scharten. »Besonders von dir hätte ich mehr Einsicht und Klarheit erwartet.«

»Was ist denn bitte unklar an unserer Entscheidung?«

Milla senkte ihre Stimme noch etwas weiter. »Du willst unserem Kind doch nicht zumuten, auf einer Dauerbaustelle zu entbinden, unter lauter Verrückten!«

»Milla, ich bitte dich!« Das ging selbst Georg zu weit. »Aber in einem hat sie recht, die Faktorei ist mitten im Umbau. Warum wollt ihr jetzt unbedingt dort einziehen? Was sind denn das für Bedingungen für ein Neugeborenes?«

»Charlie hat auch kleine Kinder«, verteidigte sich Paul und wies auf die fröhlich lärmende Kinderschar. »Gwen erwartet ihr drittes im Januar und Arianes Tochter ist auch erst zwei Jahre alt. Alle sind glücklich und gesund, wie ihr seht.«

Milla rümpfte die Nase. »In einer Kommune leben, also wirklich. Und das in eurem Alter!«

»Für uns ist das im Moment völlig ausreichend.« In Pauls Stimme schlich sich Unwillen. »Außerdem ist es nur für den Übergang. Bis wir Trudes Haus wieder aufgebaut haben.«

»Wenn es sich denn überhaupt retten lässt«, seufzte Georg mit einem verstohlenen Blick auf Ella-Ma und Trude, die etwas abseits bei den Hellers standen.

»Wie auch immer«, sagte Paul mit abschließender Bestimmtheit. »Ich will in Finkendörfel wohnen, solange ich für Köhler die Vertretung mache. Julia hat sich entschlossen, bei mir zu bleiben.«

»Dann kann ich doch aber nach einer Wohnung für die Zeit danach schauen«, begann Milla, neue Hoffnung zu schöpfen. Doch sie unterbrach sich.

Gemurmel erhob sich um sie herum. »Nu, sieh oack[1], wer do doharkimmt[2].«

»Wenn das ne dr aale[3] Grasdeibel vom Niederdurfe is.«

»Sogar mit Gefolge.«

»Die Hochherrschaftlichen beehren uns Sterbliche in der Not.«

»Nun seid nicht so garstig! Denkt an Böhme Alwin.« Es war ausgerechnet Trude, die die Schmähsucht ihrer Nachbarn zu zügeln suchte, während sich der weiße Mercedes mit dem Firmenlogo der Damastweberei Böhme & Söhne

[1] nur (Oberlausitzer Mundart)

[2] hierherkommt (Oberlausitzer Mundart)

[3] alte (Oberlausitzer Mundart)

vorsichtig den Weg durch die Kraterlandschaft der Dorfstraße bahnte. Neugierige Stille breitete sich unter der Helferschar aus. Selbst die Kinder suchten die Nähe ihrer Mütter und lugten vorsichtig auf die unerwarteten Neuankömmlinge.

Berthold saß am Steuer. Der Platz neben ihm war leer. Als er Paul erkannte, fuhr er so dicht an ihn und die Veits heran, als könnte von dem Rest der Menschen eine Gefahr für ihn ausgehen. »Frechheit!«, entfuhr es Milla, die unwillkürlich die Füße zurückzog. Auch unter den anderen erhob sich unwilliges Getuschel. Von Junkermanieren war die Rede und blöder Angeberei. Paul jedoch erkannte Bertholds Mutter Christa nach Atem ringend auf dem Rücksitz. Rasch ging er auf die Limousine zu und öffnete die Tür. »Frau Böhme!«

Berthold war sofort neben ihm. »Schon kurz nach Dresden ging das los«, erklärte er. »Mutti hat manchmal solche Zustände, wenn sie sich aufregt. Aber jetzt hört es gar nicht mehr auf!«

»Die Nerven«, erklärte die Person neben Christa mit kalter Verachtung. »Meine Schwiegertochter liebt die Theatralik über alles, Herr Doktor.«

Paul grüßte die Matriarchin der Familie mit einem Kopfnicken, während er Christas Puls fühlte und ihre flatternden Augenlider nach oben schob, um ihre Pupillen zu sehen. Immer wieder sprach er sie mit Namen an. Die kleine, beleibte Frau atmete mit weit geöffnetem Mund angestrengt ein und aus. Ihr ganzer Körper zitterte, während sich ihre Finger zusammenkrampften. »Eine Tüte!«, rief Paul den anderen zu. »Besorgt mir eine Plastetüte oder so was in der Art.« Ariane griff geistesgegenwärtig eine Tüte mit Äpfeln, die sie in den Bollerwagen entleerte. Damit kam sie herübergerannt. Bei ihrer Ankunft sprang Berthold beiseite. Er schien verwirrt, so als wüsste er nicht, wohin mit sich.

Währenddessen befahl Paul Christa, in die Tüte zu atmen. Immer wieder redete er mit ruhiger Stimme auf sie ein. Bei den folgenden Atemzügen ohne Tüte, bat er sie, pfeifend auszuatmen. Er machte es ihr vor. Ariane, die dicht bei ihnen stand, unterstützte ihn dabei. »Affentheater!«, ließ sich Charlotte Böhme vom Nebensitz vernehmen. Doch die Bemühungen zeigten Erfolg. Trotz ihrer Benommenheit begann Christa, dem gemeinsamen Rhythmus zu folgen. Ihr Atem wurde ruhiger. Sie war sehr erschöpft. Tränen begannen ihr, über die Wangen zu laufen. »Ja, das ist gut so«, versicherte ihr Paul. »Ganz ruhig, Frau Böhme. Sie sind hier in Sicherheit.«

Ariane griff von der Seite nach Christas immer noch verkrampften Händen. »Lassen Sie die Tränen laufen, Frau Böhme.« Sie sang es mit hypnotischer Stimme. »Lassen Sie mit jedem Ausatmen alle Spannung raus und jede Träne, die rinnt …«

»Was soll denn jetzt dieser Hokuspokus?« Charlotte pochte mit ihrem Gehstock auf die Fußmatte. »Lassen Sie gefälligst den Doktor seine Arbeit tun.«

»Atmen Sie ein und aus«, sang Ariane störrisch noch einmal und streichelte Christas Hände. »Geht wie von selbst …« Dann erhob sie sich jedoch und schob sich mit einem augenzwinkernden Lächeln an Berthold vorbei.

»Danke, Ariane!«, rief ihr Paul hinterher.

Berthold hatte noch immer nicht zu seiner alten Selbstsicherheit zurückgefunden. »So habe ich sie … habe ich sie … noch … n… nie erlebt«, stotterte er. »Vater geht es schlecht. Er kann nichts sehen.« Er fuhr sich mit der Hand über die Stirn. »Die Ärzte meinen, das ist vom Schädeltrauma, das geht wieder weg – vielleicht.« Seine Stimme festigte sich, als er mit einem Blick auf seine weinende Mutter fortfuhr. »Das Schlimmste ist jedoch, dass er völlig verwirrt ist. Er hat Mutti nicht erkannt. Auch nicht an der Stimme oder als sie gesagt hat, wer sie ist. Vater dachte, es wäre Dorothea, die neben ihm sitzt. Er hat geheult wie ein kleines Kind. – Dorothea war die erste Frau, wissen Sie? Die ist schon ewig tot.«

Christa entfuhr ein Jammerlaut. Rasch legte Paul seine Hand auf ihre Schulter und ermahnte sie erneut, ruhig auszuatmen. Zu Berthold gewandt, sagte er gedämpft: »Es ist eine massive Kopfverletzung. Ihr Vater war lange bewusstlos. Er braucht erst einmal Ruhe. So wie Ihre Mutter auch. Ich komme morgen auf der Hausbesuchstour bei Ihnen vorbei.«

Aus der Tiefe des Wagens regte sich Charlotte. »Wird mein Sohn wieder, Herr Doktor?« Paul beugte sich zu den beiden Frauen auf der Rückbank hinunter. »Es ist noch zu früh …«, begann er.

Charlotte unterbrach ihn. »Ich meine, gibt es überhaupt eine Chance?«

»Die gibt es immer«, versicherte Paul mit überzeugter Stimme. »Das menschliche Gehirn ist ein Wunder.«

»Sie wollen ihn in ein künstliches Koma versetzen«, ließ sich Berthold hinter ihm vernehmen.

»Das ist gut so, das befördert den Heilungsprozess. Wenn Sie es wünschen, kann ich mich morgen mit den Kollegen von der Uniklinik in Verbindung setzen.«

Christa rappelte sich. »Machen Sie das!«, rief sie unter Tränen. »Das ist doch nicht mein Alwin!« Sie begann wieder, heftiger zu atmen. »Ruhig, Frau Böhme.« Paul reichte ihr die Tüte. Gehorsam atmete Christa ein paarmal hinein. Neben ihr ließ Charlotte ein missbilligendes Schnauben vernehmen.

»Können wir noch helfen?«

Julia war zu ihnen herangetreten. Bei ihrem Auftauchen kam Bewegung in Charlotte. Sie machte Anstalten, auszusteigen. Berthold lief um den Wagen, um seiner Großmutter behilflich zu sein. »Unser Termin am Mittwoch, Frau Eisler«, begann Charlotte, kaum, dass sie aufrecht stand.

Doch der Anblick des zusammengeschobenen Hauses ließ sie verstummen. Bisher hatte sie ihr Umfeld kaum eines Blickes gewürdigt. Julia trat neben sie.

»Das tut mir sehr leid.« Es klang aufrichtig. Als hätte sie diese Gefühlsregung selbst überrascht, klopfte Charlotte sogleich mit ihrem Gehstock auf den trocknenden Schlamm der Dorfstraße. »Wir sollten diesen Termin zum Gesellschaftervertrag am Mittwoch einhalten«, befand sie streng. »Trotz aller Katastrophen oder vielleicht gerade deswegen!«

Sie warf einen kurzen Blick auf Berthold, der eingehend seine Schuhspitzen studierte. Dann reckte sie ihre schlanke Gestalt und musterte die verbliebenen Schaulustigen. Ella-Ma, die mit verschränkten Armen am Hauseingang stand, nickte ihr grüßend zu. Charlotte erwiderte den Gruß mit einer Vorsicht, als strahle Ella-Ma eine unsichtbare Gefahr aus. Schließlich ging Ella-Ma hinein. Der größte Teil der Helfer hatte sich indes wieder an die Arbeit gemacht. Ariane packte mit Gwen die Reste des Imbisses ein, während die Kinder um den Bollerwagen tobten. Trude jedoch hatte sich in einträchtiger Neugier zu Milla gesellt und wartete auf den Ausgang dieses ungewöhnlichen Besuches.

»Ohne Ihren Sohn sind wir nicht beschlussfähig, Frau Böhme«, wandte Julia ein. »Doch auch ich halte es für sinnvoll, sich abzustimmen, wie während der Krankheit Ihres Sohnes verfahren werden soll.«

»Dann sehen wir Sie um fünf am Mittwoch«, sagte Charlotte. Brüsk drehte sie sich um und machte sich daran, wieder in den Wagen zu steigen.

»Lass mich! Ich bin nicht die Kranke!«, herrschte sie Berthold an, als er ihr dabei helfen wollte. Kurz danach, unter wimmernden Dankesbezeugungen von Christa, verabschiedeten sich die Böhmes und fuhren gen Niederdorf davon.

»Na, an der wird die Polizei noch ihre Freude haben«, sagte Trude und spuckte aus. Julia und Paul traten zu den beiden.

»Faszinierende Familie«, befand Milla dagegen. »Hast du gesehen, welche Blicke deine Hebamme dem Böhme Berthold zugeworfen hat, meine Kleine?«

»Mama!«

Mit wissender Miene winkte Milla ab. »Ich sage dir, zwischen den beiden läuft was. Und nur einer von beiden hat wirklich Freude daran.«

10.

»Herrliches Gebäudeensemble, nicht wahr?«, schwärmte Köhler. Er wuchtete seine Arzttasche zurück in den Kofferraum des Wagens. »Steht unter Denkmalschutz, soviel ich weiß.« Sie hatten das Auto für die Dauer ihres Hausbesuches vor der doppelten Freitreppe der Böhme-Villa geparkt. Ein dreistöckiger Fachwerkbau mit einem prächtig verzierten überstehenden Giebeldach und einem Erkertürmchen zur offenen Hofseite, hinter der ein Ausläufer des Parks erkennbar war. Auf der anderen Hausseite verband ein ebenfalls großzügig mit Schnitzereien geschmückter überdachter Durchgang das Haus mit dem gelben Industriebau der ursprünglichen Weberei.

»Es gab eben Zeiten, da waren die Fabrikanten noch stolz, ganz dicht bei ihren Fabriken zu wohnen. Wollten ihre Webstühle rattern hören. Heutzutage wohnen die ja Gottweißwo oder zumindest in bester Lage irgendwo auf dem Berge, wie der Älteste von den Böhmes.« Er rümpfte die Nase.

Paul, der im Fond des Wagens saß und seine Notizen machte, blickte auf. »Für manche ist etwas Distanz zur Familie wichtig«, sagte er.

»Ist schon recht, wenn Sie den Burschen in Schutz nehmen«, brummte Köhler versöhnlich und klappte den Kofferraum zu. Pauls Erröten bemerkte er nicht, denn der hatte eher an Julia gedacht als an Axel.

»Für Sie gilt das ja offensichtlich nicht, mein lieber Paul«, fuhr Köhler auch schon mit seinen Betrachtungen fort, »wenn Sie so viel in Kauf nehmen, um in Finkendörfel zu bleiben.«

Es blieb Paul erspart, eine Antwort darauf geben zu müssen, denn die Aufmerksamkeit Köhlers wurde durch eine grausilbrige Katzenschönheit gefesselt. Sie war neben ihnen auf den granitenen Treppensims gesprungen. Dort saß sie aufrecht auf den Hinterbeinen, die Vorderpfoten anmutig nebeneinandergestellt und den Schwanz um ihren feingliedrigen Körper gelegt. Ihre smaragdgrünen Augen musterten die beiden Männer mit dem wissenden Blick einer Zauberin. Als Köhler die Hand nach ihr ausstreckte, hob sie unerschrocken ihren zarten Kopf, um sich ausgiebig von ihm kraulen zu lassen. »Na, wen haben wir denn da? Du bist ja eine Hübsche.«

»Das ist Safi«, erklärte Gabriele, die mit einem Stapel Ordner über den Hof kam. »Eine Russisch Blau. Schwiegervaters erklärter Liebling.« Sie ging zu Paul hinüber, der ausgestiegen war, um sie zu begrüßen.

»Soso«, sagte Köhler zu der Katze. »Du wickelst den alten Wüterich also um deine Samtpfoten, was?«

»Und wie!«, bestätigte Gabriele mit einem Lachen. »Unser Alwin hat eben auch seine sanften Seiten. Aber ich kann mich auch so nicht beschweren. Ich komme recht gut mit ihm klar. Es sind eher seine Jungs, gegen die er immer wieder wütet.«

»Und gegen seine Frau«, ergänzte Köhler mit freundlichem Grimm. Safi sprang davon, als habe sie die Kritik an ihrem Katzenfreund verstanden.

»Wie geht es ihm?«, fragte Gabriele.

»Mindestens drei Tage wollen sie ihn im künstlichen Koma lassen«, berichtete Paul. »Und dann wird man sehen. – Sie müssen ihm Zeit lassen.«

»Zeit!« Gabriele seufzte. »Weiß der Himmel, warum Charlotte derart dringlich auf der Teilhaberversammlung besteht. Die ist schon Mittwoch! Es wäre viel besser, wir würden alle Veränderungen jetzt erst mal auf Eis legen.«

Die beiden Ärzte enthielten sich eines Kommentars. »Ihrer Schwiegermutter geht es allerdings schon sehr viel besser«, verkündete Köhler stattdessen. »Das ist schon wieder meine alte Schwester Christa, wie ich sie kenne!«

»Schwester Christa?«

»Jaja! Sie war mal Gemeindeschwester hier. Als ich in Finkendörfel anfing, da war sie auch jahrelang meine Sprechstundenhilfe. Ohne sie wäre ich untergegangen, glauben Sie mir!« Köhler lächelte verschmitzt bei dieser Erinnerung. »Sie kannte alle und jeden und jede Verwicklung in den Familiengeschichten. Sie glauben gar nicht, wie wichtig das manchmal sein kann, mein lieber Paul. Wie zum Beispiel bei unserem nächsten Hausbesuch bei Picker-Herschels Marie.«

Gabriele machte ihm das Vergnügen eines fragenden Gesichtes. »Das ist die Ahne Ihres Freundes Karl oder Charlie, wie Sie ihn ja alle nennen.«

»Charlies Uroma!«, rief Paul. »Die muss ja schon …«

»Oh ja, wird hundert nächstes Jahr!« Köhler sagte das so stolz, als wäre es sein Verdienst.

»Sie werden staunen, wie geistig fit die Frau nach wie vor ist. Das ist noch ein anderer Menschenschlag.«

Gabriele verzog das Gesicht. »Nun, eine von diesem Schlag hat ja die Familie Böhme auch zu bieten«, scherzte sie. »Ich muss übrigens zu ihr. Man hat nach mir geläutet.« Sie verbeugte sich ironisch. »Frohes Schaffen noch!« Damit verabschiedete sie sich.

Die beiden Ärzte stiegen ins Auto. »Hat es auch nicht

einfach, die Gabi«, tratschte Köhler ungeniert, während er sich auf dem Beifahrersitz anschnallte. »Cholerischer Schwiegervater, der Mann Alkoholiker und das schwarze Schaf in der Familie – und dann noch Böhmes Lotte, der alte Drachen.«

»Sehr resolut«, bestätigte Paul in neutralem Ton und schob seine Brille hoch.

Köhler lächelte verschmitzt. »Schon gut, schon gut, mein lieber Paul. Hören Sie nicht auf mich altes Lästermaul. Freuen wir uns lieber auf die rüstige Steinmetz-Ahne Mariechen.«

Die traditionsreiche Steinmetzfamilie Herschel hatte sich um die Jahrhundertwende eine Villa im Jugendstil errichten lassen. Stolz ragte sie seitdem am Rand des Firmengeländes auf, als müsste sie über all die unbehauenen Steine, Torsäulen, Putten und halb fertigen Grabmale wachen. Ein gepflegtes Rosenrondell mit einem träumenden Marmorengel in der Mitte zierte den Weg zum Eingang. Riesige Rhododendronbüsche flankierten das hellblaue, dreistöckige Gebäude. »Sie wohnt natürlich im Erdgeschoss, im Hochparterre«, erklärte Köhler, als Paul den Wagen auf dem Hofpflaster neben der Werkstatt zum Stehen brachte. »Leicht zu erreichen für sie und trotzdem hat die Gute immer den Überblick.« Er kicherte. »Ah! Da ist ja der lange Heinrich!«

Paul erkannte Charlies Vater, der mit seinem Gesellen einen Kleinlaster mit Werkzeugen belud. »Wie ich sehe, hat die Flut Ihren Betrieb verschont«, sagte Köhler nach der Begrüßung. »Was für ein Glück!«

»Dafür ist der Schaden anderswo um so größer«, brummte Heinrich Braun. »Wir packen gerade, um die Reste der Friedhofsmauer zu sichern. Charlie ist schon oben mit dem Friedhofsmeister.« Er nickte Paul bei diesen Worten zu.

»Charlie sprach davon heute beim Frühstück«, bestätigte Paul. Da er spürte, dass sein älterer Kollege gern weitere Neuigkeiten aus dem Dorf erfahren wollte, schlug er vor, derweil schon mal allein zu der betagten Patientin zu gehen.

»Machen Sie das!«, rief Köhler erfreut. »Sie wird Sie schon erwarten.«

Köhler hatte recht: Paul kam nicht einmal dazu, den Klingelknopf zu drücken, als ihm schon aufgemacht wurde. Doch nicht Picker-Herschels Marie, sondern Charlies Großmutter öffnete ihm.

»Komm rein, Paul«, begrüßte sie ihn ohne Umschweife. »Mutter wartet schon sehnsüchtig auf dich.« Sie grinste breit und musterte ihn so abschätzig von oben bis unten, dass sich Paul ins Hosenmatzalter zurückversetzt fühlte. Ihm wurde heiß. Er war dankbar, dass die Düsternis des Hausflurs sein Erröten verbarg.

»Wir sind ja alle ganz neugierig, wie du dich so machst als unser neuer Dorfarzt. Das ist ein bissel was anderes als Reagenzgläser zu prüfen und durch das Mikroskop zu stieren, was?«

»Tilda!«, erscholl energisch eine ältliche Frauenstimme hinter einer angelehnten Tür. »Lass den Jungen in Frieden. Ich will jetzt allein mit meinem Arzt sprechen!«

»Ist schon unterwegs«, erwiderte die Gescholtene immer noch grinsend und schob Paul in das Zimmer. »Soll ich euch Kaffee bringen?«

»Scher dich endlich fort!« Picker-Herschels Marie stand inmitten ihrer Stube und drohte ihrer ebenfalls schon betagten Tochter mit dem Stock. »Und mach die Tür zu.«

»Jaja. Dann mach dich schon mal frei für den jungen Mann, Mutter!« Oma Tilda, wie Charlie sie nannte, verschwand endlich, doch nicht, ohne noch einmal herzlich über ihren eigenen Witz zu lachen. Ihre Mutter seufzte kopfschüttelnd, doch auch um ihre faltigen Lippen spielte ein verschmitztes Lächeln. »Du musst uns alten Weibern verzeihen, Paul. Wir sind einfach schon zu lange allein. Herrenbesuch versetzt uns immer besonders in Aufregung.« Sie hieß ihn, sich zu setzen, nachdem er ihr die Hand gereicht hatte. Sie fasste sich zerbrechlich an wie ein Vögelchen, eine Handvoll Knöchelchen, von weißer, fleckiger Haut überzogen. »Tja, ist nicht mehr allzu viel Mauke in den Knochen«, sagte Marie, als hätte sie seine Gedanken erraten. »Aber in meinem Alter kann man ruhig auch die anderen mal machen lassen. Ich habe schließlich lange genug gepickert.« Ihre grauen Augen waren hellwach und lächelnd auf Paul gerichtet, der immer noch um seine professionelle Fassung rang. Endlich erwiderte er ihr Lächeln und stieß prustend Luft aus. »Hier ist so viel Kindheit für mich. Ich komme mir gerade vor, als wäre ich auf einer Zeitreise.«

»Das nehme ich mal als Kompliment.« Die alte Marie kicherte. »Aber so etwas dachte ich mir schon, mein Lieber. Ist sicher nicht einfach, wenn einen alle von Kindesbeinen an kennen und plötzlich als deine Patienten vor dir stehen.«

»Schlaflose Nächte«, gestand Paul. Ihm war gerade, als würde dieses steinalte Mütterchen die Zentnerlast von Wochen der Zweifel und Versagungsängste von ihm nehmen.

»Bei mir ist sowieso alles in Ordnung, mein lieber Paul. Der Doktor kommt nur zu mir, um sich an meinem Alter zu erfreuen.« Wenn sie ihr noch immer rosiges Gesicht zu einem Grinsen verzog, ähnelte sie ihrer Tochter wie einer Schwester. »Aber du kannst mir gern den Blutdruck messen, der ist manchmal etwas niedrig.«

»Schön, dass meine Patientin gleich weiß, was ihr fehlt«, versuchte Paul zu scherzen. »Das macht mir den Anfang leichter.« Er packte Stethoskop und Blutdruckmessgerät aus. Sie beobachtete ihn genau bei jedem seiner Handgriffe und ließ sich auch willig die Lunge und Herztöne abhören.

»Bemerkenswert«, lobte er ihren Gesundheitszustand. »So möchte man alt werden.« Er machte sich ein paar Notizen. Marie stopfte ihre Bluse wieder in den Rock und griff nach ihrem Stock. »Alt bin ich«, gab sie zu. »Vieles ist eine Gnade, anderes ist eine Last.«

Paul hielt inne, da ihre Stimmung plötzlich ernst geworden war.

»Zu viele Erinnerungen, Paul. Und nicht alle davon sind fein.« Sie studierte ihre Hände. Dann blickte sie auf und Paul direkt in die Augen. »Es tut mir so leid für euch«, sagte sie in verändertem Tonfall. »Seit 26 hat es nicht so ein Hochwasser gegeben. Wird euer Haus zu retten sein?«

»Der Gutachter hat sich für heute angemeldet«, berichtete Paul.

Die alte Marie nickte gedankenvoll. »Ich habe gehört, dass du den Böhme-Jungen aus eurem Haus gerettet hast.«

Paul musste ein Lächeln unterdrücken, als sie Alwin Böhme einen Jungen nannte, doch er spürte ihren tiefen Ernst. Deshalb nickte er nur.

»Da bist du jetzt so eine Art Held, was?« Sie hob die Hand, als Paul abwehren wollte.

»Ein elender Rabauke, dieser Alwin. Völlig verzogen. Die arme Lotte hat ihr Bestes gegeben.«

»Arme Lotte?«

»Seine Mutter. Die musste sich ja ganz allein mit der Weberei und dem Jungen durchschlagen. Hatte es wirklich nicht einfach.«

Der Begriff »arm« wäre Paul dennoch nicht in den Sinn gekommen, wenn er an Charlotte Böhme dachte.

»Jetzt ist er wohl etwas geläutert, der Alwin«, fuhr die alte Marie versöhnlich fort. »So scheint es zumindest. Im Grunde ändern sich ja die Menschen nie wirklich.«

Es klopfte und gleich darauf trat Dr. Köhler ein. »Ich muss leider stören«, rief er aufgeregt. »Ihre Tochter hat mich mit reingenommen, Frau Herschel. Geht's gut? Ja? Prima. – Ich will Ihnen meinen jungen Kollegen hier gleich wieder entführen. Wir müssen auf der Stelle zum Friedhof.«

»Zum Friedhof?«

»Da sollten Ärzte aber lieber nicht arbeiten«, spottete die alte Marie schon wieder ganz in ihrem üblichen Ton.

»Oh, das ist eine Ausnahme.« Köhler rieb sich begeistert sein rundes Bäuchlein. »Der Erdrutsch hat uns in Finkendörfel eine kleine Sensation beschert. Eine medizinische Kuriosität sozusagen. Die sollten wir uns nicht entgehen lassen.«

»Gleich zwei? Das ist ja unglaublich.« Paul starrte auf die Wachsleichen, die, noch halb von Erde bedeckt, vor ihm lagen. Charlie hatte während der Arbeiten an der abgerutschten Friedhofsmauer den gruseligen Fund gemacht. Die Polizei war durch Charlies Vater informiert worden, während der Friedhofsmeister den neuen Pfarrer in Eckertswalde angerufen hatte. Thieme, der Pfarrer im Ruhestand, kam derweil schon alarmiert den Kirchberg heraufgeschnauft.

»Sachte, sachte«, ermahnte Köhler den kleinen, rundlichen Mann. »Sonst können Sie sich gleich mit ins Grab legen.«

»Nein, danke!«, japste Thieme. »Viel zu nass, um wieder zu Erde zu werden.«

Der Friedhofsmeister nickte leicht mit dem Kopf. »Deshalb legen wir ja diesen Teil des Friedhofes nach und nach still, wenn die Ruhezeiten vorbei sind. Die Nässe lässt die Leichen nicht verwesen.«

»So ist es. Genauso ist es«, schnurrte Köhler zufrieden und kraulte sein Bäuchlein. »Ich habe seit der Uni nicht mehr so eine schöne Wachsleiche gesehen«, freute er sich ungeniert.

»Zwei«, korrigierte Charlie und wies auf das halb geöffnete Grab. »Dass ich heute zum Leichenfledderer werde, hätte ich mir auch nicht träumen lassen.«

»Nun, im Grunde hat der Erdrutsch die Totenruhe gestört, nicht du.«

»Das könnte ein einstiges Familiengrab sein, so nah an der Mauer«, überlegte der Friedhofsmeister laut. »Wir müssten nachschauen, wann hier die letzte Beerdigung gewesen ist. Aber das muss schon ewig her sein.«

Sie traten näher und betrachteten die unverwesten Toten. »Sieht aus, als lägen sie übereinander.«

»Ja, aber wie in einer Umarmung. Seht mal, die unten hat die Hände gefaltet. Man kann sogar noch Gesichtszüge erkennen. Eine Frau würde ich sagen. Schon alt.« Köhler machte sich daran, tiefer in das aufgerissene Erdloch zu steigen, doch Paul hielt ihn ab. »Wir sollten nichts verändern, bis die Polizei eintrifft. Ich hoffe, die bringen ihre Kriminaltechniker mit.«

»Unser Dorfsheriff? Sie machen wohl Witze, Herr Kollege.«

»Wieso überhaupt Kriminaltechniker?«, fragte Charlie. »Die Todesursache wird doch wohl schon vor Jahren festgestellt worden sein, oder?«

»Ich weiß nicht recht«, sagte Paul. »Die alte Frau unten mag ja richtig bestattet worden sein. Doch die darauf«, er wies auf den sichtbaren Teil der anderen Leiche, »die liegt auf dem Bauch.«

»Tja, das ist dann wohl kaum eine normale Beerdigung«, bestätigte Thieme, der langsam wieder zu Atem kam.

Charlie stand für einen Moment der Mund offen. »Ins Grab gefallen?«, schlug er dann vor. »Ein Vampir? Aus Liebe mit ins Grab? Oder … oder halt … ermordet?«

»Auf jeden Fall eine ungewöhnliche Lage der Leiche.«

Köhler schob trotz Warnung der anderen mit dem Spaten etwas Erde vom oberen Leichnam.

»Schaut mal! Dem haben sie doch tatsächlich den Schädel eingeschlagen!«

»Was? Zeigen Sie mal her.«

»Gott sei uns gnädig.«

»Lasst alles so, wie es jetzt ist. Da müssen erst die Kriminalisten ran.«

»Kein Zweifel.« Köhler richtete sich schnaufend auf. »Sie haben recht, Paul, Mord verjährt nicht.«

11.

Trudes Katzen waren wieder da. Ungeniert hatten sie sich der ungeschützten Innenräume des Hauses bemächtigt, die sonst nur Perserkater Raki vorbehalten waren. Sie saßen auf den Fensterbänken und widmeten sich ausgiebig ihrer Fellpflege. Ab und zu warfen sie misstrauische Blicke auf Raki, der seinen Beobachtungsposten auf der letzten aufrecht stehenden Granitsäule eingenommen hatte. Aufmerksam betrachtete er sein einstiges Zuhause, doch er machte keinerlei Anstalten, wieder eine Pfote hineinzusetzen.

»Euer Haus wird in den letzten Tagen von allem möglichen Volk heimgesucht, aber nicht von euch Bewohnern«, bemerkte Milla säuerlich.

Während Julia und Ella-Ma einträchtig auf einer umgelegten Papiertonne saßen, ging sie unruhig auf und ab. So als könnte sie damit Trudes Rückkehr mit dem Gutachter beschleunigen. »Erst die Einbrecher, dann dieser Alwin und nun die Katzen!«

»Wenigstens gibt es so keine Ratten als ungebetene Besucher«, meinte Julia.

»Hast du denn nun mal erfahren, was dein Klient bei

dir wollte mitten in der Flut?«, fuhr Milla in ungnädigem Ton fort. »Der hat vielleicht Nerven, einfach einzusteigen, wenn keiner da ist. Wer weiß, ob es überhaupt einen Einbrecher gegeben hat.«

»Die Polizei zieht das durchaus in Erwägung«, antwortete Julia widerwillig. Ihr war, als würde ihr jedes Wort, das sie verlor, Energie entziehen. Über Finkendörfel hatte sich eine brütende Mittagsstille gelegt. »Es wurde nichts gestohlen.«

»Wollte er wirklich das Testament retten? Dann hat ihn womöglich der eigene Sohn niedergeschlagen, weil er ihn enterbt hat.«

»Mama!«

»Du brauchst gar nicht so zu tun, als würden das nicht schon die Spatzen von den Dächern zwitschern. Das ganze Dorf weiß davon. Muss ja ein ganz schönes Früchtchen sein, dieser Axel. Ein Betrüger, nicht wahr?«

Julia schwieg verärgert über die penetrante Neugier ihrer Mutter.

»Der arme Junge«, sagte Ella-Ma stattdessen. Sie hatte kein Wort gesprochen, seitdem Trude zum Pfarrhaus gegangen war, um den Baugutachter abzupassen.

»Wie meinst du das?« Interessiert kam Milla näher.

»So wie ich es sage, armer Junge!« Ella-Ma richtete sich etwas auf. »Armer, mutterloser Junge!«

Das ließ selbst Julia die Augenbrauen heben, denn als armen Jungen hätte sie Axel niemals bezeichnet. »Wir sollten das hier nicht weiter vertiefen, auf offener Straße«, sagte sie und wies auf die mittagsstille Nachbarschaft. Der Bagger ruhte nach seinen unermüdlichen Schaufelbewegungen des Vormittages. Irgendwo dudelte ein Radio. Aus der Ferne war das Dröhnen der Trockengebläse aus einem Haus zu hören. Über der zerfurchten Straße lag gleißendes Sonnenlicht, das in den Augen brannte. Schon wieder wurde es gewittrig schwül.

Milla hatte indessen erneut ihre Wanderung aufgenommen und sah immer wieder auf die Uhr.

»Ich frage mich, wo Trude nur bleibt!«, schimpfte sie vor sich hin.

»Du hättest nicht mitzukommen brauchen, Mama.« Milla hatte gehofft, einen kritischen Blick auf die derzeitige Behelfsbehausung ihrer Tochter werfen zu können, doch Julia gab vor, dafür keine Zeit zu haben. Milla gab sich entsprechend eingeschnappt. »Du bist es, die dann einen Termin hat, mein Kind!«

»Ich glaube, es war ein Unrecht, dass Alwin seinen Sohn enterbt hat«, fuhr Ella-Ma derweil fort, doch so leise, dass Milla es nicht hören konnte. Erstaunt sah Julia ihre Großmutter an. »Wie kommst du darauf?«, fragte sie im Flüsterton. »Sicherlich kennst du doch den Grund dafür.«

»Gewiss.« Ella-Ma stierte vor sich hin, als blickte sie im Erdboden in eine längst vergangene Zeit. »Trotzdem ist es ein Unrecht an dem Jungen.«

Das Baby boxte energisch in ihrem Bauch. Julia erhob sich mit einem leichten Ächzen und drückte ihren Rücken durch. Rasch nickte sie ihrer Mutter zu, die bereits einen prüfenden Blick auf sie geworfen hatte, kaum, dass sie sich bewegt hatte.

»Seine Mutter war eine Seele von Mensch«, erzählte Ella-Ma. »Wäre Dorothea noch am Leben, wäre das alles nicht passiert mit Axel.«

»Du hast sie gekannt?«

»Ich kannte Dorothea nicht wirklich«, sagte Ella-Ma widerwillig, so als reute sie jetzt plötzlich jedes Wort. »Sophia, meine große Schwester, war mit ihrer Mutter auf der Schule in Hermannswerder gewesen, bevor die den Zeidler heiratete. – Es ist einfach Dorotheas Schicksal, das uns allen naheging.«

»Was denn für ein Schicksal?«, bohrte Milla nach, die sich wieder zu ihnen gesellt hatte.

Ella-Ma tat so, als hätte sie den Einwurf nicht gehört. »Das ganze Dorf war voller Flüchtlinge aus dem Osten«, fuhr sie schließlich fort. »Irene, also Dorotheas Mutter, brach in Richtung Dresden auf, um sich mit ihrer Tochter zu treffen, die dort bei ihrer Tante war. Sie wollten dann gemeinsam weiter nach Genf fliehen, wo die Familie Verwandte oder Freunde hatte.«

»Und?«

»In der Nacht haben sie Dresden bombardiert«, sagte sie leise.

»Dorothea aber überlebte.«

»Ja.« Ella-Ma erhob sich und strich über ihre Jacke. »Die Tante hatte sich mit Dorothea bereits auf den Weg nach Finkendörfel gemacht. Sie wollten hier in der Nähe zwei Schützlinge der Tante in Sicherheit bringen.«

»Sie haben sich verfehlt!«, schlussfolgerte Milla. »Das ist in der Tat eine Tragödie für das Kind!«

»Das Dorf war voll solcher Tragödien damals«, sagte Ella-Ma mit einem Anflug bitterer Härte. »Voller Tragödien, voller verlorener Seelen!« Sie suchte nach einem Taschentuch.

Milla und Julia zogen es vor zu schweigen, denn Ella-Ma hatte in diesen letzten Kriegstagen beim Brand des Gutshauses der verarmten Veits mit einem Schlag ihre ganze Familie verloren.

In der Nachbarschaft wurden Stimmen laut. Die Mittagspause war zu Ende und tuckernd nahm der Bagger seine Arbeit wieder auf.

»Hoffentlich werkeln auch bei uns bald die Bauleute«, sagte Julia mit sehnsüchtigem Blick auf ihr verschobenes Häuschen. Sie seufzte. »Wollen wir hoffen und beten, dass die Prognose des Gutachters günstig ist.«

Ella-Mas Entschlossenheit schien wiederzukehren. »Wie auch immer sich diese Herren entscheiden mögen, unser Zuhause lassen wir uns nicht nehmen!«, sagte sie.

»Und was ist mit dem Gutshaus?«, wagte Milla zu fragen. »Ist das etwa nicht auch dein Zuhause? Zumindest war es das einmal.«

Julia war alarmiert. Besorgt sah sie zu Ella-Ma. »Mama! Kein Mensch will diese Ruine!«, rief sie schnell.

Es dauerte eine Weile, bis Ella-Ma sich für eine Antwort gesammelt hatte: »Meine liebe Ludmilla«, formulierte sie dann sorgfältig, »eines kann ich dir versprechen: Selbst wenn es zu einem Palast aufgebaut würde und wenn alle meine liebsten Menschen darin wohnen würden – nie wieder setze ich dort einen Fuß über die Schwelle.« Die Antwort war so eindringlich, dass selbst Milla nichts zu entgegnen wagte. Ella-Ma wandte sich brüsk ab und ging einige Schritte in Richtung Haus. Julia folgte ihr. Wieder spürte sie, wie das Kind sich in ihrem Bauch regte und ihr gegen den Magen boxte. Um sich nichts anmerken zu lassen, begann sie, Papiere aus dem Rhododendron zu pflücken. Etiketten, Rechnungen, Werbeblätter. Treibgut einstigen Alltags und aus einem anderen Leben, wie es schien. Erst als Ella-Ma zögernd vor ihrem zerstörten Vorgarten stehen blieb, setzte Milla laut genug hinzu: »Da kann man nur hoffen, dass ihr bis zur Niederkunft wenigstens eine richtige Wohnung gefunden habt.«

»Wir bleiben in Finkendörfel, Mama!«, sagte Julia über ihre Schulter hinweg.

»Aber doch nicht bei diesen Leuten!«

»Ich glaube, da kommt Trude.« Julia dankte im Stillen, dass ihr damit eine Fortsetzung dieser fruchtlosen Diskussion erspart blieb. Milla ließ von ihr ab und drehte sich in die angegebene Richtung. Mit einer Hand beschattete sie ihre Augen gegen das gleißende Sonnenlicht. »Was denn, kein Gutachter? Irgendetwas stimmt nicht.«

Milla hatte recht.

Trude ging gebeugt. Ihre Schritte waren seltsam schleppend, so als hätte sie Bleigewichte an den Füßen.

»Du meine Güte, was machst du denn für ein Gesicht!«, rief Milla erschrocken. »Kommen sie etwa gleich mit der Abrissbirne?«

»Wo ist Ella?«, fragte Trude, ohne sie eines Blickes zu würdigen.

»Ich bin hier!« Ella-Ma kam sofort zurück, als sie die Stimme ihrer Gefährtin hörte.

»Ella!« Trude packte ihre Hände und sah sie eindringlich an. »Oben auf dem Friedhof haben sie Leichen gefunden.«

»Das sollte man an einem solchen Ort auch vermuten«, bemerkte Milla.

Trude ließ sich durch diesen Einwurf nicht beirren. »Unser Gottesacker hat seine Gräber freigegeben!«

»Jaja. Das haben wir schon gehört, dass der Erdrutsch die untersten Grabreihen …« Ella-Ma blickte etwas verwirrt.

»Du verstehst nicht! Alte Gräber! Das von der Herrmann Friedel.«

Noch immer zeigte keine der Frauen Verständnis für Trudes mysteriöse Aufregung. »Wachsleichen. Nicht verwest! Die alte Friedel haben sie schon Februar 45 bestattet. Verstehst du jetzt?«

Nun wurde Ella-Ma ganz still. Sie und Trude schauten sich an. Wie durch ein unsichtbares Band schienen sie aneinander gefesselt zu sein mit ihren Blicken. Ella-Ma bewegte die Lippen, doch sie brachte kein Wort heraus.

Behutsam näherten sich Julia und Milla. »Was hat das zu bedeuten?«, fragte Julia. Weder ihre Großmutter noch Trude vermochten, ihr zu antworten. Die beiden hielten ihre Hände so fest umklammert, dass die Knöchel weiß hervortraten. Sie hatten Tränen in den Augen.

»Eine zweite Leiche liegt über der Friedel«, sagte Trude mit knochentrockener Stimme. »Nicht beerdigt. – Ermordet. Verscharrt.«

»Oma!«

Ella-Ma fiel um wie ein gefällter Baum. Ihre Trude riss sie mit sich.

12.

»Frieda Alwina Herrmann«, las Charlie andächtig vor, »geboren am 10. Juli 1862 in Finkendörfel. – Mannomann! Das war ja eine ganz andere Ära. – Die Eltern … bla, bla. Getauft am 12. Juli 1862. – Liebe Güte! Da haben die aber nicht lange gefackelt, war wohl eine Art Nottaufe.«

»Dafür ist sie dann aber doch recht alt geworden«, warf jemand aus der Tischrunde ein.

»Kann man wohl sagen«, fuhr Charlie fort. »Vielleicht lag das ja am Taufspruch: Denn bei dir ist die Quelle des Lebens, und in deinem Lichte sehen wir das Licht. Psalm 36, Vers 10. Die Paten waren …«

»Um Gottes willen, Karl! Mach hin und erspar uns das ganze Brimborium!«, wetterte sein Großvater los.

»Wann ist das Todesdatum?«, erkundigte sich der Pfarrer mit einem Räuspern. Großherzig hatte er dem Bücherretter Charlie den Vortritt beim Studium der alten Kirchenbücher gelassen. »Und vor allem, wann hat man sie beerdigt?«

»Also, ich lass mich verbrennen, wenn ich tot bin«, gruselte sich der bärtige Bursche neben Charlie. »Wer will schon als so eine Wachsleiche überdauern.«

»Eine Feuerbestattung ist auf jeden Fall ökologisch sinnvoll«, warf Julias Nachbarin ein. Unbeeindruckt von der ganzen Aufregung strickte sie weiter an einem Ringelstrumpf.

Oswald Braun warf der jungen Frau einen verächtlichen Blick zu. »Dass du dir solche heidnischen Faxen nicht bei meiner Beerdigung einfallen lässt!«, knurrte er zu Charlie. Wie ein Wächter hatte er sich hinter dem Stuhl seines Enkels aufgebaut. »Und nun mach endlich weiter, Junge! Nur das Wesentliche!«

»Am 9. Februar 1945 hat der Herrgott diese fromme Seele nach kurzem Leiden zu sich genommen«, fuhr Charlie mit übertriebenem Pathos fort. »Christlich bestattet wurde sie dann auf dem Gottesacker zu Finkendörfel …«, er stockte, »am 13. Februar 1945. – Das war doch, als die Dresden bombardiert haben!«

Julia sah, wie sich Oswalds Kiefer anspannte. Seine Hände umklammerten die Stuhllehne, als wollte er sie auseinanderreißen. Mit einem fragenden Blick wandte sich Charlie zu ihm um. Er spürte wohl die Spannung hinter sich wachsen. Wie ertappt, ließ sein Großvater los. Dann reckte er sich. »Ganz recht«, sagte er finster. »Die Nacht, in der es brannte. – Lichterloh.«

Pfarrer Thieme, der am anderen Ende des langen Tisches saß, stieß einen Klagelaut aus. Jemand legte ihm den Arm um die Schulter. Erst vorhin beim Abendbrot hatte Thieme von den Bombennächten des Krieges erzählt, die er als Kind miterlebt hatte, und wie hart es ihn ankam, nun wieder sein Heim zu verlieren, wenn auch durch ganz andere Gewalten als den Krieg.

»Fragt sich, wer die zweite Leiche ist«, sagte der Bärtige mit einem Blick in das Buch. »Und wie sie dahin gekommen ist. Das scheint ja damals die einzige Beerdigung in der Woche gewesen zu sein.«

Charlie prustete. »Das war ja wohl auch kaum eine offizielle Beerdigung! Bäuchlings mit eingeschlagenem Schädel, ich bitte dich!«

»Paul hat mir gar nichts von einem eingeschlagenen Schädel erzählt«, rief Julia überrascht.

»Na, da kannst du dir sicherlich denken, warum«, erwiderte Charlie und wies auf Julias Bauch.

Sofort schoss helle Wut in Julia hoch. »Du willst wohl mit Mutter Milla wetteifern, wer mich besser zur Weißglut bringen kann?«, zischelte sie über den Tisch zu Charlie. »Weltweit sind Mütter ganz anderen Schrecken ausgesetzt als dem Auftauchen einer Wachsleiche auf dem Dorffriedhof. Also hört bitte auf, mich ständig in Watte packen zu wollen.«

»Schon gut, schon gut«, wehrte Charlie ab. »Zieh deine Krallen wieder ein.«

Bevor das Geplänkel zwischen ihnen eskalieren konnte, legte Oswald beide Hände gebieterisch auf Charlies magere Schultern. »Schluss jetzt! Habt gefälligst etwas mehr Respekt vor den Toten.«

Die Achtung vor dem betagten wie eigensinnigen Hausherrn ließ alle in ein betretenes Schweigen fallen. Oswald sah zum Pfarrer hinüber. Erschöpfung legte sich wie ein Schatten über die Züge seines hageren Gesichtes. Er schloss kurz die Augen, als wolle er eine Erinnerung wegwischen. Die Spannung wich aus seiner Haltung. »Ich gehe jetzt mit Thieme runter zu mir«, murmelte er wie zu sich selbst. »Mein Gott! Was ist das nur für ein Tag. Was für ein Tag!«

»Komm Theo!«, rief er dann lauter und ließ Charlies Schultern los. »Lassen wir der Jugend ihren Lauf. Wir ziehen uns auf eine Krumme und einen guten Tropfen zu mir zurück.«

Nachdem die beiden Alten verschwunden waren, dauerte es noch geraume Zeit, bis das Tischgespräch wieder in Gang kam.

Julia blieb tief in Gedanken zurück. Noch keinem hatte sie davon erzählt, welche drastische Reaktion die Nachricht von der zweiten Leiche bei Ella-Ma und Trude ausgelöst hatte. Selbst Paul nicht, der herbeigeeilt war, um Ella-Ma zu untersuchen. Die Ohnmacht hatte nur kurz gewährt, schnell war sie wieder zu Bewusstsein gekommen. Es war von einem kleinen Schwächeanfall die Rede, ausgelöst durch die Aufregung der letzten Tage. Doch Julia konnte den Ausdruck schieren Entsetzens auf dem Gesicht ihrer Großmutter nicht vergessen. Und den tödlichen Ernst in Trudes Stimme. Hatten die beiden etwas mit diesem unbekannten Toten zu tun?

Nach der Spätsprechstunde wollte Paul noch einmal nach Ella-Ma sehen. Julia sah auf die Uhr. Jetzt müsste er gerade dort sein. Vielleicht offenbarten die beiden Frauen ihm etwas über die Ursache ihres Entsetzens. Trotz fast stündlicher telefonischer Nachfragen hatte Julia bisher nichts weiter erfahren können. Es war, als hätte es dieses große Erschrecken über die zweite Wachsleiche nie gegeben.

Selbst Milla tat so, als bildete sich Julia das alles nur ein: Die ganze Aufregung habe dazu geführt, dass Oma zusammengeklappt sei. Das solle Julia eine Lehre sein und sie darin erinnern, sich gefälligst nicht in irgendwelche Sachen hineinzusteigern in ihrem Zustand. Da hatte Julia aufgelegt.

Nun brannte sie darauf, dass Paul zurückkehrte und der Ungewissheit ein Ende bereitete. Es grauste ihr bei dem Gedanken, ihre Familie könnte in diesen unklaren Todesfall verwickelt sein. Gewiss würde es eine Untersuchung geben. Die überlebenden Zeitzeugen würden befragt werden. Was, wenn …

»Habt ihr euch gut eingerichtet oben?«

Julia schreckte auf.

»Entschuldige«, sagte Charlie. »Du warst in Gedanken.«

»Ja …«, stotterte Julia. »Ja, wir haben uns so weit eingerichtet. Habt vielen Dank für das Asyl.«

»Ist ja ein bissel eng in der Kammer, aber das Familienzimmer wird in den nächsten Tagen bestimmt fertig. Noch sind wir durch die Aufräumarbeiten gebunden.«

»Das macht nichts, es ist schön, dass wir bei euch Familien Unterschlupf finden durften und nicht im Gemeinschaftsraum.«

»Gweny würde mir den Hals umdrehen, wenn ich das ihr und den Kindern zumuten würde«, behauptete Charlie augenzwinkernd. »Wenn ich das überhaupt irgendwelchen Kindern antun würde. Oder solchen, die es werden wollen.« Wieder wies er auf Julias Bauch. Diesmal fühlte sie sich von dieser Geste keineswegs angegriffen. Charlies Frau Gwendolyn war mit dem dritten Kind schwanger. Sie wohnten im Dachgeschoss des Haupthauses, wo sich einst die Dienstbotenwohnungen befunden hatten. In der ersten Etage des Haupthauses lagen neben dem prächtigen Saal des Faktorenhofes, in dem sie inzwischen gemeinsam ihre Mahlzeiten hielten, gemeinschaftliche Schlaf- und Aufenthaltsräume. Die Scheune, die der Kommune bisher als Gemeinschaftsraum gedient hatte, war nun Lagerstatt für Strandgut der Flutkatastrophe. Neben Julia und Paul genossen auch Ariane und ihre kleine Tochter Cilia das Privileg einer winzigen Wohnung mit gemeinschaftlich genutztem Bad auf dem Flur und abschließbaren Kammern. Charlie und Gwen hatten die Absicht, später daraus Ferienwohnungen zu machen. Doch dafür musste noch viel modernisiert werden in der fast zweihundert Jahre alten Faktorei.

»Ich finde es ausgesprochen praktisch, dass unsere Hebamme gleich nebenan schläft«, scherzte Julia. »Das ist auch das Einzige, was meiner armen Mama den Gedanken erträglich macht, dass wir ausgerechnet bei euch Unterschlupf gefunden haben.«

Charlie lachte. »Kann ich mir denken. Ich hatte schon immer einen schweren Stand bei Mutter Milla.«

»Weißt du eigentlich warum?«

»Keine Ahnung«, bekannte Charlie freimütig. »Vielleicht auch eine alte Familienfehde, von der wir noch nichts ahnen, was?«

Der Schatten des Kaminfeuers flackerte an der Wand. Unwillkürlich stand Julia wieder das Gesicht ihrer

Großmutter vor Augen, kurz bevor sie in Ohnmacht gefallen war; sah sie Oswald Brauns weiße Handknöchel um die Stuhllehne gespannt. Sie hörte Charlies nächste Worte nicht.

»Ist alles in Ordnung?«, fragte er, als er es bemerkte.

Julia warf ihm einen langen Blick zu. »Ich bin mir nicht sicher«, sagte sie dann gedankenvoll. »Charlie? Glaubst du, dass unsere Alten irgendwelche dunklen Geheimnisse vor uns haben könnten?«

Mit einem überlegenen Lächeln verschränkte Charlie seine tätowierten Arme vor der Brust und lehnte sich zurück. »Nein. Das glaube ich nicht. – Das weiß ich!«

»Schau mal, da ist Paul!«, fügte er hinzu, bevor Julia auf seine Worte reagieren konnte. Er nickte gen Tür hinter Julias Rücken.

»Na endlich!« Julia drehte sich erwartungsvoll um. Paul stand mit Ariane an der breiten, kunstvoll geschnitzten Holztür zum Saal. Sie unterhielten sich mit ernsten Mienen und so vertieft, dass es Julia einen eifersüchtigen Stich gab. Mit einem Ruck erhob sie sich, ihr Stuhl knarzte über das Parkett.

»Entschuldige, Charlie«, sagte Julia und ging zu den beiden hinüber. Ihr Gespräch verstummte. Paul sah angespannt und erschöpft zugleich aus. Sein Begrüßungslächeln war schwach. Julia stellte sich zwischen sie. »Wie geht es Ella-Ma?«, fragte sie.

»Ganz gut.«

»Und?«

»Nichts und.«

»Nichts?« Julia funkelte ihn an. »Kann ich dich vielleicht kurz allein sprechen?«

»Lass mich doch erst mal Luft holen!«, brummte Paul. Er nahm seine Brille ab und putzte sie.

Ariane fühlte sich offensichtlich unbehaglich. »Hast du schon gegessen, Paul?«, fragte sie beflissen. »Ich hole dir ein paar Brote.« Sie verschwand hinter zur Anrichte, wo noch die Reste des Abendbrotes standen.

»He, Paul!«, rief Charlie vom Tisch herüber. »Endlich Feierabend, was? Ein Bier?«

Paul winkte ihm zu.

Energisch griff Julia nach Pauls Arm. »Bitte!«, zischte sie leise. »Lass mich doch hier nicht so schmoren!«

Er schüttelte sie ab. »Was willst du denn?«

»Ich will wissen, was Oma gesagt hat.«

»Nichts«, wiederholte er ungeduldig. »Was soll sie denn gesagt haben?«

Julia schnappte nach Luft. »Na, vielleicht, was sie an Trudes Nachricht von den Leichen so umgehauen hat?«, flüsterte sie scharf.

Paul fuhr sich mit der Hand über die Augen, bevor er die Brille wieder aufsetzte. »Ich weiß nicht, was du meinst. Außerdem möchte ich mal kurz durchschnaufen. Es war ein verdammt harter Tag, weißt du?«

»Paul!«, begann Julia, ihn erneut zu drängen, doch er wandte sich brüsk ab. »Manchmal bist du echt wie deine Mutter!« Damit ließ er sie stehen und ging hinüber zu Charlie, der schon verheißungsvoll mit zwei Bierflaschen klimperte. Julia starrte ihm wütend hinterher. Dann ging sie rasch hinaus. Sie wollte nicht, dass jemand ihre Tränen sah.

Bis Paul spät am Abend in ihr Dachkammerasyl kam, hatte Julia genügend Zeit gehabt, ihre Reaktion auf eine der verletzendsten Gemeinheiten, die Paul ihr zufügen konnte, zu bedenken. Sie mit ihrer Mutter zu vergleichen! Also wirklich! Zunächst hatte sie daran gedacht, ihm Dinge an den Kopf zu werfen, wenn er durch die Tür treten würde, und ihm danach eine wutrauchende Szene zu machen. Doch nach vielen zornigen Tränen und Schattendialogen in ihrem Schlafsack kam Julia zu dem Schluss, dass es klüger wäre, sich erwachsen zu benehmen. Es war schließlich Pauls erster Arbeitstag bei Köhler gewesen. Sie wusste, wie nervös er deswegen schon seit Tagen war. Wie immer war Paul von seinem Perfektionismus getrieben. Nun gab es da unbekanntes, neues Terrain für ihn, wofür er kaum praktische Erfahrungen mitbrachte und sein grandioses Fachwissen vielleicht nur ein nutzloses Theorem war. Sie hatte sich nicht einmal nach seinem Tag erkundigt, wie sie sich beschämt eingestand. Auch konnte Paul nicht ahnen, dass Ella-Ma erst in dem Augenblick in Ohnmacht gefallen war, als Trude von der zweiten Leiche berichtet hatte, die man zudem ermordet haben sollte.

Diese Gedanken stimmten sie etwas milder gegenüber Paul. Sie wartete. Sie wartete eine Ewigkeit, wie es ihr schien. Schon drohte ihre Versöhnlichkeit zusammenzuschrumpfen, als sie endlich Schritte auf der Treppe hörte und mühsam gedämpfte, trunkene Stimmen.

»Oh nein!« Julia richtete sich auf ihrer riesigen Luftmatratze auf und schaltete die kleine Schirmlampe an, die neben ihrer Schlafstatt auf dem Boden stand. Sie stopfte ihr Kopfkissen hinter ihren Rücken und erwartete so in einigermaßen königlicher Haltung die schwankende Ankunft ihres Liebsten, der kaum die Klinke fand, als er die Tür hinter sich schließen wollte.

»Paul?! Du wirst mir doch nicht auf die Matratze kotzen?«

»Ich liebe dich«, murmelte Paul. Dann fiel er bäuchlings über sie auf die Matratze. Julia hatte Mühe, ihren Bauch zu schützen. »Ist das so?« Grummelnd schob sie seine Beine auf die andere Seite. »Manchmal!« Er schnarchte schon, als sie das Licht löschte.

13.

Paul war überzeugt, mit seinem Brummschädel nicht durch die Eingangstür von Köhlers Praxis zu passen. Das Wartezimmer war leer, wie er durch das Fenster sehen konnte. Erst am Nachmittag war Sprechstunde. Bis dahin, so hoffte er, würden sich die Schwaden um sein Hirn verzogen haben.

Julia war heute Morgen schon vor seinem Erwachen aufgebrochen. Sie hatte einen frühen Auswärtstermin. Auf seinem Telefon fand er fünf Nachrichten von ihr, sie dringend zurückzurufen. Es ginge um Oma und Trude. Das klang anstrengend und hinterließ den faden Geschmack eines schlechten Gewissens. Paul hatte vorhin kurz bei den beiden vorbeigeschaut und sie emsig bei den Aufräumarbeiten rund um das Haus vorgefunden. Für eine Debatte mit Julia fehlte ihm im Moment noch die Kraft. Irgendetwas schien sie gestern Abend verärgert zu haben. Außerdem war sie nun gewiss mitten in ihrem Termin. Für ihn galt es jetzt erst einmal, Köhlers Ausführungen zum organisatorischen Teil der Praxisvertretung zu folgen, ohne dabei schweißgebadet in Ohnmacht zu fallen. Ein beschämend widerliches Katergefühl, gemästet mit einer großen Portion Selbstverachtung, begleitete ihn in den Vorraum der Landarztpraxis.

Köhlers Assistentin Claudia dagegen war die Morgenfrische selbst, als sie ihn begrüßte. Mitleidig schüttelte sie ihren kunterbunt gefärbten Haarschopf. »Auweia! So schlimm der erste Tag im Dienst?«

»Der Dienst nicht«, stöhnte Paul, »eher die Zugaben.«

»Ich habe schon von den Leichen gehört«, flüsterte Claudia verschwörerisch. »Ist ja echt der Hammer! – Übrigens, zwei Kripoleute sind beim Chef. Von der Mordkommission bestimmt. Ich glaube, Ihr Typ wird auch verlangt.« Sie zwinkerte spitzbübisch. »Oder wollen Sie lieber erst mal einen Kaffee?«

Paul winkte ab. »Später. – Sind sie hier drin?« Er zeigte auf die Sprechzimmertür. Claudia nickte. »Gehen Sie ruhig rein. Den Kaffee bringe ich dann sowieso. Vielleicht schnappe ich da was auf. Oder die befragen mich sogar. Das ist so cool!« Ihr Mobiltelefon gab ein Vogelzwitschern von sich. Paul überließ sie ihrer Netzwerkkommunikation. Kräftig klopfte er an die Tür und trat ein.

»Immer herein, Herr Kollege!«, rief ihm Köhler enthusiastisch entgegen. »Wir erwarten Sie schon.« Er stand auf, um ihm entgegenzukommen. Die Situation bereitete ihm sichtlich Vergnügen. »Wenn ich vorstellen darf, meine Damen, Dr. Paul Eisler, meine Praxisvertretung für die nächsten sechs Wochen. Und dies sind Frau Berger und Frau …?«

»Kriminalhauptkommissarin Sonja Walther«, half die sportliche Blondine aus und reichte Paul die Hand. »Kriminalobermeisterin Verena Berger kennen Sie bereits.«

»Ja, wir sind uns am Sonntag begegnet. Gibt es etwas Neues zum Einbruch?«

»Wenn es denn wirklich einer war«, erwiderte Berger und schenkte Paul ein breites Lächeln. »Aber nein, wir haben noch keine neuen Erkenntnisse. Wir sind auch heute wegen einer anderen Ermittlung hier.«

»Ganz recht!« Köhler bugsierte einen weiteren Besucherstuhl heran. »Setzen Sie sich, Kollege. Diese beiden Kriminalistinnen ermitteln wegen der oberen Wachsleiche, die Ihr Freund gestern ausgebuddelt hat. Die mit dem formidablen Loch im Schädel.«

»Freund?«, ließ sich die Kommissarin interessiert vernehmen.

»Charlie«, sagte Paul und korrigierte sich sofort. »Karl Ludger Braun. Er war gestern mit seinem Vater und dem Friedhofsmeister vor Ort, um die Schäden an der eingestürzten Mauer zu begutachten. Sie wollten erste

Sicherungsmaßnahmen treffen. Da haben sie das offene Grab gefunden – und nicht etwa ausgebuddelt.« Er warf Köhler einen mahnenden Blick zu.

Der jedoch strich sich zufrieden über seinen kleinen Bauch. »Weiß schon, weiß schon, mein lieber Kollege«, schnurrte er. »Sollte nur ein Scherz sein. – Und Sie sagen, dass die Schädelfraktur tödlich gewesen ist?«, wandte er sich dann an die beiden Ermittlerinnen.

Die blonde Beamtin hob die Augenbrauen. »Nun, meine Herren, wie unsere Leute von der Spurensicherung feststellen mussten, haben Sie sich offensichtlich gleich selbst davon überzeugt.«

Köhler war nicht im Mindesten verlegen. »Wir sind Ärzte! Selbstverständlich mussten wir uns Gewissheit verschaffen.«

»Gewissheit worüber? Ob die Person wirklich tot ist?«

»Schon gut, schon gut«, wiegelte Köhler ab. »Sagen wir, es war eher wissenschaftliches Interesse. Also, was haben die Kollegen aus der Forensischen Pathologie noch über unsere schöne Wachsleiche zu sagen.«

»Es gab erst eine kurze Untersuchung. Die Kollegen sind noch dran.« Verena Berger las von ihren Notizen ab. »Weiblicher Leichnam. Zum Zeitpunkt ihres Todes etwa Mitte bis Ende dreißig. Todesursache: Einwirkung massiver stumpfer Gewalt auf das Os …« Sie stockte. »Os Oc-cipitale.«

»Os Occipitale oder kurz Occiput«, half Köhler freundlich bei der Aussprache nach. »Jaja – die Gute hat ordentlich was auf ihr Hinterhaupt bekommen.«

»Wäre nicht auch ein Unfall als Ursache denkbar?«, meldete sich Paul zu Wort.

»Alles ist denkbar«, sagte die Kommissarin. »Doch warum dann diese heimliche Beerdigung? Beide Leichen lagen vermutlich gleich lange im Erdreich.«

»Da wollte jemand auf jeden Fall etwas vertuschen.«

»Wir ermitteln wegen einer unklaren, gewaltsamen Todesursache bei einer Unbekannten.«

»Und wegen des Verstoßes gegen die Friedhofsordnung, wie wir von Ihrem Pfarrer im Ruhestand aufgeklärt wurden, sowie wegen Störung der Totenruhe«, ergänzte die Obermeisterin schelmisch.

»Doch hoffentlich nicht gegen Charlie und seinen Vater?«

»Gegen den ersten unbekannten Grabschänder natürlich«, beruhigte sie. »Fragen, die es für unser Team zu klären gilt: Wer ist die Tote? Wie kam es zu diesem gewaltsamen Tod und wer hat die Leiche nach der offiziellen Beisetzung in dem Grab verschwinden lassen?«

»Wenn man bedenkt, wann die andere Leiche beigesetzt worden sein muss, sind Sie da nicht zu beneiden«, meinte Köhler mitfühlend. »Das muss ja zig Jahre her sein.«

»In den letzten Kriegstagen.« Paul ahnte schon, dass das den beiden Ermittlerinnen bereits bekannt war.

Die blonde Kommissarin blickte ihn aufmerksam an. »Sie sind ja bestens informiert, Herr Dr. Eisler. – Die Beerdigung war tatsächlich am Dienstag, dem 13. Februar 1945.«

Köhler setzte sich mit plötzlicher Bestürzung in seinem Drehsessel auf. »Ist das wirklich wahr? Das ist doch der Tag …, der Tag …«

»… der Tag der Bombardierung Dresdens.«

»Da war hier alles voller Flüchtlinge!«, rief Köhler aus. »Ich weiß das von meiner ehemaligen Sprechstundenschwester, der Schwarze Christa. Also jetzt heißt sie ja Böhme. Sie war mit ihrer Mutter auch in einem solchen Treck hier angekommen. Die Schwarzes wollten damals eigentlich auch weiter nach Dresden. Zum Glück waren sie noch nicht dahin aufgebrochen.« Er glitt sanft zurück in seine Sessellehne. »Es müsste da noch eine ganze Reihe Zeitzeugen geben in Finkendörfel und in

Eckertswalde, auch wenn viele von denen noch Kinder waren damals.«

»Mein Vater war auch ein Flüchtlingskind«, warf Paul nachdenklich ein. »Ein winziges allerdings. Großmutter hatte ihn auf der Flucht zur Welt gebracht.«

»Dann ist Ihre Großmutter ein möglicher Zeuge.«

»War«, dämpfte Paul die Erwartungen der Obermeisterin. »Sie starb kurz vor Ende des Krieges an Entkräftung.«

»Hier in Finkendörfel?« Kommissarin Walther richtete sich auf.

»Ja, doch erst Ende April. Sie wurde im Familiengrab der Veits beigesetzt.«

»Sind die Veits Verwandte Ihrer Familie?«, fragte Dr. Köhler überrascht.

»Eher eine Wahlverwandtschaft, eine, die der Krieg und die Flucht hervorgebracht haben.«

Die Kriminalistinnen wechselten einen Blick. »Das würden wir gern genauer wissen, wenn Sie so freundlich wären?«

Paul wünschte plötzlich, er hätte das nicht erwähnt, ohne zu wissen, warum ihm das nun so unangenehm war. Bedächtig nahm er seine Brille ab und spielte damit. Doch es wollte ihm keine Ausrede einfallen, diesem Ansinnen nicht zu folgen.

»Die Großmutter meiner Frau und ihre Freundin hatten die beiden Flüchtlinge aufgenommen«, erzählte er also widerwillig. »Sie erwartete ebenfalls ein Kind. Nach dem Tod meiner Großmutter haben sie meinen Vater mit aufgezogen.«

»Es gab also doch Menschlichkeit in diesen grausamen Zeiten«, philosophierte Köhler mit gefalteten Händen auf seinem Bauch.

Verena Berger funkelte ihn an. »Die Zeiten sind immer noch grausam, finden Sie nicht?«

»Es sind wohl eher die Menschen, die grausam sind«, wandte Kommissarin Walther ein, »nicht die Zeiten.«

»Grausam genug«, gab Köhler zu. »Umso wichtiger sind solche Zeichen von Barmherzigkeit, auch wenn dieses Wort aus der Mode gekommen scheint.«

Kommissarin Walther gab sich einen Ruck, als besänne sie sich auf ihr eigentliches Anliegen. »Dann können Sie ja vielleicht Ihre Zieh-Großmutter befragen, Herr Dr. Eisler?«

Paul hatte Mühe, nicht zusammenzuzucken. »Ich?«

»Wir halten das für die behutsamste Art einer Befragung. Das ist nämlich der wichtigste Grund unseres Besuches: Wir hätten gern, dass Sie uns ärztlichen Beistand für Ihre betagten Patienten geben, während wir sie befragen.«

»Und sie ermuntern, uns Auskunft zu geben«, ergänzte die Obermeisterin. »Wir kommen eben von der Steinmetzfamilie Herschel-Braun und haben eine ziemlich rüde Abfuhr erhalten. Mit Hinweis auf den Gesundheitszustand von Marie Herschel. Nun ja, sie ist ja wirklich schon sehr betagt. Deswegen dachten wir …«

Köhler grinste zufrieden. »Soso, da hat Ihnen Picker-Herschels Marie also einen Korb gegeben.« Er wurde wieder ernst. »Wie stellen Sie sich das vor? Nächste Woche bin ich zur Kur. Mein Kollege hat da wirklich keine Zeit, Ihren Zeugen den Puls zu fühlen, während Sie sie befragen.«

»Nun, vielleicht lässt sich das mit Ihren Besuchen verbinden, Herr Dr. Eisler«, wandte sich die Kommissarin direkt an Paul.

Bevor der überraschte Paul antworten konnte, gab Köhler seine wohlwollende Pose endgültig auf und schob den Stuhl gewichtig an seinen Schreibtisch heran. »Was glauben Sie wohl, was wir bei unseren Patienten machen? Von alten Zeiten plaudern?«

»Nicht?« Kommissarin Walther gab sich amüsiert. »Im Ernst, meine Herren, wir werden natürlich über Presse, Funk und Fernsehen die Bevölkerung um Mithilfe bitten, um Zeitzeugen zu finden und vor allem, um die Identität der Toten zu klären. Doch Sie haben einen viel tieferen, vertrauensvolleren Zugang zu den fraglichen Zeugen. Wir bitten Sie um nichts weiter, als Ihre Patienten zu ermutigen, uns Informationen über die Geschehnisse der letzten Kriegstage zu geben, und ihnen notfalls beizustehen. Schließlich gilt es, ein Verbrechen aufzuklären.«

»Alles, was wir bei unseren ärztlichen Besuchen erfahren, unterliegt der Schweigepflicht«, gab Paul zu bedenken, der der Diskussion mit wachsendem Unbehagen gefolgt war. Er konnte es sich zunächst nicht gleich erklären. War es, weil Julia ihn so dringend wegen Ella-Ma und Trude sprechen wollte oder weil er seine Familie und Ziehfamilie erwähnt hatte? Das hatte so etwas vom Öffnen einer verbotenen Tür. Fremde wollten dort eindringen. Unbefugte. Neugierige. Er hatte sich mit seinen Informationen an die beiden Ermittlerinnen eine Blöße gegeben. So fühlte es sich an. Er musste unbedingt mit Julia darüber sprechen.

Eine neue Welle von Scham durchflutete ihn bei dem Gedanken an seine gestrige Trunkenheit – der zweiten innerhalb weniger Tage. Er musste aufpassen. Mit Entsetzen bemerkte er, dass ihm Schweiß auf der Stirn stand.

Die Kommissarin bemerkte es. »Geht es Ihnen gut?«

»Alles bestens, danke«, erwiderte Paul schroff. »Ich bin dagegen, dass wir das Vertrauen unserer Patienten für Ihre Ermittlungen aufs Spiel setzen. Medizinischen Beistand kann ich geben, wenn der gewünscht wird, doch zu einer Entscheidung zu einer Aussage werde ich die Patienten nicht überreden.«

»Sie sind sehr streng in Ihren Ansichten«, sagte Köhler und eine Spur Enttäuschung schwang in seiner Stimme.

»Darf ich fragen, warum Sie mit solcher Leidenschaft dagegen streiten?«

»Selbst wenn die Patienten nichts damit zu tun haben sollten und die Ereignisse zwei Generationen zurückliegen, wer weiß schon, ob es nicht doch in ihr heutiges Leben hineinspielt?«

»Unsere Zeitzeugen sollen Beobachtungen und Erinnerungen wiedergeben, keine Familiengeheimnisse«, versuchte Kommissarin Walther zu beruhigen.

»Wobei nicht auszuschließen ist, dass das eine das andere bedingt«, sinnierte Köhler.

Paul nickte. »Sie sagen es. Ich bin fest entschlossen, neutral zu bleiben und niemanden zu ermutigen oder gar zu überreden.«

»Neutral, sagen Sie?« Die Kommissarin musterte Paul mit einem langen, nachdenklichen Blick. Selbst Verena Berger, die bisher so offensichtlich mit ihm geflirtet hatte, senkte ihre Augen auf ihren Notizblock. Im Blitzlicht eines Erschreckens wurde Paul bewusst, dass sie zuvor über ihn geredet haben mussten.

»Ihre Position in diesem Fall kommt mir alles andere als neutral vor, Herr Dr. Eisler«, bestätigte die Kommissarin seine Ahnung. »Zwei Ermittlungen in einem kleinen Oberlausitzer Bergdorf und in beiden taucht Dr. Paul Eisler auf. So ein Zufall, nicht wahr?« Ihre Stimme war unterkühlt. »Ihre Frau ist Rechtsanwältin, in deren Büro Sie einen schwer verletzten Klienten Ihrer Frau auffinden. Auch mit einer Kopfverletzung.«

»Was wollen Sie damit andeuten?« Köhler rekelte sich unangenehm berührt. »Sie wollen doch meinem jungen Kollegen keine Mittäterschaft unterstellen?«

»Das ist schwer möglich, denn für beide Verbrechen hat Dr. Eisler ein perfektes Alibi«, scherzte die Kommissarin ohne jeden Anflug von Humor. Ihre blauen Augen hatten sich wie die eines Jägers auf Paul geheftet.

»Doch vielleicht seiner Familie?«

Paul spürte, wie sich Wasser in seinem Mund sammelte. Er begann, seine Brille zu putzen und schluckte dabei. »Sie wollen also ausgerechnet mich zum Mittelpunkt Ihrer Ermittlungen machen?«, fragte er dann betont sachlich, um seinen Aufruhr zu verbergen.

Die Kommissarin gab sich unschuldig. »Wir sammeln nur die Fakten.«

»Auch solche Zufälle?«

»Gerade die.«

»Gibt es die überhaupt?«, fragte Köhler verdrossen und sah auf die Uhr.

»Sagen wir, es sind seltsame Übereinstimmungen«, sagte Kommissarin Walther, der die Bewegung des Arztes nicht entgangen war. Doch noch war sie nicht bereit, dem Wink zu folgen. »Zufälle«, fuhr sie fort, »wie der, dass ein und derselbe Mann in zwei völlig unterschiedlichen Ermittlungen hier in diesem kleinen Ort eine Rolle spielt.« Sie sah Paul freundlich provozierend an.

»Welche Rolle«, stieg Paul verärgert darauf ein. Ein pochender Kopfschmerz meldete sich hinter seinen Schläfen. »Ich habe weder die Leiche da oben vergraben, noch habe ich Alwin Böhme niedergeschlagen.«

»Also wirklich, meine Damen!«, protestierte nun auch Dr. Köhler. »Das können Sie doch nicht wirklich annehmen.«

Die Kommissarin lächelte spitzbübisch. »Es ist beides zumindest nicht sehr wahrscheinlich, wie ich zugeben muss, Herr Dr. Eisler. Doch Zufälle inspirieren uns nun mal, nicht wahr, Verena?«

»Na? Wer möchte denn jetzt alles einen Lebenswecker?«, flötete Claudia, die nach einem kaum hörbaren Anklopfen mit einem Tablett voller Geschirr hereingeklappert kam. Kaffeeduft umschwebte sie wie eine Aura praller Energie.

»Entschuldigen Sie mich«, murmelte Paul. Dann stürzte er aus dem Zimmer.

14.

Kurz vor Mittag köchelte Julias Zorn auf kleiner Flamme. Sie hatte Mühe, sich auf ihre Arbeit zu konzentrieren. Immer wieder glitt ihr Blick auf ihr Telefon. Die Trögerin bemerkte es, als sie wegen eines Diktats von Julia mehrfach Nachfragen hatte. »Sie sind ziemlich erschöpft, meine Liebe«, sagte sie mit mütterlicher Besorgnis, wobei sie sich hütete, Julias Schwangerschaft zu erwähnen. »Wollen Sie sich nicht ein wenig Ruhe gönnen? Sicherlich übernimmt Ihr Vater heute Ihre Termine am Nachmittag. Es sind eh …« Sie blickte in ihren tragbaren Computer. »Ach, nur einer sogar. Erbschaftsstreit bei den Hauswalds. Das geht schon in die hundertste Runde. – Also, was halten Sie davon, wenn Sie Ihre Tasche packen und zusehen, dass Sie nach Hause kommen. Oder in Ihr Kommunen-Asyl eben«, verbesserte sie sich seufzend. Sie strich sich ihren Rock glatt.

Julia wollte eben zu einer freundlichen Ablehnung des Vorschlages ansetzen, als endlich Pauls Bild auf dem Bildschirm ihres Telefons erschien. So nickte sie der Trögerin nur rasch zu, was diese als Zustimmung wertete, so dass sie zufrieden aus Julias Büro rauschte.

»Paul!«

»Ich habe Zeit bis drei«, sagte Paul so sachlich, als verkündete er einen Laborbefund. »Wollen wir uns im Erbgericht zum Essen treffen?«

Ehe sie es sich versah, hatte Julia zugestimmt und sie waren verabredet. Sie ertappte sich dabei, wie eilig sie ihre Tasche packte. Der Abschied von der Trögerin war ungewohnt kurz angebunden. Die altgediente Sekretärin lächelte jedoch nur wohlwollend, als Julia sie bat, ihrem Vater Gruß und Dank auszurichten für die Nachmittagsvertretung. Wo war ihr Ärger geblieben? Im Moment verspürte sie nur Erleichterung. Doch war das gerecht? Paul hätte sich wenigstens entschuldigen können, befand sie, während sie auf dem Weg durch das Treppenhaus nach ihrem Autoschlüssel in ihrer Umhängetasche wühlte. Genau. Eine Entschuldigung hatte sie sich verdient.

Paul war da offensichtlich anderer Meinung, denn es fiel bei ihrer Begrüßung kein Wort über den vergangenen Abend. Auch nicht, als sie sich nach ihrer Teichlmauke und einem stattlichen Dessert nun bei einem Kaffee gegenübersaßen. Immerhin hatte Julia geglaubt, Anzeichen von Zerknirschung im Antlitz ihres Liebsten zu entdecken. Pauls Appetit war noch nicht sonderlich groß gewesen, lustlos hatte er im Kartoffelbreikranz herumgestochert und eingehend den einen oder anderen Sauerkrautfaden an seiner Gabel betrachtet, ohne ihn jedoch zum Mund zu führen. Beim Dessert, wo Julia besonders hemmungslos zuschlug, lehnte er sogar mit Anzeichen von Übelkeit ab und beschränkte sich auf einen Kaffee, an dem er gelegentlich nippte. Diese Anzeichen immerhin erfüllten Julia mit einer kleinen boshaften Genugtuung, auch wenn sie beschlossen hatte, die Geschehnisse des Vorabends ebenfalls nicht zu erwähnen. Stattdessen hatte sie Paul, kaum, dass sie am Tisch saßen, von ihrem Erleben des gestrigen Vormittags erzählt und damit die erhoffte Wirkung erzielt. Paul zeigte sich angemessen beeindruckt. »Sie haben kein Wort darüber verloren, als ich sie abends besucht habe«, beteuerte er. »Auch Trude nicht. Sie sprach nur immerzu von ihrem Häuschen und irgendwelchen Ignoranten, die das Bauamt geschickt hätte.« Er rührte in seinem Kaffee und ließ seinen Blick aus dem Fenster der Gaststube gleiten. »Morgen will sie unbedingt einen Bagger organisieren, der den Schlamm vom Haus wegbugsiert. Das ist scheinbar das Einzige, was sie bewegt. Kein Wort von den Leichen.«

»Mir gegenüber auch nicht. Außer der Angst um das Häuschen und kleineren Mäkeleien wegen unseres

Quartiers bei Charlie gab es kein Thema. Gerade noch das Versprechen von Oma, sich bei dir ordentlich untersuchen zu lassen. Ich habe mehrfach versucht, die Sprache auf die Wachsleichen zu bringen, und habe sogar erwähnt, dass du sie gemeinsam mit Dr. Köhler inspiziert hast. – Kein Interesse. Es war so, als würde ich von den Wasserständen der Weser berichten.«

»Das sieht unserer Trude gar nicht ähnlich.«

»Nein, wirklich nicht!«

»Meinst du«, begann Paul und brach dann kopfschüttelnd ab, so als glaubte er selbst nicht, was er da sagen wollte. Julia war sofort hellwach. »Was?«

»Ich weiß nicht.« Er senkte die Stimme, obwohl sich die Gaststube nahezu geleert hatte und sie allein am alten Kachelofen saßen. »Könnten unsere lieben Alten etwas mit dieser Toten zu tun haben?«

»Es ist also eine Frau?«

»Ja, etwa 30 Jahre alt, heißt es.«

Julia spürte ein taubes Gefühl auf ihren Wangen. Instinktiv griff sie nach Pauls Hand. »Genau den gleichen Gedanken hatte ich gestern eben auch schon«, flüsterte sie. »Ihre Reaktion war erst so heftig und dann dieses betonte Desinteresse.«

»Heute waren zwei Kriminalistinnen in der Praxis. Sie wollen, dass wir älteren Zeugen ärztlichen Beistand geben, falls erforderlich.«

Erstaunt über diese Gesprächswendung richtete sich Julia auf. »Das ist nicht ungewöhnlich. Die Zeugen sind ja schon alle recht betagt.«

Er erzählte ihr den Rest des Gespräches.

»Das ist doch absurd!«, entfuhr es Julia. Der letzte Gast am Stammtisch sah von seinem Bierglas auf.

»Natürlich«, sagte Paul gedämpft und drückte Julias Hand. »Dennoch beunruhigt es mich, dass sie unsere Familie so im Fokus haben.«

Mit gerunzelter Stirn studierte Julia den Rest ihrer Götterspeise auf dem Dessertteller. »Vielleicht haben sie nur auf den Busch geklopft?«, meinte sie dann.

»Möglich.« Paul löste seine Hand aus der ihren und sah auf die Uhr. »Es wäre aber gut, wir hätten ein Auge auf Ella-Ma und Trude. Wenn sie befragt werden, sollten wir am besten beide mit dabei sein.«

»Wir sollten den Ermittlern zuvorkommen und sie schon vorher ausquetschen«, sagte Julia. Sie erhob sich und drückte ihren Rücken durch. »Am besten, ich lade mich gleich bei Hellers zum Kaffee ein. Friedegard macht einen unwiderstehlich köstlichen Zuckerkuchen.«

Paul riss die Augen auf. »Bist du sicher, dass das Baby dann noch Platz in deinem Bauch hat?«

»Mach dir darüber mal keine Sorgen, mein Lieber.« Sein Lächeln tat ihr gut. Es war so selten geworden, seit er aus Boston zurückgekehrt war. Immerzu wirkte Paul angestrengt. Sie betrachtete ihn liebevoll und bekam mit, wie schnell der Ernst sich wieder über Pauls Gesichtszüge breitete. »Willst du die beiden wirklich in Anwesenheit der Schwestern befragen?«

»Das ist vielleicht gerade günstig.«

»Was, wenn Meta etwas ausplappert?« Der Ausdruck von Sorge auf Pauls Gesicht vertiefte sich. »Was, wenn ein Zeitzeuge bei der Befragung Ella-Ma oder Trude belastet?«

»Nach so langer Zeit«, versuchte Julia zu beruhigen. »Wer kann sich da schon genau erinnern.«

»An diese Zeit schon. 13. Februar 1945! Das hat sich bei denen, die das erlebt haben, in allen Einzelheiten in die Seele gebrannt. Du weißt doch bestimmt auch noch alles von dem Tag, an dem die Mauer fiel. Wo du warst, was da alles gerade los war in deinem Leben.«

»Du hast recht«, bekannte Julia nachdenklich. »Was müssen die für eine Angst gehabt haben damals!«

Paul nickte. »Das Dorf war voller Flüchtlinge und Fremder. Fast in jeder Familie Gefallene zu beklagen. – Und Dresden brannte.«

»Die Nacht, in der es brannte, lichterloh …«, sagte Julia tief in Gedanken. »Oma erzählt, der Flammenschein sei bis Finkendörfel zu sehen gewesen und tagelang habe es Asche geregnet.«

Im Stehen nippte sie noch einmal an ihrem koffeinfreien Kaffee. »Es war übrigens Oswald Braun – Charlies Opa! –, der das gestern Abend sagte mit dem ›lichterloh‹«, fuhr sie dann wesentlich lebhafter fort. »Es klang irgendwie seltsam, so als hätte es eine besondere Bedeutung. Seine Reaktion kam mir insgesamt eigenartig angespannt vor.«

»Vielleicht können wir Charlie darauf ansetzen«, schlug Paul vor.

»Ja, mach das.« Julia erinnerte sich. »Er sagte gestern, dass er mehr wüsste, bevor wir unterbrochen wurden. – Aber gib so wenig Fakten preis wie möglich. Nicht, dass sich dann weitere Türen schließen.«

»So wie bei Ella-Ma und Trude.«

»Ich werde nicht eher ruhen, bevor ich herausbekommen habe, was die beiden und vielleicht auch Ossi Braun damit zu tun hatten«, sagte Julia.

»Bevor es andere herausbekommen.«

»Du sagst es.«

Paul spielte nachdenklich mit dem Kaffeelöffel an der Untertasse herum. Ihr alter Schulfreund Jörg, der mit seiner Frau Katja seit einiger Zeit das Erbgericht bewirtschaftete, missverstand das klappernde Geräusch als Zeichen, zu ihnen zu kommen. »Na, ihr Turteltäubchen? Darf es noch etwas sein?«

Julia betrachtete in ernsthafter Erwägung ihren Bauch. »Ich glaube, dann platze ich«, sagte sie mit Bedauern.

»Bitte nicht hier!«, ging Jörg augenzwinkernd darauf

ein. »Das wäre zu dramatisch nach der Katastrophe, die wir sowieso schon hatten. – Ich bringe euch mal lieber die Rechnung.«

15.

Es gab keinen Zuckerkuchen bei Friedegard Heller. Stattdessen fand Julia die beiden ältlichen Schwestern in Aufbruchstimmung vor. Sie wollten zum Arzt. Meta hatte seit Tagen Albträume und konnte danach nicht weiterschlafen. »Immerzu glaubt sie, der Mörder sei im Haus«, klagte Friedegard verstohlen, während Meta im Vorhaus herumwirtschaftete. »Ella und Trude sind noch oben. Aber der Kaffee steht schon in der Küche. Wenn Sie lieber Malzkaffee wollen, Julia, da ist noch welcher im Schrank.«

Julia deckte den Tisch. Kurze Zeit später kam Trude von ihrer Mittagsruhe herunter. Trotz angemessener Freude über ihr unverhofftes Erscheinen, hatte Julia den Eindruck, nicht ganz so willkommen zu sein. Ella-Ma bestätigte das. »Julia!«, rief sie überrascht, als sie in der Küche auftauchte. »Mit dir haben wir ja gar nicht gerechnet heute.«

»Vater Georg hat meine Nachmittagstermine übernommen. Da dachte ich, ich komme mal zu euch zum Kaffeeklatsch.« Julia bemühte sich um einen heiteren Ton. »Ich hoffe, ich komme nicht ungelegen?«

»Aber nein, Liebes«, versicherte Ella-Ma. »Wir freuen uns immer, dich zu sehen.« Sie setzte sich an den gedeckten Tisch. »Wie macht sich unser Paul als Probe-Landarzt?«

»Es ist ja erst sein zweiter Tag. Hoffentlich einer ohne Leichen.«

Trude schenkte Kaffee ein. »Wasser dazu?«, fragte sie Julia.

»Gern.«

Keine der Frauen verzog eine Miene.

»Die Polizei war deshalb heute bei Paul und Dr. Köhler in der Praxis.«

»Die Polizei?« Trude verschwappte etwas Wasser.

»Ist doch völlig klar, dass die Ermittlungen anstellen«, sagte Ella-Ma. »Totschlag oder Mord – das müssen die aufklären. Egal, wie lange das her ist.« Sie klang sehr beherrscht. »Aber was wollen die von Paul?«

»Er soll ärztlichen Beistand geben, wenn die Polizei Zeitzeugen befragt.«

Trude rümpfte die Nase. »Ich brauche doch keinen Arzt, wenn ich was zu sagen habe.«

»Hast du denn etwas zu sagen?«, fragte Julia so unschuldig wie möglich. »Ihr wart doch junge Leute damals. Ihr müsst euch doch an etwas erinnern.«

»Natürlich erinnern wir uns an etwas«, blaffte Trude. »Wer könnte diese Zeit vergessen. Das Gutshaus brannte damals ab. Hast du das schon vergessen?«

Julia schwieg betroffen. Sie fühlte sich schuldig, weil sie an dem Gebot des Schweigens gerüttelt hatte, mit dem diese Katastrophe in ihrer Familie sonst belegt war. Die Brandursache wurde nie geklärt. Es waren auch Flüchtlinge dabei ums Leben gekommen, die im einstigen Dienstbotenflügel des abgewirtschafteten Gutshauses gewohnt hatten. Der Brand war vom Haupthaus ausgegangen, vom Schlafzimmer der Mutter. Vera Veit hatte zeitlebens an einer tiefen Melancholie und großer Angst gelitten. Ihre tatkräftige jüngere Tochter Ella Marie war eher nach der Großmutter geraten.

»Tut mir leid«, sagte Julia zerknirscht. Doch Ella-Ma schien sie nicht zu hören. Blicklos stierte sie vor sich hin. »Oh, wie es brannte«, sagte sie dann mit Geisterstimme. »Lichterloh!«

Das Baby gab Julia einen Stups im Bauch. Julia stellten sich die Nackenhaare auf. »Das habe ich schon einmal gehört in diesen Tagen«, sagte sie dann. »Von Oswald Braun.«

Dieser Name ließ die beiden aufhorchen. »Wann?«, schnappte Trude. »In welchem Zusammenhang?«

»Es ging um den Fund der Wachsleichen. Als herauskam, dass eine Leiche …«

»Hör doch endlich auf damit, Kindchen«, rief Ella-Ma plötzlich leidenschaftlich. »Lass die Toten ruhen! Denk an das Leben. Denk an dein Kind!«

Julia legte begütigend die Hand auf ihren Bauch, wie um das Ungeborene zu schützen. »Das wird nicht möglich sein«, sagte sie. »Man wird auch euch befragen, so wie alle Zeitzeugen im Dorf.« Mit Bestürzung bemerkte Julia, dass Ella-Ma die Tränen in die Augen traten.

»So viele sind gestorben damals«, schimpfte Trude. »Und kein Hahn kräht mehr danach.« Trudes Brüder waren alle drei gefallen, einer nach dem anderen innerhalb von wenigen Wochen. Ihre Mutter war darüber in Trübsinn und Starre verfallen und nur wenige Monate nach dem Krieg gestorben.

»Diese beiden Toten sind aber nun wieder ans Licht gebracht«, beharrte Julia dennoch.

»Ach! Zum Kuckuck mit dieser verdammten Regenflut! Alles muss sie kaputt machen. Kann man diesem armen Mann nicht seine Ruhe gönnen?«

»Mann? Es ist eine Frauenleiche.« Die beiden Alten starrten Julia an. »Jemand hat ihr den Schädel eingeschlagen. Morgen steht es in der Zeitung.«

»Kein Mann?« Ella-Ma schlug ihre Hände vor den Mund. »Kein Mann!« Sie schluchzte auf. »Eine Frau! – Oh Trude! Es ist eine Frau!« Mit einem Satz war Trude bei ihr. Begütigend legte sie ihrer Gefährtin den Arm um die Schulter. Dann blickte sie Julia ernst an. »Ich glaube, es ist besser, wenn du jetzt gehst.«

Teil zwei

1.

Die Welt um sie herum war in Auflösung begriffen. Vera spürte, wie auch sie sich mehr und mehr aufzulösen begann. Einem Schatten gleich wandelte sie durch die nachtdunklen Flure des alten Gutshauses. Von den Flüchtlingsquartieren herüber wehten Stimmen. Schimpfend, ungeduldig. Ein Kind weinte sich in den Schlaf. Niemanden kümmerte es. Niemanden kümmerte die Angst der Kleinen. Sie waren alle selbst im Schrecken gebannt, in dunklen Ahnungen des Untergangs und der Rache, die folgen würde. Mit jedem Flüchtlingstreck aus dem Osten wurde es schlimmer. Sie hatte ihren Töchtern verboten, darüber zu sprechen. Doch in den Augen derer, die auf der Flucht waren, las Vera von der Sinnlosigkeit, der Furcht, von verlorener Hoffnung und kaum verdeckter Wut.

Tag für Tag kamen neue Flüchtlinge in Finkendörfel an. Das ganze Dorf war voll Fremder. Kaum ein Haus, das keine dieser armen Seelen beherbergte. Es herrschte eine Mischung aus Mitleid und Verachtung, aus Hilfsbereitschaft und Angst vor dem Näherrücken des Feindes. Wann immer jemand vom »Endsieg« plärrte, zuckte Vera zusammen. Sie kam nicht mehr zu den gemeinsamen Mahlzeiten. Es war ihr unerträglich geworden. Vera verschloss sich in ihrem Zimmer.

Nur Sophia und Ella hatten Zugang zu ihr – und das neue Mädchen, Trude. Sie wartete ihr auf und nannte sie ihre liebe, gnädige Frau, so als sei Vera noch die schöne, strahlende Gutsherrin von einst, als Herrmann noch lebte. Als ihre tatkräftige Schwiegermutter hier noch das Regime führte, als dies ein lebendiges, frohes Haus war mit vielen Gästen und Treffen von Forschungsreisenden und Missionaren, mit denen Herrmann so viel Umgang pflegte. Er war mehr ein Geisteswissenschaftler gewesen denn ein Gutsherr. Die Schulbildung im Dorf war ihm wichtig, auch die seiner Mädchen. Vera dagegen, sein liebes Weibel, wie er sie nannte, Vera brauchte nur Vera zu sein, die charmante, liebevolle Gastgeberin mit der schönen Singstimme. Mit seinem frühen Tod und dem der Schwiegermutter brach diese Welt zusammen. Dunkle Schatten legten sich über das Leben der Veits. Den Nationalsozialisten war Herrmann Veit ein Dorn im Auge gewesen. Er und seine Freunde standen unter Beobachtung. Seit dem Besuch seines Studienfreundes James waren auch die Veits in Ungnade gefallen. Herrmann hatte wie James von einer neuen, gerechten Gesellschaft geträumt. Wie sollte es je eine geben mit diesem entsetzlichen Krieg? Sie waren größere Träumer als Vera, sie waren bereit gewesen, dafür zu sterben. James war dafür gestorben. Sophia hatte es vor ihr geheim halten wollen, doch sie wusste von seiner Hinrichtung im Januar. Seitdem hatte Vera nur Angst, Angst vor dem Tod, Angst vor dem Leben, das sie hier erwartete – wenn es vorbei war.

Vera tastete sich die Wand entlang. Sie lauschte. Aus einem Versteck war ein Radio zu hören. Feindsender vielleicht. Ihr schauderte bei dem Gedanken, ein Feind würde in ihrem Haus entdeckt. Sie würden vertrieben oder inhaftiert werden; bei Nacht und Nebel abtransportiert wie die Jakobs vom Textilhaus am Markt. Vera fasste sich grausend an den Nachthemdkragen und zog ihn auf. Dann tippelte sie weiter; barfuß den Flur entlang, wie schon als Kind, wenn sie nicht schlafen konnte …

Das Haus der Veits war jetzt nicht mehr ihr Haus, auch wenn sie mit ihren Töchtern lebenslanges Wohnrecht genoss. Alles war ihr entglitten, die Brauns waren die neuen Eigentümer, sie führten die Verwaltung. Auch sie waren Freunde ihres Mannes gewesen. Vera weihten sie schon lange in keine Entscheidungen mehr ein. Ihre Töchter hatten Geheimnisse vor ihr. Jeder hatte etwas zu verbergen. Ihr eigenes Heim war ein Hort ihrer Feinde. Es gab nichts mehr, was ihr Zuflucht gab. Selbst ihre Gebete waren leere Worthülsen rhythmisch vertrauter Laute geworden. Sie verstand nicht mehr, was sie da sagte, und die Stille darauf war ein gähnender Abgrund. Sie war verloren.

Ein Schatten bewegte sich in der Nische am Fenster. Vera spürte die Angst wie ein aufbäumendes Tier in sich. Instinktiv griff sie nach dem Kandelaber vom Flurtisch. Der Schatten verharrte lauernd. Veras Hand krampfte sich um den Griff des Leuchters. Dann kam es auf sie zu. Wie von selbst sauste Veras Hand nieder. Hart schlug sie zu, wieder und wieder schlug sie zu. Mit jedem Schlag wich ein Stück Angst …

»Julia! Was machst du denn hier?«

Julia fuhr zusammen, als hätte sie der Schlag getroffen, den sie sich gerade vorgestellt hatte. Sie stand vor dem geöffneten Scheunentor. Regen rann in satten Bindfäden, der Himmel grollte. Sie hatte nichts davon wahrgenommen, so sehr war sie von ihrer Vision gefangen gewesen. Im Halbdunkel der Scheune stapelten sich die Habseligkeiten der Flutopfer aus dem Dorf. Säuberlich geordnet und mit Namensschildern versehen, damit man nach der Rückkehr in die Häuser auch alles wieder seinen rechtmäßigen Besitzern geben konnte. Rückkehr – wie seltsam dieses Wort klang. Wenn Julia eines klar wurde in diesem Moment, dass es eine Rückkehr in ihr altes Leben nicht geben würde. Klamme Furcht schlich um ihr Herz und packte sie, so dass sie sich schüttelte.

»Stehst hier einfach mitten im Regen!«, schimpfte Ariane derweil. »Du zitterst am ganzen Leibe!« Sie zog die tropfnasse Julia in die Scheune. »Willst dir wohl den Tod holen? Und dem Baby auch, was?«

»Ich …«, stotterte Julia, die noch ganz benommen war von ihrem intensiven Tagtraum. »Ich habe gar nicht gemerkt, dass es regnet.«

»So hast du auch ausgesehen.« Argwöhnisch betrachtete Ariane sie und rubbelte an ihren Armen, um sie zu wärmen. »Hast du einen Geist gesehen oder so was?«

»So etwas Ähnliches«, sagte Julia verlegen. Sie versuchte zu lächeln, doch sie konnte nicht verhindern, dass sie noch mehr schlotterte. »Ich war eben ganz tief in Gedanken.«

»Ganz tief! In der Tat. Es ist ja nicht zu fassen. – Ich rufe Paul an. Du bleibst den Rest der Woche hier.«

»Hier? So ein Quatsch.«

»Dann eben bei deiner Mutter.«

»Was soll das, Ariane. Ich bin nicht krank!«

»Lass dir ja nicht einfallen, in diesem Zustand irgendwelche deiner Fälle zu bearbeiten!« Ariane griff bereits nach ihrem Mobiltelefon. »Befehl von deiner Hebamme! Ich spreche jetzt ein ernstes Wort mit deinem Hausarzt und dann packe ich dich mit einer Wärmflasche ins Bett.«

Nur eine Stunde später war Paul bei ihr. Köhler hatte ihn vorzeitig nach Hause geschickt. Julia war in ein überdimensionales altes Holzbett verfrachtet worden, wo sie wie die Prinzessin auf der Erbse zwischen Kissentürmen thronte, während ihre beiden Wärterinnen, Gwen und Ariane, abwechselnd patrouillierten. Argwöhnisch achteten sie darauf, dass Julia auch wirklich jeden Termin ihrer Arbeitswoche verschob oder delegierte und dass sie genügend vom Tee trank, den Charlie ihr gebraut hatte. Er saß bei ihr auf dem Bettrand, als Paul hereinkam. Draußen rauschte noch immer der Regen. Julia war gerade dabei, den Böhmes begreiflich zu machen, dass sie den Termin am Mittwoch nicht einhalten konnte. Es wurde recht ungnädig aufgenommen, vor allem von Charlotte Böhme. Charlie verdrehte die Augen, als er es mitbekam. Eine Vertretung durch Julias Vater wollten die Böhmes nicht akzeptieren. Dann schon lieber auf die nächste Woche verschieben. Schließlich einigte man sich auf den Freitagnachmittag der kommenden Woche. Julia schob sich eine Haarsträhne aus dem verschwitzten Gesicht, nachdem sie aufgelegt hatte. »Schwieriger Fall, diese Böhmes«, sagte Charlie und stand auf, um Paul zu begrüßen.

»Die Verschiebung ist vielleicht ganz gut, dann wissen wir mehr über Alwins Prognose. – Gibt es da etwas Neues, Schatz?«

Paul schüttelte den Kopf. Seine Miene war ernst. »Was war das heute Nachmittag, Julia?«, fragte er. »Wie geht es dir?«

»Hier in diesem Schwitzkasten? Du machst wohl Witze! Ich will eigentlich nur ein Kind bekommen und kein Ei ausbrüten.«

Nur Charlie kicherte.

»Ariane hat sogar erwogen, dich in die Klinik zu bringen.«

»Es geht mir wirklich gut«, brummte Julia ärgerlich und fächelte sich mit ihrem Journal Luft zu. »Und dem Baby auch. Ariane hat die Herztöne kontrolliert. Ich war nur etwas …«

»Wir machen auf jeden Fall eine Blutuntersuchung.« Paul packte seine Arzttasche auf den Stuhl.

»Oh, da gehe ich mal«, sagte Charlie rasch. »Ich kann zwar Leuten Tattoos stechen, aber wenn so richtig Blut fließt …« Er gruselte sich.

Mit einem Ruck richtete sich Julia auf. »Bitte komm zurück, Charlie!«, bat sie eindringlich. Die beiden Männer starrten sie an. »Und bringe mir von dem herrlich kühlen Kräuterwasser mit, das Gwen immer im Kühlschrank bereithält. Sonst verdampfe ich noch hier vor lauter Fürsorge.«

»Ach so.« Charlie sah erleichtert aus. »Na klar, mach ich. Du ein frisches Blondes, Paul?«

»Nein, danke«, sagte Paul. »Ich bringe das Blut gleich noch ins Labor.« Er wechselte einen Blick mit Julia. »Aber wir müssen wirklich reden, Charlie.«

»Jetzt bin ich beunruhigt.«

»Keine Sorge, nichts Schlimmes«, rief Julia aus ihrem Kissenlager. »Es geht um unsere lieben Alten.«

Noch immer blickte Charlie verständnislos.

»Und um die Wachsleiche mit dem Loch im Kopf«, ergänzte Paul.

Charlie pfiff durch die Zähne. »Und da sagt ihr, nichts Schlimmes. – Ich bin in einer Minute zurück.«

Als Charlie wieder in die Kammer trat, drückte Paul gerade den Tupfer auf Julias Arm und fixierte ihn mit einer Binde. Wortlos schenkte er ihnen von dem kühlen Kräutertrunk ein, während Paul die Reagenzgläser in seiner Tasche verstaute. Dann saßen sie beieinander. Charlie auf der Bettkante von Julias Kissenlager, Paul auf dem Stuhl. Es fiel ihnen schwer, einen Anfang zu finden. Schließlich war es Julia, die das Wort ergriff und von ihrer Vision vom Spätnachmittag erzählte. »Meine Urgroßmutter war depressiv, wie es in unserer Familie heißt«, fasste sie dann zusammen. »Zu mehr Information kann man sich bis heute nicht durchringen.«

Paul polierte mit angestrengter Miene seine Brillengläser. »Wahrscheinlich hatte sie eine Angststörung oder gar eine Psychose.«

»Damals hielt man psychische Erkrankungen in der Familie geheim. Zu groß war die Angst vor der Euthanasie.«

»Vor allem aber vor dem, was die Leute sagen«, ergänzte Charlie grimmig. »Das ist heute nicht viel anders.«

»Denkt nur daran, welche Angst Meta noch heute vor Krankenhäusern hat.« Julia nippte an ihrem Getränk. »Und vor irgendwelchen Mördern.«

»Vielleicht hat sie ja etwas gesehen?«

»Meta? – Ja, vielleicht«, grübelte Paul. »Vielleicht ist an Julias Vision auch etwas Wahres dran und Vera hat diese Unbekannte in ihrem Angstwahn getötet.«

»Ihre Töchter haben das mit Trudes Hilfe vertuscht und

Opa hat die Leiche in dem frischen Grab verschwinden lassen.«

»Aber er hat doch sein lahmes Bein«, wandte Paul ein. »Kinderlähmung, nicht wahr?«

Charlie schüttelte den Kopf. »Klumpfuß. Ist aber gleich behandelt worden. Deshalb nicht so schlimm. Hat ihn aber eine ganze Weile vor dem Militär bewahrt. Nur beim Volkssturm dann, da war auch er Mode.« Sie schwiegen wieder.

»Kräftig genug war er trotzdem«, fuhr Charlie dann fort. »War immer sehr stolz darauf, Sargträger gewesen zu sein – über fünfzig Jahre lang. Ein ehrenvolles Amt.«

»Dann wäre es also möglich.« Julia wickelte eine Haarsträhne um ihren Zeigefinger. »Soviel ich von Oma weiß, war mein Urgroßvater ein sehr engagierter christlich-sozialer Gelehrter, der gern Gleichgesinnte um sich scharte.«

»Genau«, bestätigte Charlie eifrig. »Er hat mit dem von Moltke studiert.«

»Kreisauer Kreis?« Paul verzog zweifelnd das Gesicht. »Ihr meint, dass einer von denen ebenfalls Hausgast gewesen sein könnte zu dieser Zeit? Ein politischer Hintergrund?«

Julia schüttelte den Kopf. »Mein Urgroßvater ist noch vor Kriegsbeginn gestorben. Ella-Ma hat auch nie etwas in dieser Art erwähnt.«

»Was ja nichts zu bedeuten hat«, meinte Charlie mit einem Seufzer. »Wenn man überlegt, wie karg sich unsere Altvorderen mit Informationen aus dieser Zeit geben.«

Paul schob seine Brille nach hinten. »Kann man es ihnen etwa verdenken?«

»Wie können wir nur mehr aus den dreien herausbekommen?«, rief Julia ungeduldig. »Direkt fragen? Das geht doch schief! – Aber wenn die Polizei erst loslegt, dann kann es passieren ...« Sie wickelte ihr Haar energischer um den Finger. Mit sanfter Geste nahm Paul ihre Hand und löste sie aus der Verschlingung. »Dann verquatschen sie sich vielleicht«, fuhr Julia fort, »oder hüllen sich wieder in ihr verdächtiges Schweigen. – Wir müssen etwas tun!«

»Das müssen wir«, bestätigte Paul. »Und das werden wir.« Er wandte sich um. »Es muss doch noch andere Zeitzeugen geben, die redseliger sind. Wie sieht es mit deiner Ahne aus, Charlie?«

»Die Ticki?« Charlie knetete seine tätowierten Finger.

»Wieso nennst du sie Ticki?«, fragte Julia misstrauisch.

»Nicht weil sie einen Tick hat«, beruhigte er sie grinsend. »Ne, ne! Meine Tick-Tack-Oma ist noch ganz helle im Kopp. Uhr-Oma, kapiert?«

Stöhnend ließ sich Julia in das Federkissen zurücksinken. »Oh Charlie, ihr und eure Namen!«

»Na, jede Familie hat halt so ihren eigenen Vogel«, verteidigte sich Charlie. Doch er wurde gleich wieder ernst. »Und ihre eigenen Leichen im Keller«, ergänzte er dann. »Wir müssen sehr vorsichtig vorgehen. Bei Picker-Herschel wird das nicht anders sein als bei den Brauns und den Böhmes oder eben den Veits.«

»Bei den Böhmes?« Julia war alarmiert.

»Na, die Briefe, die ich Alwin gegeben habe.«

»Da ging es doch aber um eine arrangierte Hochzeit«, erinnerte sich Paul stirnrunzelnd. »Einen Freundschaftsdienst.«

»Und um einen Schatz!«

Mit einem Ächzen richtete sich Julia wieder auf. »Es gibt keinen Schatz bei den Böhmes!«

»Und was ist mit Charlottes Familienschmuck, hä? Mit dem hat sie schließlich die Weberei gerettet, nachdem Axel sich so herzhaft verspekuliert hatte mit dem Firmengeld.«

Julia kniff die Lippen zusammen.

»Angeblich hat sie den mit in die Ehe gebracht.«

»Nicht angeblich«, ärgerte sich Julia. Doch sie fasste sich schnell. »Du bist ja bestens informiert, mein Lieber.«

»Aus erster Hand. Durch Alwin persönlich.« Charlie grinste. »Anders als ihr unterliege ich eben nicht der Schweigepflicht.« Er verschränkte die tätowierten Unterarme über seiner dürren Brust. »Das ist vielleicht unsere Chance. Wenn ich nur weiter recherchieren dürfte.«

»Darfst du nicht?«

Charlie krallte seine langen Finger um die Oberarme. »Berthold!«, knirschte er. »Er war vorhin da und hat alle Unterlagen von mir zurückgefordert.«

»Aber wieso denn das plötzlich?«

»Keine Ahnung. Er sagt, der Familienrat habe das so beschlossen. Bestimmt steckt der alte Drachen Charlotte dahinter.« Er schnaufte verächtlich. »Aber vielleicht könnt ihr ja ein gutes Wort für mich einlegen bei den Böhmes? Es wäre auf jeden Fall in Alwins Sinne, das könnt ihr mir glauben.«

Julia wechselte einen fragenden Blick mit Paul, der dem Gespräch im nachdenklichen Schweigen gefolgt war. Er räusperte sich und schob seine Brille zurück. »Warten wir erst einmal ab, wie sich Alwins Genesung gestaltet. Die Böhmes haben jetzt sicher ganz andere Sorgen. – Außerdem geht es doch hier um unsere Familien und nicht um die Böhmes.«

Die beiden anderen gaben ihm recht.

»Wir sollten auflisten, was wir alles wissen von unseren Familien aus dieser Zeit«, schlug Paul vor. »Und dann sehen, wie wir Ordnung in die Fakten bringen.« Er zückte sein Journal und schlug die Leerseiten am Ende auf.

»Ganz der Methodiker«, murmelte Charlie.

Julia hob beschwörend die Hand. »Über eines sollten wir uns noch einig sein, unsere Verschwiegenheit. Kein Wort von dem, was wir hier alles zusammentragen und erfahren, darf vorerst an Außenstehende gelangen.«

»Ist doch klar«, beteuerte Charlie und schlug sich auf die dürre Brust. »Aber wenn ich diese Papierseite sehe, fällt mir ein, was ist eigentlich aus dem Zettel geworden, den Alwin so krampfhaft in seinen Klauen gehalten hatte, als wir ihn fanden.«

Paul übersah Julias warnenden Blick. »Der steckt immer noch in der Joppe vom alten Heller.« Der kleine Dissens zwischen den Eheleuten war Charlie nicht verborgen geblieben. »Hey! Schon vergessen? Wir sind jetzt ein Team, ein privates Ermittlerteam sozusagen. Wir sollten wenigstens einander vertrauen.«

»Du hast recht, Charlie«, sagte Paul und zückte seinen Stift, um drei Spalten auf seiner Seite zu ziehen. »Also, was wissen wir über die Veits, die Brauns und die Herschels aus der Zeit Ende des Krieges? Lasst hören!«

2.

Blutrot senkte sich die Sonne gegen den Gipfel des Eckertsberges im Westen, als Paul vom Bautzener Labor ins Oberland zurückkehrte. Aus dem Böhmischen grollte ein weiteres Unwetter herauf. Häufig waren die besonders heftig. Die Menschen auf den Straßen von Finkendörfel warfen besorgte Blicke gen Himmel. Trotz der Feierabendstunde waren die Aufräumarbeiten noch im vollen Gange. Als Paul bei den Hellers auf den Hof fuhr, fand er jedoch Trude mit den beiden Schwestern bereits auf der Bank im Hof sitzend. Friedegards Hühner pickten um sie herum. Kaum war er ausgestiegen, lief ihm Meta entgegen. »Wir bauen das Katzenhaus wieder auf!«, rief sie aufgeregt. »Gleich morgen.« Auch Trude erhob sich, um Paul zu begrüßen. »Irgendetwas muss man ja tun.« Ein mürrischer Zug lag um ihren Mund. »Wenn wir schon keinen Bagger herkriegen«, brummelte sie. Sie wies auf den glühenden Abendhimmel. »Der Regen hat wieder alles aufgeweicht. Es ist wie ein Fluch!«

»Trude!« Friedegard fasste sich an den Hals. »Sag doch nicht immer solche Sachen.«

»Ich möchte gern noch etwas aus der Jacke holen, die Sie mir am Sonnabend geliehen hatten, Frau Heller«, sagte Paul.

»Ich hole sie!« Bereits beim ersten Wort war Meta losgelaufen.

»Sie liegt im Waschhaus«, rief ihre Schwester hinter ihr her, doch Meta war schon verschwunden. Mit einem Seufzen ging ihr Friedegard nach.

»Tut mir leid, dass ich Ihnen solche Umstände mache.« Die Frauen hörten Pauls Entschuldigung schon nicht mehr.

»Was soll das? Du machst doch keine Umstände.« Trude maß ihn mit prüfenden Blicken, denen er ungerührt standhielt. »Was treibt dich wirklich hierher, Paul?«

»Die Jacke«, erwiderte Paul knapp. »Und ihr. Ich wollte sehen, wie es euch geht.«

Mit einem Schnauben verschränkte Trude die Arme vor der Brust. »Sehr schlecht!« Ihre Wut war echt. »Drüben beim Haus geht gar nichts vorwärts. Pursche Siggi kommt nun erst nächste Woche mit dem Bagger rüber. Die anderen sind beim Trocknen und Renovieren. Die Küchlers kriegen morgen sogar schon ihre neuen Möbel geliefert. Und bei uns?«

»Am Wochenende packe ich mit an«, beteuerte Paul. »Wie geht es Ella-Ma?«

Trudes Miene verschloss sich. »Sie hat sich hingelegt.«

»Ich werde gleich einmal nach ihr sehen.«

»Lass sie! Sie schläft endlich mal. Dieser ganze Schlamassel bringt sie um den Schlaf. Der raubt uns allen noch den letzten Nerv. – Ach! Zum Kuckuck!« Sie stampfte mit dem Fuß auf. »Da seid ihr ja.« Sie meinte die Schwestern, die mit der Jacke zurückkehrten wie mit einer glorreichen Kriegsbeute. Paul fand den Zettel nicht gleich. Neugierig verfolgten die drei Frauen seine Suche. Als er ihn endlich in der Innentasche entdeckte, konnte er ihn schlecht vor ihnen verbergen. »Was ist denn das?«, fragte Meta.

»Das ist aus Julias Büro«, erklärte Paul wahrheitsgetreu. Sie sahen zu, wie er ihn entfaltete.

»Da sind ja nur Zahlen drauf«, sagte Meta enttäuscht.

»Mit alter Schrift geschrieben«, behauptete Trude, nachdem sie Paul den Zettel aus der Hand genommen hatte. Der Fund riss sie etwas aus ihren trüben Gedanken. »Also zumindest ist der Schreiber schon älter. Vielleicht so wie wir, was Friedegard?«

Die stimmte zu. »Man sieht das an den Bögen und Schnörkeln ganz gut. Sütterlin. Das haben wir noch so in der Schule gelernt. Ella weiß bestimmt mehr dazu zu sagen.«

»Jaja, wenn es ihr besser geht«, rief Trude rasch und gab Paul den Zettel zurück. Friedegard sah überrascht aus. Meta schien sogar eingeschüchtert von Trudes barschem Ton. Mit einem Kopfnicken steckte Paul den Zettel ein. »Vielen Dank«, sagte er. »Ich schaue morgen wieder vorbei auf der Hausbesuchstour, in Ordnung?«

»Wenn du meinst.« Misstrauisch aufgrund seines raschen Einlenkens verschränkte Trude wieder ihre Arme vor der Brust. »Grüße Julia«, sagte sie dann abschließend. »Ich gehe jetzt ins Haus.«

Paul kam nicht zum Aussteigen auf dem Faktorenhof. Mit Sturmschritten kam Berthold Böhme auf seinen Wagen zu, kaum dass Paul gehalten hatte. Berthold riss die Tür auf. »Na endlich! Gehen Sie eigentlich nie an Ihr Telefon?«

Wider Willen errötete Paul. Er hatte sein Telefon während der Sprechstunde stumm geschaltet und keinen Blick mehr darauf geworfen, seitdem Köhler ihn in den vorzeitigen Feierabend geschickt hatte. Mit einem Rest von Würde schnallte er sich ab und stieg aus, wodurch Berthold gezwungen wurde, einen Schritt zurückzuweichen. »Mutti geht es wieder sauschlecht«, blaffte er, als sei auch das Pauls Schuld. »Also schnappen Sie sich Ihre Arzttasche und dann nichts wie los.«

Im Hintergrund sah Paul, wie Ariane mit ein paar Leuten aus Charlies Kommune beisammenstand und missbilligend den Kopf schüttelte. Doch Paul begriff, dass es nackte Angst war, die Berthold derart unhöflich sein ließ. »Ich komme«, sagte er also ruhig. »Nur einen Moment.« Im Stillen beglückwünschte er sich zu seiner Idee, sich eine funkelnagelneue und bestens ausgestattete Notfalltasche geleistet zu haben, die er stets in seiner Reichweite hatte. Zu unberechenbar war ihm das Leben eines Landarztes so fern aller Apparate und labortechnischen Wunderwerke der Medizin erschienen. Er hatte für alles gewappnet sein wollen. Vielleicht bewährte sich das nun. Im Nu hatte Paul die Tasche vom Rücksitz geholt und saß nur wenig später in Bertholds Mercedes, der mit quietschenden Reifen vom Hof der Faktorei brauste. Zunächst sprachen sie kein Wort. Berthold fuhr, als ginge es um Leben und Tod. Die Schlaglöcher der ausgewaschenen Straße schüttelten sie durcheinander. »Wann ging es wieder los?«, fragte Paul, der sich am Griff an der Wagendecke festhielt.

Berthold brauchte eine Weile für seine Antwort. Sein Gesicht hatte einen grimmigen Ausdruck angenommen. »Als wir von Vater zurückkamen«, sagte er schließlich. »Wieder einmal! Sie hat solche Angst, dass er irregeworden ist durch den Schlag. Jetzt fürchte ich schon, dass sie deswegen völlig durchdreht. Immer nimmt sie sich alles so zu Herzen!«

»Ist Ihr Vater aus dem Koma erwacht?«

»Sie haben ihn heute rausgeholt. Er ist recht schnell wieder zu sich gekommen.« Berthold stockte. »Mehr oder weniger zu sich«, schnaufte er dann. »Auf jeden Fall ist er bei Bewusstsein und die Ärzte finden das toll. Halten das für einen großen Fortschritt, geben ihm gute Prognosen und so weiter. – Aber wenn Sie mich fragen, das ist nicht Vater, der da aufgewacht ist. Nee, also wirklich nicht!«

Paul spürte neben all der Beunruhigung auch eine gehörige Portion Zorn bei Berthold. »Woraus schließen Sie das?«, fragte er vorsichtig.

Mittlerweile hatten sie das Gelände der Damastweberei erreicht. Sie wurden von Axel und Gabriele erwartet, die mit alarmierten Mienen vor dem Treppenaufgang standen. »Er sieht total schlecht«, stieß Berthold hervor, während er den Wagen mit einem Ruck zum Stehen brachte. »Und er hat nach einem Pfarrer verlangt!«

Es war kein Hausbesuch, sondern ein Tribunal, das Paul im geräumigen Wohnzimmer der Böhmes erwartete. Die Familie stellte sich im Halbkreis um ihn herum. Axel schenkte sich laut plätschernd etwas vom Cognac ein, der auf der Anrichte stand. Berthold postierte sich am Fenster mit Blick auf seine Mutter, während Charlotte demonstrativ einen Schritt zurückwich. Hinter ihnen auf dem Fenstersims saß die Katze Safi und putzte sich ausgiebig. Nur Gabriele blieb dicht an Pauls Seite. Für einen zitternden Moment erwog Paul, vor den kritischen Augen der Familie, sein ganz großes Notfallprogramm mit EKG und Blutzuckerkontrolle abzuziehen, doch dann besann er sich der Worte Köhlers, die ihn daran erinnerten, sich vor allem auf seine fünf Sinne zu verlassen. »Benutzen Sie Ihren gesunden Menschenverstand, mein lieber Kollege«, hatte er ihm im gewohnt väterlich jovialen Ton geraten, »und vertrauen Sie zuallererst Ihrer Intuition.«

Also konzentrierte sich Paul ganz auf Christa. Seine Patientin saß rotgesichtig und von Weinkrämpfen geschüttelt vor einem großen Sessel auf dem Teppich, die dicken Beine gespreizt und eine Plastiktüte in der Hand, in die sie unter dem Kommando einer unerbittlichen Charlotte hineinatmen sollte.

»Es ist gut, Frau Böhme«, sagte Paul, womit er beide Frauen meinte. »Diesmal ist das wohl weniger das Problem.« Er fasste Christa an der einen Hand und nahm ihr behutsam die Tüte aus der anderen. »Sie sind völlig erschöpft. Wir sollten Sie erst einmal in den Sessel bringen.« Gabriele fasste sofort mit zu. Sie sah mit stummer Aufforderung zu ihrem Mann auf, doch der schürzte nur geringschätzig die Lippen und trank einen tiefen Zug aus seinem Glas. Zu guter Letzt packte Berthold mit an. Sie hievten die korpulente Frau in den Sessel. Paul reichte ihr ein Glas Wasser, das auf dem Teetisch neben ihr gestanden hatte. »Trinken Sie, Frau Böhme.« Sie zitterte so stark, dass sie den größten Teil verschüttete. Paul nahm ihr das zerknüllte Taschentuch aus der Hand und wischte ihr damit über das tränenverschmierte Gesicht, wobei er wie nebenbei die Pupillenweite und Hauttemperatur prüfte. Wortlos reichte Charlotte ihm ein Stück von der Küchenrolle, damit er sein Säuberungswerk fortsetzen konnte. Doch Paul tat so, als bemerkte er es nicht und fühlte stattdessen Christas Puls. Sie begann bereits, ruhiger zu werden.

»Ach, Herr Doktor! – Wie gut, dass Sie da sind. Es ist ja alles so furchtbar!«

»Gleich schauen wir, wie es um Ihren Blutdruck bestellt ist, Frau Böhme.«

Sie packte seinen Arm so plötzlich, dass Paul das Stethoskop aus der Hand fiel. »Aber Sie verstehen nicht, Herr Doktor!« Ihre Augen waren weit aufgerissen. »Mein Alwin hat den Verstand verloren!« Christa kam so dicht an sein Gesicht, dass er ihren feuchten Atem spürte. »Seine Erinnerungen! Sein Augenlicht! Alles weg! – Er ist ein Schatten seiner selbst.« Mit einem Greinen zog sie sich an Pauls Schulter, wo sie schluchzend verweilte. Diesmal ergriff Paul die dargebotene Küchenrolle, als er Christa sanft, aber bestimmt wieder zurück in den Sessel schob. Während sie in den Zellstoff weinte, nahm Paul das Stethoskop auf und hängte es sich um den Hals. Dann legte er die Blutdruckmanschette um Christas fleischigen Oberarm und begann zu pumpen.

»Ihre Kollegen wollen meinen Sohn in die Psychiatrie überweisen«, ließ sich Charlotte vernehmen. Ihre Stimme war vollkommen beherrscht. Christa stieß einen Klagelaut aus.

»Ganz ruhig jetzt, Frau Böhme.«

»Was halten Sie davon?«

Paul ließ die Luft aus der Manschette und nahm erst bedächtig die Ohrbügel ab, bevor er sich erhob. »Dazu müsste ich Näheres erfahren. Ich kann gleich morgen mit den Kollegen …«

»Die denken tatsächlich, dass er sich wieder erinnert, wenn sie ihn dort in die Mangel nehmen.« Axels Artikulation hatte bereits gelitten. Gabriele wollte ihm das Glas aus der Hand nehmen, doch er stieß sie weg. »Vielleicht dreht der Alte aber auch komplett durch in der Klapse.«

»Axel!« Charlottes Ruf peitschte durch den dämmrigen Raum. »Mäßige dich gefälligst!«

»Der erkennt ja nicht mal seine eigene Familie.«

»Mich hat er sehr wohl erkannt.«

»Na, du bist ja auch seine Mutter. Das ist die Kindheit. Sonst ist sein Hirn ja wohl nur noch Brei, was soll denn da wiederkommen?«

»Schluss jetzt! Du sprichst von deinem Vater.«

Axel verstummte tatsächlich. Mit trotziger Miene schenkte er sich vom Cognac nach. Die bittere Miene seiner Frau ignorierte er. Gabriele faltete ihre Hände, um sich zu beherrschen. Dann suchte sie Pauls Blick. »Die Ärzte meinen auch, dass Alwin sein Augenlicht wiedergewinnen könnte«, sagte sie. »Die Blindheit gehe vom Gehirn aus, mit seinen Augen sei alles in Ordnung.«

»Das gibt es«, bestätigte Paul. »Bei einem schweren Schock, verbunden mit einem Schädel-Hirn-Trauma. Möglicherweise ist das aber wirklich reversibel, so wie auch die Erinnerung wiederkommen kann. Es ist wie eine natürliche Schonhaltung des Gehirns.«

»Sie meinen, dass mein Sohn so Entsetzliches gesehen hat, dass er das alles abgeschaltet hat?«

Paul sah Charlotte nachdenklich an. Ihre Miene war undurchdringlich. »Ich weiß es nicht«, bekannte er dann. »Immerhin war er im Haus, als die Schlammlawine abging.«

Mit einer unwirschen Geste wischte Charlotte seinen Einwand beiseite. »So etwas kann doch meinen Alwin nicht erschüttern«, behauptete sie. »Sie kennen ihn nicht. Der ist aus hartem Holz geschnitzt.«

»Kann man wohl sagen«, lallte Axel. Sofort wurde er von seiner Großmutter gemaßregelt. »Sei still!«

Die Katze sprang vom Fenstersims. Mit steil aufgestelltem Schwanz steuerte sie auf Charlotte zu.

»Es ist noch sehr früh im Heilungsprozess«, sagte Paul derweil betont ruhig. »Sie müssen ihm Zeit geben.«

»Ja, aber wie viel Zeit?«

»Das kann Ihnen keiner so genau sagen.«

Mittlerweile hatte Christa wieder mit ihrem Weinen begonnen, doch es war stiller geworden, erschöpfter und irgendwie resigniert. »Berti«, rief sie zwischendurch. Sie streckte die Arme nach ihm aus. Mit einem kurzen Zögern, das Widerwillen erahnen ließ, trat Berthold an den Sessel heran und erlaubte seiner Mutter, nach seiner Hand zu greifen.

Charlotte ignorierte ihre Schwiegertochter. Sie beobachtete Paul mit Argusaugen und pochte dabei mit der Spitze ihres Stockes auf den Teppichboden. Safi strich ihr um die Beine. Paul packte seine Arzttasche und zückte den Rezeptblock. »Ich schreibe Ihnen etwas für die Nacht auf«, sagte er zu Christa, »damit Sie wenigstens schlafen können. Es ist ein leichtes, rein pflanzliches …«

»Die Polizei will uns morgen vernehmen«, sagte Charlotte.

Überrascht sah Paul auf. »Ich dachte, das wäre schon geschehen.« Die anderen Böhmes im Raum schienen die Luft anzuhalten. Nur Safi hatte sich neben Charlottes Stock gesetzt und ihren Schwanz um den Körper gelegt. Mit ihren grünen Augen sah sie Paul erwartungsvoll an. »Bei meiner Frau waren die Beamten schon am Sonntag.«

»Ja, aber Mutti ging es doch so schlecht«, warf Berthold ungeduldig ein. »Wir haben sie für morgen bestellt. Zu Mittag.«

»Oh, mein lieber Herr Doktor«, rief Christa und griff nach Pauls Hand. »Können Sie nicht mit dabei sein?«

»Mittag geht leider nicht«, sagte Paul. »Da bin ich noch …«

»Ich weiß nicht, wie ich das ohne Ihren Beistand durchhalten soll. – Selbstverständlich bezahlen wir Ihnen das.«

»Mutti! Lass das doch.« Der Ausbruch seiner Mutter war Berthold sichtlich peinlich.

»Ich kann es mir in den Abendstunden einrichten.«

»Sollen wir die etwa wieder vertrösten?«, blaffte Berthold. »Die müssen ja sonst was von uns denken.«

Paul zögerte mit einer Erwiderung, damit die Familie nicht seinen wachsenden Ärger spürte. »Was sollte die Polizei denn denken?«, fragte er schließlich, ohne jemanden anzusehen.

»Na, vielleicht, dass wir dem Alten eins über den Schädel gezogen haben«, lachte Axel trunken.

Diesmal konnte ihn auch der scharfe Blick seiner Großmutter nicht zügeln. »Vielleicht, dass ich ihm eins verpasst habe. Ich bin ja eh der große Schurke zurzeit, da kommt es darauf nun auch nicht mehr an.«

»Halt endlich die Klappe, Axel!« Gabriele packte ihren Mann am Oberarm. Der Cognac schwappte aus dem Glas. Schwankend versuchte Axel, sie abzuschütteln, doch er geriet so stark ins Wanken, dass er nur mit Mühe Halt an der Anrichte fand. »Lass mich in Ruhe!«

»Wir fahren jetzt nach Hause«, befand Gabriele resigniert. Sie wandte sich an Paul. »Sollen wir Sie mitnehmen?«

»Aber, was wird denn nun mit der Polizei?«, jammerte Christa. »Ich brauche Sie doch, Herr Doktor. Ich halte das nicht aus, wenn die mich dann auch noch fragen, ob mein Alwin vorher schon so verrückt war.«

Charlotte pochte mit ihrem Stock auf den Teppich. »Das war er definitiv nicht!«

»Nicht verrückter als sonst«, lallte Axel. Gabriele packte ihn. Diesmal ließ er sie gewähren.

»Du solltest aufpassen mit dem Zeug, Axel«, meinte Paul, den plötzlich Mitleid mit dem zerrütteten Zustand seines einstigen Sportfreundes packte. »Wenn du willst …«

»Lasst mich einfach alle in Ruhe! Kapiert?«

»Schon gut.« Paul nahm seine Tasche. »Danke für das Angebot der Mitfahrgelegenheit. Ich laufe lieber zurück. Das Gewitter hat sich verzogen, wie es scheint. Und es ist noch hell.« Dann wandte er sich zum Abschied an Christa. »Sagen Sie der Polizei, dass ich es als Ihr Arzt für zweckmäßig erachte, wenn ich bei der Befragung dabei bin. Ich denke, ab 18 Uhr kann ich hier sein.«

»So machen wir das! Ja, so machen wir das, nicht wahr, Berti? Du regelst das doch alles für dein Muttchen?« Christa ergriff erneut Pauls Hand. Sie umklammerte sie so, als wollte sie ihn nicht mehr loslassen. »Wie wunderbar, mein lieber Herr Doktor. Wenn wir Sie nicht hätten! Wir sind ja so glücklich, dass Sie die Vertretung machen für unseren guten Dr. Köhler. Sie werden …«

»Berthold bringt Sie natürlich auch gern nach Hause«, unterbrach Charlotte ungnädig die überschwänglichen

Dankesbezeugungen ihrer Schwiegertochter. Dann besann sie sich wohl darauf, dass Pauls Zuhause von der Flut zerstört worden war. »Oder wohin Sie auch immer wollen«, verbesserte sie sich. Die Katze kniff die Augen zusammen.

Paul bestand darauf, zu Fuß zurückzugehen. Er hatte das dringende Bedürfnis nach Luft und Bewegung. Nach einem kurzen Abschied stiefelte er mit langen Schritten den Weg von der Damastweberei hinauf zum Park. Einst hatte er zum Gut der Veits gehört. Ella-Mas Vorväter waren begeisterte Botaniker gewesen und hatten liebevoll seltene Bäume und Stauden zusammengetragen. Noch heute bemühte sich die Gemeinde, diese Vielfalt zu hegen und zu pflegen. Doch auch hier hatte der Starkregen seine Spuren hinterlassen. Die Wege waren zerfurcht von den inzwischen versiegten Wasserströmen. Mächtige Äste waren abgebrochen, selbst bei der berühmten Süntel-Buche am Fuße des Wiesenhanges war ein Teil der knorrig verästelten Krone zusammengebrochen. Mit Bedauern sah Paul auf den romantischen Treffpunkt für Liebespaare, der nun seine Äste wie gebrochene Flügel auf das Gras breitete. Hier hatte er sich oft mit Julia getroffen. Heimlich, da die Familie noch nicht wissen sollte, dass aus ihnen mehr als gute Freunde geworden waren. Sie hatten also auch ihre Geheimnisse gehabt. Warum sollte das bei ihren lieben Alten anders sein? Allein, hier gab es eine Tote, eine Erschlagene. Das wog schwerer als heimliche Küsse.

Der Himmel war bedeckt und schluckte das schwindende Tageslicht. Ein ruppiger Wind ließ die Bäume über ihm rauschen. Mit jedem Meter, den sich Paul von der Villa der Böhmes entfernte, löste sich der Druck in seiner Brust. Erst jetzt wurde ihm bewusst, wie angespannt er gewesen war. In einer ersten Analyse fand er, dass das weniger mit der medizinischen Herausforderung zu tun gehabt hatte. Es waren die Spannungen in dieser Familie, zwischen jedem einzelnen Mitglied dieses Fabrikanten-Clans, die sich in irgendeiner Weise auf ihn übertragen hatten. Eben fragte er sich, wie Julia das als Rechtsbeistand der Böhmes aushalten mochte, als er eine Gestalt bei der Ruine des alten Gutshauses erblickte.

Es war Ella-Ma. Wie eine Statue stand sie vor den überwachsenen Trümmern ihres Elternhauses. Sie trug eine Strickjacke über ihrem Sommerkleid. Ihre Füße steckten strumpflos in den Holzpantinen, die sie sonst nur auf dem Hof oder im Garten trug. Der Wind zauste an ihren Haaren. Mit ihren Armen umklammerte sie ihren Oberkörper, als würde sie frieren. Paul schluckte sein Erschrecken herunter und rannte auf sie zu. »Ella-Ma!«

Sie fuhr zusammen. Paul sah, dass sie aus tiefen Gedanken zu ihm auftauchte. Doch sie erkannte ihn und sie war orientiert. »Paul!« Sie löste ihre Arme, um ihn zu begrüßen. Paul spürte Tränen auf ihren Wangen, als er sie umarmte. »Was machst du hier?«

»Das Gleiche wollte ich dich auch gerade fragen«, erwiderte Ella-Ma. »Ich dachte, aus dem Alter romantischer Parkspaziergänge bist du mittlerweile heraus?« Ein Anflug des vertrauten spöttischen Lächelns hatte sich in ihr trauriges Gesicht geschlichen. Paul verspürte Erleichterung. »Ein Hausbesuch«, sagte er. »Und du?«

Ella-Ma wandte sich der Ruine zu. »Erinnerungen«, sagte sie dann. »Keine guten, wie du dir bestimmt denken kannst.«

»Haben sie etwas mit dem Leichenfund zu tun?«

Es dauerte geraume Zeit, bis Ella-Ma ihm antwortete. »Vielleicht. Ich weiß es nicht.« Wie gebannt starrte sie auf den eingefallenen Kamin, der wie ein drohender Zeigefinger aus den Trümmern aufragte. »Manches bliebe besser begraben aus dieser schlimmen, schlimmen Zeit.« Sie zeigte auf das zerstörte Haus. »Doch wir können uns unser Leben eben nicht aussuchen. Nicht die Zeit, in der wir leben; nicht das, was uns im Leben erwartet.«

Darauf wusste Paul nichts zu erwidern. Er vermeinte, das tiefe Leid zu spüren, das Ella-Ma in den letzten Tagen des Krieges empfunden haben musste, als ihr Heim und mit ihm ihre Familie in den Flammen unterging, an das, was Trude widerfahren war, als die Truppen der Sieger durch Finkendörfel kamen. Ein weiteres Geheimnis, über das weder Ella-Ma noch Trude zu erzählen bereit waren.

»Da ist ein alter Schrecken aufgewühlt worden«, meinte Paul schließlich mitfühlend.

»Und die alte Schuld.«

»Schuld?« Er sah sie zweifelnd an. »Was hättest du dir vorzuwerfen, liebe Ella-Ma?«

»Oh, da ist so manches.« Sie seufzte leise und nickte dann vor sich hin. »Vor allem war ich nicht da. – Ich war nicht da!«

»Das hat dir gewiss das Leben gerettet«, wandte Paul ein. Ella-Ma reagierte nicht auf seinen Einwurf.

»Recht soll aber offenbart werden wie Wasser«, zitierte sie plötzlich mit eigenartiger Stimme, »und die Gerechtigkeit wie ein starker Strom.« Sie zog die Strickjacke fester über ihrer Brust zusammen.

Lange schwiegen sie. Paul wagte es nicht, sie noch einmal zu bedrängen. Ihre Worte beunruhigten ihn. Schließlich ergriff er ihre Hand. Sie war eiskalt. »Ich bringe dich jetzt zu deiner Trude. Dieser Ort tut dir nicht gut, Ella-Ma.«

Zu seiner Überraschung lachte sie auf. »Da hast du recht, dieser Ort …« Sie hielt inne, um noch einen letzten Blick auf die Überreste des Hauses zu werfen. »Dieser Ort ist mir auf immer zutiefst zuwider!«

3.

»Nun gut, was haben wir alles?« Kriminaloberkommissar Wilde stellte sorgfältig seine Thermoskanne auf den Schreibtisch, bevor er zum Fenster ging, um die Grünpflanzen auf ihre Bedürftigkeit hin zu prüfen. Sein Ehering blitzte in der Morgensonne auf, die seinem Amtszimmer den trügerischen Anschein von Behaglichkeit verlieh. »Es scheint ja ordentlich was los zu sein in unserem beschaulichen Oberland. – Bitte nehmen Sie doch Platz. Tee? Oder lieber einen Kaffee?«

»Vielen Dank, nein.« Sonja Walther ließ sich von der betulichen Art ihres Chefs nicht aus dem Takt bringen. Mit knappen Worten berichtete sie vom Stand ihrer Ermittlungen in Finkendörfel, während Wilde Blätter von seinen Grünpflanzen zupfte. »Eine Tätlichkeit also? Und ich hatte schon Hoffnung, wir könnten diese Geschichte an die Eigentumsdelikte delegieren.« Wilde erlaubte sich einen schicksalsergebenen Seufzer.

»Die Ärzte sind der Ansicht, dass Alwin Böhme zuerst einen Schlag gegen die linke Schläfe erhalten haben muss, mit einem harten länglichen Gegenstand. Die wesentlich schwerere Verletzung am rechten Scheitelbein hat er sich durch den Sturz danach zugezogen«, berichtete Kommissarin Walther derweil. »Er ist wieder bei Bewusstsein, aber noch nicht vernehmungsfähig. Stark ausgeprägter Gedächtnisverlust und durch die Hirnverletzung ist auch seine Sehfähigkeit erheblich eingeschränkt.«

»Wie reagiert die Familie?«

»Verdächtig, allesamt. Zum Teil hysterisch.« Hier entglitt ihr für einen Moment ihre professionelle Neutralität. »Die Ehefrau des Opfers verschob mehrfach ihre Befragung, angeblich aus gesundheitlichen Gründen. Ihr Arzt war schließlich zugegen.« Sie hatte ihre Beherrschung wiedererlangt. »Immerhin zeigten sie sich alle angemessen schockiert über das vermutliche Fremdverschulden.« In einem Blitzlicht der Erinnerung fiel der Kommissarin noch etwas ein. »Verena und ich hatten allerdings auch den Eindruck, dass unsere Ermittlungen zu den Wachsleichen wesentlich größere Betroffenheit auslöste, zumindest bei der Seniorchefin der Firma.«

»Die Wachsleichen«, besann sich Wilde mürrisch, ohne seine Aufmerksamkeit von seinen Grünpflanzen abzuwenden. »Ein gefundenes Fressen für die Journaille! Die löchern uns schon jeden Tag damit, ob es dazu etwas Neues gibt.«

»Unsere Kollegen haben begonnen, Zeitzeugen zu befragen«, sagte Walther. »Bisher nichts Erhellendes. Das Dorf war voller Flüchtlinge damals.« Sie sah in ihre Notizen. »Charlotte Böhme jedenfalls glaubt, sich an nichts erinnern zu können, nur dass das Gutshaus brannte in der Nacht vor der Bombardierung Dresdens. Sie war damals allein mit ihrem Jungen, der Mann im Krieg und der Schwager zum Einsatz in Chemnitz. Er war bei der Schutzpolizei. Dank seiner Verbindungen blieb das Haus der Böhmes bis Kriegsende von Einquartierungen verschont.«

Als Wilde nur stumm mit dem Kopf nickte, fuhr sie fort: »Wir ermitteln also parallel in Finkendörfel. Alter Fall: nicht natürlicher Todesfall mit Grabschändung, neuer Fall: Körperverletzung. Der Verdacht des Einbruchs hat sich nicht bestätigt. Es ist noch nicht klar, was Alwin Böhme während der Flut bei seiner Anwältin gewollt hat. In der Familie hat keiner eine Idee, was ihn dazu getrieben haben könnte.«

Sie stockte und studierte die Aussagen.

»Ja?«

»Der Arzt von Frau Böhme ist übrigens genau der Mann, der Alwin Böhme gefunden hat«, sagte sie nachdenklich.

Wildes hünenhafte Gestalt hielt in ihren fürsorglichen Bewegungen inne.

»Richtig! Der Mann der Anwältin, nicht wahr?«

»Dr. Paul Eisler.«

»Seltsam, in der Tat.«

Endlich hatte Wilde seine Pflanzenpflege beendet. Die Hand voller welker Blätter stapfte er zu seinem Schreibtisch zurück und warf sie in den Papierkorb. »Finkendörfel ist ein kleines Dorf«, wandte er ein. »Vielleicht hat es auch nichts zu bedeuten.«

»Vielleicht.« Sonja sah ihrem Chef bewusst in die Augen, als der sich in seinen Drehsessel fallen ließ. Er lächelte sie freundlich an. »Ermitteln Sie weiter in alle Richtungen. Sie haben freie Hand. – Was ist mit dem Rest der Familie?«

»Der älteste Sohn ist von Alwin Böhme gerade enterbt worden«, berichtete Sonja. »Er hatte mit Firmenvermögen spekuliert und viel Geld verloren beim Börsencrash 2008.«

Wilde hob die Augenbrauen. »Ist die Firma in Gefahr deswegen?«

»Nicht mehr. Charlotte Böhme hat Diamanten aus ihrem Privatvermögen als Sicherheit für die Darlehen hinterlegt. Man ist wieder flüssig.«

»Diamanten, soso.« Wilde pfiff leise durch die Zähne. »Wie kommt sie denn zu so etwas?«

»Eine Brautgabe, laut ihrer Angabe.«

»Und wo war sie zur Tatzeit?«

Jetzt musste auch die Kommissarin lächeln. »Sie ist 94, Chef.«

»Rüstig?«

»Nun ja, zumindest ziemlich energisch. Sie benutzt einen Gehstock, ein edles Teil, wie aus einer Theaterkulisse.«

»Vorzügliches Tatwerkzeug also«, befand Wilde und goss sich aus seiner Thermoskanne Tee in eine Tasse. »Wo also war sie zur Tatzeit? Wo waren all die anderen?« Er hob dabei die Thermoskanne mit fragendem Blick in ihre Richtung, doch Walther lehnte erneut ab.

»Motive? Mittel? Gelegenheit?«, fragte er weiter.

Die Kommissarin seufzte ergeben und sah in ihre Notizen, während Wilde an seinem Tee nippte.

»Axel Böhme hat das stärkste Motiv, sich an seinem Vater zu rächen«, berichtete sie dann. »Schließlich ist er von ihm enterbt worden. Auch ist sein Alibi ziemlich schwach und er hatte Streit mit seinem Vater am Morgen der Tat. Doch er wäre damit ziemlich spät dran gewesen. Das Testament ist bereits beglaubigt beim Gericht hinterlegt.«

»Vielleicht hat der Vater ja seine Meinung geändert und wollte diese Enterbung rückgängig machen«, schlug Wilde zwischen zwei Schlucken Tee vor. »Das würde seine Eile erklären, seine Anwältin zu sprechen. Wer hätte von dieser Änderung den größten Schaden gehabt?«

»Axels Halbbruder Berthold, Sohn aus der zweiten Ehe Alwins mit Christa. Er ist der neue Geschäftsführer. Allerdings muss der Gesellschaftervertrag noch entsprechend geändert werden.«

»Was nun nicht so leicht geht«, murmelte Wilde. »Und das wäre wieder ein Motiv für den missratenen Sohn. Wo war dieser Berthold zur vermutlichen Tatzeit?«

»Auch er hat ein ziemlich schwaches Alibi. Aber er ist der Einzige aus der Familie, der zu uns gekommen ist und hier seine Aussage gemacht hat.«

»Hat er das? Wie interessant.«

»Er wollte sich mit einer Frau treffen, was seine Mutter nicht erfahren darf.« Kommissarin Walther verdrehte die Augen. »Ein überaus inniges Mutter-Sohn-Verhältnis, wenn Sie mich fragen. Der Vater ist wohl ein Tyrann. Da gibt es so etwas häufig. Sie haben sich verbündet.«

Wilde stellte seine Tasse ab. »Wissen Sie bereits, wer diese Frau ist?«

»Ariane Dangeleit. Eine Hebamme, die kürzlich mit ihrer kleinen Tochter nach Finkendörfel gezogen ist. Sie hat uns das Treffen bestätigt. Es war wohl nur kurz. Die Flut – Sie wissen. Die beiden kennen sich aus Berlin«, ergänzte sie und klappte ihr Journal zu.

»Vielleicht ist ja auch die Mutter der heimliche Tyrann, wenn der Herzenssohn das so geheim hält vor der Mami?«, schmunzelte Wilde. »Wie sieht es denn mit deren Alibi aus? Und dem Motiv? Für ihren Sohn tut sie doch bestimmt alles.«

»Das ist schon richtig, Chef. Aber ich glaube, sie hatte weder das Mittel noch die Gelegenheit dazu, ihren Mann einen solchen Schlag zu versetzen. Außerdem bestätigen sowohl ihre Schwiegermutter als auch die Ehefrau von Axel Böhme, dass sie – in Tränen aufgelöst, wie alle betonen – den ganzen Tag zu Hause war nach dem Streit vom Morgen. Wenn Sie mich fragen, ist diese Frau ein Musterbeispiel für Hysterie. Und das sage ich wirklich nicht gern über eine Frau!« Sie rümpfte die Nase. »Bei jeder sich bietenden Gelegenheit bekommt Christa Böhme eine Art Anfall und nimmt die Aufmerksamkeit von ganzen Völkerscharen in Anspruch. Kein Wunder, dass ihre Schwiegermutter sie so verachtet. Die ist von ganz anderem Naturell. Hat die Firma durch Krieg und Nachkriegszeit gebracht. – Aber das Alibi ihrer Schwiegertochter hat sie bestätigt.«

»Worum ging es bei dem Streit, von dem alle Ihre Zeugen berichten?«

»Um das Übliche in dieser Familie: Vater regt sich über seinen missratenen Erstgeborenen aus«, sagte die Kommissarin mit einem Achselzucken. »Dabei waren sich ausnahmsweise alle einig.«

»Was Ihnen natürlich besonders verdächtig vorkommt.«

»Eigentlich weniger. Alwin Böhme scheint ein Wüterich zu sein – das bestätigen auch andere Zeugen, die Angestellten und die Nachbarn.«

»Die Anwältin ebenfalls?«

»Frau Eisler drückte sich natürlich wesentlich gewählter aus, aber ja. – Sie erwartet übrigens ein Kind.«

Wildes Augenbrauen hoben sich leicht. »Und? Hat das etwas mit dem Fall zu tun?«

Kommissarin Walther konnte nicht verhindern, dass sie errötete. Sie ärgerte sich. Die Antwort darauf blieb sie dem Oberkommissar schuldig. Stattdessen kam sie wieder auf die Wachsleichen zu sprechen. »Es ist ihre Herkunftsfamilie, deren Gutshaus fünfundvierzig abbrannte. Die Familie ihrer Großmutter kam dabei ums Leben. Ella Maria Veit, geboren am 31. Oktober 1926 in eben jenem Haus, das jetzt nur noch eine Ruine ist. Es waren viele Kriegsflüchtlinge da untergebracht. Es sind auch einige von ihnen unter den Toten des Brandes. Da damals keine Frau aus Finkendörfel vermisst wurde, fragen wir uns natürlich, ob die unbekannte Tote nicht eine von den Fremden war.«

»Eine gute Spur«, nickte Wilde. »Auf jeden Fall ist diese Frau Veit eine wichtige Zeitzeugin. Mich würde sowieso interessieren, ob dieser Brand etwas mit der Toten zu tun hat. Die Leute müssen doch etwas wissen in dem Dorf, selbst wenn sie damals noch Kinder waren. So etwas prägt sich doch ein. Und dann noch am 13. Februar!«

»Sie sagen es, Chef. Verena bekommt jede Menge Geschichten zu hören, doch bis jetzt keine, die zu der erschlagenen Frauenleiche passt.«

»Bleiben Sie dran!« Wilde hob wieder seine Teetasse an die Lippen, was Walther als Zeichen interpretierte, dass ihr Rapport beendet war. Sie erhob sich. »Darauf können Sie Gift nehmen, Chef.« Wilde verschluckte sich prustend. So entging ihm das feine Lächeln der Kommissarin, als sie aus dem Zimmer ging.

4.

»Der Sommer ist vorbei«, verabschiedete sich der Bärtige von Charlie. »Zu schade, dass die Schule wieder losgeht.« Julia und Paul, die mit am Frühstückstisch der Kommune saßen, erhoben sich, um die kleine Familie aus Berlin zu verabschieden. Oswald, der am Ende der Tafel in tiefem Schweigen sein Frühstück einnahm, beließ es bei einem Kopfnicken zum Abschied.

»Es war ein herrliches Ferienlager bei euch! Du hast nicht zu viel versprochen.«

Charlie grinste verlegen. »Na ja. Etwas feucht eben.«

»Abenteuer-Aktiv-Urlaub inklusive«, beteuerte der Berliner. »Den Kindern hat es gefallen.«

»Ich komme mit raus«, sagte Charlie und folgte dem Bärtigen auf den Hof, wo Gwen und die Kinder bereitstanden, samt dem Teil der Kommune, der es zu dieser Morgenstunde aus den Betten geschafft hatte.

Sehnsüchtig sah Julia auf den fröhlichen Abschiedstumult hinaus. Bald würden auch sie so mit Sack und Pack, mit Kinderwagen, Windelpaketen, jeder Menge Fläschchen und Proviantgläschen bei Kinderliedern, Märchen und Geschichten durch die Lande gondeln. Wenn nur alles gut ginge!

»Ariane hat ihren Kurs übrigens auf Montag verlegt«, sagte sie zu Paul, der vertieft in eine Fachzeitschrift etwas über die Schilddrüsenunterfunktion nachlas. »Dann machen wir auch noch mal eine Untersuchung.«

»Untersuchung?«, tauchte er auf und blickte sie an, als müsste er das erst sortieren.

»Das Baby, Schatz«, erinnerte ihn Julia kopfschüttelnd. »Untersuchung und Turnstunde erst am Montag.«

Paul legte die Zeitschrift zur Seite. »Soll das heißen, dass du heute Nachmittag freihast?«

»Nicht ganz.« Julia blätterte in ihrem Journal. »Die Böhmes wollen mich noch einmal sprechen, wenn sie von

Dresden zurück sind.« Es standen Investitionen an für die Damastweberei. Berthold Böhme drängte auf eine baldige Klärung des Gesellschafterverhältnisses. Sonst müsste der Kredit mit den alten Gesellschaftern verhandelt werden, was die jedoch nicht mehr wollten. Die Unterzeichnung des neuen Vertrages sollte erfolgen, sobald Alwin wieder geschäftsfähig war. Julia fragte sich, ob er es jemals wieder werden würde, trotz aller Hoffnungszeichen, die es gab.

»Ich habe mich nämlich bei Trude zum Arbeitseinsatz gemeldet«, sagte Paul derweil. »Der Anbau wird heute abgerissen. Da gibt es jede Menge zu tun.«

Julia schluckte. Sie wollte auf keinen Fall Zeuge dieses Aktes unvermeidlicher Zerstörung sein. Es war ihr Heim, das der Abrissbirne zum Opfer fallen sollte. Trude war heldenhaft genug, dabei zu sein. Wahrscheinlich wollte sie verhindern, dass auch nur ein Stein mehr als notwendig von ihrem Elternhaus entfernt wurde. Seitdem endlich feststand, dass das Haus eine Chance zum Wiederaufbau besaß, war Trude von grimmiger Entschlossenheit und zeigte einen nimmermüden Ehrgeiz. Weder Julia noch Paul mochten sich dem entziehen. »Kannst du dir das denn leisten, wo du jetzt allein bist in der Praxis?«, wagte Julia dennoch, nachzuhaken.

»Zum Freitag hat Köhler routinemäßig nicht so viele Hausbesuche geplant«, erklärte Paul, während er sorgsam seine Brille putzte. »Außerdem übernimmt der Bereitschaftsdienst ab 14 Uhr. Wenn also nicht viele Akutfälle dazukommen, helfe ich mit beim Räumen. Eddie wollte übrigens auch mitmachen heute.«

»Wir können auch mit anpacken, was Gweny?« Charlie war mit seiner Familie und den anderen gerade in den Saal zurückgekehrt und hatte ihre letzten Worte wohl gehört. Sie setzten sich an den Frühstückstisch. »Du auf jeden Fall«, bestätigte Gwen leichthin, während sie ihren Jüngsten in das Kinderstühlchen pflanzte und den Großen auf ihren Schoß hievte, über dem sich bereits sichtbar ein kleiner Babybauch wölbte. Sie zwinkerte Julia zu. »Wir eignen uns gerade so gar nicht als Trümmerfrauen, was Julia?«

Sie sprach es ›Trummerfrauen‹ aus. Julia fragte sich eben, woher die schöne Irin diesen Begriff wohl kannte, als es lebhaft wurde im Frühstücksraum. Die verbliebenen Gäste von Charlies Sommercamp sammelten sich wieder am Büfett und suchten sich ihre Plätze an der Tafel. Der fröhliche Lärm ließ Oswald sein ohnehin karges Frühstück vorzeitig abbrechen. Mit einem heftigen Ruck stand er auf. Er ignorierte den enttäuschten Blick des Pfarrers, der ihm gerade mit einem wohl gefüllten Teller Gesellschaft leisten wollte. »Morgen, Theo. Ich mach schon mal los«, knurrte er ihm zu. Dann nahm er sein Geschirr und humpelte in Richtung Speisenaufzug, wo ein geöffnetes Türchen mit einer Aufschrift dazu einlud, sein Geschirr ohne Essensreste hier zu stapeln.

»Kann sich denn Alwin nun wieder erinnern?«, erkundigte er sich im Vorbeigehen. Die beiden Adressaten seiner Frage richteten sich auf, erstaunt über sein Interesse. Nachdem man Alwin Böhme in der letzten Woche aus dem künstlichen Koma geholt hatte, machte er gute Fortschritte. Seine Sprache war zwar noch undeutlich, der Gang hinkend durch eine Prellung der Hüfte und sein Sehvermögen nach wie vor stark eingeschränkt, die Ärzte gingen jedoch davon aus, dass sich das bald bessern würde. Im Moment rang man vor allem darum, dass Alwin seine Erinnerungen wiedergewann und damit seine seelische Stabilität.

»Das wird schon«, erklärte Paul diplomatisch, der sich als Erster von seiner Überraschung erholt hatte. »Es gibt heutzutage ganz hervorragende Rehabilitationsmaßnahmen für eine retrograde Amnesie.«

Oswald nickte stumm. Dann ging er weiter. »Woher weiß er …«, begann Julia und beugte sich rüber zu Paul.

»Von mir nicht.«

»Buschfunk natürlich«, behauptete Charlie. Er belegte andächtig sein Brot mit Gurkenscheiben, nachdem er es zuvor dick mit Gemüsecreme bestrichen hatte. »Jemand aus Böhmes Firma hat es Opa erzählt. Aber auch so pfeifen es die Spatzen schon von den Dächern. Das ist nun mal so auf dem Dorf. Das Thema Wachsleichen ist langsam abgegriffen, da ist der Alwin eben dran.« Herzhaft biss er in sein Brot.

»Bei den Wachsleichen wäre ich mir nicht so sicher«, sagte Paul nachdenklich. »Es stand groß und breit in der Zeitung.«

»Und die Polizei befragt doch noch die Leute, oder?«

Charlie nickte kauend. »Gestern waren sie bei Opa«, nuschelte er mit vollem Mund. »Seitdem ist er noch grimmiger als sonst.«

»Hat er was gesagt?«, fragte Julia.

»Kein Wort.« Endlich hatte Charlie runtergeschluckt. »Angeblich kann er sich an nichts erinnern. Scheint eine Art Seuche zu sein«, fügte er leise hinzu und sah dabei auf den gebeugten Rücken seines Großvaters, der hinten am Aufzug sein Geschirr stapelte. Julia und Paul folgten seinen Blicken.

»Ja, unsere lieben Alten mit ihrer Geheimniskrämerei«, seufzte Julia. »Heute haben sich die Ermittler bei den Hellers angesagt und Ella-Ma und Trude. – Ich mache mir ernsthaft Sorgen. Sie wollen uns einfach nicht mit dabeihaben.«

»Vielleicht sehen wir ja auch alle nur Gespenster.« Paul packte seine Fachzeitschrift weg und griff nach seiner Tasche.

»Machst du Witze? Du hast selbst gesagt, dass …«

»Es ist ganz einfach so, dass wir jetzt ganz andere Sorgen haben, Julia. Lass die doch ermitteln zu der Leiche. Das sind Profis. Wir bauen uns hier unser Zuhause auf.«

Er stand auf. »Das ist jetzt wichtig.«

»Aber, was ist wenn …« Julia sah Gwens erstaunte Blicke und verstummte.

»Wie war denn deine erste Woche allein als Onkel Doktor vom Lande?«, erkundigte sich Charlie, um das Thema zu wechseln.

»Besser als gedacht«, bekannte Paul in ehrlicher Erleichterung. »Die Leute machen es mir wirklich einfach. Alle sind ausgesprochen nett und versuchen, mir immer schon vorab zu sagen, was ich zu tun habe.«

»Na, und dann hast du ja auch noch eine wortreiche Fürsprecherin aus dem Hause Böhme«, lästerte Charlie.

Paul winkte ab. »Ich weiß nicht, ob das wirklich hilfreich ist.«

»Ach, komm schon! Für Christa Böhme bist du ein Held!«

»Nicht mehr als du, Charlie. Du warst schließlich auch bei der Rettung dabei.«

»Das zählt nicht bei Christa Böhme«, erklärte Charlie ohne eine Spur von Bedauern. »Ich bin ja kein Doktor.« Grinsend nahm er einen weiteren großen Bissen von seinem Frühstücksbrot.

»Ich muss los«, sagte Paul. »Ich will mich noch etwas vorbereiten in der Praxis.«

Auch Julia sah auf ihre Uhr. »Ich komme mit.« Insgeheim hoffte sie, noch einmal kurz mit Paul sprechen zu können. »Ich habe dann eine Verabredung in Bautzen mit Papa.«

»Neue Wohnungsangebote?«, fragte Paul misstrauisch, während sie gemeinsam in Richtung Ausgang liefen.

»Ich hoffe nicht. Er will mit mir den neuen Vertragsentwurf für die Damastweberei durchgehen. – Du, Paul, wegen Oma, kannst du nicht …?«

»Ich habe das Gefühl, du wirst immer mehr Sklavin dieser Böhmes«, unterbrach Paul sie ungehalten. »Die machen dir viel zu viel Druck.« Aus seiner Stimme sprach Sorge.

»Klienten, Schatz, die zahlen dafür.« Sie gab ihm einen Kuss. »Du schaust doch nach unseren beiden lieben Alten?«

»Jaja. – Ich muss jetzt wirklich los.«

»Und ich springe noch mal fix hinauf, meine Tasche holen. Die habe ich oben vergessen.«

»Das mit dem Springen lässt du mal besser sein«, sagte Ariane, die gerade mit ihrer kleinen Tochter die Treppe herunterkam. »Guten Morgen, ihr beiden!«

»Na, gut – ich gehe gaaaanz langsam«, beteuerte Julia, als sie den Gruß erwiderte. Paul verabschiedete sich. »Ruf mich an, sobald du etwas erfahren hast, ja?«, rief Julia ihm hinterher. Er hob die Hand zum Zeichen, dass er verstanden hatte. Zumindest hoffte Julia das. Mit einem zweifelnden Seufzen begann sie, die Treppe hinaufzusteigen.

Ariane, die bereits durch die Tür zum Saal gegangen war, kehrte noch einmal zurück. »Julia, glaubst du, du könntest am Montag eine Stunde eher zur Gymnastik kommen? Ich habe noch unverhofft einen Abendtermin bekommen.«

»Ja, klar. Ich versuche es.« Während sie langsam die Stufen hinauf zu den Familienzimmern stieg, überlegte sich Julia, ob Mutter Milla recht hatte mit ihrer Vermutung. Dann hätte ihre Hebamme vielleicht ein Rendezvous mit Berthold Böhme am Montagabend? »Das wäre eine interessante Verbindung«, sagte sie sich im Stillen. »Ich frage mich, was seine Mutter wohl davon halten würde.«

Ihr Bauch behinderte sie zunehmend beim Gehen und ihre Beine waren schwer. Es hatte sich Wasser eingelagert. Am Montag würde sie das mit Ariane bereden. Jetzt wollte sie niemanden beunruhigen, nicht dass man sie wieder in Watte packte wie in der letzten Woche. Im Moment war das Baby ruhig, während es in der Nacht wie wild gestrampelt hatte. Ihr unruhiger Schlaf schien auch Paul gestört zu haben, der lange gebraucht hatte, um zur Ruhe zu kommen. Bis spät hatte er wieder einmal in den Fachjournalen gelesen und sich Patientenbefunde angesehen. Er war angespannt wie eine Bogensehne. Julia wollte ihm nicht noch mehr Last aufbürden mit irgendwelchen Sorgen über sie. Außerdem war das bei einer Spätgebärenden wie ihr sicherlich normal, dass solche Beschwerden auftauchten im letzten Drittel der Schwangerschaft. Ihre Albträume, die sie jedes Mal im Halbschlaf heimsuchten, standen allerdings auf einem ganz anderen Blatt.

Mit einem leisen Ächzen erklomm Julia die letzte Stufe. Die Flure der Wohnetage waren verwaist. Die anderen waren noch beim Frühstück oder bereits aufgebrochen. Es roch nach frischer Farbe und Zahnpasta. Ein Kinderroller blockierte die Tür zu einer der Familienwohnungen. Auch ihre würde in den nächsten Tagen fertig werden. Im Geist begann Julia schon, einzuräumen und das Nest herzurichten für ihr Kind. Wenn sie wach war, weigerte sie sich, den flüsternden Ängsten Gehör zu geben. Ängste, dass auch dieses Mal alle Freude auf das neue kleine Leben vergebens wäre, dass auch dieses Mal das Seelchen wieder umkehren und nicht bei ihnen bleiben würde. So wie Stevie nach wenigen Wochen innigen Glücks plötzlich tot in seinem Bettchen gelegen hatte. Das Datum seines Todestages rückte näher. Wie immer fürchtete sich Julia davor. Nur sechs Wochen und zwei Tage war er bei ihnen gewesen. Es gab keine Erklärung dafür, keinen Trost. Es blieb eine Wunde und Teil ihres Lebens, egal was geschah. Auch wenn der Schmerz sich wandelte, weil sie sich wandelte.

Am Tage gelang es Julia, ihre Ängste mit Tatkraft und Entschlossenheit zu bändigen. Doch in den Nächten gewannen die Schatten an Macht, vermengte sich alte Furcht mit neuer Sorge. Neuerdings träumte sie dabei von den rauchenden Ruinen des Gutshauses, immer wieder von

Ella-Ma, die dort wie ein Geist umherwanderte und in ihren Armen ein Bündel trug, ein Kind …

Ein Geräusch über ihr ließ Julia aus ihren Gedanken auffahren. Es waren Schritte. Ein Scharren. Dann wieder Stille. Mit dem plötzlichen Gefühl einer Bedrohung trat Julia an die Stiege zum Dachboden heran. Die Bodentür stand einen Spalt weit offen.

»Hallo?« Ihr Herz klopfte hart bis zum Hals. Das Baby gab ihr unvermittelt einen Tritt im Bauch. »Herr Braun? Sind Sie das?« Tiefes Schweigen antwortete ihr.

Beklommen stieg Julia die schmalen Stufen zum Boden hinauf. »Herr Braun?« Sie fühlte sich wie ein Eindringling, wie die Märchenheldin beim Öffnen der verbotenen 13. Tür. Dennoch zog sie es unwiderstehlich dort hinauf. Etwas Dunkles war im Gange. Sie spürte es genau.

Die steile Stiege brachte sie außer Atem. Immer wieder rief sie, ohne eine Antwort zu erhalten. Oben angekommen, stieß sie beherzt die Tür auf. »Ist hier jemand?« Einen kurzen Augenblick lang überlegte sie, sich mit einem Stock oder Ähnlichem zu bewaffnen. Sie sah sich um.

Ihre Augen gewöhnten sich schnell an das staubige Halbdunkel des großen Doppelbodens. Einst hatte er als Lager der Faktorei gedient. Als Kinder hatten sie mit Charlie hier die schönsten Spiele gespielt. Es war ein verbotener Spielplatz gewesen. Charlies Großvater hasste es, wenn sie hier oben herumgeisterten und tobten. Schon damals war Oswald Braun ein solcher Grantler gewesen, was sie nicht daran gehindert hatte, dieses Abenteuerland zu erobern. Riesengroß war ihnen diese Dachbodenwelt erschienen, unendlich die Möglichkeiten, etwas zu entdecken. Nun kam ihr der Tummelplatz ihrer Kinderspiele seltsam geschrumpft vor. Die Kisten und Speicher hatten ihren Zauber verloren. Alles versank in staubiger Schäbigkeit.

Tageslicht sickerte durch die augenförmigen Dachfenster. Langsam ging Julia weiter vorwärts. »Hallo?«, rief sie noch einmal mit verhaltener Stimme. »Wer ist da?« Denn dass da jemand war, dessen war sie sich mittlerweile sicher. Sie konnte den schweren Atem eines Mannes hören.

»Herr Braun!« Sie erkannte ihn sofort, auch wenn er mit dem Rücken zu ihr stand, den lahmen Fuß etwas abgespreizt. Wie hypnotisiert starrte er den Balken an, der den Speicher über die Breite verband. Mit Entsetzen glaubte Julia, einen Gürtel in seiner Hand zu erkennen oder einen Strick. Sie ging auf ihn zu. Es war ein Kabel, mit dem Oswald Braun herumspielte, ohne seinen Blick von dem Balken zu wenden.

»Geht es Ihnen gut?«

Er antwortete zunächst nicht. Wieder fühlte sich Julia wie ein Eindringling. »Ich hörte Schritte oben und als niemand antwortete, habe ich mir Sorgen gemacht.«

»Mögen Sie Dachböden, Julia?«

Mit einem Gefühl der Erleichterung trat sie neben ihn. »Oh ja. Als Kind schon. Eben habe ich daran gedacht, wie wir mit Charlie heimlich hier oben gespielt haben. – Sie mochten es nicht«, schob sie entschuldigend nach.

»Ich habe den Speicher geliebt als Kind«, sagte Oswald, seine Augen noch immer auf den Balken geheftet. »Es war mein Rückzugsort, mein Versteck. – Bis ich Mutti hier fand.«

Julia hob ihre Augen zu jenem Ort des Schreckens. »Das tut mir so leid.«

»Sie hatte Angst vor den Russen«, fuhr Oswald derweil in nüchternem Ton fort, so als lese er aus der Zeitung vor. »Alle hatten wir Angst vor den Russen. Vor deren Rache. Den Vater haben sie gleich mitgenommen, als sie hier eingerückt sind. Ich wollte mich hier verstecken. Und da hing sie dann. Sie war noch warm, als ich sie abgeschnitten hab.« In einer tiefen Regung ergriff Julia die Hand des alten Mannes. Er ließ sie gewähren.

»Es heißt, meine Urgroßmutter habe sich auch das Leben genommen aus Angst vor dem, was da kommt nach dem Ende«, sagte sie dann leise. »Nur, dass sie noch andere mit in den Tod gerissen hat durch den Brand.«

Endlich sah er sie an. Julia glaubte, Mitleid in seinen alten Augen zu lesen. »Vera Veit war eine kranke Frau, mein Kind.«

»Ist Oma deswegen ihr altes Zuhause so zuwider?«

Oswald wirkte erschrocken. »Ella hat ihre Mutter geliebt. Erst recht ihre große Schwester. Sophia war etwas ganz Besonderes, eine sanfte Seele.«

»Warum dann das große Geheimnis und all die Bitterkeit?«

»Ich … ich kann dir das nicht sagen, mein Kind. Ich habe nicht das Recht dazu.«

In einem Anflug von Wagemut setzte Julia alles auf eine Karte. »Hat das irgendetwas mit der erschlagenen Toten aus dem freigeschwemmten Grab zu tun?«

Seine Mundwinkel zuckten, als sei er versucht, etwas dazu zu sagen. Julia glaubte, sehen zu können, wie seine Gedanken arbeiteten. Sie verschränkte die Arme vor der Brust und zog fragend die Augenbrauen hoch.

Oswald lachte plötzlich auf. »Jetzt siehst du tatsächlich aus wie Ella in jungen Jahren! Genau dieselbe Verbohrtheit.«

»Das freut mich zu hören. – Und?«

Er klatschte das Kabel gegen seine flache Hand. »Vielleicht fragst du deine Großmutter einmal nach deinem Großvater.«

»Da haben wir ja gleich das nächste gut gehütete Geheimnis!«, rief Julia. »Kannten Sie ihn?«

»Denke schon«, brummte Oswald, der sich wieder in seine altvertraute Grummeligkeit hüllte. Er bereute seine

Öffnung so offensichtlich, dass Julia fast Mitleid bekam, aber sie war nicht gewillt, ihn jetzt so schnell vom Haken zu lassen. Ihr wurde ganz heiß vor Erwartung. »Wie heißt er? Wer ist es?«

»Frag das deine Großmutter!«

»Sie wird es mir nicht sagen. – Geben Sie mir wenigstens einen Namen!«

»Schorsch«, sagte Oswald widerwillig. »Ganz so wie dein Vater, Georg.«

»Wer war er? Ein Soldat? Ein Flüchtling? – Ein Deserteur vielleicht?« Mit Julia brannte die Fantasie durch.

»Schluss jetzt!« Oswald knallte noch einmal das Kabel gegen seine Handfläche. Es musste ihm wehtun, so hart war der Schlag. Julia zuckte zusammen vor Schreck über seine plötzliche Heftigkeit. »Lassen Sie die Toten ruhen.« Er siezte sie wieder. Der Moment der Offenbarung war vorüber.

»Aber die Toten ruhen nicht länger, Herr Braun«, versetzte sie störrisch. »Sie sind ans Licht gebracht. Und sie fordern ihr Recht, finden Sie nicht?«

5.

»Du bist nicht bei der Sache, Liebes. Geht es dir nicht gut?« Vater Georg sah über den Rand seiner Lesebrille zu seiner Tochter, die schuldbewusst ihr Telefon wieder in die Tasche steckte.

»Alles gut, Papa«, log Julia. »Ich erwarte einen Anruf von Paul.«

»Wir haben es auch gleich geschafft«, brummte Georg, nicht die Spur überzeugt von der Antwort. »Hast du den Fragenkatalog fertig?«

Julia nickte. »Ich denke, wenn ich das heute alles mit den Böhmes klären kann, können wir den

Vertrag unterschriftsreif bekommen. Jetzt ist nur noch entscheidend, ob und wann Alwin wieder geschäftsfähig ist.«

»Ihr müsst auch über die Betreuungsvollmacht reden.«

»Den Aufschrei von Charlotte Böhme höre ich jetzt schon, wenn ich das Naheliegende vorschlage«, stöhnte Julia.

»Wegen der Ehefrau?«

»Richtig. Sie hält so gar nichts von ihrer Schwiegertochter. Und sie hat Vetorecht bei allen Gesellschaftsfragen.«

»Genauso wie Alwin, vertrackte Situation. Berthold ist nicht zu beneiden, unter solchen Umständen unternehmerische Entscheidungen zu treffen.«

»Er muss sie treffen! Sie haben einen Großauftrag von einer Luxushotel-Kette ergattert. Die gesamte Tischwäsche nebst Servietten im feinsten Damast.« Ihr Telefon klingelte. Die Hast, mit der sie danach griff, ließ Georgs Augenbrauen fragend in die Höhe gleiten.

»Paul! – Was ist herausgekommen?«

»Nichts Besonderes.« Pauls Stimme war so laut eingestellt, dass auch Georg mithören konnte. »Ich bin gerade von Ella-Ma zum Mittagessen eingeladen worden zu den Hellers. Sie klingt völlig entspannt.«

»Hast du danach gefragt?«

»Ja, klar habe ich das. Sie wurden zu viert befragt, zusammen mit den Hellers, am Küchentisch, ganz gemütlich bei einer Tasse Kaffee, wie Ella-Ma erzählte.«

»Was wollten sie alles wissen?«

Die Aufregung und das strenge Interesse seiner Tochter an dieser Befragung ließ in Georg wohl eine Vermutung wachsen. Er klappte die Dokumentenmappe zu und lehnte sich in seinen Drehstuhl zurück.

»Sie haben sie zu ihren Erinnerungen an die Brandkatastrophe befragt«, erzählte Paul derweil weiter. »Ob sie von den Flüchtlingen im Dorf jemanden näher kannten.

Die Tote scheint niemand aus dem Dorf gewesen zu sein, also ist dieser Verdacht naheliegend.«

»Und? – Kannten sie jemanden von den Fremden?«

Paul zögerte mit der Antwort, so als gefalle sie ihm nicht recht. »Eigenartigerweise ja«, meinte er dann. »Meta hat sich an jemanden erinnert. Eine Schulfreundin von Sophia, die bei den Veits für ein paar Tage untergeschlüpft war. Meta nannte sie ein Rabenaas.« Er seufzte. »Ella-Ma hat das nicht gefallen. Sie klang ärgerlich deswegen. Aber so ist eben unsere Meta.«

Bei Julia klingelte eine Erinnerung. »Hieß dieses Aas vielleicht Zeidler?«

»Keine Ahnung. Aber sie ist am Vorabend des Brandes nach Dresden weiter, wo sie sich mit ihrer Familie treffen wollte. Dort ist sie dann wohl in das Inferno geraten.«

»Sie ist es!«, flüsterte Julia, der Ella-Mas Erzählung wieder einfiel. »Dorotheas Mutter.« Sie wechselte einen alarmierten Blick mit ihrem Vater. »Was, wenn sie die Tote ist?«

Georg rückte seinen Stuhl nahe an den Schreibtisch. »Stelle mal auf Lautsprecher um! – Hallo, Paul, hier Georg. Ich habe mithören können.«

»Wer ist Dorothea?«, wollte Paul wissen, nachdem er seinen Schwiegervater begrüßt hatte.

»Axel Böhmes leibliche Mutter«, sagte Julia. Sie erzählte die Geschichte, soweit sie sich erinnerte. »Das ganze Dorf hat damals Anteil genommen. Gewiss erinnern sich noch mehr Leute daran.«

Sie schwiegen eine Weile, um diesem Gedanken nachzugehen.

»Eine Verwandtschaft ließe sich mittels DNA-Test nachweisen«, erklärte Paul schließlich. »Wir sollten die Böhmes informieren.«

»Über eines müssen wir uns dabei natürlich im Klaren sein«, rief Georg. »Wenn diese Tote tatsächlich die

Großmutter von Axel Böhme sein sollte und gleichzeitig die Schulfreundin von Sophia und Hausgast der Veits, dann …«

»… dann ist unsere Familie tatsächlich in dieses Verbrechen verwickelt«, vollendete Julia. Vater Georg tätschelte ihre Hand. »Wie hat Ella-Ma reagiert?«, fragte er Paul. »Nur verärgert? Oder auch ängstlich?«

»Das kann ich nicht sagen«, bekannte Paul. »Wir haben nur am Telefon gesprochen. Auf mich wirkte sie eher ungehalten als ängstlich. Vielleicht bekomme ich mehr heraus, wenn ich bei ihnen zum Essen bin. Oder am Nachmittag auf der Baustelle. Die Befragungen sind bestimmt Dorfgespräch.«

»Sprich noch nicht von unserem Verdacht«, bat Julia. »Wir müssen mehr erfahren, bevor Meta oder irgendjemand anderes Details herausposaunt, die Ella-Ma schaden könnten. Die uns allen schaden könnten!«

Vater Georg nickte dazu nachdenklich. »Es wird sich nicht verhindern lassen, dass die Polizei ähnliche Gedankengänge hat wie wir eben und früher oder später auch auf diese Möglichkeit stößt.«

»Ich achte auf meine Worte«, versprach Paul. »Jetzt muss ich aber noch einmal los zu einem Hausbesuch. Wir sehen uns heute Abend. Gib Bescheid, wenn du bei den Böhmes fertig bist, dann mache ich auf der Baustelle Schluss und wir können uns beraten.«

»Armer Axel!«, meinte Julia, nachdem Paul sich verabschiedet hatte. »Er hat es nicht gerade leicht jetzt.«

»Woher die plötzliche Anteilnahme?«, wollte Georg wissen. »Mit seinem Leichtsinn und seiner Spielermentalität ist er schließlich die Ursache des Dilemmas, in dem die Böhmes jetzt stecken.«

»Da magst du recht haben, doch ich werde das Gefühl nicht los, dass ihm fortwährend Unrecht geschieht.«

»Gefühle?«, tadelte Vater Georg scherzhaft. »Aber, aber, Frau Anwältin!«

Julia verzog das Gesicht. »Du kennst mich, Papa. – Was jedoch unsere Familie betrifft, so bin ich nicht der gleichen Meinung wie Paul. Das Heft des Handelns sollte bei uns sein und nicht bei den Kriminalisten. Wir müssen wissen, ob es tatsächlich eine Verbindung gibt, und wenn ja, welche. Und warum Ella-Ma sich weigert, selbst mit uns darüber zu reden.«

Einen Moment schien Georg überrascht von der Vehemenz, die seine Tochter in dieser Angelegenheit an den Tag legte. »Nun gut«, stimmte er ihr dann fast widerwillig zu, »tragen wir zusammen, was wir wissen.«

»Wir haben damit schon letzte Woche begonnen, gemeinsam mit Charlie.« Sie blätterte in ihrem Journal.

»Mit Charlie?« Georg stutzte. »Ah, verstehe, wegen Oswald Braun.«

»Genau. Gehen wir mal davon aus, dass es ein Mann war, der die Leiche da oben versteckt hat. Wir sagen nicht, dass er die Frau auch getötet hat!« Julia wurde eifrig. »Wer war damals alles zu Hause und nicht an der Front? Oswald Braun war nicht eingezogen, wegen seiner Behinderung. Er war hier vor Ort und bei den Veits häufig zu Gast. Außerdem war er möglicherweise einer der Sargträger.«

»Sein Vater als Verwalter des Marineversorgungslagers war UK, unabkömmlich«, ergänzte Georg. »Auch der alte Pursche, der den Vorhof übernommen hatte.« Georg sann ein wenig nach, während er Julias Liste studierte. »Dann natürlich noch Alwins Onkel, der Böhme Bernhart. Der war bei der Schutzpolizei. Ein ziemlich strammer Volksgenosse, im Gegensatz zu seinem Bruder.«

»Hm, genau – und Großvater.«

»Groß…?« Georg starrte seine Tochter an.

Unbeugsam erwiderte Julia seinen Blick. »Was weißt du eigentlich alles über ihn, Papa?«

Vater Georg stieß pfeifend Luft aus und lehnte sich in seinen Drehsessel zurück. »Mein Vater«, er betonte das Wort, »war Knecht auf dem Hof der Veits, ein französischer Kriegsgefangener. Ella-Ma und er hatten sich im Sommer ineinander verliebt, als sie in den Ferien zum Ernteeinsatz da war. Dann im Spätherbst kam sie wieder zum allgemeinen Kriegsdienst. Tja, und da ist es wohl passiert.« Er grinste sie triumphierend an. »Noch Fragen, Euer Ehren?«

Julia spürte Ärger in sich aufsteigen. »Wenn dir das alles so wohlbekannt ist, warum macht man vor mir so ein Geheimnis daraus?«

Das Lächeln verschwand aus Vaters Gesicht, als habe jemand das Licht gelöscht. »George floh gegen Ende des Krieges.«

»Na und?«, rief Julia, »wollte er sich etwa vor der Verantwortung drücken?«

»Er wusste nicht, dass Ella-Ma ein Kind von ihm erwartete«, sagte Vater Georg mit großem Ernst. »Möglicherweise hätte es seine Fluchtpläne durcheinandergebracht.«

»Also hatte Ella-Ma Kenntnis davon.«

»Sie hat ihn unterstützt dabei, zusammen mit Trude.« Er machte eine Pause. »Sie haben nie wieder von ihm gehört. Keiner weiß, ob er es geschafft hat, ob er tot ist oder lebendig. – Eine offene Wunde, noch heute.«

»Deshalb also der Schock, als die Wachsleiche gefunden wurde«, flüsterte Julia tief in Gedanken. »Und die starke Reaktion, als klar wurde, dass es sich bei der Leiche um die einer Frau handelt.«

»Gut möglich.« In Vaters Augen flackerte Mitgefühl. Er ahnte wohl, dass seine Antworten Julia nicht genügen würden. »Das erklärt aber trotzdem nicht, warum sich Ella-Ma und Trude uns gegenüber derart widerborstig zeigen, wenn wir etwas aus dieser Zeit erfahren wollen«, sagte sie prompt. »Ella-Ma tut geradeso, als wäre ihr Elternhaus mit einem Fluch belegt. Und Trude ist kein Deut besser. Ich habe ständig das Gefühl, sie geht in Abwehrstellung, wenn wir das Thema auch nur anrühren.«

»Da ist viel Schmerz, Julia. Diese Generation hat lernen müssen, Gefühle gut wegzupacken. Wenn du da jetzt – auch in bester Absicht – daran rüttelst, kann es sehr wohl sein, dass sie sich bedroht fühlen. Tja. Und dann fahren sie eben ihre Stacheln aus.« Er lächelte sie aufmunternd an. Doch Julia war noch nicht bereit, den Olivenzweig anzunehmen. Sie lehnte sich zurück und verschränkte ihre Arme über ihrem Bauch. »Aber du bist natürlich bestens informiert!«

»Da muss ich dich enttäuschen«, sagte Vater mit einem Seufzen. »Sie reden nicht darüber. Was ich weiß, habe ich von anderen erfahren.«

»Aber, was weißt du denn nun?«

Georg trommelte mit den Fingern auf die Armlehne seines Sessels. »Zum Beispiel, dass es Trude war, der Ella-Ma und ich das Überleben verdanken, und dass sie beinahe daran gestorben wäre.«

Julia sah ihn fragend an. Es dauerte jedoch eine Weile, bis er weiterredete. »Ihre drei Brüder waren, wie du weißt, gefallen, ihre Mutter siech auf dem Sterbelager. Sie hatte sich völlig aufgegeben.«

»Und Trudes Vater?«

»Der alte Hölzel hatte sich schon Jahre zuvor totgesoffen.« Wieder machte er eine Pause. »Nach dem Brand nahm Trude Ella-Ma bei sich auf. Als dann die Sowjets einmarschierten … Tja. Da wurde schließlich so manche der schlimmsten Befürchtungen wahr.«

»Du meinst die Vergewaltigungen!«

Vater Georg nickte. »Trude gab vor, allein zu sein, während Ella-Ma sich im Kartoffelkeller versteckte und verschont blieb. Sie war sehr krank danach, dem Tode nah.«

»Sie hat sich geopfert!«, rief Julia. Ihr stiegen Tränen

in die Augen. »Mein Gott, Trude war ja blutjung damals. Gerade fünfzehn, oder?«

»Vierzehneinhalb«, korrigierte Vater ernst. »Trude konnte nie Kinder bekommen. Wir sind nun ihre ganze Familie.«

»Wir sind ihre Familie«, wiederholte Julia. In einer spontanen Regung drückte sie sich aus dem Sitz und lief um den Schreibtisch, um ihren Vater zu umarmen. »Danke, dass du es mir erzählt hast.«

»Essen ist fertig!« Ohne auch nur eine Sekunde mit Anklopfen zu vergeuden, war Eddie in Vaters Büro gestürmt. »Was macht ihr denn so lange? Mutter Milla kriegt 'nen Anfall, wenn ihr die Forellen zerfallen wegen eurer Bummelei.« Er betrachtete kopfschüttelnd, wie Julia, behindert durch ihren dicken Bauch, Vater am Hals hing. »Kuschelrunde mit Papa? Deine Hormone spielen wohl endgültig verrückt, Schwesterherz. – Ach, übrigens, kannst du mich nach dem Essen mit ins Oberland nehmen. Hab mich zum Arbeitseinsatz bei Trude gemeldet.«

»Klar, kann ich das«, erwiderte Julia, wobei sie sich wieder um eine würdigere Haltung bemühte. »Wir sind schließlich eine Familie.«

6.

Kraftvoll stieß Paul den Spaten in den angeschwemmten Boden. Das Spiel seiner Muskeln bereitete ihm kindliche Freude, unbändige Lust am Tun. Es schien ihm nahe verwandt einer gesunden Wut, die sich hier auf natürlichste Art und Weise austoben durfte, ohne dass er sich Gedanken darüber machen musste, woher seine Aggression überhaupt kam. Seit Langem schon hatte er nicht mehr so bewusst diese Kraft gespürt. Er war froh, hier draußen allein vor sich hinarbeiten zu können, wo er in keinerlei Gespräche verwickelt werden konnte.

Aus dem Haus drangen durch das Gedröhn der Trockengebläse Rufe und Gelächter der Bauleute und Helfer, die den einstigen Durchgang zum Anbau schlossen. In der Küche schimpfte Trude lauthals über irgendein Ungemach. Kran und Bagger der Abrissfirma tuckerten hinter dem Haus. Unter bleischwerem Himmelsgrau hatte sich erneut drückende Schwüle aufgebaut. Paul hielt inne, um sich den Schweiß mit dem Handrücken von der Stirn zu wischen. Ein rostrotes Huschen ließ ihn herumfahren. Es war Kater Raki, der sich nun, zufrieden über den Effekt seines Auftritts, auf dem letzten verbliebenen Zaunpfahl niederließ. Er blinzelte Paul kurz zu, bevor seine Aufmerksamkeit anderweitig in Anspruch genommen wurde. Julia kam mit dem Wagen die Dorfstraße heruntergeholpert und hielt direkt vor ihm. »Puh! Wie dreckig du bist«, sagte sie zur Begrüßung und deutete eine Umarmung nur an. »Ich will gleich weiter zu den Böhmes, Schatz. Flecke auf der Bluse kann ich mir nicht leisten.«

»Ariane sagt, du sollst deine Mittagsruhe einhalten«, mahnte Paul, wohl wissend, dass er damit den Unmut seiner Liebsten auf sich ziehen würde. Eine Antwort blieb Julia erspart, denn Eddie hatte sich endlich unter seinen Kopfhörern hervor und aus dem Autositz geschält. Er begrüßte seinen Schwager mit herzhaftem Händedruck. »Na Alter, wo steht das Klavier?«

»Frag Trude, die führt hier das Kommando. Selbst Ella-Ma muss sich ihr heute beugen, was sie natürlich nur zähneknirschend erduldet.« Eddie salutierte mit alberner Geste und verschwand im Haus. Paul sah ihm nach. Sein Hochgefühl von eben verflüchtigte sich. Neben ihm zappelte Julia derweil ungeduldig. »Und?«, fragte sie, kaum dass Eddie verschwunden war, »was haben sie gesagt?«

»Sie waren nicht da damals«, erzählte Paul. »Ella-Ma war mit dem Pfarrer unterwegs, irgendeine Kriegswitwenaktion oder so etwas. Und Trude hatte sich beurlauben lassen, weil sie mit ihrer Mutter eine Tante in Friedersdorf besuchen wollte.« Julia kaute auf ihrer Unterlippe. »Du wirkst nicht zufrieden«, bemerkte Paul mit einem Lächeln. »Wie du siehst, sind unsere lieben Alten zwar Zeitzeugen, aber nicht verwickelt.«

»Sie vielleicht nicht, aber möglicherweise mein Großvater.«

Paul war zu verblüfft, um gleich zu antworten. Nachdem Julia mit ihrer Erzählung fertig war, stupste er an ihre Nase. »Da siehst du es. Deswegen haben sie sich beide davongestohlen. Sie wollten nicht als Fluchthelfer in Verdacht geraten.«

»Aber wenn diese Frau nun die Flucht entdeckt hatte und sie zu verraten drohte? Er könnte sie erschlagen haben.«

»Denkst du wirklich, ein Fliehender hält sich damit auf, sein Opfer in einem frischen Grab zu vergraben und dann noch die Kränze wieder zu arrangieren? Wie du weißt, ist der Frevel niemandem aufgefallen damals.«

Nachdenklich wiegte Julia den Kopf. »Das würde dann wieder Oswald Braun in den Fokus rücken.«

»Wohin soll ich rücken?«

Sie hatten ihn nicht bemerkt. »Herr Braun!«, rief Paul, der sich als Erster wieder fasste. Julia war puterrot geworden. Sie stammelte eine Begrüßung. »Wir versuchten nur eben … – Ah, hallo, Charlie!«

Charlie verdrehte die Augen gen Himmel hinter dem Rücken seines Großvaters. Doch der schien diese Respektlosigkeit zu ahnen. »Steckt eure Nasen nicht immerzu in anderer Leute Angelegenheiten!«, knurrte er über seine Schulter hinweg.

»Du bist nicht gerade andere Leute für mich, Opa«, versuchte Charlie zu scherzen.

Oswald verzog das Gesicht. »Ist Ella da?«, fragte er dann.

»Im Haus«, sagte Paul. Ohne ein weiteres Wort humpelte Oswald hinüber.

»Tut mir leid, Leute«, schniefte Charlie, kaum, dass er außer Hörweite war. »Ich hätte lauter mit den Gerätschaften klappern sollen, als wir ankamen.«

»Keine Chance bei dem Lärm der Trockner«, tröstete Paul und gab dem Freund die Hand. »Außerdem ist es vielleicht gar nicht so schlecht, wenn wir mal auf den Busch klopfen. Mal sehen, was dabei herauskommt.« Dann berichteten sie Charlie von ihrem Verdacht über die Identität der zweiten Wachsleiche. »Das wäre ja ein Ding!« Charlie stützte sich auf den Spaten, den er mitgebracht hatte. »Meint ihr nicht, Axel müsste das erfahren?«

»Ich tendiere auch dazu«, bekannte Julia. »Doch was, wenn wir damit unsere eigenen Familien in die Bredouille bringen?«

Charlie kratzte sich am Kopf. »Meinst du, denen kann man noch etwas nachweisen heute?«

»Es gibt auf jeden Fall noch genügend Zeugen in Finkendörfel.«

»Apropos Zeugen, die Ticki lädt uns nächsten Mittwoch zum Kaffee ein. Uns alle drei. – Ich hoffe, ihr könnt es euch einrichten? Der Sonntag ist nämlich schon von der Familie okkupiert. – Sie findet unsere Anfrage total spannend.«

»Was hast du ihr denn schon alles erzählt?«, fragte Julia besorgt.

»Dass wir wissen wollen, was es mit dieser überzähligen Leiche auf sich hat. Sonst natürlich nichts.«

»Die Wahrheit lässt sich nicht verbergen«, sagte Paul. »Ich will dir nichts vorschreiben, Julia. Aber vielleicht solltest du die Böhmes tatsächlich von dieser Möglichkeit informieren. Axel zuliebe.«

»He! Nennt ihr das arbeiten?« Beide Arme in die Hüften gestemmt, war Trude vor der Haustür erschienen. Sie war bester Laune und lachte bei ihren Worten. Der Wiederaufbau ihres Häuschens versetzte sie in Hochform.

»Wir könnten hier hinten noch ein paar kräftige Hände gebrauchen.«

Eine gute Stunde später setzten Charlie und Paul ihr Gespräch während einer Pause auf der Rückseite des Hauses fort, wo sich der Schutt des Anbaus türmte. Der Bagger ruhte im Moment. Sie waren ungestört.

»Opa ist ja nicht lange geblieben«, sagte Charlie, während er sich eine selbst gedrehte Zigarette zwischen die Zähne schob, um sie dort anzuzünden. Er paffte die ersten zwei Züge weg, bevor er fortfuhr. »Und besonders glücklich sah er auch nicht aus, als ich ihn mit eurer Großmutter habe reden sehen. Alle beide nicht.«

Paul nickte versonnen. »Ella-Ma ist danach gleich rüber zu den Hellers. Sie sagte, sie lege sich etwas hin. – Ich sehe dann besser noch einmal nach ihr.«

»Vielleicht sagt sie ja noch irgendetwas.«

»Da mache ich mir keine zu große Hoffnung. – Komm, lass uns weitermachen. Das Ausarbeiten tut mir gut. Macht den Kopf frei.«

»Du hast recht.« Nach einem letzten tiefen Zug trat Charlie die Kippe aus. Sie standen beide zugleich auf. Als sie in das Haus zurückkehrten, lief ihnen Eddie entgegen und hielt Paul sein Handy unter die Nase. »Deine Regierung ist dran. Sie sagt, du hättest dein Handy aus.«

»Was will ich auch damit auf der Baustelle«, murrte Paul. »Schließlich bin ich nicht im Dienst.«

»Scheint dringend zu sein. – Die Böhmes.«

»Na, das ist immer dringend!« Charlie klopfte Paul aufmunternd auf die Schulter und schob sich an ihm vorbei ins Innere des Hauses, wo er sofort vom Dunkel des Hausflures und dem Geheul der Gebläse verschlungen wurde. Eddie folgte ihm.

Unwillig legte Paul das Telefon an sein Ohr und hielt sich mit der freien Hand das andere zu, um besser hören zu können. »Julia?« Er lauschte eine Weile ungläubig den hastigen Sätzen seiner Frau. »Das ist jetzt nicht dein Ernst! Ich brauche allein eine Stunde, um staubfrei zu werden. Was soll ich …«

Julia war aufgeregt und sehr zornig, wie er merkte. Etwas musste schiefgelaufen sein mit dem Vertrag. »Ich frage mich, was ich dabei helfen kann. – Sie haben was?« Fassungslos ließ er das Telefon für einen Moment sinken. »Sag das noch mal«, rief er, als er es wieder angehoben hatte.

»Alwin ist zu Hause«, wiederholte Julia. »Sie haben ihn heute aus der Klinik heimgeholt.«

Für ein paar Sekunden schwieg Paul in tiefer Missbilligung. »Ich komme«, sagte er dann widerwillig. »Diese …!« Den Rest des Satzes schluckte er herunter und drückte das Telefon aus. Trude kam aus dem Haus, Eddie im Schlepptau. »Was Ernstes?«

»Ich muss los, Trude. Sofort. Es tut mir leid.« Paul nahm seine Brille ab und fuhr sich über die Augen.

Sie sah ihn forschend an. »Du bist ganz weiß. Ist mit Julia alles in Ordnung?«

»Jaja«, erwiderte Paul unwirsch.

»Oh, es ist also Wut, die dich so erbleichen lässt, Schwagerherz«, lästerte Eddie, während er sein Telefon wieder einsteckte. »Das solltest du mal besser mit Schreien kurieren. Immer nur raus damit, sonst erstickst du uns noch daran.«

7.

»Dafür ist es viel zu früh, Frau Böhme. Das müssen Sie doch einsehen.«

»Ach, Herr Doktor, Sie wissen nicht, wie mein Mann sein kann, wenn er sich etwas in den Kopf gesetzt hat. Er wollte unbedingt nach Hause.«

Paul schüttelte den Kopf. »Er ist ein kranker Mann. Wie konnten Sie ihn allein eine solche Entscheidung treffen lassen? Ich dachte, Ihnen wäre klar, dass er zunächst zur Rehabilitation in die Klinik nach Großschweidnitz gehen sollte.«

»Darum haben wir ihn ja gefragt, Herr Doktor.« Sie rang die Hände. »Wir mussten ihn doch fragen. Mein Alwin wäre nie einverstanden gewesen, in die Nervenheilanstalt zu gehen.«

»Aber genau darum geht es«, sagte Paul mühsam geduldig. »Um Heilung. Die Möglichkeiten sind in der Klinik viel besser, dort arbeiten die Fachkräfte, das können wir ambulant gar nicht bieten.« Er sah, dass sie gleich in Tränen ausbrechen würde, deshalb milderte er seine Tonlage. »Sie wollen doch auch, dass Ihr Mann seine Erinnerungen wiederbekommt und sein Augenlicht zurückgewinnt.«

»Natürlich will ich das«, beteuerte sie. »Wissen Sie, ich bin Krankenschwester. Ich habe seine Frau damals betreut. Bis zu ihrem frühen Ende bin ich nicht von ihrer Seite gewichen. Glauben Sie mir, mein Alwin bekommt von mir die beste Pflege.«

Jetzt musste Paul über ihren Eifer lächeln. »Da bin ich mir sicher, Frau Böhme, aber Ihr Mann braucht eine psychiatrische Behandlung, damit er wieder zu seiner Sicherheit findet, das ist stationär nun einmal wesentlich effektiver.«

»Aber es ist ja schon besser geworden! Alwin weiß jetzt, wer ich bin, und er kann auch schon Schemen erkennen. Die Ärztin sagte zum Schluss selbst, dass auch das häusliche Umfeld und die Familie helfen können.«

»Gewiss. Doch dafür ist jetzt noch nicht der richtige Zeitpunkt. Die Aufregung durch die Heimkehr und die Erinnerungslücken, all die Verwirrung, die damit einhergeht – dieser ganze Druck ist eher schädlich.« Er nahm seine Brille ab, um sie zu putzen.

Sie blickte ihn mit tränenverschleierten Augen an. »Sie helfen doch meinem Alwin, nicht wahr? Nicht wahr, Herr Doktor?«

»Ich tue, was ich kann.« Mit einem verstohlenen Seufzen setzte er seine Brille wieder auf und griff nach seiner Arzttasche. »Wo finde ich denn unseren Patienten?«

Oben auf dem Treppenabsatz stand Charlotte Böhme auf ihren Stock gestützt, doch aufrecht wie eine Königin. Regungslos beobachtete sie, wie Christa vor Paul den Flur entlangwuselte. »Wir haben ihm hier unten in seinem Büro das Krankenzimmer eingerichtet, damit er nicht so viele Stufen laufen muss. Und es ist ja auch eine vertraute Umgebung. Es ist die ehemalige Stube von der Haushälterin. So etwas gibt es ja heute nicht mehr so wie früher, aber da fühlte sich mein Alwin am wohlsten.« So plappernd, führte sie Paul tief in den dunklen Flur hinein. Vor der Tür am Ende des Ganges hielt sie plötzlich inne. Sie senkte ihre Stimme zu einem verschwörerischen Flüstern. »Das mit dem Einbrecher haben wir ihm noch nicht gesagt, dass er niedergeschlagen wurde.« Sie schauderte. »Er weiß es noch nicht.«

Paul nickte. »Gut. Lassen wir diese Erinnerungen von selbst kommen, wenn es möglich ist, aber Sie müssen darauf gefasst sein, dass die Polizei Ihren Mann irgendwann vernehmen wird.«

»Das müssen Sie unbedingt verhindern, Herr Doktor!«, rief sie gedämpft und griff sich an den Hals, als ziehe sich dort bereits eine Schlinge zusammen. »So lange wie möglich verhindern! Sehen Sie selbst, in welchem Zustand mein Alwin ist.« Damit öffnete sie die Tür. Sie betraten ein geräumiges Zimmer mit zwei hohen Fenstern zum Hof hinaus.

»Ja, Herr Doktor«, fuhr Christa drinnen mit völlig veränderter Tonlage fort. »So kann mein Alwin immer schauen, was los ist in der Fabrik und auf dem Hof, nicht wahr, mein Lieber?«, rief sie etwas lauter zu ihrem Mann hinüber. »Also ich meine natürlich, wenn du wieder richtig sehen kannst, Alwin-Schatz«, verbesserte sie sich hastig. »Hier kommt erst mal dein Retter!«

Die hagere Gestalt von Alwin saß aufrecht in einem Lehnstuhl am Fenster. Er trug eine dunkle Brille, die ihm wegen des Kopfverbandes schief im Gesicht saß. Über seine Knie war eine Decke gebreitet. Safi hatte sich darauf eingerollt und genoss es, sich von ihm hinter den Ohren kraulen zu lassen. Sie ließ sich von der Ankunft der Besucher nicht stören. Nur Alwin drehte ihnen den Kopf zu.

»Ist das der Pfarrer?«

»Aber nein, Alwin-Schatz, das ist Dr. Eisler. Der Mann von unserer Anwältin. Er hat dich aus dem Haus gerettet. Hab ich dir doch alles erzählt. Dr. Eisler ist jetzt unser neuer Hausarzt.«

»Die Vertretung nur«, erklärte Paul und kam näher.

»Ah!« Alwin streckte seine rechte Hand aus. Safi sprang von seinem Schoß. »Schön, dass Sie da sind, Herr Doktor.«

Paul ergriff die Hand, um sie zu schütteln. »Eine Freude, Sie so aufrecht zu sehen, Herr Böhme«, sagte er herzlich. »Wie fühlen Sie sich?«

»Noch etwas wackelig«, gab Alwin zu. »Aber man darf sich nicht unterkriegen lassen. Nicht unterkriegen lassen!« Für einen Moment sah Alwin aus wie die männliche Version seiner Mutter Charlotte. Es fehlte nur noch, dass er mit einem Stock auf den Boden pochte, um seiner Aussage Nachdruck zu verleihen.

»Wenn Sie erlauben, würde ich Sie gern untersuchen«, sagte Paul und stellte seine Tasche ab.

Alwin wies mit einer unbestimmten Geste in Richtung Fenster. »Da liegen die Entlassungspapiere. Haben mich noch gar nicht gerne gehen lassen, die Ärzte da. Noch gar nicht gerne.«

»Das kann ich mir vorstellen«, sagte Paul vorsichtig und sah dabei auf Christa, die nervös an der Tür stand und alles genau beobachtete.

Er nahm den Bericht vom Beistelltischchen neben Alwin. »Wie ich Ihrer Frau gerade erläutert habe, hätten Ihnen ein, zwei Wochen länger unter fachärztlicher Obhut sicher gutgetan.«

»Zu Hause ist es doch am besten, nicht wahr, Alwin-Schatz?«, mischte sich Christa angstvoll ein. »Das hast du doch selbst gesagt.«

Alwin wiegte den Kopf. »Schon der Geruch«, sagte er dann zögernd, so als müsste er nach den Worten suchen. »Der Geruch, die Geräusche von Arbeit und Heim. Das bringt schon jetzt Erinnerungen. – Vielleicht kommt ja der Rest auch wieder? Diese schwarzen Löcher sind furchtbar. Da denkt man doch, man wäre verrückt. Ist man da verrückt?«

»Aber, nicht doch, Alwin-Schatz. Das wird schon wieder.«

»Sie meinen, Sie haben bereits erste Erinnerungen? Ganz konkrete?«

»Ich weiß nicht«, sagte Alwin leise. »Eher so allgemein …«

»Welche Erinnerung haben Sie denn überhaupt an diesen Tag des … des Unfalls?«, fragte Paul.

Wieder wiegte Alwin seinen verbundenen Schädel, als könnte durch diese Bewegung die Erinnerung ins Fließen kommen.

»Ich weiß, dass ich da unbedingt rein musste in das Haus.« Seine Sprache wurde schleppender. »Aber warum? Das weiß ich nicht.«

»Alles wird wieder gut, Alwin-Schatz! Strenge dich nicht unnötig an.«

»Da …, da war eine Katze.«

»Unser Prinz Raki, ja. Er hat Sie treu bewacht, bis wir Sie gefunden haben.«

»Und dann … – Ich weiß nicht mehr.« Alwin verstummte. Er schien in sich zusammenzusinken.

»Sie sind erschöpft, Herr Böhme. Ich werde nicht länger drängen.«

Safi strich erst um Pauls Beine, dann schritt sie mit aufgestelltem Schwanz in Richtung Tür. Christa ließ sie hinaus, indem sie ihr die Tür einen Spalt weit öffnete. Paul glaubte, in dem Lichtstrahl, der in das Dunkel des Flurs fiel, den Knauf von Charlottes Stock aufblitzen zu sehen, bevor sich die Tür wieder schloss. Er überflog den Bericht, während Christa zu Alwin eilte, die Decke richtete und ihm aus dem Wasserkrug einschenkte.

»Sie müssen sich auch hier zu Hause auf ein anstrengendes Programm einstellen, Herr Böhme«, sagte Paul. »Es werden täglich Therapeuten präsent sein und mit Ihnen arbeiten oder Sie müssen deren Praxis aufsuchen. Auch ich werde regelmäßig bei Ihnen …«

»Und was ist mit dem Pfarrer?« Alwins Stimme war mit einem Mal quenglig geworden. Christa warf einen um Verzeihung heischenden Blick auf Paul. »Ach, was hast du nur jetzt immerfort mit dem Pfarrer? Das hat dich doch früher nicht interessiert!«

»Wenn Sie wollen, kann ich auch das für Sie arrangieren«, sagte Paul. »Die Flut hat aus Pfarrer Thieme und mir Wohngenossen gemacht in der Faktorei.« Er spürte, dass Alwin ihm nur halb folgen konnte. »Ich frage den Pfarrer«, beschloss er einfach. »Er ist im Ruhestand und nimmt sich bestimmt gern die Zeit. – Aber nun will ich Sie erst einmal untersuchen, Herr Böhme.«

»Sie finden es also auch richtig, dass wir Alwin nichts von der Polizei gesagt haben?«, fragte Christa hoffnungsvoll, als sie gemeinsam die Treppe hinaufgingen. Paul hätte sich am liebsten vor dieser Familienkonferenz gedrückt, doch Christa hatte vehement darauf bestanden, dass er mitkam. »Das ist sicher klug zu diesem frühen Zeitpunkt«, antwortete er jetzt. »Das Wissen, dass ihm möglicherweise jemand einen Schlag versetzt hat, könnte ihn noch mehr verunsichern.«

»Und wütend machen«, ergänzte Christa mit Grusel in der Stimme.

Im Saal, der zu einer Art noblen Konferenzraum umfunktioniert worden war, erwarteten sie der Rest der Familie und eine ungeduldige Julia, die sofort aufstand, als sie hereinkamen. Berthold Böhme kam vom Fenster auf sie zugeschossen. »Was ist? Ist Vater geschäftsfähig?«

»Es ist noch zu früh …«, begann Paul sich zu wiederholen, doch er wurde rüde unterbrochen.

»Zu früh! Zu früh!«, äffte Berthold ihn zornig nach. »Es ist zu spät! Das ist es. Wenn wir heute zu keiner Einigung kommen, geht uns der Auftrag verloren. Wir kriegen keinen roten Heller mehr von der Bank, ohne …«

»Ich schlage vor, wir setzen uns erst einmal alle«, rief Charlotte energisch dazwischen.

Widerwillig gehorchte Berthold. »Da helfen uns auch deine Brautdiamanten nicht mehr, Omi!« Er knallte mit der flachen Hand auf den Tisch. »Der Banker hat mir bis heute Abend Frist gegeben. Und das auch nur, weil er wie ich ein Rotarier ist.«

Axel schaute spöttisch über den Rand seines Glases hinweg. »Rotary Club? Seit wann hast du denn mit denen zu schaffen.«

»Was geht es dich an«, blaffte Berthold. »Du interessierst dich ja nicht mehr für unsere Geschäfte, und mit ethischen Grundsätzen braucht man dir auch nicht zu kommen, wie du ja bewiesen hast.«

»Nur weiter so, kleiner Bruder. So kommen wir gewiss zum Ziel heute.« Mit einem zynischen Grinsen leerte Axel sein Glas und füllte es gleich nach. Gabriele neben ihm presste die Lippen zusammen.

Paul hatte sich auf den Stuhl neben Julia über Eck gesetzt. Er fühlte sich unbehaglich. Schon beim Eintreten war die aufgeladene Stimmung im Raum spürbar gewesen. Auch Julia war angespannt und zeigte Anflüge von Verzweiflung. Gern hätte er sie herausgeführt, doch er wusste, dass jedes Ansinnen dieser Art unverzeihlich in Julias Augen war. Darum beließ er es mit einem Blick zu ihr, den Julia jedoch nicht erwiderte. Sie fixierte Axel, der wiederholt an seinem Cognac nippte. »Was könnte Sie dazu bewegen, Ihre Meinung zu ändern, Herr Böhme?«, fragte sie.

Er sah sie mit glasigen Augen an und lächelte schief. »Eine Änderung im Testament?«

»Sie wissen, dass das nicht möglich ist, solange Ihr Vater nicht wieder gesund ist.«

»Der alte Vertrag mit allen Rechten und Pflichten«, war sein nächster Vorschlag.

»Der alte Vertrag ist so lange gültig, bis der neue in Kraft tritt«, erklärte Julia geduldig. Aus ihrer Tonlage schloss Paul, dass sie das nicht zum ersten Mal tat. Sofort regte sich Widerstand bei Berthold. »Dann muss aber eine Klausel hinein, dass deine Mitsprache bei dem Vertragsabschluss auf Zeit ist!«

»Dann gibt es keine Zustimmung«, erwiderte Axel.

»So kommen wir nicht weiter, meine Herren.«

»Aber Berti sagt, es gibt für Vater eine Betreuungsklausel«, rief Christa aufgeregt. »Nicht wahr? Herr Doktor, was sagen Sie? Wenn mein Alwin nicht mehr richtig wird, dann braucht er doch jemanden, der für ihn entscheidet.«

»So weit sind wir noch lange nicht«, protestierte Charlotte schroff.

»Es gibt auch eine zeitlich begrenzte Betreuungsvollmacht«, erklärte Paul. »Solange die gesundheitliche Beeinträchtigung besteht.« Julia wollte dazu etwas ergänzen, doch Christa unterbrach sie voller Eifer. »Seht ihr. Dann bin ich für euren Vater stimmberechtigt.«

»In diesem Fall lege ich mein Veto ein«, verkündete Charlotte eisig. Sie würdigte ihre Schwiegertochter keines Blickes. Christa stiegen die Tränen in die Augen. »Ich will doch nur, dass die Firma den Kredit bekommt.«

»Die Betreuungsvollmacht würde nicht rechtzeitig wirksam«, sagte Julia. Sie sortierte ein paar Blätter vor sich. »Es sind drei von vier Gesellschaftern anwesend. Damit sind wir beschlussfähig. Ich schlage vor, dass Sie sich auf Grundlage des noch gültigen Gesellschaftervertrages einigen und Ihre Einwilligung zu dem Darlehnsvertrag geben.«

»Mit allen Rechten und Pflichten«, dröhnte Axel trunken.

»Du bist hier nicht in der Position, Bedingungen zu stellen!« Berthold war aufgesprungen. Seine Mutter tat es ihm gleich. »Das ist nicht im Sinne eures Vaters«, schrie sie. Ihre Wangen röteten sich im aufschießenden Zorn. »Er hat dich ja nicht umsonst ausgeschlossen.«

»Dann seht doch zu, wo ihr bleibt!«

Es gab einen Knall. Gabriele hatte ihre flache Hand auf die polierte Mahagonitischplatte geschlagen. Der völlig ungewohnte Ausbruch der sonst so stillen Gabriele hatte alle verstummen lassen. Sie drehte sich zu Axel. »Du hast es mir versprochen!« Er zog einen Flunsch. »Axel! Sei nicht so stur. Geh den Kompromiss ein, den Berthold hier vorschlägt. Frau Eisler hat schon alles vorbereitet. Wenn es deinem Vater besser geht, sehen wir weiter. Vielleicht lässt Alwin auch mit sich reden.«

»Du hast ja Hoffnung!«, stieß er bitter aus. »Damit verlieren wir jedes Mitspracherecht hier.«

Sie sah ihn eindringlich an. »Das haben wir schon, Axel. Und du trägst die Verantwortung dafür. Du allein.«

»Du solltest dir angewöhnen, öfter auf deine Frau zu hören«, sagte Charlotte. »Für die Firma. Für die Familie.«

»Schöne Familie hab ich da. Ihr seid doch alle gegen mich!«

»Du weißt, dass das nicht stimmt.« Charlotte klopfte mit ihrem Stock auf den Teppich. »Ich bin auf deiner Seite, egal was passiert.«

»Natürlich!«, stöhnte Berthold, doch er zügelte sich. Eine Lösung war nahe. Gemeinsam mit seiner Mutter nahm er wieder Platz. Axel studierte mit stierem Blick die Tischplatte. Dann nahm er einen tiefen Schluck aus dem Glas. »Na, meinetwegen. Gebt her den Wisch!«

Mit einem erleichterten Aufatmen erhob sich Julia und brachte den Vertrag mit der Zusatzklausel zuerst zu Charlotte, die schwungvoll die fünffache Ausfertigung unterschrieb. Als nächstes gingen die Unterlagen zu Axel, der seinen Krakel mit wilder Geste daruntersetzte. Schließlich kam sie zu Berthold. Er nahm sich die Zeit, noch einmal nachzulesen, ob dies auch der richtige Vertrag war, und unterschrieb erst dann.

Christa neben ihm seufzte. »Endlich, Berti!« Sie warf einen stolzen Blick auf ihren Sohn. Berthold hatte bereits sein Telefon aktiviert und war aufgestanden, ohne dem Rest der Gesellschaft noch Beachtung zu schenken. Mit raschen Schritten verließ er den Saal. Seine Mutter folgte ihm.

»Rotary! Dass ich nicht lache«, stieß Axel hervor. Gabriele ergriff seine Hand.

»Ich gratuliere Ihnen«, sagte Julia, während sie die Dokumente zusammenheftete und ihr Exemplar verstaute. Paul sah, wie erschöpft sie war. »Damit übergebe ich jetzt das Zepter an die Heilkundigen.«

Sie schenkte Paul ein kleines Lächeln und erhob sich, um sich zu verabschieden.

»Danke, Frau Eisler«, sagte Gabriele, die es ihr gleichtat. Die beiden Frauen reichten sich über den Tisch die Hand. »Ich hoffe doch, Sie stehen uns auch noch bei, wenn es dann tatsächlich um die Neuordnung geht?«

»Selbstverständlich«, antwortete Julia. »Wenn das Baby nicht dazwischenkommt.«

Auch Axel hatte sich aus seinem Stuhl gestemmt. Er bedankte sich, ohne sein Glas aus der anderen Hand zu lassen. Als Paul sich von ihm verabschiedete, drehte er es jedoch mit einem schuldbewussten Lächeln in seiner Hand. »Ist nur zurzeit ein bissel viel vielleicht«, beteuerte er. »Mach dir keine Sorgen, Kumpel.«

»Pass auf dich auf, Axel.« Er klopfte ihm auf die Schulter.

»Gut gemacht, Axel«, ließ sich Charlotte plötzlich am Tisch vernehmen. »Deine Mutter wäre stolz auf dich.«

Axel stieß Luft aus der Nase. »Meinst du wirklich? – Sie hätte mich nicht verstoßen, he?«

»Ich habe dich auch nicht verstoßen!«

»Jaja, der arme mutterlose Junge«, schwadronierte Axel mit schwerer Stimme. Gabriele stieß ihn an. »Axel!«

Paul wechselte einen Blick mit Julia. Sie nickte im plötzlichen Verstehen. »Verzeihen Sie«, sagte sie einleitend. »Was wir Ihnen jetzt zu sagen haben, mag Ihnen allen vielleicht etwas eigenartig vorkommen. Doch Sie sprachen gerade von Dorothea Böhme.«

»Ja?« Charlotte wandte sich zu ihnen um. »Was ist mit ihr?«

»Es geht mehr um ihre Mutter«, fuhr Julia fort. »Wir haben Berührungspunkte zwischen unseren Familien gefunden.«

»Ich weiß, dass Dorotheas Mutter Gast in Ihrem Elternhaus war«, sagte Charlotte kühl. Sie war hoch konzentriert.

»Im Haus meiner Urgroßmutter vielmehr«, verbesserte Julia zaghaft.

Charlotte nickte. »Und was hat das mit Mutti zu tun?«, wollte Axel wissen. Er balancierte sein Glas mit theatralischer Geste. »Oder halt mit meiner Großmutter?«

»Wir glauben, dass die Möglichkeit besteht, dass sie die zweite Wachsleiche ist«, sagte Paul.

Das Schweigen, das seinen Worten folgte, glich der Ruhe eines Gletschersees. Charlotte schien wie versteinert. Sie war kreidebleich geworden. »Das … das ist doch nicht möglich«, flüsterte sie. Gabriele war die Erste, die sich fasste. »Wie kommen Sie darauf?«

Gemeinsam setzten Julia und Paul die drei Böhmes über ihre Vermutung ins Bild. »Es ist nur eine Hypothese«, schloss Julia. »Doch Sie sollten vielleicht die Polizei davon in Kenntnis setzen.«

»Eine Erbgutanalyse im Vergleich mit deiner DNA könnte Klarheit verschaffen«, sagte Paul zu Axel. Der starrte ihn an. Dann setzte er sein halb leeres Glas auf dem Tisch ab und wandte sich brüsk an seine Frau. »Wir holen Tante Marga!«

8.

Auf Zehenspitzen kam Schwester Claudia ins Sprechzimmer geschlichen, um sich einige Unterschriften zu holen. Sie wusste, mit welcher Konzentration Paul jede Patientenakte studierte, um nichts zu übersehen. Als er aufsah, lächelte sie ihn verschwörerisch an. »Sie werden nicht glauben Chef, wer im Wartezimmer sitzt. Ganz brav und ohne Drängeln.« Paul machte ihr das Vergnügen einer fragenden Miene. »Axel Böhme«, triumphierte sie. »Er scheint sogar nüchtern zu sein.«

»Geht es um seinen Vater? – Oder etwa um ihn selbst?«

»Um ihn selbst«, bestätigte Claudia. Sie legte ihm nach und nach Rezepte und Überweisungen vor. »Küchler Karle hat den Kurantrag vorbeigebracht für sich und seine Frau«, erläuterte sie nebenbei. »Das hat aber Zeit. – Soll ich ihn reinholen?«

»Herrn Küchler?« Paul lehnte sich in seinen Stuhl zurück.

»Den Böhme natürlich!«, rief Claudia und rollte mit den Augen.

Paul schmunzelte. »Na dann.«

Axels Handfläche fühlte sich feucht an bei der Begrüßung. Sein Gesicht war bleich. Er lächelte angespannt. Auf der Stirn perlten ein paar Schweißtropfen. Seiner Kleidung hatte Axel jedoch große Aufmerksamkeit geschenkt, alles an ihm war tadellos gepflegt, wenn auch eine Spur zu elegant für einen Arztbesuch.

Nur das Zittern seiner Hände konnte er kaum verbergen, als er sich setzte und Paul einen Brief reichte. »Das ist von deiner Kollegin aus dem Diakonissenhaus«, sagte er. »Wegen Tante Marga.« Als Paul ihn fragend ansah, fuhr Axel fort. »Die Schwester meiner verschollenen Großmutter«, erklärte er. »Mutti war damals bei ihr in Dresden, im Diakonissenkrankenhaus. Wie durch einen Wink des Himmels hatten die beiden sich am Montag auf den Weg nach Finkendörfel gemacht.« Es lag etwas Gekünsteltes in seiner Erzählweise, so als spiele er eine Theaterrolle. »Zumindest erzählt das Tante Marga so«, fügte er in normaler Tonlage hinzu.

»Sie ist also hier?«

Axel nickte. »Wir haben sie am Wochenende geholt. Sie ist Diakonisse. Jetzt auf dem Altenteil im Mutterhaus Elbingerode.« Seine Stimme entspannte sich weiter zu seinem gewohnten Tenor. »Ich bitte dich, die ärztliche Betreuung zu übernehmen, solange sie hier bei uns ist.«

»Ja, klar.« Paul studierte den Brief der Ärztin. »Ein stattliches Alter! Und das bei einem Diabetes. 1920 geboren.«

Axel lächelte stolz. »Der Diabetes ist gut eingestellt. Tante Marga kennt sich aus damit. Sie sagt, sie sei schon immer eine Süße gewesen.«

Sie grinsten beide. »Ich freue mich darauf, sie kennenzulernen, deine Großtante«, sagte Paul mit Überzeugung.

»Sie ist auch meine Patin.«

»Hat sie dir schon etwas erzählt von damals, als deine Großmutter … verschwand?«

Axel rutschte auf dem Patientenstuhl ein Stück weiter nach vorn. »Sie hat mit Mutti bei Nacht und Nebel das Krankenhaus verlassen. Sie haben irgendwelche Schützlinge in Sicherheit gebracht und wollten Irene – also so hieß meine Großmutter – auf dem Rückweg gleich mitnehmen. Mutti war wohl nicht nur ein kränkliches, sondern auch ein ängstliches Kind, deshalb kam sie mit und blieb nicht in Dresden.«

»So haben sie überlebt.«

»Sonst wäre ich nicht da.« Er strahlte.

»Wie hat Tante Marga überhaupt reagiert auf die Möglichkeit, ihre Schwester könnte hier ums Leben gekommen sein? War es ein großer Schock?«

Mit einem Krachen ließ sich Axel in die Lehne des Stuhls zurückfallen. »Das wirst du mir nicht glauben, total ruhig! Es war, als würde ich ihr etwas lange Bekanntes erzählen.«

»Das ist in der Tat erstaunlich. Weiß sie denn etwas?«

»Sie ahnte wohl eher etwas. Nickte nur so vor sich hin und sagte: ›Jaja, die Irene. Das war uns schon eine.‹«

»Was für ›eine‹?«, fragte Paul verwundert. »Das klingt ja gerade so, als habe man bei deiner Großmutter mit einem solchen Ende rechnen müssen.«

»Mehr habe ich nicht rausgekriegt. Sie wollte nicht schlecht über ihre Schwester reden, sie sei nur eben sehr eigen gewesen, etwas aus der Art geschlagen. Und das wurde wohl noch schlimmer, nachdem sie den Zeidler geheiratet hatte.«

Paul dachte nach. Im Geiste ging er blitzschnell alle Gespräche durch, die es zu den Ereignissen dieser Tage gegeben hatte und zum Namen Zeidler. Schließlich fiel es ihm ein. »Wenn du mehr über diesen Zeidler erfahren willst, solltest du dich an Charlie wenden«, sagte er.

»An diesen Spinner da oben?«

Paul überhörte den Kommentar. »Charlie hat mit deinem Vater an der Firmenchronik für die Festschrift zu eurem Jubiläum nächstes Jahr gearbeitet. Da sind sie auf Briefe gestoßen, in denen dieser Name aufgetaucht ist.«

Axel riss die Augen auf. »Woher weißt du das?«

Für einen Moment fühlte sich Paul unwohl bei der Preisgabe dieses Details, doch ein anderer innerer Impuls ließ ihn fortfahren »Er hat es uns erzählt.« Paul nahm seine Brille ab. »Diese Briefe sind deinem Vater am Freitag spät abends von Charlie überreicht worden. Er hielt sie für wichtig. Es ist nicht auszuschließen, dass sie der Grund sind, weshalb dein Vater Julia unbedingt aufsuchen wollte mitten in der Regenflut.«

»Das ist ja …« Axel schnaufte. »Das wäre ja … – Und wo sind diese Briefe jetzt?«

»Keine Ahnung.« Einen Augenblick lang erwog Paul, Axel auch von dem Zettel zu erzählen, den Alwin in der Hand gehalten hatte, als sie ihn fanden. Doch das schien ihm nicht ratsam, ohne sich vorher mit Julia zu beraten.

Sie schwiegen eine Weile. Axel fuhr sich mit dem Handrücken über die Stirn. »Hast du mal was zu trinken für mich? – Also, ich meine Wasser.«

»Wie lange schaffst du es schon?«, fragte Paul, als er ihm den Becher reichte.

Bevor er antwortete, leerte Axel den Becher in einem Zug und gab ihn Paul zum Nachfüllen zurück. »Seit

Freitagabend«, sagte er. »Seit ihr mit dieser Idee gekommen seid.«

Paul schenkte vom Wasser nach. »Habt ihr die Kriminalisten informiert?«

»Heute früh war Speichelprobe bei Tantchen. – Ich war schon Sonnabend, bevor wir losgefahren sind.« Er stockte verlegen. »Wollte erst mal nüchtern werden. Führerschein habe ich schon eingebüßt.«

»Ich helfe dir, wenn du willst«, sagte Paul.

Mit dem Anflug eines bitteren Lächelns sah Axel ihn an. »Danke dir, aber da muss ich allein durch.«

»Wenn du mich brauchst …«

»Schon recht, Kumpel.« Axel schob sich aus dem Stuhl. »Wenn du also Ende der Woche mal bei uns vorbeischaust und nach Tantchen siehst, wäre das okay.«

»Bei dir zu Hause oder …«

»Bei uns natürlich!« Axel war mit einem Mal grimmig geworden. »Da unten wohne ich schon lange nicht mehr.« Er ging zur Tür. »Ich bin ja zurzeit Hausmann wider Willen! – Klingle einfach vorher an, wenn du kommst.« Als er die Klinke schon in der Hand hatte, wandte er sich noch einmal zu Paul um. »Weißt du noch, um was es da ging bei den Briefen?«

Paul stutzte. »Um eine Heirat, glaube ich. Einen alten Freundschaftsdienst oder so etwas in der Art.«

»Ach so.« Axel wirkte erleichtert. »Die Geschichte ist bekannt. Es war eine arrangierte Ehe zwischen Mutti und Vater. War damals so üblich zwischen den Fabrikantenfamilien.« Noch einmal fuhr er sich mit der Hand über das Gesicht. »Aber sie haben sich geliebt!«

9.

»Du bist ja aufgeregt wie vor einem Staatsempfang, mein Karli«, lachte Oma Tilda. »Ich dachte, es sind deine Freunde, die zum Kaffee kommen.«

Hanna Braun, die, dem verführerischen Kaffeeduft folgend, soeben die Küche betreten hatte, sah überrascht auf ihren Sohn. »Wer kommt?«

»Paul und Julia«, murmelte Charlie zerstreut. »Sie verspäten sich wohl.« Sein Telefon gab einen Summton von sich. Er blickte auf das Display. »Oh nein! Paul hat noch einen Hausbesuch.«

»Na, vielleicht kommt er ja später noch, unser Herr Doktor«, sagte Oma Tilda und nahm das voll beladene Tablett auf.

»Karl!« Der Befehlston seiner Mutter schreckte Charlie auf. Er eilte, Oma Tilda die Tür zu öffnen. »Ich danke dir, mein Junge!«

Kaum hatte sich die Tür hinter ihrer Mutter geschlossen, stemmte Hanna die Arme in die Hüften. Sie war eine kleine, rundliche Frau mit energischen Gesichtszügen und von ganz anderem Naturell als ihr Mann, der lange Heinrich. »Kannst du mir mal sagen, was das hier werden soll, Karl?«

Erstaunt sah Charlie auf seine Mutter herunter. »Was meinst du? Kaffee mit Oma und Ticki oder was?«

»Kaffee mit Oma und Ticki und Fremden!«

»Na, hör mal, Julia und Paul sind doch wohl keine Fremden!«

»Aber sie gehören nicht zur Familie.«

»Deswegen können wir doch mal zusammen einen Kaffee trinken. Du machst das doch ständig mit deinen Senioren und Frauentreffs.«

»Das – ist etwas ganz anderes!« Vor Empörung wuchs Hanna um ein paar Zentimeter. »Du brauchst mir gar nicht so harmlos zu tun. Es geht dabei doch bestimmt um diese Leichen.« Charlie fühlte sich mit jedem Wort seiner Mutter schrumpfen. »Na klar geht es darum«, erwiderte er so schlicht wie möglich. »Das ganze Dorf spricht davon. Ticki interessiert sich nun mal dafür. Oma Tilda natürlich auch.«

»Und was bitte hat unser neuer Hausarzt damit zu tun? Und dann noch eine Rechtsanwältin!«

»Mama!«

»Es mögen ja gute Freunde sein, Karl«, wiegelte seine Mutter ab. »Doch mir ist ganz und gar nicht recht, dass hier in den alten Geschichten herumgewühlt wird.«

»Warum denn nicht? Sag bloß bei Picker-Herschels haben sie auch eine Leiche im Keller?«

»Werde nicht frech!« Sie holte tief Luft, dann mäßigte sie ihre Stimme. »Nimm Opa Karli zum Beispiel, Mutter hat ihren Vater abgöttisch geliebt. Weißt du eigentlich, was du deiner Oma antust, wenn bei euren blöden Nachforschungen ein Schatten auf ihn fällt?«

»Ich denke, dass meine beiden Großmütter sehr wohl über die alte Zeit reden wollen.« Charlie spürte, wie Trotz und Widerstand in ihm wuchsen. »Vielleicht bist du ja nur neidisch, weil dein Vater einfach so in den Westen rüber ist und du nichts zu bewundern hast, weil …«

Eine schallende Ohrfeige brach seine Rede ab. »Das ist kein Geheimnis, dass Vater abgehauen ist damals«, zischte seine Mutter. »Aber dass unser fröhlicher, sonst herzensguter Opa Karli dem Hitler mit wehenden Fahnen hinterhergelaufen ist, müssen wir ja nicht unbedingt wieder aufs Tapet bringen in diesen Tagen. Das ist lange mit ihm begraben. Manche Erinnerungen sollten das auch bleiben. Ist das klar?«

Beschämt rieb sich Charlie seine Wange. Er wusste, wie tief er seine Mutter mit der Erwähnung ihres Vaters verletzen konnte. Dennoch widersprach er ihr. »Das kannst du nicht, Mama. Es kommt sowieso alles ans

Licht jetzt. Es gab einen Mord. Die Polizei ermittelt. Wer jetzt schweigt, macht sich verdächtig.«

Auch Hannas Gesicht hatte sich gerötet. »Haben dir das deine Freunde etwa eingeredet? Sind sie deswegen hier? Um zu schnüffeln, ob Opa Karli diese Frau da erschlagen hat?«

»Er war gar nicht hier zu der Zeit«, sagte Charlie. »Er war mit irgendeinem Auftrag unterwegs. Das hat mir zumindest die Ticki erzählt.«

»Du hast also schon mit Hinz und Kunz geredet?«

»Die Ticki und unsere Freunde sind ja nun wirklich nicht Hinz und Kunz!« Charlie verlor die Geduld. »Hier geht es gar nicht um uns, Mama«, stieß er hervor. »Es geht um Julias Familie. Sie glaubt nämlich, dass ihr Großvater etwas damit zu tun hatte. Deswegen wollen die beiden die Ticki sprechen.« Von der möglichen Identität der Leiche sagte er nichts.

Hanna Braun klappte der Mund auf, als wollte sie etwas dazu sagen, und dann wieder zu, als sie sich anders entschied. »Ich bin hier auf jeden Fall mit dabei!«, sagte sie schließlich. »Nur, damit du das weißt!« Dann ging sie aus der Küche.

Draußen auf dem Hof vernahm Charlie das Geräusch von Reifen auf dem Kies. Als er Julias Wagen erkannte, rannte er hinaus zu ihr.

Mit einiger Mühe kam Julia hinter dem Lenkrad hervor. »Entschuldige die Verspätung, Charlie!«, rief sie ihm entgegen, während sie ihren Rücken durchdrückte. »Der Verkehr ist die Hölle durch die vielen Baustellen. – Ist Paul wenigstens schon da?«

»Er muss noch zu einem Hausbesuch«, erwiderte Charlie. »Drinnen warten sie schon.«

»Tut mir echt leid.« Sie hakte sich bei ihm unter, als sie zur Treppe gingen.

»Geht es dir gut?«, fragte Charlie besorgt.

»Ich fühle mich zurzeit, als würde ich Drillinge tragen«, seufzte Julia. »Wie eine Tonne. Vielleicht ist es das Wetter.«

Charlie sah in den klaren, heiteren Spätsommerhimmel, doch er verkniff sich jedes Widerwort. Sie stiegen die Stufen zum Eingang hinauf. »Übrigens ist meine Mutter mit dabei«, sagte er dann.

Erstaunt blieb Julia stehen. »Aha! Wieso das?«

»Sie hat darauf bestanden«, murmelte Charlie verlegen. »Sie hat Angst, dass wir irgendwelche Picker-Herschel-Familiengeheimnisse aufdecken.«

»Du hast deine Mutti hoffentlich beruhigt deswegen.«

»Hm. Ich habe ihr von deinem Verdacht erzählt, dein Großvater könnte darin verwickelt sein.«

Wieder verharrte Julia einen verblüfften Moment lang. Sie dachte nach. »Vielleicht ist das ganz gut so«, sagte sie dann. Energisch strich sie sich eine Haarsträhne aus dem verschwitzten Gesicht.

»Von dem anderen Verdacht habe ich aber noch nichts erzählt.«

»Ist in Ordnung, Charlie.« Sie lächelte ihn an. »Wir sollten das Ergebnis der DNA-Untersuchung abwarten. Paul wollte sich bei Axel danach erkundigen.«

Sie standen an der Tür. »Lass uns reingehen, mal sehen, was uns deine Großmütter zu erzählen haben.«

10.

»Es tut mir ja so leid, Herr Doktor, dass ich Sie nun doch gleich bemühen musste.« Die alte Diakonisse ließ sich von Paul in die Jacke helfen, die sie über ihrem blauen Kleid trug. »Jetzt nur noch die Kette … vielen Dank!«

»Keine Ursache«, sagte Paul höflich.

»Jaja, die alten Knochen wollen nicht mehr so recht.

Deswegen hat der Herrgott unserem Dasein auch die Endlichkeit gesetzt.«

»Sie sind doch noch ausgesprochen rüstig, Schwester Marga.«

»Und ich bin dankbar dafür und zufrieden«, strahlte sie ihn an.

Axel lugte durch den Spalt in der Tür. »Alles in Ordnung?«

»Es war nur die Aufregung, mein Lieber«, versicherte ihm seine Tante. Mit einem leisen Ächzen ließ sie sich in den Lehnstuhl sinken, den man ihr an das Fenster des Gästezimmers gestellt hatte. »Und die Treppe. Die bin ich nun nicht mehr gewohnt, da es diese wunderbaren Fahrstühle im Mutterhaus gibt.«

»Gabi und ich bringen dir alles, was du brauchst«, versicherte Axel. »Du brauchst nur hier auf den Knopf zu drücken.« Er zeigte auf das kleine, drahtlose Gerät, das auf dem Tisch lag.

Paul packte seine Tasche. »Ich schaue regelmäßig nach Ihnen, Schwester Marga«, versprach er. »Es ist vollkommen klar, dass Ihnen das alles sehr zu schaffen macht.«

»Nach so vielen Jahren«, sagte sie versonnen und faltete ihre Hände im Schoß. »Ich wusste von Anfang an, dass Irene tot ist. Ich habe es gespürt damals, sogar schon vorher. Es war in diesen Tagen, als würde der Himmel mir Warnungen schicken. Deswegen bin ich auch mit unserer kleinen Doro losgezogen, als sich die Gelegenheit bot.« Ihr Blick war auf den Fußboden gerichtet, so als lese sie dort aus ihren Erinnerungen. »Irene war meine ältere Schwester, wissen Sie?«, fuhr sie dann fort. »Sie war …« Sie suchte nach dem rechten Wort. »Sie war besonders. Ganz anders als ich, ganz anders als unsere lieben Eltern, Gott hab sie selig. – In ihr war immer ein wildes Sehnen nach etwas anderem, als so ein Pfarrhaus bieten konnte. Ich hatte mich schon als junges Mädchen dem Dienst am Menschen verschrieben, dem Dienst im Namen unseres Herrn.« Schwester Marga hob ihre gefalteten Hände zur Bestätigung. »Trotzdem waren wir eng miteinander verbunden, meine Schwester Irene und ich. Unsere Seelen waren verbunden. Jaja.« Wieder kam das Sinnen in ihren Blick.

»Du hast ja auch Mutti zu dir genommen, als die Front näher rückte«, warf Axel ein. Er hatte sich neben seine Großtante gekniet und hielt ihre Hand wie ein kleiner Junge, der einer Lieblingsgeschichte lauscht. Lächelnd tätschelte sie ihn. »Mein liebes Patenkind war das Mädchen. So wie du, mein Junge. Auch wenn wir in der Schwesternschaft auf Familie und die Ehe verzichten, ein Patenamt wurde mir nicht verwehrt«, erklärte sie. Dann sah sie zu Paul auf. »Es war Irenes Idee, wissen Sie? Sie wollte, dass Doro zu mir in die Diakonissenanstalt kommt. Kurz nach dem Christfest schon, noch vor Neujahr. – Das liebe Mädchen hatte so eine zarte Konstitution. Sie kränkelte immerfort. Doch alles ertrug das Kind mit einer Engelsgeduld, die liebe Doro!« Sie erlaubte sich einen tiefen Seufzer. »Es gab keine Schwierigkeiten, sie bei mir in der Diakonissenanstalt unterzubringen. Ich war zwar noch sehr jung damals und gerade aufgenommen, aber Irene hatte Beziehungen. Der Zeidler war ein hohes Tier bei denen damals. Da gab es auch keine Widerstände von den braunen Schwestern.«

»Braune Schwestern?«

In ihre Augen zog ein Schatten. »Die hatten zu dieser Zeit das Sagen. Es galt nicht mehr nur das barmherzige Wort unseres Herrn Jesus Christus. Sie haben ausgewählt …« Sie schwieg für einen Moment. Paul und Axel wechselten einen Blick. »Du meinst Euthanasie?«, fragte Axel.

»Einige haben wir retten können«, sagte seine Tante mit einem Nicken. »Schwester Elisabeth – sie konnte ein solches Unrecht an diesen armen Seelen nicht ertragen. Das war der Auftrag, mit dem ich unterwegs war damals. Ich sollte ein Geschwisterpaar nach Oppach bringen. Dort gab es eine sichere Unterkunft.« Bei dieser Erinnerung wurde sie lebhaft. »Deine liebe Mutter habe ich einfach mitgenommen. Ich dachte, Finkendörfel liegt ganz in der Nähe. Da sind Mutter und Kind schneller wieder vereint. Wer hätte auch ahnen können …«

Wieder brach sie ab.

Paul räusperte sich. »Wissen Sie, was Ihre Schwester hier wollte? Sie war keine von den Geflüchteten, wie ich erfahren habe. Was hatte sie zu diesem Aufenthalt in Finkendörfel bewegt?«

Die wachen Augen der alten Diakonisse richteten sich so durchdringend auf Paul, dass ihm unbehaglich wurde. Schon wollte er sich für seine Nachfrage entschuldigen, als sie zu erzählen begann. »Soviel ich weiß, wollte sie ihre Schulfreundin Sophia besuchen.«

»Ein ziemlich ungewöhnlicher Zeitpunkt für einen Freundschaftsbesuch.«

»Sie haben recht, Herr Doktor. Bis heute kann ich mir keinen Reim darauf machen, was sie wirklich hier wollte. Was sie so lange hier aufgehalten hat.« Sie sah ihn milde an. »Axel hat mir schon erzählt, dass Sie in diese Familie eingeheiratet haben.« Als Paul dies bestätigte, fuhr sie mit betrüblicher Miene fort. »Was für ein Unglück hat diese feinen Leute heimgesucht, was für eine Prüfung. – Es waren grausame Zeiten. Das Gericht war nahe. Doch ich bin gewiss, sie haben im Glauben Halt gefunden. Die Veits waren fromme Menschen. – Ich weiß noch, dass ich mich damals gewundert habe, dass Irene überhaupt …« Schwester Marga unterbrach sich, um über ihre nächsten Worte nachzudenken.

Axel richtete sich auf. »Was? Über was hast du dich gewundert?«

Sie bedachte ihn mit einem wehmütigen Blick. »Ich habe mich gewundert, dass deine Großmutter ihre Schulfreundschaft mit Sophia wieder erneuern wollte, mein lieber Junge. Als sie den Zeidler heiratete, weißt du … sie hatte ihren Glauben abgelegt.« Der alten Diakonisse rann eine Träne über die faltige Wange. »Sie hat unseren Herrn Jesus Christus verraten.«

Axel senkte schuldbewusst seine Augen. Er murmelte etwas Unverständliches.

»Haben Sie mit Ihrer Schwester gesprochen, während sie hier war?«, fragte Paul. »Haben Sie eine Ahnung, warum ihr das geschehen ist und vor allem, wer es gewesen sein könnte?«

Schwester Marga faltete ihre Hände und wiegte ihren Kopf. Ihre Haube wippte wie ein weißes Vögelchen auf einem Zweig im Wind. »Seit Axel bei mir war und davon erzählt hat, denke ich darüber nach«, sagte sie schließlich. »Wieder und wieder habe ich im Gebet den Herrn befragt, was jetzt das Richtige sei, die Dinge ruhen zu lassen oder diesem Wink des Himmels nachzugehen.«

»Und?«, rief Axel ungeduldig. »Hat dir Gott geantwortet?«

Im tiefen Nachdenken betrachtete sie ihren Großneffen, bis sich schließlich gleich einem ersten Sonnenstrahl am Morgen ein Lächeln über ihr altes Gesicht stahl. »Ich bin hier. Nicht wahr, mein lieber Junge?«

Es kostete Paul einige Überwindung, seine Frage zu wiederholen. »Was glauben Sie, ist mit Ihrer Schwester geschehen?«

»So oft ich auch darüber nachdenke, Herr Doktor, es will mir nichts dazu einfallen. Wir haben telefoniert, als ich noch in Dresden war. Damals wusste ich noch nichts von dem Auftrag von Schwester Elisabeth. Irene hat sich nach Doro erkundigt. – Oder hat sie das nicht?« Sie wiegte zweifelnd ihre Haube. »Ich glaube, ich habe ihr von Doro berichtet. Ich weiß wirklich nicht mehr, was Irene gesagt hat. – Wenn sie mir den Grund verraten hat, warum sie noch nicht wegkonnte, dann ist er mir entfallen. Ich weiß nur, dass es der Irene sehr wichtig war.« Wieder faltete sie ihre Hände. »Später wollte meine Schwester mit Doro weiter nach Genf. Unsere Familie hat dort Verwandtschaft. Sie hatte eine Einladung und auch die Reiseerlaubnis. Das hat der Zeidler für sie gemacht.«

»Warum bloß hat sie dann hier so viel Zeit vergeudet?«, rief Axel. Er erhob sich.

»Es war ihr sehr wichtig«, wiederholte seine Tante sanft. »Irgendetwas war noch offen.«

»Offen? – Aber was?«

»Sei so gut, mein Junge, und reiche mir die Brille und mein Gebetbuch.« Ihre Stimme war matt geworden. Nach einem kurzen Blickwechsel mit Axel beeilte sich Paul mit seinem Abschied.

»Alles kommt irgendwann ans Licht«, sagte sie zu ihm, als sie ihm die Hand reichte. »Auch das verborgenste Unrecht, alles was im Dunkel liegt. So ist es uns verheißen: Recht fließe wie Wasser und Gerechtigkeit wie ein starker Strom.«

11.

»Ihr Großvater war der Knecht?« Ticki überlegte. »Ein gewisser George, sagen Sie?«

»Franzose. Er war als Kriegsgefangener auf dem Gut«, half Charlie seiner Ahne. »Urgroßvater Braun hat sich darum gekümmert, um den Veits zu helfen. Das zumindest habe ich bei Opa herausbekommen.«

»Ja, die Brauns waren immer ganz dicke mit den Veits«, erinnerte sich die Ticki. »Das meiste, was ich von den Veits weiß, habe ich von Brauns Hannelore. Die war in unserem

Kränzel. Hat sich leider aufgehangen, die Ärmste.« Ticki nickte vor sich hin.

»Ich habe davon gehört«, sagte Julia.

Charlies Ahne überhörte Julias Einwurf. Zu sehr nahmen sie nun ihre Erinnerungen in Anspruch. »Um ein Haar hätte es dich gar nicht gegeben, mein Karli«, fuhr sie wesentlich lebhafter fort. »Dein Opa Oswald hat früher nämlich immer nach der Ella geschielt. – Dann hat er sie aber doch nicht abgekriegt. Ella bekam das Kind von einem anderen. – Doch dass das der Knecht gewesen sein soll …« Sie wiegte zweifelnd den Kopf.

»Sie meinen, dass niemand im Dorf etwas von der Liaison meiner Großmutter wusste?«, wunderte sich Julia. »Wurde denn nicht geredet im Dorf, als die unverheiratete Veit-Tochter ein Kind bekam?«

Oma Tilda kicherte verschämt, so als beträfe das auch sie. »Mutter!«, mahnte Hanna, die dem Gespräch mit besorgter Aufmerksamkeit folgte.

»Oh, mein Kind, was denken Sie! In diesen Tagen kreisten unsere Gedanken um ganz andere Dinge. Der Krieg ging verloren. Der Russe stand vor der Tür.« Ticki bedachte Julia mit einem mitleidigen Blick. »Wie ich mich recht erinnere, glaubten alle, Ella habe sich in Potsdam ein Techtelmechtel geleistet, trotz der strengen Schule da in Hermannswerder. – Oder vielleicht gerade deswegen«, ergänzte sie schelmisch. »Ihre Großmutter war nicht so brav wie ihre Schwester Sophia. Oh nein!« Wieder wiegte sie den Kopf, als könnte sie so ihre Erinnerungen aufschütteln. »Mir fällt ein, dass mehr darüber geredet wurde, dass sich das Fräulein Veit bei den Hölzels einnistete, nachdem das Gutshaus abgebrannt war, anstatt bei Verwandten oder den Brauns.«

»Trude war ihre Verbündete«, warf Julia ein, während sie sich von Oma Tilda vom Malzkaffee nachschenken ließ. Hanna Braun indessen rutschte auf ihrem Stuhl hin und her. »Was erhoffst du dir eigentlich von all diesen Nachforschungen, Julia?«, fragte sie.

Mit einem Seufzen stellte Julia ihre Tasse ab. »Ich weiß so wenig über meine Familie! Oma und Trude möchten nicht gern über diese Zeit reden.«

»Vielleicht solltest du das einfach respektieren«, sagte Hanna streng. Charlie neben ihr verdrehte so übertrieben die Augen, dass Julia schmunzeln musste. »Das habe ich ja, Frau Braun«, erwiderte sie. »Doch dass der Tod der Wachsleiche mit dem Datum des Brandes des Gutshauses so eng zusammenfällt, lässt mir und Paul einfach keine Ruhe.«

»Mir auch nicht«, bekundete Charlie mit Nachdruck.

Seine Mutter bedachte ihn mit einem kritischen Seitenblick. »Was bitte geht dich das an?«

Bevor Charlie antworten konnte, versicherte Julia: »Charlie hat so gute Kenntnisse der Ortshistorie, dass uns das eine große Hilfe ist. – Natürlich wollen wir mit unseren Nachforschungen niemandem zu nahe treten«, versicherte sie zum Schluss. Hanna Braun atmete durch, ohne beruhigter zu wirken.

»Wir waren sehr jung damals«, meldete sich Oma Tilda zu Wort. »Ich war noch ein Kind.«

»Ein süßes Kind«, rief die Ticki. »Das hat uns vor den Russen bewahrt. Die liebten Kinder, erinnerte sie wohl an ihre Heimat und ihre Familien.« Sie redete sich in Eifer.« Aber geklaut haben sie trotzdem wie die Raben. Oder sich eingefordert. Uhri! Uhri! haben sie geschrien. Das Familiensilber war weg bis auf deinen Taufleuchter, Tilda-Kind.«

»Wenigstens nur das«, seufzte Hanna. Dann strich sie sich eine Haarsträhne aus dem Gesicht und wandte sich entschlossen wieder Julia zu. »Ihr wollt also unbedingt Detektiv spielen. Dabei habt ihr jetzt doch andere Sorgen.« Sie zeigte auf Julias Bauch. »Wann ist es denn so weit?«

»In sechs Wochen.« Julia lächelte tapfer ihr charmantestes Lächeln. »Es war so eine Frauenzeit damals!«, fuhr sie dann fort, wohl wissend, dass sie mit dieser Würdigung auch Picker-Herschels Hanna ködern könnte. »Die Frauen mussten plötzlich ganz andere Aufgaben stemmen, als sie jemals gewohnt waren. Sie mussten sich quasi neu erfinden.«

»Arbeiten konnten wir auch schon vor dem Krieg«, meinte Ticki.

»Aber es waren doch neue Herausforderungen. Nichts mehr mit Heim und Herd. Jetzt wurden aus Ehefrauen Unternehmerinnen zum Beispiel.«

Charlies Großmütter lächelten geschmeichelt. Doch Hanna Braun blieb skeptisch. »Ich dachte, euch interessierten eher die Männer in dieser Zeit? Es wird ja wohl kaum eine Frau diese Leiche da oben vergraben haben.«

»Höchstens Frauen«, ergänzte Charlie besserwisserisch.

»Die Männer waren im Krieg, in der Gefangenschaft oder interniert«, erzählte Ticki mit einem gedankenverlorenen Gesichtsausdruck. »Meinen Mann haben die Roten ins Lager gesteckt. Das war schlimm. Er hat keiner Fliege was zuleide getan, mein Karli, auch wenn er dem Göbbels, dieser Schandschnauze, alles geglaubt hat damals.« Sie klang verbittert. Ihre Tochter Tilda wurde ganz still bei der Erwähnung ihres Vaters.

»Deswegen hat man Opa Karli ja auch rehabilitiert, Ticki«, sagte Charlie. Hanna bedachte ihren Sohn mit einem strafenden Hab-ich-dir-doch-gleich-gesagt-Blick.

»Er hat überlebt, ja«, rief die Ticki heftig. »Anders als der Böhme Bernhart. Der ist nimmer heimgekommen. Ganz elendiglich haben sie den verrecken lassen in dem Lager. Aber darüber durfte man ja nicht reden. Sieger haben immer recht.«

Tildas Augen füllten sich mit Tränen. »Vati hat versucht, wieder so fröhlich zu sein wie vorher, wenn er mich aufgezogen hat und seine Späße gemacht hat. Doch ich hab gesehen, dass er traurig war. In seinen Augen hab ich es gesehen. Da war etwas gestorben in ihm.«

»Das muss schwierig gewesen sein für die Männer nach dem Krieg«, bemerkte Julia. »Sie kamen zurück, besiegt und verstört, in ein Land, das sich völlig verändert hatte.«

»Von dem, was sie im Krieg erlebt und getan hatten, ganz zu schweigen«, ergänzte Charlie mit großem Ernst.

Die Ticki reckte sich. »Mein Karli hat sich dann schon wieder aufgerappelt«, sagte sie stolz. »Man kann sich ja nicht unterkriegen lassen. Es gab so viele, die schlimmer dran waren. – Der Böhme Alfons zum Beispiel. Der war wirklich ein gebrochener Mann, als der aus der russischen Gefangenschaft heimgekommen ist. Die Lotte musste den ganzen Laden allein schmeißen, sich mit den Roten arrangieren und so weiter. Dann haben sie ihr die Weberei doch noch weggenommen.«

»Eine starke Frau«, bestätigte Julia voller Hoffnung, noch mehr zu erfahren. »Ganz erstaunlich, dass sie dann das Zeidler-Mädchen bei sich aufgenommen haben.«

»Zeidler?«

»Na, die Dorothea«, half Charlie nach. »Die erste Frau vom Böhme Alwin.«

»Ach so, die.« Die Ticki sann nach. »Wie war das nur?«

Mittlerweile hatte sich Tilda wieder gefasst und folgte dem Gespräch mit der ihr eigenen gesunden Neugier. »Also die Doro ist noch die letzten Jahre mit uns auf die Schule gegangen«, erzählte sie eifrig. »Böhme Alfons wollte sie sogar adoptieren. Aber da hoffte sie noch, dass ihr Vater aus dem Krieg heimkäme. Ihre Mutti war ja in Dresden umgekommen.«

»So glaubte man.« Alle sahen Charlie an. »Wie meinst du das?«, fragte Hanna scharf.

Julia antwortete statt seiner. »Dass ihr Tod bis jetzt nicht bestätigt wurde.«

»Die Kleine hat Jahre später jedenfalls den Alwin geheiratet«, erinnerte sich die Ticki. »Da haben wir alle gestaunt im Dorf. War wohl ein Herzenswunsch vom Böhme Alfons. Sie war ihm wichtig, wie eine Tochter eben. Aber dann ist er kurz vor der Hochzeit gestorben.«

»So viel Tod«, sagte Tilda betrübt.

»Eben! Zu viel Tod.« Energisch griff Hanna zur Kaffeekanne. »Konzentriert euch lieber auf das Leben, Kinder!«

12.

Mit langen Schritten wanderte Paul hinauf zum Kirchberg, auf dessen Westflanke sich der Friedhof bis hinab zum Dorf senkte. Es war ein heiterer Spätsommerabend geworden mit einer spektakulär klaren Fernsicht.

Am Familiengrab der Veits hielt Paul einen Moment inne. Die weiße Marmorstatue der trauernden Schönen mit der Rose in der Hand leuchtete im Abendsonnenschein vor dem schwarzen, polierten Granit der Wand. Mit goldenen Lettern waren die Namen der Verstorbenen ganzer Generationen von Veits eingraviert. Die Grabanlage war inzwischen ein gepflegter Miniaturpark geworden. Zwischen den Koniferen und der kleinen Hängebirke für Ella-Mas Schwester Sophia befanden sich auch eine Gedenktafel und das Bäumchen für seinen ersten Sohn Stevie. Nun erwarteten sie wieder ein Kind. So viel Hoffnung, so viel Angst darunter.

Er wandte sich um. Finkendörfel lag unter ihm im Tal. Der aufgerissene Giebel von Trudes Haus gähnte zwischen den anderen Hausdächern. Hinter dem Hang des Viebig zogen sich die abgeernteten Felder in sanften Wellen bis hin zum Eckertsberg. Paul sog die Schönheit der Aussicht in sich ein. Es weitete seine Brust. Ihm kam der Gedanke, an diesem Ort beerdigt sein zu wollen. Die

Besucher seines Grabes könnten dann ebenfalls diesen lieblichen Blick auf die Oberlausitz erfahren und darin Trost und Stärkung finden.

»Dazu musst du hier auch wirklich zu Hause sein«, flüsterten seine Schattengedanken. »Dazu musst du hier erst einmal wieder Heimat finden.«

Ernüchtert machte er sich auf, über den von kleinen Linden flankierten Hauptweg hinab an das untere Ende des Friedhofs zu laufen. Die klaffende Wunde des Erdrutsches erstreckte sich über die halbe Länge, beidseitig umsäumt von den Trümmern der Friedhofsmauer. Schon von Weitem sah er die lange, dürre Gestalt seines Freundes Charlie bei dem abgesperrten Grab. Er spielte an seinem Telefon herum. Daneben stand Julia, die Hände in die Nierengegend gestemmt, als könnte sie damit ein Gegengewicht zu ihrem Bauch schaffen. Die beiden bemerkten seine Ankunft erst, als er unmittelbar neben ihnen stand, so sehr waren sie in ihre Gedanken vertieft.

»Hier bin ich«, sagte Paul.

Ein zartes Lächeln huschte über Julias müdes Gesicht. »Hallo, Schatz. – Was ist herausgekommen?«

»Die Tote ist mit großer Wahrscheinlichkeit verwandt mit Axel und seiner Großtante.«

»Also doch!« Charlie pfiff durch die Zähne. Er steckte das Telefon ein. »Und wie nehmen sie es auf?«

Paul zuckte mit den Schultern. »Warum treffen wir uns hier?«

»Wir dachten, dieser Ort würde uns inspirieren«, seufzte Julia und drückte ihren Rücken durch. »Die ganze Sache ist irgendwie verfahren.«

»Was hat eure konspirative Kaffeerunde denn gebracht?«, fragte Paul.

»Opa Karli war ebenfalls hier zu der Zeit, wenn auch nicht zu den Tagen des Brandes, aber gleich danach. Er war vom Kriegsdienst befreit, wegen des Steinbruchs.«

»Erstaunlich, dass man da den Böhme Alfons eingezogen hat«, überlegte Julia laut.

»Das war Rache«, wusste Charlie zu berichten. »Er hatte sich geweigert, für die Wehrmacht zu arbeiten.«

»Alfons Böhme war Pazifist?«, wunderte sich Julia. »Sein Bruder war doch …«

»Der war ein ganz anderes Kaliber.« Charlie kratze sich am Kopf. »Doch das mit der Weigerung hatte eher mit dem Vater zu tun. Der hat das testamentarisch so festgelegt. Keine Kriegsproduktion in den heiligen Hallen seiner Damastweberei.«

»Wahrscheinlich wegen seiner eigenen Kriegserlebnisse«, vermutete Paul.

»Genau!« Charlie schniefte. »Ich hab die Feldpost gelesen von dem Bruno Böhme. Ziemlich traurig.«

Paul rückte seine Brille zurecht. »Wer bleibt also?«

»Theoretisch kämen meine beiden Urgroßväter auch in Betracht.«

»Ach, Charlie. Welches Motiv sollten die denn gehabt haben, einen Gast der Veits zu erschlagen?«, fragte Paul. »Oder später dann die Leiche zu verscharren. Wir sind uns doch einig, dass der Mord vor dem Brand stattgefunden haben muss.«

Die Freunde sahen sich an. »Opa Karli war den Frauen gut«, meinte Charlie dann. »Das zumindest sagt die Ticki immer, dass ihr Karli gerne schäkerte.«

»Du meinst, es könnte ein Mord aus Leidenschaft gewesen sein?« Julia sah ihn mit großen Augen an.

»Na ja, das passt nun wieder nicht so richtig zu Opa Karli. Auch nicht zum Braun-Opi, also meinem Uropa.«

»Bei ihm fällt mir eher die Verteidigung der Familie Veit als mögliches Motiv für eine solche Tat ein«, meinte Paul und nahm seine Brille ab. »Nur müssten wir dafür wissen, ob diese Frau eine Bedrohung für die Familie darstellte.«

»Überhaupt müssten wir mehr über diese Irene erfahren. War sie überhaupt eine Frau, an der sich Leidenschaften entzünden konnten? Eine schlesische Pfarrerstochter? Ihre Schwester ist immerhin Diakonisse geworden.«

Julia war hitzig geworden. »Wenn die Leute sich nur besser erinnern könnten. Wenn sie nur mehr erzählen würden!«

»Auf jeden Fall soll Irene Zeidler ganz anders gewesen sein als ihre Schwester Marga, die den Weg der Schwesternschaft gewählt hat«, sagte Paul.

Julia sah ihn amüsiert an. »Vielleicht war sie ja sogar eine Femme fatale?«

»In dem Fall käme eher der Böhme Bernhart als Täter infrage«, rief Charlie begeistert von dieser Idee. »Bei den Böhmes heißt es, der ließ nichts anbrennen.«

»Reizender Zeitgenosse«, meinte Julia säuerlich. »Wir sollten diesen Kerl mit in Betracht ziehen. Es mag ja sein, dass er am 13. Februar Dienst hatte und in Chemnitz war. Aber die Leiche kann auch gut am nächsten Tag vergraben worden sein, als alles in Aufregung war wegen Dresden. Und das Gutshaus brannte auch noch.«

»Ach! Der Brand war gar nicht am Dienstag?«

Charlie schüttelte bestätigend den Kopf. »In der Nacht zum Faschingsdienstag brannte das Gutshaus. In der Nacht darauf Dresden. Manche Leute dachten erst, der Brand sei wieder aufgelodert, doch dann sahen sie den Westhimmel. Muss echt grausig gewesen sein.«

»Bernhart Böhme dürfen wir also nicht ausschließen. Durch Dorothea Zeidler haben wir auch eine Verbindung der beiden Familien.« Paul putzte seine Brille.

»Richtig«, bekräftigte Julia. »Eben haben wir erfahren, dass Alfons Böhme die Kleine sogar adoptieren wollte. Später war es ihm ganz wichtig, dass sie und sein einziger Sohn heirateten.«

»Hat er aber nicht mehr erlebt«, ergänzte Charlie.

Paul sah sich um. »Wie transportiert man eine Leiche am unauffälligsten hierher?«

»Am Tage hätte es Nachfragen gegeben. Wie ihr wisst, war die Herrmann Friedel die einzige Beisetzung in der Woche.«

»Also eher nachts und heimlich mit einer Sackkarre vermutlich«, spekulierte Julia.

Die Trümmer des Gutshauses waren durch den Park verdeckt. Weiter unten im Tal lugte die alte Fabrikhalle der Damastweberei zwischen den Bäumen hervor. Dahin wies Paul nun. »So weit ist das nicht bis zu den Böhmes«, sagte er. »Bernhart war Polizist. Bei dem hätte bestimmt keiner Fragen gestellt.«

Julia hielt sich die Ohren zu. »Hört bloß auf! Ich sehe mich schon, wie ich meinen derzeit wichtigsten Klienten mit den schönsten Mordverdächtigungen entgegentrete. Die würden mir vielleicht was erzählen.«

»Vor allem Charlotte«, feixte Charlie. »Hast du sie eigentlich mal wegen des Zettels gefragt?«

»Habe ich«, sagte Julia verdrossen. »Das ist so banal, dass ich es sogar weitererzählen kann. Charlotte Böhme hat ihn geschrieben, sie wollte ihrem Sohn etwas darlegen.«

»Hast du den Zettel noch?«

»Aber nein, was soll ich denn jetzt noch damit?«

»Vielleicht war dieser Zettel die Ursache für den morgendlichen Streit bei den Böhmes«, überlegte Paul. Er setzte seine Brille wieder auf.

Julia schüttelte den Kopf. »Sie war jedenfalls vollkommen ruhig, als sie mir das sagte.«

»Oder die Briefe, die ich dem Alwin noch gebracht habe am Abend.«

»Die Briefe!« Julia dachte nach. »Angeblich weiß keiner etwas davon. Was Alwin Böhme bei mir wollte an diesem Flut-Samstag, bleibt allen ein Rätsel.«

Charlie rümpfte die Nase. »Oder sie sagen es halt nicht.«

»Frau Böhme!«, rief Paul plötzlich. »Was machen Sie denn hier? Sie sehen gar nicht gut aus. Kommen Sie.« Er lief ihr entgegen. Sie war vom Park aus über die getrockneten Reste der Mure geklettert und stand nun schwankend und verschwitzt am Rande der Absperrung des Grabes. »Ach, Herr Doktor«, ächzte Christa. »Ich musste es einfach sehen! Jetzt, da wir wissen, wer hier drinnen gelegen hat. Es ist ja so schrecklich!«

Sie sahen, wie am Rest der intakten Friedhofsmauer die hochgewachsene Gestalt Bertholds auftauchte. Mit der für die Böhmes so typischen vorgebeugten Haltung hielt er Ausschau, während er die Augen mit seiner Hand gegen das Sonnenlicht abschirmte. Er trug noch seine Bürokleidung. Nur des Jacketts hatte er sich entledigt.

Als er seine Mutter bei den drei Freunden stehen sah, sank seine Hand herab. Selbst von Weitem sahen sie seinen Verdruss über ihre Anwesenheit. Berthold brauchte einen Moment, bis er seine Gesichtszüge wieder unter Kontrolle hatte. Mit den gewandten Bewegungen eines Sportlers kletterte er über die Steine zu ihnen auf die Friedhofsseite und kam nun rasch näher. »Hallo«, sagte er kurz. Dann stellte er sich neben seine Mutter. An seiner Schläfe pochte eine Ader unter der Sonnenbräune. »Hast du jetzt genug gesehen?«

Christa ging einen Schritt auf Abstand zu ihm. Paul wechselte einen Blick mit Julia und Charlie. Ein Streit war ungewöhnlich zwischen Mutter und Sohn, zwischen die sonst kein Blatt Papier passte. »Wie hat es Ihr Mann aufgenommen, Frau Böhme?«, fragte Paul behutsam.

Sie seufzte so abrupt auf, dass es einem Schluchzen glich. »Ich kann es Ihnen nicht sagen, Herr Doktor. Ich weiß gar nichts mehr.«

Berthold neben ihr presste seine Kiefer aufeinander, sagte aber nichts.

»Heute war dieser Pfarrer wieder da«, fuhr Christa

derweil in wehleidigem Ton fort. »Ich weiß gar nicht, ob das so gut ist für meinen Alwin.«

»So lass Vater doch, wenn es ihm so wichtig ist!«, entfuhr es Berthold ungehalten. Dann bezähmte er sich wieder.

Seine Mutter warf einen giftigen Blick auf ihn. »Ich finde, dass es meinen Alwin mehr verwirrt. Ihm scheint der Pfarrer wichtiger zu sein als die Leiche seiner Schwiegermutter. Und jedes Mal ist er hinterher ganz anders als sonst. Ich weiß ja nicht, was dieser Mann da mit ihm redet, doch es regt ihn zu sehr auf.« Sie zerrte ein durchnässtes Taschentuch aus ihrem Ärmel und schnäuzte sich. »Ob Sie wohl morgen Vormittag noch einmal nach meinem Alwin schauen könnten, Herr Doktor«, fügte sie mit völlig verändertem Ton hinzu. »Ich weiß, dass da Ihr Wochenende ist, Herr Doktor. Doch ich mache mir wirklich große Sorgen. Ich bezahle Ihnen das auch!«

Berthold stöhnte.

»Das brauchen Sie nicht«, erwiderte Paul. »Die jetzige Situation ist für Sie alle außergewöhnlich belastend. Ich komme um zehn.«

In Charlie kam Bewegung bei dieser Bemerkung. »Vielleicht kannst du Herrn Böhme auch gleich fragen, wann wir an der Firmenchronik weiterschreiben?«

»Ich habe doch gesagt, dass sich das erledigt hat«, donnerte Berthold unvermittelt los.

»Also, von mir aus können Sie gern wieder mal kommen, Karl«, widersprach Christa ihrem Sohn mit Nachdruck. »Sie sind mir lieber als dieser Pfarrer, der alles durcheinanderbringt!«

»Ihrem Vater bedeuten das Jubiläum und die Firmenchronik wirklich viel, Herr Böhme«, mischte sich auch Julia ein. Sie suchte Pauls Blickkontakt. Der verstand sofort, was sie damit meinte. »Diese Beschäftigung kann Ihrem Vater auch beim Erinnern helfen«, sagte er deshalb.

Berthold blieb grimmig. »Ich will nicht, dass unsere

Familienangelegenheiten durch so etwas in die Öffentlichkeit kommen!«

»Das ist verständlich, aber …«

»Mein Alwin ist schon viel zu tief in der Vergangenheit«, nörgelte Christa. »Er soll in die Gegenwart. Das wollen wir doch alle, nicht wahr, Herr Doktor?«

»Ich werde Ihren Mann danach fragen, wenn ich ihn morgen besuche. Dann kann ich dazu meine Empfehlung geben. Entscheiden kann Ihr Mann nur alleine.«

Christa brach in Tränen aus. »Er kann eben nicht entscheiden! Mein Alwin ist nicht mehr er selbst!«

»Hör endlich auf damit, Mutti!«

»Lass mich in Ruhe, du Verräter!«

Überrascht von der Heftigkeit der Worte, reichte Julia der weinenden Frau ihre Packung Taschentücher. Christa schniefte in den Zellstoff, während ihr Sohn sich mit ein paar Atemzügen zu beruhigen suchte. Seine Fäuste waren geballt und die Ader pochte stärker an seiner Schläfe.

»Wir können gern noch einmal einen Beratungstermin festlegen«, sagte Julia beruhigend.

»Das ist ja hier weder der Ort noch der Zeitpunkt für solche Absprachen«, polterte Berthold mit einer Kopfbewegung in Charlies Richtung. Der verschränkte trotzig die Arme vor der Brust, um anzuzeigen, dass er nicht weichen würde. Doch Bertholds Zorn brach so schnell in sich zusammen, wie er aufgeflammt war. Seine Schultern sackten nach vorn. Er ließ den Kopf hängen.

Sie schwiegen einen Moment und starrten auf das offene Grab, um das die weiß-roten Absperrbänder flatterten wie Wimpel im Abendwind, während Christa immer noch in das Taschentuch schniefte.

»Sie haben die Leiche freigegeben«, sagte Berthold schließlich mit dumpfer Stimme. »Ich habe schon Mittwoch einen Termin im Krematorium in Görlitz bekommen. Nächsten Freitag ist die Beisetzung.«

13.

»Du erinnerst dich aber schon daran, dass wir Sonntagmittag bei deinen Eltern eingeladen sind?«, sagte Paul irritiert, als er auf die lange Einkaufsliste sah, die Julia ihm reichte.

»Ist doch nicht alles für uns.« Julia wickelte sich ein Handtuch um ihr nasses Haar. »Gemeinschaftsküche, Schatz. Diese Woche sind wir dran mit Einkaufen. Und ich dachte, da du sowieso raus musst zu deiner Arbeit …«

»Soso, dachtest du.« Sie küsste ihn auf die Nasenspitze. »Bleib nicht so lange.«

Paul hatte die Einkaufsfreude der Finkendörfler und Eckertswalder am Samstagvormittag unterschätzt. So wurde es fünf nach zehn, bis er bei den Böhmes auf dem Hof vorfuhr. Christa musste ihn bereits erwartet haben, denn sie öffnete, bevor er läuten konnte.

»Er ist schon wieder bei ihm«, flüsterte sie. »Manchmal glaube ich, der macht bei meinem Alwin so was wie eine Gehirnwäsche. Sie müssen das unterbinden!«

Paul ahnte, dass sie von Pfarrer Thieme sprach. »Es ist mir unangenehm, ein Gespräch zwischen einem Geistlichen und …«

»Ach! Papperlapapp.« Sie zog ihn durch den Flur in Richtung Tür des einstigen Arbeitszimmers. »Sie haben schließlich einen Termin, Herr Doktor! – Heute Nacht war es wieder besonders schlimm mit ihm.« Sie sprach in gedämpftem Verschwörerton.

Um seinen Arm aus ihrer Umklammerung zu befreien, blieb Paul stehen. »Was war denn mit Ihrem Mann?«, wollte er wissen.

»Na, diese Albträume! Mein Alwin stöhnt und ächzt im Schlaf und dann wacht er auf und ist ganz verwirrt. Wie ein kleines Kind ist er da. Er weint und ruft nach seiner Mutti.« Sie rümpfte die Nase. »Sie kennen meine

Schwiegermutter, Herr Doktor. Die würde ihm schon was luften[4].« Sie zerrte ihn weiter durch den Flur. »Nee, nee – meinen Alwin haben sie mit dem Leiermann überfahren, seit der da bei Ihrer Frau im Büro gelegen hat. Der ist nicht mehr ganz richtig in seinem Kopp, sag ich Ihnen.« Paul wollte etwas erwidern, doch sie war so in Fahrt, dass sie ihn nicht zu Wort kommen ließ. »Ich bin froh, dass Sie endlich da sind und den beiden mal so richtig Bescheid stoßen!« Damit öffnete sie energisch und ohne anzuklopfen die Tür. »Der Doktor ist da, Alwin.« Sie trat beiseite, um Paul einzulassen.

Die beiden Männer saßen über Alben gebeugt an einem Tisch am Fenster. Alwin hatte ein Lesegerät mit einem angeschlossenen Monitor vor sich. Das Sehen machte ihm noch immer Schwierigkeiten. Von nächtlichen Albträumen war nichts zu spüren. Die beiden Männer schienen bester Stimmung. »Paul!«, rief Pfarrer Thieme. »Was für eine schöne Überraschung. Kommen Sie doch näher.«

»Das ist jetzt aber ein Arztbesuch«, mahnte Christa streng.

»Jaja.« Alwin winkte ab. »Weiß schon. N' Tag, Herr Doktor.«

»Aber …«

»Nu, geh endlich, Weib! Lass uns allein.«

Christa schossen Tränen in die Augen. »Da sehen Sie, was ich meine, Herr Doktor!«, zischelte sie ihm zu, bevor sie hinausrauschte. Hinter ihr schnappte die Tür ins Schloss.

»Wie ich sehen kann, machen Sie große Fortschritte, Herr Böhme«, sagte Paul, als er die beiden begrüßte. »Sie arbeiten schon wieder?« Er deutete auf die ausgebreiteten Dokumente zwischen den Fotoalben.

[4] Es ihm zeigen, damit er aufhört. (Schlesische Redensart)

»Das ist der Entwurf für die Festschrift«, erklärte Alwin stolz. »Einhundert Jahre Damastweberei Böhme & Söhne!«

»Eine ganze Ära«, bestätigte der Pfarrer mit einem aufmunternden Kopfnicken. »Bitte setzen Sie sich doch, Paul. Alwin und ich wollen Sie auch gar nicht aufhalten, aber es ist einfach zu faszinierend.«

Man war also bereits beim vertrauten Du, wie Paul bemerkte. Er stellte seine Arzttasche ab. Dies hier würde eher ein Gespräch denn eine ärztliche Untersuchung, vermutete er. »Mein Freund Charlie hat mich übrigens gebeten, Sie zu fragen, wann Sie denn weiter mit ihm an der Festschrift arbeiten wollen.«

Alwins Blick irrlichterte etwas. »Wer?«

»Karl Braun, der Sohn vom Steinmetz«, half der Pfarrer ihm weiter. »Du hast mir doch selbst von eurer Arbeit erzählt. Er hat dir beim Sortieren geholfen und beim Sichten der Korrespondenzen.«

»Ach, der Braun-Junge. Jaja. – Hat mir geholfen, der Junge. Jaja.« Alwins Erleichterung darüber, dass ihm das wieder eingefallen war, währte nur kurz. Mit gerunzelter Stirn versank er in ein dumpfes Brüten.

»Tut mir leid, dass ich Sie mit dem Namen irritiert habe«, entschuldigte sich Paul, während er sich einen Stuhl holte und bei den beiden am Schreibtisch Platz nahm. »Wir kennen uns seit Kindertagen. Für uns war Karl Ludger immer nur Charlie Braun.«

»Karl Ludger«, wiederholte Alwin langsam. Dann schüttelte er den Kopf. »Ich hab so vieles vergessen seit dem Sturz. Ein Gedächtnis wie ein Sieb. Wie ein Sieb!« Er versuchte ein Lächeln, als Paul um die Erlaubnis bat, sich die Wunde ansehen zu dürfen. »Aber was so ein richtiger Granitschädel ist, was Herr Doktor?«

»Ist es dir lieber, wenn ich jetzt gehe, Alwin?«, bot der Pfarrer an und erhob sich leicht.

Mit einem Ruck drehte sich Alwin weg von Paul. »Nein! Bleib da!« Seine Stimme war unversehens laut und heftig geworden. Etwas von dem alten Wüterich blitzte auf. »Ich will, dass du dabei bist, Theo!«

Thieme wechselte einen Blick mit Paul, dann setzte er sich gehorsam wieder hin. »Ja, vielleicht ist es besser so. Wenn Sie nichts dagegen haben?«

»Keineswegs«, versicherte Paul, bevor er sich Alwins Kopf zuwandte. »Die Wunde heilt gut. Zumindest äußerlich.« Er fixierte die frische Kompresse mit einem durchsichtigen Pflasterstreifen von dem Verbandszeug, das ordentlich sortiert auf einem Beistelltischchen bereitstand. Dann erhob er sich, um sich die Hände zu desinfizieren. »Ihre Frau sagte mir eben, dass Sie eine sehr unruhige Nacht gehabt hätten, Herr Böhme. Und das nicht zum ersten Mal.«

»Ach die!«, murrte Alwin. Er schob die Lippe vor wie ein trotziges Kind. Pfarrer Thieme betrachtete ihn besorgt. »Ich glaube, das ist auch der Grund, weshalb Alwin uns beide gemeinsam konsultieren möchte, Paul«, sagte er dann. »Es fällt sozusagen in unser beider Fachgebiet, in Ihr medizinisches und in mein theologisches. Oder besser gesagt: in die Seelsorge.«

»Ich war im Himmel, Herr Doktor«, begann Alwin unvermittelt und mit großer Hast, so als schließe sich gleich wieder ein Tor. »Da bei Ihrer Frau im Büro war ich im Himmel. Oder kurz davor. Ich habe alles von oben gesehen. Von ganz weit oben. Alles gehört und gespürt. Alles! Und alles auf einmal.« Er wurde eifrig wie ein Kind. Der Pfarrer ergriff seine Hand. »Nicht, dass Sie denken, ich wäre verrückt! Meine Frau denkt das nämlich! Noch nie habe ich so klar denken können, so tief fühlen. Da war …« Mit einem zwingenden Blick fixierte er Paul. Dann schluckte er. »Da war so viel. Ganz unfassbar! – Ich habe meine Doro gesehen. Aber sie hat mich zurückgeschickt.«

Alwin senkte den Kopf und betrachtete seine Hände. »Hier ist noch etwas. Hier ist noch etwas zu tun.«

Thieme nickte bedächtig mit dem Kopf. »Das ist es, was ich meine, mein lieber Paul.«

Der Naturwissenschaftler in Paul regte sich mit heftigem Widerspruch. Paul wusste um die Theorien rund um die Phänomene einer Nahtoderfahrung. Neuronale Blitzgewitter aktivierten Langzeitgedächtnis, verkappte Sehnsüchte und das emotionale Zentrum, um sie dem Sterbenden in realistisch anmutenden Traumbildern zu präsentieren. Eine tröstliche, natürliche Sterbebegleitung, um den Übergang leichter zu machen. Das war nur eine der vielen Thesen, die als Erklärungsversuch dienten für die erstaunlich übereinstimmenden Erfahrungen von Patienten mit Herzstillstand oder schweren Verletzungen, die doch überlebten.

»Ich habe schon von solchen Erlebnissen gehört«, sagte Paul diplomatisch. »Haben Ihre Albträume danach begonnen?«

»Aber nein!«, wurde Alwin heftig. »Das hat doch nichts damit zu tun. Diese schrecklichen Träume, die habe ich erst, seit ich wieder hier bin.«

Sie schwiegen eine Weile. Thieme betete im Stillen mit geschlossenen Augen. Seine Hände umschlossen dabei die von Alwin, der wie ein hilfloses Kind mit hängenden Schultern und gesenktem Kopf in seinem Lehnstuhl saß.

»Ich bin kein Experte«, sagte Paul dann vorsichtig. »Doch vielleicht wollen Sie mir Ihren Traum erzählen? Wenn es denn immer wieder der gleiche ist.«

Alwin nickte, ohne seinen Kopf zu heben. »Es ist der gleiche«, bekannte er düster. »Der Teufel gibt sie mir ein, weil ich ein Sünder bin!«

An dieser Stelle war sich Paul sicher, dass der Pfarrer eher gefragt war als er. Er lehnte sich zurück und blickte entsprechend auffordernd in Thiemes Richtung. Thieme verstand sofort. Energisch schüttelte er den Kopf. Alwins Unschuld beteuernd, hob er die Hände und ließ dabei dessen Hand los, die wie ein nasser Lappen auf den Schreibtisch klatschte. Das wiederum forderte Pauls Aufmerksamkeit. Er griff nach Alwins Hand. Sie fühlte sich warm an, der Muskeltonus war jedoch schwach. »Hatten Sie das schon vorher?« Alwin schreckte auf. Die Kraft kehrte in die Hand zurück. Er nahm sie zu sich auf den Schoß. »Was meinen Sie?«, fragte er verwirrt. »Die Träume?«

»Nein«, erwiderte Paul erleichtert und lehnte sich wieder zurück. »Für eine Schrecksekunde dachte ich daran, dass vielleicht auch …, aber lassen wir das. Sie wollten mir von Ihren Träumen erzählen. Was davon kehrt immer wieder?«

Alwin antwortete nicht. Er suchte nach Worten. Über Gefühle und Traumbilder zu sprechen, war nicht seine Sache. Schließlich wandte er sich an Thieme. »Sag du es ihm, Theo. Dir hab ich doch schon alles erzählt.«

Thieme gab einen ergebenen Seufzer von sich. Dann rutschte er mit seiner kugelrunden Gestalt auf die Stuhlkante vor und richtete sich auf. »Es sind Traumbilder einer Lähmung, einer Hilflosigkeit, verbunden mit großer Angst und dem Gefühl, verlassen zu sein.«

»Das hätte Mutti niemals zugelassen«, fügte Alwin mit Bestimmtheit hinzu. »Es muss also etwas anderes sein als die Erinnerung an eine schwere Kindheit oder so ein Quatsch!«

»Wie alt sind Sie denn in Ihrem Traum?«, fragte Paul.

Erstaunt sahen ihn die beiden Männer an. »Wie alt?« Wieder schien Alwin verwirrt.

»Ich weiß nicht. Bin ich da ein Kind?« Er stierte vor sich hin. »Ein Kind … Manchmal weinen die Kinder. Manchmal hat ein Kind Angst.« Ihm stiegen Tränen in die Augen. »Ich weiß nicht, wie alt …«

»Schon gut, Herr Böhme«, beruhigte Paul ihn. »Wir sollten Sie nicht weiter damit belasten. Sie müssen erst stabiler werden. Soll ich Ihnen etwas zum besseren Durchschlafen verordnen?«

»Es ist etwas, was Alwin sich schuldig fühlen lässt«, warf der Pfarrer ein.

Paul ließ seine Hand wieder sinken, die eben nach seiner Tasche greifen wollte. »Und Sie haben keine Vorstellung davon, was das sein könnte? Vielleicht hat es mit Ihrer ersten Frau Dorothea zu tun?«

Bei der Erwähnung dieses Namens zuckte Alwin zusammen. »Nicht mit Doro«, flüsterte er. »Nicht Doro.« Seine hochgewachsene Gestalt schien im Lehnstuhl zu schrumpfen. »Nein, Doro nicht, aber Axel.«

»Axel!«

Anstelle Alwins nickte der Pfarrer wieder. »Ja. Haben Sie eine Erklärung dafür? Axel war ja schließlich noch nicht geboren, als Alwin ein Kind war. Was soll da für eine Schuld sein?« Ratlos sah er Paul an. »Dieses Erleben ist für Alwin ziemlich realistisch, wissen Sie?«, fuhr er dann mit großem Ernst fort. »Nur die noch wache Erinnerung an die Gnade lindert seine Pein. – Ich dachte, vielleicht gibt es dafür eine medizinische Erklärung?«

»Eine psychologische vielleicht«, sagte Paul. »Ich bin da wirklich kein Experte.« Er wandte sich an Alwin. »Meinen Sie nicht, es wäre doch besser, sich für ein paar Wochen in entsprechende fachärztliche Betreuung zu begeben, Herr Böhme? Es würde Ihnen guttun, gerade wegen dieser Albträume, Ihrer Schuldgefühle und all dem Gefühlschaos, das Sie gerade heimsucht. Selbstverständlich auch wegen Ihrer Erinnerungen.«

Alwin sah ihn angstvoll an. »Ich gehe da nicht hin! Ich gehe nicht zu all den Verrückten.«

Mit einiger Mühe unterdrückte Paul ein Seufzen. »Nun gut«, sagte er dann resigniert, »ich versuche, Kontakt mit einem Fachkollegen aufzunehmen.« Er holte die Mappe mit den Rezepten aus seiner Tasche. »Währenddessen nehmen Sie etwas zum besseren Schlafen. Sprechen Sie weiter mit Pfarrer Thieme, wenn Sie etwas bedrückt. Reden verschafft Erleichterung.«

Er verabschiedete sich von den beiden Männern. An der Tür wandte er sich noch einmal um. »Was soll ich denn meinem Freund Charlie sagen? Ich meine Karl Braun?«

Alwin starrte ihn an. »Ich bin acht! Acht Jahre. Ich hatte gerade Geburtstag.«

14.

In tiefes Nachdenken versunken, verharrte Paul einen Moment im düsteren Hausflur der Böhme-Villa. Hinter der Tür hörte er den Pfarrer eindringlich mit Alwin reden.

Paul fragte sich, welches Ereignis seiner Kindheit Alwin zu dieser Regression in seinen Träumen brachte. Welche Schuld konnte ein achtjähriges Kind auf sich laden? Oder war es die Schuld eines anderen, die Alwin da unbewusst auf sich nahm? War es die Schuld seiner Mutter? Und warum kam ausgerechnet jetzt eine solche peinigende Erinnerung ans Licht? Hatte es etwas mit Alwins Nahtoderfahrung zu tun, mit seiner Hirnverletzung? Oder mit dem Auftauchen der Leiche seiner erschlagenen Schwiegermutter? Wie alt war Alwin eigentlich zum Zeitpunkt der Tat gewesen?

Ein rascher Blick auf die Patientenakte in seiner Arzttasche belehrte ihn darüber, dass Alwin Böhme am 9. Februar des Jahres 1937 geboren worden war. Paul sah auf. Es war also möglich, dass Alwin Zeuge dieses Verbrechens gewesen war. Sollte tatsächlich seine Mutter Charlotte …

»Pst! Herr Doktor!« Wie nicht anders zu erwarten, wollte Christa noch einen ausführlichen Bericht von ihm, bevor er ging. Sie winkte ihn durch eine halb geöffnete Tür in eine geräumige, blitzsaubere Küche, deren vergitterte Fenster auf den oberen Wirtschaftshof hinausgingen. Am Tisch in der Mitte des Raumes saß Berthold im Laufdress bei einem Pott Kaffee. Er nickte ihm zur Begrüßung zu. »Was haben Sie für einen Eindruck?«, fragte er Paul dann ohne Umschweife.

»Es ist viel in Bewegung bei Ihrem Vater«, sagte Paul. »Ich habe etwas zum besseren Durchschlafen verordnet. Ansonsten können wir nur abwarten und ihm Zeit geben.«

»Das meine ich nicht«, unterbrach ihn Berthold ungeduldig. »Ist Vater zurechnungsfähig? Das will ich wissen? Kann er Entscheidungen treffen? Es geht schließlich um die Firma, verdammt!« Er klang so gereizt, dass sich seine Mutter um Beschwichtigung bemühte. »Berti!«, mahnte sie ihn streng, aber liebevoll. »Wollen Sie vielleicht einen Kaffee, Herr Doktor?«

Paul lehnte dankend ab, registrierte jedoch, dass die Zwietracht vom Vortag offenbar bereinigt war zwischen Mutter und Sohn. Unterschwellig verspürte er den Druck, den diese beiden auf ihn ausübten.

»Nach so einem traumatischen Geschehen ist es völlig normal, dass bestimmte Unsicherheiten bestehen«, erklärte er widerwillig. »Konzentrationsschwierigkeiten, auch kurzzeitige Verwirrung. Die werden jedoch mit der Zeit mehr und mehr verschwinden. Haben Sie Geduld mit Ihrem Vater.«

»Zeit! Geduld!« Berthold erhob sich mit einem Ruck. »Ich will endlich Klarheit!«, schnarrte er. »Einer von uns muss für diese Zeit die Betreuungsvollmacht für Vater übernehmen. Am besten wäre da Mutti geeignet.«

»Nur bis mein Alwin wieder ganz er selbst ist«, versicherte Christa voller Sanftmut.

»So etwas müssen Sie mit meiner Frau besprechen.«

»Mit Ihrer Frau! Da drehen wir uns doch nur im Kreis!«

»Berti!«

»Ich will, dass Sie das ärztliche Gutachten ausstellen, dass Vater eine Betreuung braucht! Dann spielt auch Ihre Frau wieder mit. Manchmal frage ich mich tatsächlich, wessen Anwältin sie wirklich ist.«

»Ach, Berti, nu lass doch.«

Paul spürte, wie ihm die Lippen taub wurden vor unterdrückter Wut. Behutsam nahm er seine Brille ab und begann, sie zu putzen. »Soviel ich weiß, Herr Böhme«, versetzte er dann kühl, »hat Ihr Vater meine Frau engagiert. Das klärt ja wohl, wessen Anwältin sie in erster Linie ist.«

»Aber nun ist sie in den Gesellschaftervertrag involviert«, blaffte Berthold. Mit einer heftigen Geste schob er den Stuhl an den Tisch heran. »Wie es aussieht, muss ich wohl noch einen anderen Anwalt verpflichten, der endlich mal die Interessen der Firma vertritt. Und nicht nur …«

Der Gong der Türglocke unterbrach ihn. »Wer kommt denn nun schon wieder! Hier geht es ja zu wie im Taubenschlag!«

»Das wird der Braun-Junge sein«, erklärte seine Mutter nervös. »Ich habe ihm gesagt, er könne ruhig um elf herum herkommen. Da wird der Doktor fertig sein.«

Mit Mühe schluckte Berthold eine zornschnaubende Erwiderung herunter. »Verdammt!«, fluchte er nur. »Ich geh duschen. Hier wird man ja selber ganz irre.« Damit lief er aus der Küche.

Der Gong erklang erneut.

Bevor Christa gehen konnte, hielt Paul sie am Arm fest. »Das ist zu viel für Ihren Mann heute, Frau Böhme«, sagte er mit Ernst.

Ihr Mundwinkel zuckte, als sie seinen Blick erwiderte. »Aber der Pfarrer ist wohl nicht zu viel«, fragte sie ärgerlich.

»Der Pfarrer ist Ihrem Mann ein Vertrauter geworden. Das ist ein Gewinn für den Heilungsprozess, er gibt Ihrem Mann Sicherheit.«

»Er hat doch mich!« Widerspenstig machte sie sich von ihm los. »Und was soll ich jetzt dem Braun-Jungen sagen? Der muss doch denken …«

»Überlassen Sie das getrost mir.«

Gemeinsam gingen sie zur Tür. Christa öffnete. Charlie, der gerade abermals klingeln wollte, wechselte bei ihrem Anblick sofort in sein breites Spinnenwebgrinsen. »Hallo! Bin ich zu früh?« Dann sah er ihre Mienen. »Oder hab ich Schwierigkeiten?«

»Der Doktor will nicht, dass Sie zu meinem Mann gehen«, erklärte Christa kurz angebunden und verschränkte die Arme vor ihrer Brust.

Verblüfft sah Charlie zu Paul. »Ach was!«

»Erkläre ich dir später, alter Freund. Im Moment ist es einfach nicht günstig.«

»Okay«, sagte Charlie ratlos, aber friedlich. »Ich melde mich wieder, Frau Böhme.«

Sie antwortete nicht. Als sich Paul zum Verabschieden zu ihr umwandte, hatte sie die Tür bereits geschlossen. Charlies Verblüffung kannte keine Grenzen. »Was war das denn?«, fragte er leise, als sie über den Hof zu Pauls Wagen gingen. »Bist du etwa in Ungnade gefallen bei deiner ersten Jüngerin?«

»Sieht ganz so aus.« Paul öffnete die Beifahrertür für Charlie. »Steig ein. Wir müssen unbedingt reden. Auch mit Julia. – Vor allem mit Julia!« Während er sich auf den Fahrersitz schwang, kamen ihm jedoch Zweifel. Er schnallte sich an. »Es muss aber unter dem Siegel der Verschwiegenheit …«

»Komm schon, Alter! Was denkst du denn von mir?«

»Du hast recht. Wenn ich etwas brauche, dann jemanden, dem ich trauen kann. Lass mich trotzdem erst einmal allein mit Julia reden.«

»Schon klar«, sagte Charlie, doch er klang zum ersten Mal enttäuscht.

Sie fanden Julia in der Küche beim Bohnenschnippeln mit Gwen und den Kindern, die um sie herumwuselten. Ein glückliches Strahlen lag auf Julias Gesicht, was Paul verwunderte, denn sonst betrachtete sie Küchenarbeiten als notwendiges Übel.

»Schon zurück?«, empfing Gwen sie mit Erstaunen, das sich jedoch nur auf ihren Mann bezog.

»Geht heute doch nicht«, sagte Charlie karg. Er half Paul, die Einkäufe in die Speisekammer zu tragen.

»Den Essig brauche ich gleich hier«, kommandierte Gwen nebenbei. »Und das Bier könnt ihr in den Keller schaffen. – Sind das auch wirklich Bio-Zitronen? – Warte, lass mich das machen!«

Paul war als Erster zurück in der Gemeinschaftsküche. Mittlerweile war die Schüssel mit den Bohnen gefüllt und stand am Herd bereit. Julia wischte an der riesigen Spüle die verschmierte Schnute von Charlies Ältestem ab, bis er sich ihr entwand. Nach seiner Mama rufend rannte der Kleine aus der Küche. Lächelnd sah Julia ihm hinterher. Doch als sie Pauls besorgtes Gesicht erblickte, erstarb ihr Lächeln. »Was ist? Geht es Alwin schlechter?«

»Wie man es nimmt«, begann Paul mit gedämpfter Stimme. »Es besteht Gefahr aus einer ganz anderen Richtung. Gefahr für ihn und seine Mutter, wie ich meine.« Er berichtete ihr kurz.

Nach einer Weile setzte sich Julia entgeistert an den Küchentisch.

»Ich wollte dich sofort einweihen«, sagte Paul. »Es sind schließlich deine Klienten. – Zumindest Alwin und Charlotte Böhme. Bei den anderen bin ich mir nicht mehr so sicher.« Zerknirscht erzählte er ihr auch von Bertholds Wutausbruch wegen der Betreuungsvollmacht. Julia reagierte empört. »Christa Böhme hat die übliche Vollmacht einer Ehegattin über das gemeinschaftliche Konto und so weiter. Es geht denen doch nur um den Gesellschaftervertrag.« Sie pochte energisch mit der Faust auf die Tischplatte. »Und da wir auch mit drei Gesellschaftern handlungsfähig sind, besteht überhaupt keine Eile. Du hast es ja selbst erlebt letzte Woche. – Oh, dieser …!«

»Alles in Ordnung bei euch?«, fragte Gwen, die mit ihrem Spross auf dem Arm wieder in die Küche kam.

Julia seufzte tief. »Ärger!«, bekannte sie dann mit einem gequälten Lächeln. Sie erhob sich, um gemeinsam mit Paul hinaus auf den Hof zu gehen, wo der Rest der Kinderschar laut krakeelend Fangen spielte. »Ich bin dafür, dass wir Charlie einweihen«, sagte Paul. »Er weiß ohnehin schon das meiste, man kann ihm vertrauen und er hat am ehesten jetzt noch Zugang zu den Böhmes.«

»Wie meinst du das?«

»Dass man uns auf Sicht fahren lässt.« Paul zuckte mit den Achseln. »Keine Informationen mehr. Zumindest nicht von Christa und Berthold.«

»Nun male nicht gleich den Teufel an die Wand«, murmelte Julia. Doch auch sie schien besorgt. »Wir müssen unbedingt herausfinden, ob es noch eine andere Beziehung zwischen den Zeidlers und den Böhmes gibt als diese arrangierte Ehe.«

»Und was unsere lieben Alten mit dieser Frau zu tun haben«, ergänzte Paul.

Julia nickte. »Wer war diese Irene Zeidler? Was hat sie hier gewollt? Was war ihr so wichtig, dass sie selbst ihre Weiterreise nach Genf verschoben hat?«

»Vielleicht liegt darin der Schlüssel«, sagte Paul. »Wir müssen mehr über das Opfer erfahren.«

»Du hast recht. Lass uns mit Charlie noch einmal Kriegsrat halten. Da kommt er gerade.«

15.

»Einen gesegneten Sonntag noch.«

Paul schreckte aus seiner Lektüre hoch. »Ihnen auch, Herr Pfarrer«, erwiderte er höflich. »Und Ihnen, Herr Braun.«

Oswald Braun und Pfarrer Thieme hatten ihr Frühstück bereits beendet, während der Rest der Faktorenhof-Kommune noch am fröhlich krähenden Erwachen war. Kindergetrappel war bis hinunter in den Saal zu hören, Gwens zweisprachiges energisches Schimpfen auch. Julia telefonierte in der Küche mit Ella-Ma. An der Tür traf sie mit den beiden Männern zusammen. Sie begrüßten sich kurz, Julias Gesichtsausdruck war ernst.

»Wann wollen wir denn starten heute Mittag?«, fragte Paul, als sie sich zu ihm an den Frühstückstisch setzte. »Was hat Ella-Ma gesagt?«

»Sie wünscht sich, dass wir heute mit ihnen zum Gottesdienst gehen.«

Paul legte das Fachjournal beiseite und nahm seine Brille ab. »Gewiss«, murmelte er. »Warum nicht, schließlich ist Sonntag.«

Sie waren seit Langem keine regelmäßigen Kirchbesucher mehr. Eine solche Bitte überraschte und machte ihn etwas verlegen. Er setzte seine Brille wieder auf die Nase und schob sie nach oben. »Kannst du dir denken, warum?«

»Kann ich«, sagte Julia knapp. »Schwester Marga!«

»Ach! – Wie das?«

»Mit der Tatsache, dass sie im Dorf ist, und der Nachricht über die Identität der Toten finden sich unsere beiden lieben Alten nun doch wieder Aug' in Aug' mit ihren ungeliebten Erinnerungen.« Mit einem kühnen Schlag enthauptete Julia ihr Frühstücksei. »Prompt haben sie eine Vorladung zur erneuten Zeugenbefragung erhalten. Schriftlich per Einschreiben und ganz offiziell im

Polizeirevier. Das schafft natürlich Druck. Immerhin darf ich sie dorthin begleiten.«

»Diese Vorladung ist beunruhigend, findest du nicht?«

»Deswegen sollen wir heute mit ihnen beten, sagt Oma.« Gedankenvoll löffelte Julia ihr Ei. »Wir müssen unbedingt mehr über diese Irene herausbekommen.«

»Vielleicht erzählen sie uns jetzt auch etwas mehr«, meinte Paul. »Wir sollten die heutige Autofahrt nach Bautzen gleich dafür nutzen.«

»Bautzen!«, stöhnte Julia. »Das wird auch so ein Balanceakt. Wie ich Mutter Milla kenne, wird das keine Familientafel, sondern ein Verhör!«

»Möglicherweise gerade nicht«, beruhigte Paul. »Du kennst Milla, wenn es um die Familie geht, wird sie zur Löwin. Aber sie würde nie …«

»Jaja, du hast ja recht«, unterbrach Julia ihn ungeduldig. »Dennoch müssen wir das Heft in der Hand behalten. Wir müssen so viel wie nötig herausbekommen und so wenig wie möglich preisgeben. Und vor allem«, sie drohte mit ihrem Löffel einem imaginären Feind, »dürfen wir uns nie und nimmer in Diskussionen über irgendwelche Wohnungsfragen verstricken lassen!«

»Du hättest Milla die Hirschkeule nicht geben sollen, Ella«, murrte Trude, während sie sich den Gurt umlegte. »Jetzt hat sie uns in der Hand an ihrer Sonntagstafel.«

»Was hätte ich denn tun sollen?«, verteidigte sich Ella-Ma gereizt. »Friedegard und Meta essen kein Wild. Und wir haben gerade keine Küche, wie du weißt.«

»Eben! Was sich der lange Heinrich nur dabei gedacht hat.«

»Er ist Jäger, Herrgott noch mal!«

»Er wollte euch eine besondere Freude damit machen«, mischte sich Julia ein, die neben Ella-Ma auf dem Rücksitz saß. »Es ist einfach ein Geschenk.«

»Ein königliches dazu«, ergänzte Paul. »Was mich betrifft, ich habe Hunger und ich freue mich auf das Essen bei Milla. Sie ist eine Meisterköchin.« Er schnalzte mit der Zunge und startete den Motor. »Du weißt das doch sonst auch zu schätzen, Trudchen.«

»Normalerweise! Aber hier ist gerade nichts mehr normal.«

»Du meine Güte«, tadelte Ella-Ma von hinten. »Bei deiner Sonntagslaune wird ja die Milch sauer.«

»Die wird uns garantiert gleich sauer, weil Milla den Kindern vom Aperitif bis zum Dessert mit der Bautzener Wohnung in den Ohren liegen wird. – Das ist ein ganz schön hoher Preis, selbst für ein fürstliches Mittagsmahl!«

Die anderen Insassen schwiegen zu dieser Prophezeiung Trudes, die ihnen allen äußerst hellsichtig erschien. Paul chauffierte den Wagen vom Hof der Hellers auf die Hauptstraße hinunter. Noch immer mussten sie den Umweg über Eckertswalde fahren, um nach Bautzen zu gelangen. Es war ein heiterer Spätsommertag. An der Pappelallee zwischen Finkendörfel und Eckertswalde flatterten die ersten goldenen Blätter in einem frischen östlichen Wind.

»Wenigstens soll es keinen Regen geben in den nächsten Tagen«, seufzte Ella-Ma. »Jeder Gewitterguss verursacht mir Albträume zurzeit, das könnt ihr aber wissen.« Sie wollte das Gespräch auf neutrales Terrain lenken. Doch Julia bemerkte, wie Paul leicht den Kopf zu ihr nach hinten drehte und begriff das als Signal, ihre kleine interne Befragung zu starten.

»Ihr Lieben«, begann sie, »bevor Mutter Milla mit einer Agitationsrunde in Sachen Wohnung beginnt, möchten wir erst mal alles über die Tote vom Kirchberg wissen.« Ella-Ma neben ihr zog die Luft ein, Trude vor ihr schien zu versteinern bei Julias direkten Worten.

»Wir wollen euch helfen«, beschwichtigte Paul. »Es ist

wichtig, dass wir mehr über diese Irene Zeidler erfahren. Was für ein Mensch war sie?«

»Was für ein Mensch?«, entfuhr es Trude und es klang, als spräche sie von etwas ganz und gar Menschenunähnlichem.

»Was für ein Charakter«, fuhr Julia fort. Sie rutschte trotz der Gurtbehinderung auf dem Rücksitz so weit wie möglich vor. »Wie habt ihr sie in Erinnerung?«

Trude schnaufte aus und verschränkte die Arme vor der Brust. »Warum war sie überhaupt zu einer solchen Zeit bei euch, Oma«, bohrte Julia nach, »wo sie doch die Reiseerlaubnis für sich und ihre Tochter nach Genf hatte?«

»Was du so alles weißt«, sagte Ella-Ma mit einem prüfenden Seitenblick auf ihre Enkelin.

»Ja, denkst du denn wirklich, wir schauen hier tatenlos zu, wie unsere liebsten Menschen sich durch ihr bockiges Schweigen mehr und mehr in ein Tötungsdelikt verwickeln lassen?«, rief Julia. »Natürlich haben wir unsere Nachforschungen angestellt.«

»Ihr glaubt, wir wären darin verwickelt?« Ella-Mas Ahnungslosigkeit wirkte aufgesetzt. Ein letztes murmelndes Rückzugsgefecht.

»Oh ja«, versicherte Julia derweil grimmig. »Warum seid ihr uns gegenüber sonst so verschwiegen?«

»Genauso geht es auch unserem Freund Charlie«, ergänzte Paul. »Oswald Braun gibt sich nämlich genauso verschlossen wie ihr.«

»Kinder, Kinder! Was kramt ihr nur in der Vergangenheit!«

»Nicht nur wir, Oma, sondern auch die Mordkommission. Meinst du nicht, es wäre besser, deine Familie zu informieren, als dich bei der Befragung von den Profis in Widersprüche verwickeln zu lassen? Glaub mir, die verstehen ihr Handwerk.«

»Du meinst, die könnten uns verdächtigen?«

»Findest du das wirklich so abwegig? Ihr seid die bisher beste Verbindung. Irene Zeidler war bei euch zu Gast, von eurem Haus aus ist sie angeblich nach Dresden aufgebrochen. Nun wissen wir aber, dass sie Finkendörfel niemals verlassen hat, sondern mit eingeschlagenem Schädel auf dem Friedhof verscharrt wurde.«

Trude drehte sich halb zu ihr um, als wollte sie etwas darauf erwidern, wandte sich dann aber mit starrem Blick wieder nach vorn. Ella-Ma seufzte resigniert.

Schließlich legte sie ihre Hand auf Trudes knochige Schulter. »Sag es ihnen, Trude.«

Erst schüttelte Trude den Kopf, schließlich besann sie sich jedoch. »Diese Irene«, stieß sie hervor, »das war ein Sauluder!«

Mit einem Stöhnen ließ sich Julia wieder zurück in den Sitz fallen. »Na, prima! Da haben wir neben Mittel und Gelegenheit jetzt also auch noch ein Motiv.«

»Ich hätte der wirklich zu gern eins über den Lockenschädel gezogen«, bestätigte Trude erbarmungslos. »Bösartiges, intrigantes Miststück!«

»Trude!«

»Jaja. Ich weiß schon. Man soll nicht schlecht über Tote reden. Doch bei der Zeidler könnte ich mir so einige denken, die der das Licht auspusten wollten.«

»Wie meinst du das?«

»Na, dass das Fräulein Sophia überhaupt nicht glücklich war über diese ungebetene Besucherin.«

»Lass Sophia aus dem Spiel, Trude!«

Trude überhörte Ella-Mas Drohung. »So dicke befreundet, wie diese Irene tat, waren die nämlich gar nicht in Hermannswerder«, fuhr sie stattdessen fort. »Das hat mir das Fräulein Sophia selbst gesagt. Und die liebe gnädige Frau, die hatte regelrecht Angst vor ihr!«

»Es ist schlimmer, als ich dachte«, murmelte Julia, die an ihre Vision von Vera Veit dachte.

»Mein liebes Kind.« Ella-Ma griff nach ihrer Hand. »Wenn du dir jetzt in deinem lebhaften Geist zusammenreimst, dass Mutti und Sophia Irene Zeidler den Schädel eingeschlagen und sie dann in dem frischen Grab verscharrt haben, bevor sie das Gutshaus …«

»Das ist höchst unwahrscheinlich«, ließ sich Paul vernehmen. »Lasst uns nicht übertreiben.«

»Da bin ich ja beruhigt«, sagte Ella-Ma sarkastisch und nahm ihre Hand zurück.

Julia sah auf die leere Stelle in ihrem Schoß. »Was, wenn das jemand anderes für die beiden getan hat?«

Für einen Moment herrschte Schweigen im Auto. »Und an wen dachtet ihr da?«, fragte Ella-Ma schließlich mit belegter Stimme.

»An Großvater George«, erklärte Julia mutig. »Oder an Oswald.«

Trude seufzte. »Genau wie du befürchtet hast, Ella!« Dann drehte sie sich halb nach hinten. »Den George kannst du gleich mal ausklammern, der konnte keiner Fliege etwas zuleide tun. Aber wie sieht es denn mit Böhmes Bernhart aus? Der war ihr doch total verfallen, diesem sittenlosen Flittchen.«

Diese Neuigkeit verschlug Julia erst einmal die Sprache. Ella-Ma neben ihr blieb diesmal ganz ruhig. »Trude hat die beiden in flagranti erwischt«, sagte sie schlicht. »Gegen Muttis ausdrücklichen Willen hatte sich Böhme Bernhart ins Haus geschlichen, am helllichten Tag.«

»Ich will der ihr Zimmer sauber machen, da liegen die beiden zusammen in der Kiste!« Noch heute bebte Trude vor Empörung darüber. Julia bemühte sich, ihr Grinsen zu unterdrücken. Paul ging es wohl ähnlich, er musste sich erst räuspern, bevor er in neutralem Ton fragte: »Was hatte Vera gegen Bernhart?«

»Ordnungspolizist war der und ein ganz strammer Parteigenosse. Spielte sich ständig auf.«

»Mutti fand ihn sehr zudringlich. Er hatte sich einmal für Sophia interessiert, doch die hatte ihn abgewiesen.«

»Was Bernhart Supermann vermutlich nicht gut aufgenommen haben dürfte«, seufzte Julia. »Das Ganze wird hier so langsam zu einer Art Seifenoper. Doch ein Motiv für einen Totschlag Irenes sehe ich nicht. Eher eines dafür, sich an den Veits zu rächen.«

»Da wäre die Liaison einer Veit-Tochter mit einem Kriegsgefangenen natürlich eine gute Gelegenheit«, meinte Paul. »Wusste jemand davon?«

»Ja«, sagte Ella-Ma. »Mutti und Sophia wussten davon. Deswegen auch Muttis Furcht vor Entdeckung. Sie glaubte sich mehr und mehr von Feinden umgeben. Bald war sie nur noch wandelnde Angst. Doch von der Schwangerschaft wussten nur Trude und Sophia.«

»Diese Zeidler wusste es auch. Die hat es geahnt oder irgendwie herausbekommen. Vielleicht hat sich deine Schwester irgendwie verquatscht. Fräulein Sophia war manchmal so …« Trude suchte nach dem richtigen Wort. »Viel zu gutgläubig.«

»Wie hat Irene reagiert, als du sie mit Bernhart erwischt hast?«, fragte Julia.

Verächtlich stieß Trude Luft aus. »Wie sich halt solch feine Herrschaften bei so etwas verhalten: Ich wurde angewiesen, die Klappe zu halten, sonst würde ich sie kennenlernen.«

»Sie hat dir gedroht?«

»Ihr Mann war beim Reichssicherheitsdienst, die konnte jedem drohen.« Trude schlug mit der geballten Faust auf ihren Oberschenkel. »Heute würde ich der natürlich ein paar Takte erzählen, aber damals dachte ich, Ella könnte Schaden nehmen und damit die ganze Familie. Also habe ich die Klappe gehalten.«

Eine Weile herrschte Schweigen im Auto. Sie passierten die Stadtgrenze von Bautzen.

»Warum hatte sich Irene Zeidler überhaupt bei euch einquartiert«, wiederholte Paul Julias Frage. »Sie hatte die

Reiseerlaubnis nach Genf. In Dresden wartete ihre Tochter. Ein Freundschaftsbesuch war es offensichtlich auch nicht, wie ihr sagt.«

Es dauerte etwas, bis sich Ella-Ma zu einer Antwort aufraffte. »Sie war Jahre zuvor schon einmal während der Sommerferien bei uns zu Gast gewesen, da war sie noch die freche, fröhliche Pfarrerstochter aus Grünberg. Zeidler war bei den Böhmes zu Besuch. Sie haben sich bei einem Sommerfest bei uns getroffen und verliebt. Damals lebte Vati noch.« Sie sann ein wenig dieser Erinnerung nach. »Glücklichere Tage waren das gewesen.«

»Du meinst, eine sentimentale Regung hat diesen Zwischenaufenthalt bewirkt?« Julia wollte es nicht glauben.

»Sicher nicht«, bestätigte Ella-Ma. »Ich habe einmal Fetzen eines Telefonats von ihr mit ihrem Mann aufgeschnappt, der sie wohl bedrängte, weiterzureisen. Doch sie bestand darauf, nicht ohne diesen Pfand aufzubrechen.«

»Ein Pfand?«

»Mehr kann ich euch nicht sagen.« Ella-Ma betonte das so bestimmt, dass sich Julia sicher war, dass ihre Großmutter sehr wohl noch etwas zu sagen hätte. »Dann muss das vorerst reichen«, sagte sie deshalb. »Dennoch sollten wir uns darüber klar werden, was von all dem ihr bei den Kriminalisten besser für euch behaltet. Gleich, wenn wir heute zurück sind, setze ich mich mit euch zusammen und wir besprechen die Details.« Mit einem leisen Stöhnen drückte sie sich in die Rückenlehne. »Ich lasse mir doch von so einer Nazi-Ziege nicht meine Familie kaputt machen!«, murmelte sie dann.

»Spricht so eine Anwältin?«, sagte Paul im Bemühen zu scherzen.

Bei Julia kam das nicht gut an. »In dem Fall bin ich die Anwältin meiner Familie, basta!«

»Ist schon recht, mein Kind«, sagte Ella-Ma friedfertig. Sie legte Trude die Hand auf die Schulter, die diese tätschelte, als wollten sie sich so einander Mut machen. »Jetzt wollen wir uns erst einmal für das Familienessen rüsten.«

16.

Zu Beginn ihres gemeinsamen Sonntagsmahles schien es, als irrten sich die Finkendörfler mit ihren Befürchtungen. Ihre Gastgeber hatten offensichtlich beschlossen, jegliches familiäre Streitthema sorgsam von den Tischgesprächen auszusparen. Eddie, der sich etwas verspätete, erntete nicht mehr als einen warnenden Blick seiner Mutter. »'tschuldigung«, rief er in die Runde, bevor er sich neben Trude setzte. »Warst wohl wieder an deinem Computer«, murrte die zur Begrüßung. Er grinste verlegen.

Milla schaffte es sogar, bis nach der Pilzsuppe bei ihrem eigenen Buchprojekt zu bleiben. Sie übersetzte gerade polnische Kurzgeschichten und Erzählungen für einen Verlag und sollte sich in der kommenden Woche mit einigen der überwiegend jungen Autoren in Breslau treffen. »Ihre Vorfahren mussten auch fliehen«, berichtete sie leidenschaftlich. »Sie wurden von den Sowjets aus Ostpolen vertrieben. Ist das nicht ein Wahnsinn? Flüchtlinge werden sesshaft in einer Stadt, deren Einwohner auch zu Flüchtlingen geworden waren. – Und was für Geschichten! Was für Geschichten! Man bekommt Gänsehaut.«

Vater Georg schenkte mit stolzem Lächeln Getränke nach, während Milla den Hauptgang servierte. »Hirschkeule Oberoderwitzer Art«, verkündete sie strahlend und stellte die Platte mit dem würzig duftenden Fleisch auf den Tisch. »Mit dem Holunderextrakt, den du mir geschenkt hast«, ergänzte sie in Richtung Ella-Ma. Die nickte vorsichtig, so als könne sie dem Frieden an der Tafel noch immer nicht trauen.

»Unser alter Holunderbusch ist auch nicht mehr«, sagte Trude trübe. »Hat alles dieses verflixte Hochwasser weggerissen.« Julia schubste Trude zur Mahnung unter dem Tisch an. Schon wechselten die Eltern einen bedeutungsvollen Blick, während Georg sich daran machte, die Keule aufzuschneiden.

Paul hielt Georg rasch seinen Teller hin. »Da läuft einem das Wasser im Munde zusammen.«

Es war zu spät. Die Flut und ihre Folgen besetzten das Esszimmer der Veits wie böse Geister, die man unabsichtlich herbeigerufen hatte.

»Ja, diese Katastrophe hat wirklich alles tüchtig durcheinandergewirbelt«, bemerkte Georg milde. »Aber wir können immer nur vorwärts leben, nicht wahr?«

Milla nickte dazu. Sie stellte die Schüssel mit den Waldpilzen neben die Petersilienkartoffeln. Gerade hatte sie wieder ihren Platz eingenommen und setzte zu einer Bemerkung an, als Eddie sie um die Soße bat.

»Ich hab gehört, die wissen jetzt, wer die zweite Wachsleiche ist«, plapperte er ahnungslos. »Wisst ihr schon mehr darüber?«

»Edgar!«

In aller Unschuld blickte er seine Mutter an. Schließlich ging es bei seiner Frage nicht um das zerstörte Haus. Also zuckte er nur die Achseln, wiederholte seine Frage jedoch nicht. Peinlich berührtes Schweigen breitete sich aus.

»Hm, ja«, machte Paul kauend. Er hob den Blick nicht vom Teller und spielte ratlos mit seiner Gabel. »Wirklich köstlich, Milla.«

»Wachsleichen!«, protestierte Milla, die das Kompliment glatt überhört hatte in ihrer Empörung. »Was ist denn das für ein Thema am Mittagstisch.«

Unwillkürlich musste Julia losprusten. Eddie lachte schallend. »Na, hör mal Mama, ist das Tier hier etwa keine Leiche?«

Paul blickte sie warnend an, doch auch er konnte sich nun ein Grinsen nicht verkneifen.

»Was soll das?«, fragte Milla. Sie blickte zu Ella-Ma und Trude hinüber, die ihre Blicke über den Teller gesenkt hielten.

»Entschuldige, Mama«, japste Julia. »Ich glaube, mir gehen langsam die Nerven durch.«

»Das glaube ich auch! Höchste Zeit, dass du in deinen Mutterschaftsurlaub gehst.«

»Ich fürchte, das geht noch nicht ganz.«

»Aber Julia«, tadelte sie Vater Georg, »traust du mir nicht zu, dass ich die Angelegenheit bei den Böhmes weiterführe?«

»Natürlich, Papa«, erwiderte Julia und wischte sich die Lachtränen aus den Augen. »Doch ihr müsst wissen, dass die getötete Frau, also die zweite Wachsleiche, die Schwiegermutter Alwins war.«

Eddie ließ die Gabel sinken, die er gerade an seine Lippen führte. »Das ist ja ein Ding.«

Dann steckte er sich den Bissen doch in den Mund, drehte sich halb zu Trude herum und zielte mit der Gabel scherzhaft auf sie. »Na, ihr Zeitzeugen? Wo seid ihr zu dem fraglichen Zeitpunkt gewesen und mit wem und warum?«

Mit einem Mal wurden alle ernst. »Genau das will die Kriminalpolizei nächste Woche auch von ihnen wissen«, sagte Paul.

»Oh mein Gott!«, entfuhr es Milla. »Georg, da musst du unbedingt mit dabei sein. Ich kann auch alleine nach Breslau fahren.«

»Ich werde mit dabei sein, Mama«, sagte Julia bestimmt. »Wenn wir mit zwei Anwälten da aufkreuzen, könnte das wie ein halbes Schuldeingeständnis wirken.«

Ihr Vater stimmte ihr zu. In Aufruhr sah Milla von einem zum anderen. »Schuldeingeständnis? Was soll denn das bitte bedeuten? Sagt bloß, eine von euch hat tatsächlich etwas mit dieser Leiche zu tun.«

»Natürlich nicht, Mama«, sprach Julia für die anderen. »Aber sie kannten die Tote. Irene Zeidler war Gast bei den Veits bis zu ihrem Verschwinden.«

An der Stelle griff Vater Georg nach seiner Serviette, um den Kraftausdruck zu verdecken, der ihm über die Lippen kam.

»Beruhige dich, mein lieber Sohn. Trude und ich waren nicht im Haus zu der Zeit, als Irene nach Dresden aufbrechen wollte. Wir waren bei Trudes Cousine in Friedersdorf.«

»Ich denke, du warst mit dem Pfarrer unterwegs?«, protestierte Julia.

»Das haben wir nur gesagt, damit niemand fragt, was wir da beide wollten. Wir waren damals ein eher ungleiches Gespann.«

»Und was wolltet ihr da beide?«, fragte Georg.

Trude legte ihr Besteck beiseite. »Wir wollten erstens aus der Schusslinie sein, wenn dein Vater seine Flucht unternahm, und zweitens …«

»Trudes Cousine erwartete auch ein Kind«, fuhr Ella-Ma dazwischen. »Ihre Hebamme sollte auch mir bei der Geburt beistehen und sich dann mit um dich kümmern.«

»Du wolltest mich weggeben?«

»Nur die erste Zeit«, verteidigte sich Ella-Ma schwach. »Damals glaubte ich noch, ich müsste dich heimlich gebären. – Ich hätte dich nie und nimmer hergegeben! Du warst sein Sohn.«

Georg spülte diese Nachricht mit einem kräftigen Schluck Rotwein herunter. »Vielleicht ist es doch besser, wenn ich euch begleite«, sagte er dann. »Schließlich bin ich auch dein Sohn.«

»Aber mich kennen die Ermittlerinnen schon, Papa«, warf Julia ein.

Milla blickte unglücklich auf ihren halb vollen Teller. »Mir ist gerade der Appetit vergangen«, rief sie anklagend über ihre Sonntagstafel. »Was soll denn nun mit dem Dessert werden.«

»Na, her damit«, bekundete Eddie mit vollem Mund. Seelenruhig hatte er weitergegessen. »Was gibt es denn?«

»Stachelbeerkuchen.«

»Also mir ist eher nach einem Schnaps, Georg«, bekundete Trude und ließ sich in ihren Stuhl zurückfallen.

»Mir auch.« Vater Georg ging zum Barschrank. Allen außer Julia und Milla schenkte er von Trudes Schlehenlikör ein, den sie ihm zum Geburtstag geschenkt hatte. »Auf die Familie!«, prostete er mit ernster Miene. Dann setzte er sich wieder. »Ich frage mich, wie es Alwin Böhme aufgenommen hat, dass die Tote seine Schwiegermutter war«, sagte er dann mit Blick auf Paul. Der zuckte mit den Achseln. »Ich weiß es nicht«, sagte er wahrheitsgetreu.

Julia sah sich bemüßigt, Partei zu ergreifen. »Die Böhmes sind alle ganz schön mitgenommen durch die Ereignisse der letzten Tage und Wochen. Vor allem natürlich Alwin.«

»Hat er denn seine Erinnerungen wieder?«

»Noch sieht es nicht so aus. Da muss man Geduld haben. Aber er arbeitet daran.«

»Der Alwin!«, schnaubte Trude ungnädig. »Dieser elende Wüterich! Austeilen kann er doch auch, da muss er auch mal was einstecken!«

»Warum schätzt du ihn so gering?«, wollte Paul wissen.

Sie leerte ihr Glas, bevor sie antwortete. Wortlos füllte Georg nach. »Wenn Alwin Wut hat, ist niemand sicher. Er hat Metas kleinen Hund erschlagen.«

»Wer hat wen erschlagen?« Milla stand mit dem Kuchen in der Tür.

Eifrig stand Eddie auf und nahm ihr den Teller ab, bevor er für sie Trudes Nachricht wiederholte.

»Das ist ja bestialisch«, rief Milla empört. »Wann hat er das gemacht?«

»Vor vielen Jahren«, versuchte Ella-Ma, die Geschichte zu entschärfen. »Sie waren da alle noch Kinder.«

Trude wollte diese Tat jedoch nicht kleingeredet wissen. »Die haben sie gejagt, die arme kleine Meta«, stieß sie wutentbrannt hervor. »Bloß, weil Meta seit diesem Hirnfieber einen kleinen Dachschaden hat und eine Zwergin geblieben ist. – Pursche Siggi und der Böhme Alwin, die waren ständig hinter ihr her. Wauli, Metas Hund, der hat sie nur verteidigen wollen, als er nach Alwin schnappte. Ich habe das mit angesehen. Und Friedegard auch. Die hat doch da bei den Böhmes gerade ihr Pflichtjahr gemacht.« Sie ballte ihre Faust. »Alwin hat nach einer Schaufel gegriffen und hat den kleinen Kerl einfach erschlagen.«

»Wie schrecklich!« Milla sah mit betrübtem Blick auf ihr von Gewalt und Bedrohung zerstörtes Festmahl. »Wie kann ein Mensch nur zu so etwas fähig sein!«

»Menschen sind noch zu ganz anderem fähig, Mama«, befand Julia. Sie stand auf, um ihrer Mutter beim Abräumen zu helfen. Trude tat es ihr gleich. »Na, der Alwin auf jeden Fall. Damals zumindest. Seine Mutter hat ihn doch irgendwie bändigen können. Sie hat Meta den Schaden ersetzt. Immerhin.«

»Als könnte man so einen kleinen Gefährten ersetzen!«

»Hm«, ergänzte jetzt Ella-Ma erstaunlich giftig. »Ihr sauberer Schwager Bernhart hat außerdem Metas Eltern gedroht, sie nach Großschweidnitz zu schicken, wenn auch nur ein weiteres Wort darüber im Dorf laut würde.«

»Wann genau war das denn«, wollte Paul wissen, der dieser Erzählung in tiefer Nachdenklichkeit gefolgt war.

»Ach, lange vor dem Brand«, sagte Trude. »Da war Ella noch auf der Schule. Ich war noch nicht in Dienst bei den Veits. Vielleicht vierundvierzig oder so?« Sie trugen das Geschirr und die Reste ab.

»Seitdem hat die Meta Todesangst, wenn sie einen der Böhmes sieht«, fuhr Trude fort, als sie wieder am Tisch saß. »Sie schreit heute noch vom Mörder in ihrer Einfalt.«

Julia wechselte einen Blick mit Paul. »Dann ist es also wahrscheinlich, dass sie Alwin beim Haus gesehen hat und nicht irgendeinen Einbrecher.«

»Keine Ahnung. Die Böhme-Jungen sehen doch alle gleich aus. Nur Axel nicht. Der ist irgendwie aus der Art geschlagen.«

»Wie geht es nun weiter?« Milla stocherte in ihrem Kuchenstück herum. »Vor allem, wie geht es weiter für uns? Die Böhmes interessieren mich nicht halb so viel. Was wird mit dem Verhör?«

»Es ist kein Verhör, sondern eine Zeugenbefragung, Mama.«

»Meinetwegen auch Zeugenbefragung. Wie gedenkst du, deine Familie zu schützen?«

Julia war verblüfft. »Niemand ist verpflichtet, etwas auszusagen, was ihm oder seiner Familie schadet. Dafür werde ich sorgen.«

»Meinst du nicht, es kommt trotzdem alles heraus?«, fragte Eddie. »Als Anwälte seid ihr doch dem Recht verpflichtet.«

»In allererster Linie sind wir dem Glück unserer Familie verpflichtet«, widersprach Milla leidenschaftlich.

»Und dem Recht, meine Liebe.« Georg schenkte vom Likör nach. »Was wäre das für ein Glück, wenn es auf einem Unrecht beruhte.«

»Du brauchst mir hier keine Predigt zu halten!«, funkelte Milla ihren Mann an. »Lasst euch gefälligst was einfallen, was Recht ist und trotzdem nicht unserer Familie schadet. Wir haben nämlich ganz andere Sorgen derzeit.«

Sie zeigte auf Julias Babybauch. »Das Leben braucht uns und nicht die Toten.«

17.

Paul fand Charlie allein an den Tischtennisplatten in der Scheune, wo er gerade zusammenräumte. »Na, Alter? Hast du Lust auf ein Spielchen, wenn du dich aus deinem Festtagszwirn geschält hast?«

»Ein Bier wäre mir lieber, ehrlich gesagt«, bekannte Paul. »Ich muss einiges mit dir besprechen.«

»Wird gemacht!« Charlie ging zum Kühlschrank an der Seite und holte zwei Flaschen heraus. »Das trifft sich gut«, sagte er, während er sie auf dem Rückweg öffnete. »Ich hatte nämlich auch eine kleine Unterredung mit Opa heute nach der Kirche. Die Predigt vom neuen Pfarrer hat ihn anscheinend in Beichtlaune versetzt.«

»Lass hören!«

Sie gingen auf der Rückseite der Scheune zur Bank neben der frisch aufgetürmten Wand geretteter Holzscheite, in die eifrige Kinder mit ihrem Uropa eine grinsende Sonne gestapelt hatten. »Das ist eben auch Oswald Braun«, sagte Charlie mit einer Handbewegung auf das Kunstwerk. Er setzte die Flasche an und trank in langen Zügen. Paul wartete gespannt. »Opa hat schon geahnt, dass wir denken, er habe die Leiche da oben verscharrt«, begann Charlie schließlich, als er sich neben Paul auf die grob gearbeitete Bank gesetzt hatte. »Er war es nicht. Er war gar nicht hier.«

»Das sagen unsere beiden lieben Alten auch«, seufzte Paul. »Weiß er denn etwas von dieser Zeidler?«

»Er sagt, dass diese Frau gefährlich war. Eine Bedrohung wäre sie gewesen.«

»Eine Bedrohung für ihn?«

Charlie schüttelte den Kopf. »Für eure Ella-Ma und ihren Geliebten. Opa hat sich als Fluchthelfer betätigt und George ins Böhmische gebracht. Er sollte sich zu den polnischen Truppen durchschlagen.«

»Ich denke, er war Franzose!«

»Deswegen hätten die ihn bestimmt aufgenommen«, behauptete Charlie. »Wenn er es überhaupt geschafft hat bis dorthin. – Jedenfalls waren die beiden schon unterwegs, als Irene Zeidler noch quicklebendig war. Durch seinen Vater hatte Opa einen Materialtransport in ein anderes Marinelager zu betreuen. Darin hatte er George versteckt. Als er zurückkam, war der Gutshof schon abgebrannt. Von George hat nie wieder jemand etwas gehört.«

Sie schwiegen einen Moment.

»Warum hat er daraus so ein Geheimnis gemacht?«, wollte Paul wissen.

»Er hat es Ella-Ma versprochen. Ich glaub, er war mächtig verschossen in sie.«

»Das musste er wohl«, sagte Paul lächelnd. »Wenn er sogar bereit war, den Geliebten seiner Angebeteten zur Flucht zu verhelfen, nur um ihren Ruf zu retten.«

Charlie blieb ernst. »Ich glaube, da ging es um mehr als um den guten Ruf. Der Krieg ging gerade verloren, die Nerven lagen blank bei denen. Die fackelten nicht lange, wenn jemand in Verdacht stand, mit dem Feind zu paktieren. Da reichte es schon, einen Feindsender zu hören.«

»Du hast recht, Charlie. Wir machen uns gar keine Vorstellung davon, wie das damals gewesen sein mag.« Gedankenvoll trank Paul von seinem Bier.

»Übrigens glaubte Opa nach dem Fund selbst, Ella-Ma und Trude hätten die Zeidler erschlagen und gemeinsam da oben verscharrt, weil sie der Familie so zugesetzt hatte.«

»Einer hat den anderen dazu für fähig gehalten und geschützt«, sagte Paul. »Deswegen all die Heimlichtuerei.«

»Ist schon irre, nicht?« Charlie leerte sein Bier. Sie sahen auf das Dorf hinunter, das sich im sonntäglichen Abendsonnenschein friedlich in das Tal kuschelte. Die Winteräpfel leuchteten rotbackig und sommersatt in den Bäumen. Eine Schar Stare fiel kreischend über den Holunderbusch an der Ecke der Scheune her. Charlie sprang auf, um sie zu verjagen. »Musste mal kurz Vogelscheuche spielen, sonst wird nichts aus der Holundersuppe«, verkündete er grinsend, als er zurückkehrte. »Was wolltest du mir eigentlich erzählen?«

»Im Grunde unterstützt das alles nur, was du von deinem Opa erfahren hast. Uns ist Ähnliches über Irene Zeidler zu Ohren gekommen.« Auch Paul trank seine Flasche aus und legte sie vor sich in das Gras.

»Was uns noch beschäftigt, ist der Grund ihres langen und ungebetenen Aufenthaltes hier«, sagte er dann. Die Spinnwebtätowierungen um Charlies Augenwinkel tanzten in die Höhe.

»Interessante Frage. Hast du schon eine Idee?«

»Das ist nicht so einfach«, meinte Paul ausweichend. »Wir müssen vorsichtig sein, dass unsere Spekulationen nicht zu Gerüchten werden.«

»Jetzt klingst du wie ein Anwalt. Nun spuck es schon aus, Alter, was vermutest du?«

Paul rückte seine Brille zurecht. »Immer wieder beschleicht mich der Gedanke, dass es Irene um den Schatz der Böhmes gegangen sein könnte.«

»Schatz?«

»War nicht in den Briefen davon die Rede, die du Alwin am Vorabend der Flut gegeben hast? Hat Charlotte die Firma nicht mit einem Schatz gerettet?«

Für einen Moment blieb Charlie der Mund offen stehen. »Du meinst, das ist gar nicht ihrer?«

»Genau das«, bestätigte Paul. »Das würde auch erklären, warum diese Briefe nun plötzlich unauffindbar sind.«

Charlie pfiff durch die Zähne. »Das wäre ja ein Ding!« Er sann eine Weile über die Folgen dieser Möglichkeit nach. »Doch warum sollte sie daraus ein Geheimnis machen, die alte Böhme Lotte«, dachte er dann laut nach. »Als ihr Mann aus dem Krieg kam, muss er doch den Schatz gleich an Dorothea und Alwin weitergegeben haben.«

»Ja, aber erst, als Alfons heimkehrte«, sagte Paul. »Zu dem Zeitpunkt, als Irene hier war, wusste Charlotte vielleicht gar nichts von einem Schatz. Oder sie wollte ihn nicht einer Fremden geben.«

»Und der andere Böhme, der Bernhart? Er muss sie doch gekannt haben. Er musste doch auch von dieser Abmachung gewusst haben.«

Paul zuckte mit den Achseln. »Keine Ahnung. Vielleicht wurde das Geheimnis nur an den Erstgeborenen weitergegeben?«

»Kann ich mir nicht denken«, meinte Charlie nachdenklich. »An den Briefen war so gar nichts geheim. Da findet man bestimmt noch mehr Hinweise auf diese Abmachung. Schließlich wollte man ja die Familien mit einer Ehe verbinden. Ist doch etwas Schönes, also nichts, was geheim gehalten werden müsste.«

»Alwin und Dorothea waren zu Kriegsende noch Kinder und an eine Heirat nicht zu denken. Wenn unsere Spekulationen stimmen.«

Ratlos kratzte sich Charlie am Hinterkopf. »Außerdem gibt es bisher keinen Hinweis, dass Irene Zeidler irgendwie Kontakt mit den Böhmes hatte.«

»Oh doch«, versicherte Paul. »Sie hat ihren Mann im Haus der Böhmes kennengelernt, Jahre vor dem Krieg. Vielleicht hat er ihr von der Abmachung der Väter erzählt.« Er berichtete Charlie von dem belauschten Telefonat. »Und sie war mit Bernhart Böhme im Bett.«

»Sag bloß! – Na ja, dass der ein Weiberheld war, ist bekannt«, feixte Charlie. »Aber die Schwester der frommen Marga? Das ist schon der Hammer! Ist das wirklich wahr oder nur ein Gerücht?«

»Trude hat sie erwischt. Sie hatte ihr Pflichtjahr bei den Veits.«

»Dann ist sie schuldig!« Noch immer kicherte Charlie. »Ich meine natürlich Irene.«

Plötzlich wurde er wieder ernst. »Da stellt sich mir allerdings die Frage, warum Irene nicht bei den Böhmes zu Gast war, wenn sie dort doch ihren Mann kennengelernt hatte.«

Paul hob die Schultern zum Zeichen, dass er keine Erklärung dafür hatte.

»Ein weiteres Rätsel also«, sagte Charlie und erhob sich. »Okay. – Wenn ich morgen bei Alwin bin, werde ich in der Hinsicht einmal spionieren. Vielleicht sind ja die Erinnerungen aus alter Zeit noch da und nur die neuen verschüttet.«

Für einen Augenblick erwog Paul, seinem Freund Trudes Geschichte von dem erschlagenen Hund zu erzählen.

»Ich freue mich sogar schon auf den alten Grummelkopf«, sagte Charlie gerade. »Unter der rauen Schale ist der nämlich butterweich.«

Paul dachte an die Katzendame Safi und Alwins Zuneigung zu dem Tier. Also entschied er, zu Trudes Geschichte zu schweigen. »Gut«, sagte er stattdessen. »Aber sei vorsichtig.«

»Wie meinst du das?«

»Die Frauen der Familie werden es nicht gern sehen, wenn du so in der Vergangenheit stocherst. Alles, was nicht mit der Chronik zu tun hat, könnte ihren Verdacht erregen. Und du weißt, wir spekulieren hier nur wild.«

»Kannst dich auf mich verlassen, mein Alter!«, versicherte ihm Charlie. Er hob die Flaschen auf. »Noch ein Bier?«

»Hier seid ihr!«, rief Julia. Sie schob ihren Bauch um die Ecke. Paul war erschrocken darüber, wie erschöpft sie aussah, als sie sich neben ihn auf die Bank plumpsen ließ.

»Siehst ganz schön fertig aus«, bestätigte auch Charlie. »Soll ich dir etwas zu trinken mitbringen?«

Julia winkte ab. »Lass mal gut sein, Charlie. Ich werde mich gleich nach einer wundervoll lauwarmen

Endlosdusche in meine Gemächer zurückziehen. Außerdem hat man mich bei den Hellers mit kaltem Kräutertee abgefüllt. Ich glaube, ich gluckere schon bei jedem Schritt.« Charlie lächelte bei ihrem Scherz und ging, um das Bier zu holen, doch Paul ließ sich von Julias scheinbar sorglosem Geplapper nicht täuschen. »Wie ist es gelaufen?«, fragte er.

»Bescheiden«, gab Julia zu, kaum dass Charlie um die Ecke gebogen war. »Ich mache mir wirklich große Sorgen wegen Donnerstag. Es geht bis an eine bestimmte Stelle mit der Wahrheit und dann machen sie einfach dicht. Das gibt es doch nicht!«, schimpfte sie. »Ich bin ihre Enkelin. Und ich bin ihre Anwältin. So etwas Eigensinniges! Oberlausitzer Granitschädel, alle beide!«

»Vielleicht kann Charlies Bericht von Oswald Braun deine Bedenken zerstreuen?« Er erzählte ihr davon.

»Wahre Liebe!« Mit einer müden Geste wischte sich Julia eine Haarsträhne aus dem Gesicht. »Nun ja, immerhin eine schöne Legende. Für eine Gerichtsverhandlung durchaus geeignet. Doch die suchen nach einem Täter. Wer sich da in Widersprüche verstrickt und Halbwahrheiten präsentiert, wird ganz schnell vom Zeitzeugen zum Tatverdächtigen. Dass Irene Zeidler ihnen mit Verrat gedroht hat, gibt allen drein ein handfestes Tatmotiv. Ich wünschte nur, unsere lieben Alten würden begreifen, wie ernst ihre Lage ist!«

18.

Pünktlich wie zum Duell stand Charlie vor der Tür der Böhme-Villa. Das Herz klopfte ihm, als sei dies ein erstes Rendezvous. Pauls Mahnung vor Christa und Charlotte machte ihm mehr zu schaffen, als er zugeben mochte. Nervös schabte er wechselseitig mit seinen Flipflops an den nackten Waden unter seinen schwarzen Leinenshorts.

Er hatte sorgsam ein T-Shirt mit neutralem Aufdruck ausgewählt für seine heutige Rehabilitation bei den Böhmes. Zumindest war er der Meinung. Freunde hatten es ihm zum dreißigsten Geburtstag geschenkt. Es war schon etwas verblichen, aber tadellos sauber. Für einen Moment wünschte er sich, er hätte doch Gweny zur Wahl seiner Garderobe befragen können.

Berthold war in seinem Büro, wie er vom Hof aus gesehen hatte. Er diskutierte leidenschaftlich mit einem unsichtbaren Gegenüber. Sein Gesprächspartner war nicht zu beneiden, fand Charlie. Immerhin war Berti-Boss so beschäftigt, dass er sicher keinen Gedanken an die Firmenchronik verschwendete, die sein Vater heute vorantreiben wollte. Mit einem erleichterten Seufzer bugsierte Charlie seine Laptoptasche und den Hefter von der rechten Hand unter seinen linken Arm, bevor er auf den Klingelknopf drückte.

Der Gong schwebte hinter der Tür in das Innere des Hauses, ohne dass sich etwas regte. Eben wollte Charlie zum dritten Mal läuten, als die Tür aufgerissen wurde und eine rotgesichtige Christa ihm entgegenblitzte, so dass Charlie zurückschreckte. »Tag, Frau Böhme«, stammelte er. »Hab … hab ich Probleme?«

»Ach, Sie sind es!«, rief Christa unwirsch. Dann veränderte sich ihr Gesichtsausdruck schlagartig. »Natürlich! Der junge Herr Braun. Kommen Sie doch bitte herein. Mein Mann erwartet Sie schon.«

Sie trat hinter die Tür, um ihn passieren zu lassen, und Charlie beeilte sich, ihrer Aufforderung Folge zu leisten. »Immer nur geradeaus, junger Mann. Es ist die Tür ganz hinten rechts. Ich komme auch gleich und bringe ein paar Erfrischungen.«

»Ist doch nicht nötig«, murmelte Charlie noch ganz betroffen von ihrer plötzlichen Wandlung. Christa war schon in der Küche verschwunden. Stattdessen erwartete ihn

Alwins Katzendame Safi, die mit hochgestelltem Schwanz ihm voraus den Flur entlang bis zu der bezeichneten Tür lief. Charlie klopfte. Safi schmiegte ihr Köpfchen an seine nackten Waden und begann, an seinem Zeh zu lecken. »Lass das, Süße«, kicherte Charlie. »Das kitzelt.«

Da noch keine Aufforderung zum Eintreten erfolgt war, klopfte er energischer.

»Herein!«

Wie ein Blitz huschte Safi vor ihm in das Krankenzimmer-Büro, in dem der Rekonvaleszente seine Tage verbrachte. »Hallo, Herr Böhme«, rief Charlie laut, »schön, dass Sie wieder fit sind.«

»Na, so halbwegs«, antwortete Alwin mit einem Lächeln in der Stimme. »Freu mich auch, Sie zu sehen, ist schon alles vorbereitet.«

Alwin saß in einem hohen Lehnsessel, der an seinen Schreibtisch herangeschoben worden war. Auf seinem Schoß hatte sich die Katze bereits zusammengerollt und stellte sich schlafend. Sie spitzte die Ohren, als Charlie ihm die Hand reichte, ließ sich aber sonst nicht stören. Der Platz an der frei geräumten Arbeitsfläche war offensichtlich für Charlie bestimmt. Daneben lagen penibel geordnet die Hefter mit den bereits durchgesehenen familiären Briefen, alte Firmendokumente und Korrespondenzen, auf der anderen Seite eine Kiste mit unsortierten Dokumenten und Zeitzeugnissen sowie die nach Jahrgängen aufgestellten Fotoalben. »Da können wir ja loslegen«, sagte Charlie zufrieden und begann, seinen Laptop anzukoppeln. »Wir waren bis Ende der Zwanziger gelangt. Die Folgen der Inflation waren gerade überstanden.«

»Gold gab ich für Eisen.«

»Wie bitte?«

Alwin lachte heiser, während er seine Katze sanft hinter den Ohren kraulte. »Das hat meine Großmutter immer gesagt. Die machte für alles den Krieg verantwortlich.«

»Damit hatte sie vielleicht gar nicht so unrecht«, murmelte Charlie über seiner Tastatur. »Wenn man bedenkt, wer und was für Krieg verantwortlich ist.«

»Was sagen Sie? Sie müssen lauter sprechen, mein Junge.«

»Nach der Krise gab es die zweite Blütezeit der Firma.«

»Oh ja!«

»Selbst die Weltwirtschaftskrise hat die Weberei mit einem blauen Auge überstanden.«

»Jaja.«

Charlie drehte sich halb zu Alwin. »Wie hat das Ihre Familie geschafft?«, fragte er.

»Was?« Safi hob den Kopf.

»Wie ist es der Damastweberei Böhme & Söhne gelungen, relativ unbeschadet durch die Krisenjahre Anfang der Dreißiger zu kommen?«, wiederholte Charlie wie beiläufig. »Immerhin war das eine weltweite Wirtschaftskrise.« Er wandte sich wieder schreibbereit seinem Bildschirm zu und hoffte insgeheim, Alwin würde nun vielleicht den Schatz erwähnen.

»Tja«, lachte Alwin mit unverkennbarem Stolz, »wir Böhmes sind eben seit Generationen gute Geschäftsleute. Mein Großvater hat den Gewinn der guten Jahre genutzt, um dann in Immobilien zu investieren.« Er wurde rege. Safi sprang von seinem Schoß. »Schauen Sie doch gleich mal in den Firmenordner von 1930!«

»So, meine Herren«, rief Christa von der Tür her, wo sie mit einem voll beladenen Tablett hereinschwebte. »Hier bringe ich ein paar kleine Stärkungen.«

»Wie lieb von Ihnen.«

»Was soll das jetzt? Wir sind hier bei der Arbeit. Merkst du nicht, dass du störst?«

Christa erbleichte unter dem Tadel ihres Mannes, kniff jedoch nur die Lippen zusammen, als sie das Tablett auf dem Beistelltisch absetzte. Stellvertretend bekam Charlie vor Verlegenheit rote Ohren. Um Alwins Groll wiedergutzumachen, bedankte er sich besonders freundlich bei Christa. »Zwei Stück Zucker, gerne. Aber bitte keinen Kuchen für mich.«

»Lass uns gefälligst in Ruhe, Frau!«, murrte Alwin derweil.

Christa ignorierte ihn. »Was macht ihr gerade?« Sie stellte sich neugierig hinter Charlie und studierte den Bildschirm. »Ah, Weltwirtschaftskrise. – Hach! Da waren wir noch gar nicht geboren, Alwin-Schatz, nicht wahr?«

Charlie spürte, wie Alwin hinter ihm unruhig wurde. »Na ja«, sagte er deshalb rasch. »Es wird ja eine Chronik. In hundert Jahren passiert eine Menge.«

»Ich bin erst Anfang der Sechziger in die Familie gekommen«, erzählte Christa. »Alwin war erster Webermeister und hatte auch schon den Textilingenieur in der Tasche. Da konnte er seine Mutter schon sehr entlasten.« Sie warf ihm einen um Zustimmung heischenden Blick zu. Da sie so lobend von ihm gesprochen hatte, enthielt sich Alwin eines Kommentars. »Das waren aber trotzdem schwere Zeiten für die Weberei. Es sind ja so viele in den Westen rüber damals.« Christa wurde emsig in ihren Erzählungen, während sie nebenbei in den Ordnern blätterte. »Wir wollten nie weg. Ich war froh, hier überhaupt eine zweite Heimat gefunden zu haben mit meiner Mama.«

»Ich habe schon gehört, dass Sie auch mit den Flüchtlingstrecks nach Finkendörfel gekommen sind«, steuerte Charlie höflich bei.

Christa nickte gedankenvoll, ohne ihre Suche zu unterbrechen. »Schlimm, wenn man die Heimat verliert. Ich wäre ja nicht recht bei Troste, wenn ich das noch mal erleben sollte. Das hätte ich meiner armen Mama nicht antun können, bei dem Päckel, was die schon zu tragen hatte.«

»Was kramst du hier überhaupt herum?«, bellte Alwin plötzlich los. »Es geht hier nicht um deine Geschicke!

Lass uns gefälligst unsere Arbeit tun. Hast doch bestimmt noch was anderes zu schaffen.«

Wenn Christa der neuerliche Wutausbruch ihres Mannes ärgerte, so ließ sie es sich mit keiner Regung anmerken. Sie schlug den Hefter zu und lächelte Charlie dabei tapfer an. »Die zweite Enteignungswelle habe ich dann aber voll mitbekommen Anfang der Siebziger. Das war hart für Alwin und noch mehr für Charlotte.«

»Was redest du denn hier für einen Unsinn zusammen. Wir sind erst in den Dreißigern!«

»Lotte hätte es nie ertragen, nach der Rückübertragung einundneunzig die Firma ein weiteres Mal zu verlieren«, fuhr Christa unbeirrt fort. »Nur wegen Axels Spekulationswahn.«

Charlie wurde das Gefühl nicht los, dass diese Worte gar nicht an ihn gerichtet waren, sondern an Alwin. »Das kann ich mir vorstellen«, versicherte er deshalb bloß.

Die Erwähnung seines Erstgeborenen löste bei Alwin einen drastischen Stimmungsumschwung aus. »Axel!«, rief er aus. Er wurde weinerlich. Unsicher suchte er nach einem Taschentuch. »Oh, wenn Doro das wüsste! Meine Doro!«

Christa eilte zu ihm und reichte ihm vom Zellstoff. Offensichtlich war dies nicht der erste Ausbruch dieser Art, denn Christa wechselte einen bedeutsamen Blick mit Charlie, der sie zu Verbündeten machen sollte. »Mein Alwin ist noch nicht raus aus seinem Loch, den können Sie noch nicht so bepacken mit all dem Kram.« Damit nickte sie in Richtung Schreibtisch.

»Aber«, rief Charlie bestürzt. »Wir haben ja noch gar nicht angefangen.«

Sie kam zu Charlie herüber. »Ich will ja auch nur sagen, dass Sie meinen Mann nicht ganz so lange belasten sollten«, sagte sie leise und mit mütterlicher Weichheit. »Sie sehen ja, wie verdreht er noch ist.«

»Beim geringsten Anzeichen von Erschöpfung packe ich meine Sachen«, versprach Charlie.

Noch einmal lächelte sie ihn an. »Ich bin hier gleich nebenan und bereite das Zimmer vor. Wenn Sie was brauchen, rufen Sie einfach laut.«

Sie hatten noch nicht lange an der Chronik weitergearbeitet, als es klopfte und nahezu zeitgleich Gabriele Böhme ins Zimmer stürmte. Beim Anblick Charlies bremste sie ab, als prallte sie aus voller Fahrt auf einen Felsblock.

Sie war derart wütend, dass Charlie fürchtete, sie würde im nächsten Moment Feuer speien. »Du hast Besuch!«, rief sie aus. »Tut mir leid, dass ich störe. Aber ich muss dich unbedingt sprechen, Alwin.«

Charlie hob beschwichtigend die Hände. »Kein Problem. Eine Pause tut bestimmt gut.«

»Nun, ich weiß nicht so recht, ob das guttut, was ich zu sagen habe«, verkündete Gabriele skeptisch. Sie prustete kräftig aus und war danach schon fast wieder in ihrer vertrauten Gemütsverfassung. »Ich hatte eben einen Mordskrach mit Berthold«, sagte sie dann. »Er will tatsächlich unsere Designerin feuern. Ich hätte zu gern deine Meinung dazu gehört.«

Alwin war ganz Ohr. Er winkte sie heran. Doch bevor Gabriele auch nur ein weiteres Wort sagen konnte, rauschte Christa herein. »Was soll das denn jetzt? Was traust du dir!«

»Mich trauen?« Sofort wallte Gabrieles Zorn wieder auf. »Ich mache hier meine Arbeit, damit du es weißt. Berthold kann doch nicht einfach mitten im Galopp die Pferde wechseln.«

Mit blitzenden Augen stemmte Christa die Hände in ihre runden Hüften. »Wenn er das tut, wird er schon seine Gründe haben. Schließlich ist er jetzt der Chef.« Sie trat an Gabriele heran, die sie zwar um Hauptеslänge überragte, doch angesichts Christas Aufstandes in keiner Weise größer wirkte. »Dass du Alwin damit belastest, wenn er hier noch um seine Heilung kämpft – das schlägt dem Fass den Boden aus!«

Doch so schnell wollte sich Gabriele nicht geschlagen geben. »Unsere Kundschaft bevorzugt klar das klassische Design, der brauchst du nicht mit Kubismus zu kommen!«

Für einen Moment schien Christa irritiert. Charlie vermutete, dass sie über das Wort Kubismus stolperte, doch dann schob sie Gabriele beiseite und stellte sich zwischen sie und Alwin. »Dein Schwiegervater ist nicht in der Verfassung, solche Entscheidungen zu treffen. Sonst könnten wir ja auch gleich den neuen Vertrag unter Dach und Fach bringen.«

»Lass nur die Gabi«, sagte Alwin hinter ihrem Rücken. Wieder war seine Stimme ins Weinerliche gekippt. Charlie fühlte sich zunehmend unbehaglich.

»Kann mir einmal jemand sagen, was das hier werden soll«, ließ sich plötzlich Charlotte vernehmen. Im Kostüm und mit Stock und Hut zum Ausgehen angetan, stand sie in der Tür. »Ein Kampf der Hennen vielleicht? Habt ihr denn keine Manieren?« Hoheitsvoll betrat sie das Zimmer. Die Frauen waren bei ihrem Erscheinen tatsächlich verstummt. Charlie erhob sich, um die Patriarchin zu begrüßen. »Was soll der junge Herr Braun von uns denken!«

Widerwillig ging Christa beiseite. Ihr Mund bewegte sich, doch sie brachte kein Wort heraus. Gabriele verschränkte die Arme vor der Brust und trat einen Schritt zurück, um Charlotte passieren zu lassen.

»Wie geht es dir, meine Junge«, sagte Charlotte zu Alwin.

Unwillkürlich richtete er sich auf in seinem Lehnstuhl. »Es geht schon, geht schon. Muss ja gehen.« Alles Weinerliche war wie weggeblasen. »Wir arbeiten weiter an der Festschrift für das Jubiläum und der Firmenchronik.«

»So?« Sie wandte sich halb zu Charlie und den beiden Frauen um. »Wenn das überhaupt möglich ist bei diesem Lärm.«

Gabriele stöhnte auf. »Schon verstanden. Ich komme später wieder. In dieser Sache ist das letzte Wort noch nicht gesprochen!« Sie schickte sich an, das Zimmer zu verlassen.

»Überlass das gefälligst dem Berti!« Die Gegenwart ihrer Schwiegermutter hatte Christas Worten reichlich Energie entzogen. An der Tür blieb Gabriele stehen und wandte sich noch einmal zu ihr um. »Das tue ich nicht«, sagte sie entschieden. »Wir sind eine Gesellschaft. Noch gilt der alte Vertrag. Auch mir liegt die Firma am Herzen.«

»Dir vielleicht«, höhnte Christa. »Aber deinem Mann …«

»Schluss jetzt!« Charlotte pochte mit ihrem Stock auf das Parkett. Mit einem Kopfnicken verabschiedete sich Gabriele und zog die Tür kräftig hinter sich zu. Charlie versuchte, möglichst sachte auszuatmen, damit es keiner merkte, doch nahm ohnehin niemand Notiz von ihm, so sehr waren sie mit sich selbst beschäftigt.

»Ist das Zimmer bereit?«, fragte Charlotte gerade.

»Jaja. Ich war eben dabei …«, erwiderte Christa schwach.

»Dann beeile dich. Marga erwartet uns. Ich möchte mich ungern verspäten.« Der Stock pochte.

Charlie sah, wie Christa vor Unwillen errötete. »Aber hast du nicht gesagt, erst um vier?«

»Du musst dich schließlich noch umziehen oder wolltest du etwa in diesem Aufzug in die Öffentlichkeit gehen?«

»Die liebe Tante Marga«, ließ sich Alwin vernehmen. »Ja, bringt sie nur her, die Gute. Das wäre auch Doro wichtig gewesen. – Wenn ich daran denke, dass ihre Mutter die ganze Zeit da oben gelegen hat …«

»Du solltest dich nicht so viel damit beschäftigen, Alwin«, pochte Charlotte mit ihrem Stock. Sie sah in einer

Mischung aus Kummer und Missbilligung auf ihren Sohn herab.

Auch Charlie wurde unruhig, wenn er ihn so reden hörte, als sei Alwin betrunken. Er gestand sich ein, dass ihm der unberechenbare Wüterich mit seinen Ecken und Kanten viel lieber gewesen war. Alwins Wut war meist rasch verflogen. Man musste sich nur rechtzeitig ducken, wenn die Fetzen gerade flogen.

»Na gut, ich ziehe mich um«, sagte Christa resigniert. »Ich mache nur noch schnell das Bett drüben fertig.«

Charlotte nickte zufrieden. Dann raffte sie ihre Handtasche und schritt an Charlie vorbei in Richtung Tür. Einer Regung folgend, sprang Charlie auf und öffnete ihr. Er verlor einen seiner Flipflops dabei.

»Ich danke Ihnen«, sagte die Grande Dame der Familie, während sie staunend die Aufschrift auf Charlies T-Shirt studierte. Es schien, als zögerte sie einen Augenblick, hinauszugehen, so als wollte sie noch etwas zu ihm sagen. Doch dann schüttelte sie kaum merklich ihren Kopf. »Wenn ich bei der Chronik behilflich sein kann, lassen Sie es mich wissen«, äußerte sie nur huldvoll.

»Großartig!« Gern hätte Charlie sie nach den verschwundenen Briefen gefragt, doch Charlotte war schon hinausgegangen und ihr hinterdrein trottete eine geschlagene Christa.

Charlie schloss die Tür. Eine kleine Weile blieb er dort stehen, bevor er seinen verlorenen Latsch über den nackten Fuß zog und sich Alwin zuwandte.

Der sah ihn mit der Unsicherheit eines gescholtenen Kindes an. »Alles in Ordnung, Herr Böhme?«, fragte Charlie. Er ging zu ihm und kniete sich neben den Lehnstuhl.

»Die liebe Tante Marga«, wiederholte Alwin. An diesem Punkt gab Charlie alle Pläne zur Fortführung der Chronik an diesem Tag auf. Er holte sich einen Hocker heran und setzte sich neben Alwin.

»Wie ist sie denn so, die Tante Marga«, begann er im Plauderton und hoffte inständig, Alwin würde nicht wieder ins Weinerliche umschlagen. »Sie ist die Schwester Ihrer Schwiegermutter, nicht wahr?«

Verwirrt blickte Alwin ihn an. »Wer?«

Er musste es sachter angehen, befand Charlie. »Die Tante Ihrer Frau, von Dorothea.«

»Doro!« Seine Augen leuchteten auf. »Ihr geht es gut jetzt.« Das Leuchten verdunkelte sich kurz, so als kämen ihm Zweifel, wer da vor ihm säße. Dann fasste er wieder Zutrauen. »Ich habe sie gesehen, als ich dort lag«, flüsterte Alwin. Er schloss die Augen.

Charlie ahnte, welches Vertrauen ihm gegenüber in einem solchen Bekenntnis lag. »Sie haben sie gesehen?«

Alwin nickte, ohne die Augen zu öffnen. »Sie war sanft, so sanft … und freundlich! So war sie immer. – Es ist mir so ein Trost, so ein Trost …«, er stockte. Eine Träne rann ihm aus dem Augenwinkel. Sein Mund zuckte. »Sie hatte es schrecklich schwer, als sie im Sterben lag. Was hat sie kämpfen müssen. Und jetzt, da drüben … – Es war der Friede selbst.« Er weinte still.

Unbeholfen legte Charlie seine tätowierte Hand auf Alwins Schulter.

»Ich wollte zu ihr. Ich will zu ihr!«, fuhr Alwin fort. Jetzt waren seine Worte erstaunlich klar. »Sie hat aber gesagt, ich solle zurück. Zurück! – Wegen Axel.«

»Axel?« Charlie schluckte sein Unbehagen herunter. »Was ist mit ihm?«

Lange Zeit schien es, als wollte Alwin darauf nicht antworten. Noch immer waren seine Augen geschlossen.

»Es ist nicht recht«, sagte Alwin dann mit einem Seufzen. »Es ist nicht recht.«

»Ist denn Axel irgendein Unrecht widerfahren?«, fragte Charlie, der sich einen Gedanken an Axels eigene Schuld nicht verkneifen konnte.

»Es ist nicht recht!«, wiederholte Alwin mit Nachdruck. Er öffnete die Augen und griff so plötzlich nach Charlies Hand, dass dieser erschrak. »Es ist der Schatz.« Alwins Worte bekamen etwas Beschwörendes und Charlie ahnte, dass er gerade in einer Art Traumzustand war. »Axel ist der Schatz?«, wagte er dennoch zu fragen.

Alwin starrte ihn an. »Ich habe mich schuldig gemacht, mein Junge! – Es ist nicht recht. Nein, es ist nicht recht. Wenn ich nur …«

Er rüttelte an Charlies Arm. »Wenn ich es nur greifen könnte! Jede Nacht … jede Nacht kommen die Dämonen … jede Nacht. ›Schuldig!‹, kreischen sie. Ja, mein Junge: Ich bin schuldig geworden.« Seine Hand sank herab. Er seufzte in tiefer Hoffnungslosigkeit.

Charlie spürte, wie sich seine Nackenhaare aufrichteten. Sein erster Impuls war, Pfarrer Thieme zu Hilfe zu rufen. Angesichts solcher Seelennot fühlte er sich überfordert. Doch dann entschloss er sich, einfach bei Alwin zu bleiben. »Hier sind Sie sicher, Herr Böhme«, sagte er aufrichtig. »Wenn Sie sich erst wieder erinnern, dann verschwinden auch diese bösen Schatten. Ich helfe Ihnen dabei.«

Mit müden Augen blickte Alwin ihn an. »Wie wollen Sie mir denn helfen?«

»Ich habe mal gelesen oder habe ich es in einem Film gesehen?« Charlie wurde eifrig. Er begann, auf seinem Hocker hin und her zu rutschen. »Also wenn man sich seinen Dämonen stellt, dann verlieren sie die Macht über einen.«

Ein ungläubiges Lächeln huschte über Alwins Gesicht. »In einem Film!«

»Sie müssen sich erinnern! Dann geht es. Sie werden schon sehen. Wir gehen Schritt für Schritt vor. Also, was ist das letzte Bild, das Sie haben von diesem Samstag? Ich meine, bevor Sie Ihre verstorbene Frau gesehen haben.«

Alwin sah vor sich hin.

»Der Kater«, sagte er dann. »Er hat mich angesehen. Ich glaube, er wusste, dass ich da oben bin und nicht in diesem toten Ding neben ihm.«

»Totes Ding?«

»Mein Körper lag da unten und ich war ganz weit oben wie über dem Dach. Alles war … irgendwie durchsichtig.«

Charlie war fasziniert. Es schauderte ihm wohlig. »Und wenn Sie jetzt von diesem Moment einmal rückwärtsgehen, hinunter aus diesem Himmelwärts und wieder zurück in Ihren Körper neben dem Kater …«

»Er war ganz nass«, erinnerte sich Alwin. »Ich glaube, der wäre fast ersoffen. Das arme Vieh!«

»Sind Sie deswegen in das Haus gegangen? Um den Kater zu retten?«

Traurig schüttelte Alwin den Kopf. »Ich weiß es nicht«, bekannte er. »Es ist alles im Dunkeln.«

»Vielleicht müssen wir es vom anderen Ende her angehen.« So schnell wollte Charlie nicht aufgeben.

»Was ist denn das Letzte, an das Sie sich davor erinnern? – Wissen Sie noch, wie ich Ihnen Freitagabend die Briefe vorbeigebracht habe?«

»Die Briefe.« Verständnislos sah Alwin ihn an.

»Ja. Sie waren ganz schön wütend auf mich, weil es schon so spät war. Doch ich hielt die Briefe für ziemlich spannend, deshalb wollte ich sie Ihnen gleich bringen.« Er lächelte Alwin an. »Es ging da um die Vereinbarung zwischen Ihrem Großvater und dem Ihrer Frau.«

Es schien, als würde Alwin an dieser Stelle aus einem Schlaf erwachen. »Was? Was für eine Vereinbarung?«

»Die einer ehelichen Verbindung zwischen Ihren Familien. Als Faustpfand für den Schatz.«

»Der Schatz!« Alwins Blicke richteten sich sinnend auf eine Stelle auf dem Teppich unter dem Schreibtisch.

Charlie spielte nervös mit seinen Flipflops. »Wissen Sie, was damit gemeint ist?«, fragte er vorsichtig.

Zu seiner großen Bestürzung füllten sich Alwins Augen erneut mit Tränen. »Ich habe mich schuldig gemacht, mein Junge!«

19.

Paul traf den Hausherrn beim Rasenmähen an. »Der Garten lenkt mich ein bissel ab«, brummte Axel bei der Begrüßung. »Bei meiner Zwangsbefreiung.« Er stellte den Mäher ab und wischte sich über die Stirn. Es war ein warmer Spätsommernachmittag geworden. »Hast du schon Pläne, wie es weitergehen soll beruflich?«, fragte Paul.

Axel schüttelte den Kopf. »Erst will ich wissen, wie es mit Vater ausgeht. Vielleicht entscheidet er ja doch noch anders? Gabi hat da echt Hoffnung.«

»Verstehe. – Ist bestimmt nicht einfach, so in der Schwebe.«

»Das kannst du aber wissen!«, bestätigte Axel grimmig. »Ich weiß ja, dass ich Scheiße gebaut habe. Trotzdem wollte ich der Firma nicht schaden.« Er holte tief Luft. »Auch nicht mit dem Zocken hinterher.«

»Zocken?«

»Sag bloß, das hast du nicht gewusst!«

Paul schulterte seine Arzttasche. »Wir reden nicht so über Details zu unseren Patienten und Klienten, falls du das meinst.«

»Echt jetzt?« Axel leerte den Sack mit dem Gras auf dem Kompost und schob dann den Rasenmäher in den Schuppen. »Na, jedenfalls habe ich versucht, die Verluste aus der Spekulation mit Wetten wiedergutzumachen. – Ja! Und ich weiß, wie blöd das war.« Er knallte die Schuppentür zu. »Hinterher ist man immer klüger.«

»Deine Oma hat ja alles wieder ins Lot gerückt.«

»Sie ist die Einzige, die zu mir hält«, brummte Axel. »Na ja, und Gabi halt. Meistens zumindest.« Mit einer plötzlichen Regung blieb Axel stehen. »Glaubst du, dass der Alte wieder wird?«

Paul seufzte. »Wenn ihr ihm die Zeit lasst. – Du weißt schon, dass er in eine Reha-Einrichtung gehört und nicht inmitten irgendwelcher Wachsleichen-Skandale.«

»Christa wollte das so«, verteidigte sich Axel. »Mir wäre alles recht gewesen. Er hatte mich ja schon vorher enterbt. Aber Omi will das so nicht gelten lassen. – Ich habe sie übrigens nach den Briefen gefragt.«

Sie standen inmitten des gepflasterten Hofes vor dem neu gebauten turmhohen Haus der jungen Böhmes. Alles war auf eine Großfamilie ausgerichtet, doch Kinder waren ihnen bisher nicht vergönnt gewesen. So wirkte der prächtige Neubau auf traurige Weise so leblos wie eine Katalogseite.

»Was hat sie gesagt?«, fragte Paul.

»Dass Vater sie angegangen ist wegen dieser Briefe, sie aber nicht weiß, was er wirklich von ihr wollte. Der war damals schon den ganzen Morgen so auf Brass gewesen. Mich hatte er gleich früh zur Schnecke gemacht. Dabei hatte ich nur mal fragen wollen … Na ja. Jedenfalls ist er dann nach diesem Krach wutentbrannt aus dem Haus in den Regen gestürmt. Wie das eben so Vaters Art ist. Den Rest weißt du ja.«

»Aber die Briefe bleiben verschwunden?«

»Hm! Genau.« Axel spielte mit dem Haustürschlüssel. »Ich frage mich, ob da etwas drinsteht, was den Alten zum Nachdenken gebracht hat. Vielleicht wollte er ja wirklich etwas ändern.«

»Woraus schließt du das?«

»Jetzt faselt er immer, dass er sich schuldig gemacht habe oder so was. Er hat übrigens Mutti gesehen!« Jetzt war Axel aufgeregt wie ein kleiner Junge. »Hat tatsächlich schon am Himmelstor angeklopft, was?« Er wirkte unsicher, als er fortfuhr. »Also, ich glaub ja sonst nicht so an den ganzen Quatsch vom Himmel. – Aber wenn Mutti da ist … Ist doch irgendwie ein schöner Gedanke, nicht?«

Da Paul nichts darauf erwiderte, fuhr Axel sich mit der Pranke über das Gesicht, um seine Verlegenheit wegzuwischen. »Jedenfalls glaubt die Gabi, dass wir uns wieder Hoffnungen machen können. Vater wäre nicht mehr derselbe seit dem Schlag. Weiß der Teufel, wer ihm da eins drübergezogen hat. Ich war es jedenfalls nicht.« Sie gingen über den Hof zum Haus.

»Mit Gabi ist es jetzt auch wieder besser, seit ich die Flasche weggestellt habe.«

»Du hältst also durch. Das sind gute Neuigkeiten.«

Ein stolzes Lächeln huschte über Axels Gesicht. »Seit zehn Tagen! Kein Tropfen.«

»Gratuliere«, sagte Paul herzlich. »Jeder Tag davon ein Sieg.«

»Ich will das auch Tantchen nicht antun.« Axel öffnete die Haustür. »Will sie nicht enttäuschen. – Auch wenn sie mich heute verlässt.«

»Vor der Beisetzung?«

»Nein, zu der bleibt sie natürlich. Aber sie zieht unten in die Villa ein. Omi hat angerufen«, erzählte Axel nun in wesentlich verdrießlicherer Stimmung. »Sie haben ihr das alte Zimmer von der Siebold hergerichtet. Das war mal unsere Haushälterin. Omi meint, dass Tante Marga es Parterre leichter hätte.«

»Da hat sie nicht ganz unrecht.«

»Mag ja alles sein! Es passt mir trotzdem nicht in den Kram. Tante Marga gehört zu mir.«

»Was sagt deine Tante dazu?«

Axel verzog das Gesicht, während sie die Stufen hinaufstiegen. »Sie will mich natürlich nicht verletzen, aber sie will halt mal raus aus ihrem Zimmer. – Dabei bekommt sie doch auch hier jede Menge Besuch. Eben ist die Großmutter deiner Frau bei ihr!«

Mit einem Ruck blieb Paul stehen. »Ella-Ma? Wie das?«

»Du klingst verärgert.« Axel sah sich nach ihm um. »Ist es dir nicht recht?«

»Doch, doch«, beeilte sich Paul zu versichern. »Sie hat es nur gar nicht erwähnt gestern.«

»Na ja. Gabi meint auch, es ist besser für Tantchen, wenn sie mehr unter die Leute kann«, kehrte Axel beim Weitergehen zu seinen eigenen Befindlichkeiten zurück. »Aber ich fühle mich irgendwie beraubt. – Ah! Frau Veit, da sind Sie ja schon. Hier bringe ich die Ablösung.«

Ella-Ma raffte ihre Handtasche, als wollte sie sich schützen. »Ich grüße dich, Paul«, sagte sie förmlich.

»Hallo.« Paul versuchte, sie zu umarmen, was ihm auf der engen Treppe nicht recht gelingen wollte. Er ahnte, dass sich Ella-Ma unwohl fühlte, ihm hier zu begegnen.

»Wir sehen uns später«, sagte sie mit sprödem Lächeln und schlängelte sich an ihm vorbei nach unten. Verwundert sah Axel zwischen ihnen hin und her.

»Na, dann woll'n wir mal«, sagte er dann und kratzte sich am Kopf. »Ich bringe Sie runter, Frau Veit. Vorsicht, ist ziemlich steil hier. – Du findest allein weiter?« Die letzten Worte waren an Paul gerichtet. »Ja, klar«, sagte der, während er den beiden hinterhersah.

Schwester Marga stand unter dem Dachfenster und sah gerade himmelwärts, als er nach einem Anklopfen das Zimmer betrat. »Ach, Herr Doktor! Sie sind schon da.« Sie strahlte ihn an. »Ihre Großmutter ist eben raus.«

»Ich bin Ella-Ma noch begegnet.«

»Richtig! Es ist ja die Großmutter Ihrer Frau«, korrigierte sich die Diakonisse. »Bitte nehmen Sie doch Platz.« Sie deutete auf den kleinen Tisch, an dem zwei Besucherstühle standen. Darauf lagen neben einer mit Rosen und Lavendel gefüllten Blumenvase verschiedene Dokumente und ein Umschlag.

»Soll ich Sie nicht erst einmal untersuchen?«

»Das wird nicht nötig sein«, erwiderte sie fröhlich, während sie es sich umständlich in ihrem Lehnstuhl bequem machte. »Das Zuckerbuch habe ich Ihnen schon bereitgelegt. Alles im grünen Bereich. – Ich möchte mit Ihnen aber viel lieber über meine Schwester Irene reden. Natürlich nur, wenn Sie nichts dagegen haben.«

Paul hoffte, sein Gesichtsausdruck verriet nicht zu viel von seiner Begeisterung über dieses Ansinnen. »Gern«, sagte er.

»Sie hatten so freundliches Interesse an dem Schicksal meiner armen Schwester gezeigt. Und da es auch Ihre Schwiegerfamilie betrifft, dachte ich, es würde Ihnen weiterhelfen.«

»Ganz bestimmt. Ich bin gespannt.« Er stellte seine Tasche ab und setzte sich ihr gegenüber an den kleinen Tisch.

»Frau Veit hat mir nämlich eben eine große Freude gemacht. Sie hat mir einige Bilder mitgebracht von Irene. Es dürften die einzigen sein, die noch von ihr existieren.«

»Ich dachte, alles wäre verbrannt?«

»Das ist es auch. Verbrannt oder vernichtet oder verloren. Bei den Veits, bei den Högers und bei den Zeidlers. So wie bei Tausenden anderen Familien. – Jaja, dieser Krieg.« Sie nickte still vor sich hin. Dann deutete sie auf den Umschlag, der auf dem Tisch vor Paul lag. »Es sind Fotografien aus Sophias und Irenes Schulzeit in Hermannswerder. Eine ehemalige Schulkameradin hat sie Ella Marie überlassen. Sie war Jahre nach dem Krieg einmal hier zu Besuch. Auch sie war Sommergast bei den Veits gewesen Anfang der Dreißiger. Schauen Sie ruhig.« Paul öffnete den Umschlag und entnahm ihm drei vergilbte Fotografien mit gezackten Rändern. Eines zeigte eine Klasse züchtig frisierter Mädchen in Schuluniform. Zwei andere zeigten eine ausgelassene Gesellschaft bei einem Picknick. Paul stand auf und trat mit den Bildern in der Hand an den Lehnstuhl zu Schwester Marga heran. Er beugte sich leicht über ihre Schulter, während er ihr die Fotografien hinhielt. »Oh, da brauche ich die Lupe, Herr Doktor. Die Augen wollen nicht mehr so recht. Sie liegt auf dem Nachttisch neben meinem Gebetbüchlein.« Rasch reichte er ihr das gewünschte Utensil. Sie studierte sorgsam die Gesichter auf den Bildern. »Hier, das ist sie«, rief sie dann und zeigte auf eine der Schülerinnen. »Das ist meine Schwester Irene. Ist sie nicht wunderschön?« Paul sah ein schlankes, dunkelhaariges Mädchen mit einem siegesgewissen Lächeln auf den halb geöffneten Lippen, so als würde sie mit dem Fotografen flirten während der Aufnahme. »Das hier ist Sophia Veit.« Sie tippte auf das hochgewachsene Mädchen neben ihr. Ihre hellen Haare waren zu Zöpfen geflochten. Sophia schaute mit Ernst in die Kamera. »Und diese kleine Pummelige soll die Dritte im Bunde gewesen sein. Die, von der die Fotografien stammen.«

»Lebt sie noch?«, fragte Paul. »Vielleicht könnte sie uns mehr zu den Beweggründen Ihrer Schwester sagen?«

»Ella Veit sagte mir eben, dass diese Frau längst heimgegangen ist. Sie haben sich bis zu ihrer schweren Erkrankung geschrieben. Doch in diesen Briefen ging es nicht um Irene.« Ihre Worte klangen neutral, ohne jedes Bedauern. Sie griff nach den anderen Fotografien. »Hier können Sie Irene viel besser erkennen. – Schauen Sie, wie sie hier strahlt! So voller Leben war sie.«

Paul sah auf die lachenden Mädchen in den fröhlichen Sommerkleidern. Ein argloser, verspielter Sommer voller Leichtigkeit musste das gewesen sein. Vielleicht sogar der Sommer, als sich Irene in Zeidler verliebte, den Sommergast der Böhmes.

»Hier diese Kleine ist gewiss die Großmutter Ihrer Frau! Ein Kind war sie da noch. – Wie doch die Zeit vergeht! Man glaubt, durch ein Fernglas in eine andere Zeit zu sehen.« Sie versank in Betrachtung der Fotografie. »Ach, Irene!«

»Sie haben Ihre Schwester sehr geliebt«, stellte Paul fest.

Sie ließ die Lupe und die Fotografien in ihren Schoß sinken. »Ich liebe sie noch«, sagte sie mit großem Ernst. »Auch wenn Irene so ganz anders war als ich. Ich habe sie auch immer bewundert. Ich bete jeden Tag, sie möge nun ihren Frieden gefunden haben.« Margas Augen hatten sich mit Tränen gefüllt. »Bitte legen Sie die Fotos doch zurück auf den Tisch, ich möchte sie nicht nass tropfen mit meinen dummen Tränen.« Sie schnäuzte sich.

»Tränen können gar nicht dumm sein«, fand Paul. »Sie trauern, weil Sie lieben. Das ist der Preis, den wir zahlen, wenn wir einen geliebten Menschen verlieren.«

Sie sah auf. Ihre alterstrüben Augen richteten sich auf Paul. »Sie kennen diesen Schmerz«, bemerkte sie und nickte dabei in Gewissheit ihres Eindrucks.

»Mehr als genug.« Paul ging wieder zu seinem Stuhl zurück. Die Fotografien steckte er sorgsam in den Umschlag. Ihm schien, als schulde er der Diakonisse eine weitere Erklärung. »Meine Eltern sind bei einem Autounfall ums Leben gekommen. Da war ich sechzehn. Und vor fast vier Jahren starb unser Sohn durch plötzlichen Kindstod.« Er schob seine Brille hoch und wandte sich wieder zu ihr um. Ihr Gesicht drückte eine solch liebevolle Milde aus, dass Paul spürte, wie auch ihm plötzlich die Tränen in die Augen stiegen. Verlegen räusperte er sich. Dann deutete er auf die gepackte Reisetasche neben ihrem Bett. »Wie ich erfahren habe, wollen Sie zu den Böhmes runter ins Dorf ziehen?«

Bereitwillig ging sie auf sein Ablenkungsmanöver ein. »Lotte fand, es sei besser für mich. Hier bin ich halt doch ein wenig eingesperrt. Axel und Gabi tun, was sie können, dass ich mich wohlfühle bei ihnen. So viel Aufmerksamkeit bin ich gar nicht gewohnt.« Sie kicherte verschämt.

»Wenn ich also heute nichts weiter für Sie tun kann, Schwester Marga …«

»Oh, ich möchte Sie nicht aufhalten, Herr Doktor«, versicherte sie ihm. »Heute wirklich nicht. Doch wie sieht es am Freitag aus? Werden Sie an der Beisetzungsfeier teilnehmen?«

»Ich gehöre nicht zur Familie. Ich weiß nicht, ob das erwünscht ist.«

»Darüber machen Sie sich einmal keine Sorgen. Sie können als mein ärztlicher Beistand daran teilnehmen.« Ein listiger Zug hatte sich um ihre Augenwinkel gelegt. »Vielleicht erfahren wir dort etwas mehr, was Irene so lange hier im Dorf gehalten hat. Und was zu ihrem frühen und gewaltsamen Tod geführt hat.« Sie war erstaunlich klar in ihren Worten.

»Wenn Sie es wünschen«, sagte Paul. »Es wäre geheuchelt, so zu tun, als sei ich nicht an mehr Informationen über diese Geschehnisse interessiert.«

Sie nickte gedankenvoll. »Die Böhmes wollten zuerst eine Beisetzung in aller Stille, doch das ist bei dem öffentlichen Interesse kaum noch möglich. Außerdem möchte ich für meine Schwester eine würdige Beisetzung. Axel hat im Erbgericht reservieren lassen für einen Kaffee und Imbiss hinterher. Es ist schließlich seine Großmutter, die da beerdigt wird.«

Überrascht von ihrer Zielstrebigkeit, musste Paul lächeln. »Es ist Ihnen wirklich ernst.«

»Oh ja. Ich weiß nicht, was mit Irene geschehen ist und warum es geschehen ist. Dafür weiß ich aber, dass meine arme Schwester viel Schuld auf sich geladen hat in ihrem Leben, so wie wir alle.«

Sie holte tief Luft, so als wollte sie eine verborgene Last wegatmen. »Himmlische Gnade ist uns gewiss durch das unschuldige Sterben unseres Herrn Jesu.« Für einen Moment faltete sie die Hände. Dann hob sie den Kopf.

»Für die irdische Gerechtigkeit müssen wir Menschen sorgen. Finden Sie nicht auch?«

Es klopfte an der Tür. Nach der Aufforderung, hereinzukommen, steckte Axel seinen Kopf durch den Türspalt. »Sie sind da«, sagte er.

»Ich helfe Ihnen mit hinunter«, bot sich Paul an.

Unten auf dem Hof trafen sie Christa an, die sichtlich aufgeregt am Kofferraum der Limousine rüttelte. »Ach, ich fahre so ungern mit dieser großen Kiste«, schimpfte sie. Wortlos trat Axel hinzu und drückte auf den Autoschlüssel, worauf die Kofferraumklappe mit sanftem Summen aufglitt. Christa errötete eher vor Ärger als vor Beschämung. Sie vergaß, ihm zu danken. Mit Schwester Marga am Arm näherte sich Paul in kleinen Schritten dem Wagen. Als sie ihrer ansichtig wurde, öffnete Charlotte, die bisher still dagesessen hatte, die Beifahrertür und stieg langsam aus.

»Marga!« Paul hatte sie noch nie so bewegt gesehen wie in diesem Augenblick. Er führte die Diakonisse zu Charlotte Böhme, damit sie sich umarmen konnten. »Meine liebe Lotte!«

»Es tut mir leid, dass ich bisher nicht zu dir gekommen bin, aber das sind mir zu viele Stufen da hinauf. Was sich der Junge nur dabei gedacht hat!«

Axel überhörte diesen Tadel. Stattdessen gesellte er sich zu ihnen. »Jetzt habt ihr euch ja«, sagte er friedfertig. »Da könnt ihr in Ruhe von den alten Zeiten reden.«

Die beiden Frauen nickten.

»Ich möchte mich derweil verabschieden«, sagte Paul.

Marga wandte sich zu ihm um. »Aber Sie kommen doch am Freitag?«

»Am Freitag?« Unversehens war Christa neben ihnen aufgetaucht. »Da ist doch die Beisetzung!«

»Eben. Ich möchte, dass Dr. Eisler mit dabei ist.«

»Aber das ist doch eine Familienangelegenheit«, begehrte Christa auf.

Auch Charlotte schien zunächst verblüfft über diese Neuigkeit. Doch sie fing sich schnell. »Eine gute Idee«, befand sie. »Auch für Alwin ist es besser. Wie ich von ihm gehört habe, will er unbedingt dabei sein.«

»Was?«, rief Christa. »In seinem Zustand? – Was sagen denn Sie dazu, Herr Doktor?«

»Ich sage wie immer, dass Ihr Mann in eine Reha-Einrichtung gehört.«

Christa schnappte nach Luft, schwieg aber. Charlotte spielte nachdenklich mit ihrem Stock. »Es ist gut, wenn wir die Asche dieser armen Frau endlich zu ihrer letzten Ruhe betten«, sagte sie im abschließenden Ton. »Geb Gott, dass wir dann alle unseren Frieden finden.«

20.

»Ist Julia noch gar nicht da?«, fragte Gwen. Sie war dabei, kleine Brotlaibe auf ein bemehltes Backblech zu setzen. »Sie hat doch sonst immer frei am Mittwochnachmittag.«

Paul sah von seinem Laptop auf. In der großen Küche der Faktorei gab es die beste Internetverbindung. »Schwiegervater begleitet Mutter Milla nach Breslau zu ihrem Autorentreffen«, antwortete er. »Da ist Julia heute länger in der Kanzlei. Anschließend wollte sie auch noch bei Ella-Ma und Trude vorbeischauen. Letzte Absprachen treffen, morgen ist der große Tag der Zeugenvernehmung.«

Gwen nickte über ihren Brotlaiben. »Viel Aufregung für die Oldies. Ich hoffe, sie sind trotzdem fit?«

»Tja«, sagte Paul. »Da sind wir uns nicht so sicher.«

»Oh!«, machte Gwen mitfühlend. »Ich hoffe, es wird alles gut für euch.«

»Dein Wort in Gottes Ohr!«, seufzte Paul. Dann konzentrierte er sich wieder auf seinen Bildschirm. Gwen schob die Brote in den Backofen und ging hinaus. Wenig später, als sich bereits der Duft frisch gebackenen Brotes lockend durch die Küche hinaus in die Flure verbreitete, stürmte Julia in die Küche.

»Sie sind weg!«

»Wer ist weg?«

»Ella-Ma und Trude! Ausgegangen, sagt die Heller Friedegard.«

Ungeachtet der Mehlspuren knallte sie ihre Tasche auf den Tisch. »Denken die denn gar nicht nach? Die bringen mich noch zur Verzweiflung.« Sie ließ sich auf der anderen Seite des Tisches auf einen der Küchenstühle plumpsen.

Paul sah ihre wütende Erschöpfung. Sorge machte sich in ihm breit. Julia verlangte viel von sich und schonte sich in keiner Weise. Was, wenn sie das rechte Maß verlor? Was, wenn er einmal zu oft nachgiebig war, indem er diese Volldampfaktionen einfach unwidersprochen laufen ließ? Selbst Ariane, die sonst recht herzhaft mit ihren Schwangeren umging, hatte Bedenken angemeldet. Doch je näher der Termin der Geburt rückte, umso eigensinniger wurde Julia.

Mit Bedacht fuhr Paul seinen Laptop herunter und packte ihn in die Tasche.

»Dich interessiert das offensichtlich nicht so sehr«, fuhr Julia ihn an.

»Wenn du ein Ventil für deine Wut brauchst, bitte sehr, hacke ruhig auf mir herum. Hauptsache, du regst dich etwas ab.«

»Verstehst du denn nicht, dass die beiden alle Rettungsversuche torpedieren? Und was das für uns alle bedeuten kann?«

»Ja, was denn?« Paul stand auf, um zu ihr herüberzukommen. »Was wäre denn der schlimmste denkbare Fall?

Sie sind es ja offensichtlich nicht gewesen. Sie brauchen keine Rettung, Julia.«

Tatsächlich schnaufte Julia erst einmal durch. Sie strich sich eine Haarsträhne aus dem Gesicht. »Du weißt genau wie ich, dass sie uns noch etwas verschweigen. Genau da lauert eine Falle! Ich spüre es in allen Knochen. Ich habe schon Albträume deswegen.«

Paul drückte ihr einen Kuss auf den Scheitel. »Mach dich nicht verrückt deswegen.«

»Du hast gut reden«, stöhnte Julia. Sie vergrub ihr Gesicht in den Händen. »Papa dreht mir den Hals um, wenn ich das vermassele«, nuschelte sie hinein. »Und Mutter Milla erst!«

»Was solltest du denn vermasseln?«

Sie richtete sich auf und sah ihn an. »Ganz einfach, Trude hat schon am Sonntag verkündet, dass sie alles, was wahr ist, aussagen wird.«

»Das ist doch prima.«

»Stell dir vor, ich habe recht mit meiner Vermutung, dass da noch ein Detail ist, und erfahre erst dort bei der Zeugenaussage davon. Wie stehe ich dann da?«

»Julia!« Paul nahm ihre Tasche vom Tisch und begann, das Mehl abzuputzen. »Ist es wirklich nur das? Du hast Angst, dass …«

»Du hast überhaupt keine Ahnung«, rief Julia erbost und schob den Stuhl vom Tisch zurück. Sie erhob sich mit einem Ruck, erbleichte und geriet so stark ins Wanken, dass Paul instinktiv nach ihr griff. In der nächsten Sekunde wollte sie sich von ihm losmachen.

»Lass mich!«

»Nein, das tue ich nicht! Du bist ja völlig von der Rolle!«

»Sorry, ihr Lieben«, rief Charlie, der unvermittelt in der Tür zum Hof hinaus stand. »Ich störe nur ungern bei eurem Sturm im Wasserglas, aber es gibt ganz erstaunliche Neuigkeiten.«

Die beiden starrten ihn an wie eine Erscheinung. Charlie ließ nicht lange auf eine Erklärung warten. »Opa hat uns alle drei zu sich gebeten. Er hat Besuch. Ihr werdet nicht raten, wen.«

»Ich glaube doch«, meinte Paul und lockerte den Griff um Julias Arm etwas. Julia sah ihn an.

»Ella-Ma und Trude«, sagten sie wie aus einem Mund. »Das gibt es doch gar nicht!«

»Und der Pfarrer«, ergänzte Charlie, der nur eine Spur enttäuscht schien von dem fehlenden Knalleffekt seiner Nachricht. »Es soll wohl so eine Art Offenbarung werden.«

»Na, siehst du«, sagte Paul zu Julia gewandt.

Die griff sich an den Hals. »Oh weh! Da wird mir gleich ein wenig schlecht.«

»Du wolltest doch genau das von ihnen hören.«

»Schon richtig, aber wenn es dann so weit ist, wird einem doch verzagt ums Herz.«

»Komm jetzt«, rief Paul, »lass uns hören, was sie zu sagen haben.«

Pfarrer Thieme erwartete sie schon an der Tür. »Immer nur herein, meine Lieben. Bitte, setzt euch.« Er wies auf den kleinen Kartentisch, um den vier Stühle standen. Julia wollte er zu einem riesigen Ohrensessel führen, doch sie nahm lieber am Tischchen bei Paul und Charlie Platz. Ella-Ma saß neben Trude auf dem Sofa. Sie nickten ihnen zur Begrüßung zu. Ihre Mienen waren ernst. Oswald stand am Kamin und rauchte mit finsterem Gesicht eine seiner krummen Zigarren.

»Eure Großeltern möchten euch gern einige Dinge darlegen«, erklärte Thieme, nachdem er mit einem leisen Ächzen in den Ohrensessel auf der anderen Kaminseite gesunken war. Wie es aussah, hatten sie ihn als Moderator auserwählt.

»Ihr macht es aber spannend«, sagte Charlie, um etwas mehr Leichtigkeit in die Situation zu bringen. »Ich fühle mich gerade wie am Ende eines Krimis, wenn der versammelten Zuhörerschar durch den Detektiv die erstaunliche Lösung des Falls präsentiert wird.«

»Darauf würde ich lieber nicht wetten«, murrte Trude. »Und wenn, dann wird euch die Lösung garantiert nicht gefallen.«

Oswald ließ, noch immer vor Nervosität paffend, seine Blicke über die drei jungen Leute schweifen, bis seine Augen an Julia hängen blieben und er eilig seine Zigarre ausmachte. Dann ging er zum Fenster, um einen Flügel davon zu öffnen. »Danke«, sagte Julia. Sie wandte sich an Ella-Ma und Trude. »Ich bin jedenfalls froh, dass ihr nun bereit seid, mit uns zu reden. Bevor es die Polizei tut«, setzte sie nachdrücklich hinzu.

»Warte ab, bis du hörst, was Ella dir zu sagen hat«, meinte Trude säuerlich.

Der Pfarrer rutschte auf seinem Sessel etwas weiter nach vorn. »In gemeinsamen Gebeten und Gesprächen sind wir zu dem Schluss gekommen, dass ihr alle drei eingeweiht werden sollt in das, was damals geschah, auch wenn …. Aber, ach! Hört selbst. Es betrifft euch alle drei in irgendeiner Weise.« Er kratzte sich seinen kahlen Schädel. »Es ist denkbar, dass das, was ihr hören werdet, eure weiteren Entscheidungen beeinflusst. – Möglicherweise … Möge Gott euch helfen!«

Die drei Freunde wechselten alarmierte Blicke miteinander. Paul schob seine Brille nach hinten und Charlie fing an, mit den Knien zu wippen, doch keiner von ihnen sagte etwas zu dieser dramatisch klingenden Eröffnung.

»Vielleicht ist es besser, wenn ich euch erst einmal erkläre, warum wir … warum ich das jetzt erst kann«, ergriff Ella-Ma das Wort. Julia sah, wie viel Mühe sie das kostete. Aufmunternd nickte sie ihrer Großmutter zu. Sie erwiderte ein schwaches Lächeln, wie um Verzeihung bittend. »Es ist nicht so«, begann Ella-Ma schließlich. »Ich wollte nicht lügen, mein Kind.« In diesem Moment schien sie ihre Worte nur an Julia zu richten. »Vieles von dem, was damals geschah, war tatsächlich tief ins Vergessen gesunken oder unklar in der Erinnerung. Weil es so leichter zu ertragen war. – Erst jetzt, mit dem Auftauchen dieser zweiten Leiche, stand die Vergangenheit wieder vor uns wie ein ungebetener Gast.« Sie suchte Trudes Blick. »Manches war sofort wieder da, mit all seinem Schrecken. Anderes tauchte erst auf, während Trude, Friedegard und ich darüber redeten, wieder und wieder.«

»Wir wussten gleich, dass das diese Irene sein musste«, warf Trude grollend ein, »als es hieß, die zweite Leiche sei auch eine Frau.«

Ella-Ma nickte. »Zumindest ahnten wir es.«

»Aber da dachtet ihr noch einer vom anderen, er wäre darin verwickelt«, rief Charlie. »Und ihr habt euch gegenseitig gedeckt.«

»Ist schon recht, Junge«, brummte Oswald und spielte mit seiner kalten Zigarre. »Lass Ella erzählen.«

»Da war auch eine Menge an …«, Ella-Ma suchte nach dem rechten Wort. »Eine Menge an Scham. Es war mir einfach peinlich. Noch heute, nach so vielen Jahren. Denkt euch nur! Welche Eitelkeit!« Heftig schüttelte sie über sich selbst den Kopf. »Du weißt, ich bin eine stolze Frau, Julia. Ich denke auch, eine große Portion an Eigensinn hast du von mir geerbt. Das machte es nicht gerade leichter.« Dieser Einschub war von einem verlegenen Lächeln begleitet, doch als Julia das Wort ergreifen wollte, hob Ella-Ma die Hand und fuhr fort, ihr langes Schweigen zu rechtfertigen. »Es waren da viele Schuldgefühle, das Gefühl von Versäumnis und Versagen und Lüge und Verrat an meiner lieben Familie.«

»Ach, Oma! Jetzt lädst du dir wirklich zu viel auf!«

»Siehst du, Ella. Das sage ich dir auch immer wieder«, bestätigte Trude Julias Einwurf. Ella-Ma winkte ab, als wollte sie sich von nichts und niemanden in ihrer öffentlichen Beichte unterbrechen lassen.

»Eine längst vergessen geglaubte Traurigkeit war wieder da, all die Enttäuschung von damals, die Angst und vor allem – und das ist ganz erstaunlich, eine Menge an Wut.«

»Wut?« Paul nahm seine Brille ab. »Wie das?«

»Oh, auf vieles und viele«, gab Ella-Ma unumwunden zu. »Auf mich selbst zum Beispiel. Vor allem aber auf Irene Zeidler.«

»Grundgütiger! Ich wusste es«, stöhnte Julia. »Gott sei Dank, dass du dir das hier von der Seele redest. Morgen bei der Zeugenvernehmung – kein Wort davon!«

Ella-Ma überhörte diesen Einwurf. »Nachdem uns klar geworden war, dass weder Oswald noch George Irene erschlagen haben konnten …«

»Was ist mit deiner Schwester und deiner Mutter«, fragte Paul dazwischen. »Habt ihr sie niemals in Erwägung gezogen?«

»Sophia und Mutti? Niemals! Sie wären dazu nicht in der Lage gewesen.«

»Das hat man schon von so manchem Täter gesagt«, wagte sich Charlie vor.

Jetzt mischte sich Oswald ein. »Ihr versteht nicht«, erklärte er mit Bestimmtheit. »Sophia wäre für andere ins Feuer gegangen. – Wer weiß, ob sie nicht genau das auch getan hat. – Die hat immer ihre zweite Wange hingehalten, wenn jemand sie geschlagen hat.«

»Eine fromme Seele«, befand Thieme in seinem Ohrensessel.

»Sophia war wie Vati eine glühende Pazifistin«, bestätigte Ella-Ma.

Trude reckte sich. »Und die liebe gnädige Frau braucht ihr gar nicht erst ins Feld zu führen, die hat kaum noch ihr Bett verlassen zu dieser Zeit. Geschweige denn ihr Zimmer.«

»Selbst wenn Irene in ihr Zimmer eingedrungen wäre und sie bedroht hätte, wäre sie viel zu schwach für einen solchen Schlag gewesen.«

Ella-Ma seufzte und entfernte ein unsichtbares Fussel von ihrem Knie. »Nein, diese beiden Lieben können wir ausschließen. – Damit komme ich nun unweigerlich zu einem weiteren Grund für unser langes Zögern.«

»Zu eurem Verdacht also«, schlussfolgerte Paul.

»Ja, genau, und der betrifft euer aller Arbeit und Verpflichtung. Wie können wir unsere Erinnerung und die Schlussfolgerung daraus preisgeben, ohne euch alle drei in einen Loyalitätskonflikt zu stürzen?«

»Du meinst …« Julia riss die Augen auf. »Du meinst die Böhmes?«

Paul setzte seine Brille wieder auf. »Sie meint Charlotte Böhme.«

»Was? – Oh nein!« Charlie hörte auf, mit den Knien zu wippen. »Was hatte sie mit Irene Zeidler zu tun? Was ist die Verbindung? Marga? Als Irene den Zeidler kennenlernte, war Charlotte doch noch gar nicht in Finkendörfel.«

Trude und Ella-Ma wechselten einen Blick. »Wir sind die Verbindung«, sagte Trude schlicht.

»Sie hat Ella erpresst, dieses Miststück Irene«, fuhr sie dann wesentlich hitziger fort. »Erst hat sie es über den Böhme Bernhart versucht, doch der ist bald nach Chemnitz zum Einsatz. Und außerdem hat der es ja wohl nicht gebracht«, fügte sie höhnisch hinzu.

»Trude!«

»Dann hat sie Sophia überredet, mit ihr gemeinsam Böhmes Lotte einen Besuch abzustatten. Obwohl die Veits nie groß mit den Böhmes zu tun hatten.«

»Man kannte sich aus der Gemeinde«, ergänzte Ella-Ma. »Aber es waren wirklich nur lockere Bekanntschaften.

Nach Vatis Tod hatten wir nur noch die Brauns, mit denen wir regelmäßig verkehrten. Abgesehen von der Kirchgemeinde natürlich und dem Hauskreis.«

Der Pfarrer nickte zufrieden. Er hatte die Hände über seinem kugelrunden Leib gefaltet und folgte dem Gespräch mit der Aufmerksamkeit eines Schiedsrichters. Jetzt warf er den Ball wieder ins Feld. »Wie hat denn Ihre Schwester reagiert auf das Ansinnen der Freundin?«

»Sophia war ein Mensch, der schlecht Nein sagen konnte«, erklärte Ella-Ma mit einem Seufzen. »Sie hat es wirklich gemacht. Sie haben Charlotte Böhme besucht.«

»Das war die Woche, bevor sie …« Trude verschluckte die letzten Worte.

»Ganz recht«, sagte Ella-Ma mit einem langen nachdenklichen Blick auf Trude. »Ich habe Sophia noch nie so aufgebracht erlebt, wie in dem Augenblick, als sie von diesem Besuch zurückkehrte.« Ella-Ma machte eine Pause. »Ich kam gerade von Mutti herunter, als Sophia mit hochrotem Kopf an mir vorbeistürmte. Es sei einfach furchtbar gewesen, sagte sie, sie habe sich noch nie so geschämt. Dann ist sie gleich weiter hinauf in ihr Zimmer. Sie hat sich nie erklärt, was da geschehen ist. Bis vor Kurzem war ich noch überzeugt davon, dass Charlotte sie arrogant behandelt hatte wegen unserer prekären Lage oder weil sie es gewagt hatte, sich selbst mit einer Freundin einzuladen.«

»Mit dem von oben herab, haben wir bestimmt nicht so falsch gelegen, Ella!«, behauptete Trude. »Du liebe Güte, wie viele Jahre habe ich bei denen in der Weberei geschnickert[5]. Da habe ich die Charlotte als Chefin erlebt. Pah! Die hat die Nase schon immer hoch getragen.«

»Deshalb gab es auch bis heute keinen nennenswerten Kontakt mit der Familie Böhme«, nickte Ella-Ma Julia zu.

[5] Am Webstuhl gestanden, das Weberschiffchen »schnickt« durch die Fäden. (Oberlausitzer Redensart)

»Bis du deren Anwältin geworden bist.«

»Und jetzt seid ihr anderer Ansicht?«, fragte Paul. »Wieso?«

»Ich habe nach den jetzigen Ereignissen einfach mal meine Blickrichtung geändert. Ich habe mich gefragt, wie es Charlotte wohl gegangen ist, als Sophia mit Irene bei ihr auftauchte. Irene wollte offensichtlich irgendetwas von dieser Familie.«

»Vielleicht den Schatz?«, rief Charlie dazwischen.

Verständnislos blickte Ella-Ma ihn an.

»In den Briefen war doch von einem Schatz die Rede, der irgendwie beide Familien verbinden sollte, die Zeidlers und die Böhmes.«

»Hör nicht auf ihn, Ella«, sagte Oswald unwirsch und sah rügend auf seinen Enkelsohn. »Erzähle, was dann geschah, als Sophia die Treppe hoch ist.«

Doch Ella-Ma war noch ganz bei Charlies Einwurf. »Von einem Schatz habe ich noch nie gehört«, sagte sie.

»Es gibt auch keinen Schatz«, rief Julia ärgerlich.

»Von einem Pfand war die Rede, den Irene einlösen wollte«, sagte Ella-Ma. »So habe ich das bei einem Telefonat mit ihrem Mann aufgeschnappt.«

»Vielleicht wollte sie den bei Charlotte Böhme einlösen, doch die wusste nichts davon. Und dann ist die ganze Sache aus dem Ruder gelaufen.«

»Gib Ruhe, Karl! Lass Ella endlich weitererzählen.«

Ella-Ma seufzte. »Du hast gar nicht so unrecht, Karl. Nachdem der Versuch mit Sophia gescheitert war, lief die Sache wirklich aus dem Ruder. Das Ergebnis kennt ihr.« Sie sammelte sich für einen Moment. »Ich sehe das noch so deutlich vor mir, als wäre es eben erst geschehen«, fuhr sie dann fort. »Ich blieb in der Diele unten stehen und sah Sophia nach, als George mit einem Arm voll Feuerholz hereinkam. Er sah sofort, dass ich beunruhigt war, und kam zu mir, nachdem er die Scheite abgelegt hatte. – Tja.

Und dann stand plötzlich die Zeidler neben uns. – Ihr hättet dieses teuflische Grinsen sehen sollen, als sie ihren Mantel und den Hut ablegte! Ganz langsam streifte sie ihre Handschuhe ab und ließ uns Unglückliche nicht aus den Augen dabei. Wie eine Raubkatze, die sich ihrer Beute sicher ist.«

In einer Regung legte Trude ihre Hand auf die ihrer Gefährtin. Ella-Ma drückte sie.

»George ist sofort hinaus. Uns allen war klar, dass sie uns nun in der Hand hatte. Und dann – gleich noch da unten in unserer Diele – stellte sie mir die Bedingungen für ihr Schweigen.«

Eine tiefe Stille folgte diesen Worten. Schließlich war es Paul, der nach einem Räuspern das Wort ergriff. »Wie lauteten diese Bedingungen?«

»Sie wollte noch einmal zu Charlotte«, antwortete Trude. »Ein letztes Mal. Dann würde sie verschwinden.«

Ella-Ma nickte dazu. »Ich hätte es also in der Hand, wie schnell sie das Haus verließe, hat sie noch dazu gesagt. Dann ist sie an mir vorbei die Treppe hinauf.«

»Wie hast du es geschafft?«, wollte Julia wissen. Sie sah blass aus und angespannt.

»Mit Trudes Hilfe.«

»Friedegard führte nach ihrem Pflichtjahr weiter bei den Böhmes die Hauswirtschaft«, erzählte Trude. »Friedegard hat für uns ausspioniert, wann Charlotte allein ist und da haben wir diese Zeidler von ihr ins Haus schmuggeln lassen.«

»Oh mein Gott!«, entfuhr es Julia.

»Du hast recht«, sagte Ella-Ma mit großem Ernst. »Erst jetzt ist mir klar geworden, was wir damit angerichtet haben. Es sollte an einem Sonntagabend sein, wenn Bernhart schon zu seinem Dienst war und das Personal freihatte.«

Trude rutschte auf ihrem Sitz hin und her. »Wir haben

derweil dafür gesorgt, dass George sich davonmacht und für uns haben wir gleich die Reise nach Friedersdorf geplant. Das war ja sowieso angedacht gewesen. Na, meine Cousine hat nicht schlecht geguckt, als wir da plötzlich vor der Kirche standen. Die kamen gerade aus dem Gottesdienst. Zum Glück hatte ich genügend gehamstert, damit sie uns friedlich bis Dienstag beherbergen konnte. War ja alles auf Marken damals.«

»Ich habe derweil den Opel Blitz gepackt«, brummte Oswald, »für den Transport. Ich hatte eine Fuhre nach Zittau. Den George hab ich darin versteckt. Bis Josefsthal habe ich ihn gekarrt, weiter habe ich mich nicht getraut.«

»Und als ihr zurück wart, war Irene weg und der Gutshof abgebrannt.«

»Du sagst es, Karl«, sagte Ella-Ma gefasst. »Da habe ich, wie ich gestehen muss, weder einen Gedanken an Irene verschwendet noch an die arme Charlotte.«

»Ich muss zu ihr«, rief Julia mit bleichem Gesicht und erhob sich mühsam. »Ich muss sie warnen.«

»Soll ich mitkommen?«, bot Paul an, der ebenfalls aufgestanden war.

Julia wehrte ab. »Nein, ich gehe allein.« Dann wandte sie sich an die drei Alten. »Nichts davon«, sagte sie eindringlich, »nichts davon dürft ihr morgen bei der Polizei aussagen. Ihr seid nicht dazu verpflichtet, hört ihr?«

Ella-Ma sah ihre Enkelin ruhig an. »Es ist nun alles gesagt. Mach du damit, was dir recht erscheint, Liebes.«

21.

Der Rücken schmerzte derart, dass Julia immer wieder der Schweiß ausbrach. Ihr war übel davon. Morgen nach der Zeugenvernehmung würde sie bei Ariane wegen der angebotenen Akupunktur nachfragen. Jetzt aber hatte sie Wichtigeres vor. Sie stieg mühsam die Stufen der Außentreppe zu den Böhmes hinauf und läutete an der Tür. Christa öffnete ihr ungeniert kauend. Offensichtlich störte Julia gerade beim Abendbrot. Sie hielt sich nicht lange mit Entschuldigungen auf. »Es ist wirklich dringend, Frau Böhme«, sagte sie. »Ich muss unverzüglich Ihre Schwiegermutter sprechen.«

Christa stutzte nur kurz, dann bat sie Julia herein. »Wir essen abends meistens in der Küche, wenn wir nur eine kleine Runde sind«, schwatzte sie, während sie den Flur entlanggingen. »Berti ist heute auswärts zu einem Termin und mein Alwin hat sich schon hingelegt. Er braucht viel Ruhe jetzt. Ruhe und Schlaf. Das sagt ja Ihr Mann auch immer. Und diese Einschlafpillen, die er meinem Alwin verordnet hat, die sind wirklich gut. Alwin kann sich sogar wieder an ein paar Sachen erinnern. Nur einfaches Zeug, dass Safi ihre Impfung braucht und so was.« In der Weise ging es ununterbrochen weiter, bis sie die geräumige Küche betraten, wo die beiden anderen Frauen einträchtig beim Abendessen am Küchentisch saßen.

»Frau Eisler!«, rief Charlotte überrascht.

»Sie will zu dir«, verkündete Christa mit einem kaum wahrnehmbaren giftigen Unterton. »Es ist ganz dringend.«

Schwester Marga tupfte erst mit der Serviette ihren Mund ab, bevor sie Julia die Hand reichte. »Sie sind also die Julia«, rief sie dann herzlich. »Und so guter Hoffnung! Wann ist es denn so weit?«

»Ich habe noch ein paar Wochen«, mühte sich Julia ein Lächeln ab. Dann wandte sie sich an Charlotte. »Vielleicht können wir irgendwo ungestört miteinander reden?«

»Allein?«

»Was ich Ihnen zu sagen habe, hat nichts mit der Firma zu tun.«

Charlotte wurde eine Spur blasser, als sie ohnehin war. Dann erhob sie sich. »Natürlich. Wir waren ohnehin gerade fertig. – Vielleicht gehen wir zu meinem Sohn ins Büro? Da sind wir für uns. Es sei denn, du willst dich gleich zurückziehen, Marga?«

»Ich bleibe noch etwas hier sitzen«, erklärte die Diakonisse. »Vielleicht gehe ich nachher noch ein paar Schritte auf den Hof. Es ist ein so schöner Abend.«

»Ich will dir auch erst dein Bett aufschütteln«, erklärte Christa eifrig, während sie bereits begann, den Tisch abzudecken.

Als Julia und Charlotte das Büro betraten, prüfte Charlotte als Erstes, ob die Schiebtür zum Gästezimmer der Diakonisse auch geschlossen war. Erst dann bat sie Julia, sich zu setzen. Sie nahmen beide am Schreibtisch Platz, wo sich die Unterlagen für die Firmenchronik türmten.

»Auch wenn wir hier allein sind, bitte ich Sie doch, Ihre Stimme etwas zu dämpfen«, sagte Charlotte zu Beginn. »Die Wissbegier meiner Schwiegertochter kennt keine Grenzen.«

Ihr Argwohn wurde schneller bestätigt als erwartet. Kaum setzte Julia zum Reden an, vernahmen sie, wie es im Nachbarraum rumorte. In leisen Worten schilderte sie, was sie von Ella-Ma und Trude erfahren hatte. Mit unbewegter Miene hörte ihr Charlotte zu. Sie schwieg auch, als Julia geendet hatte. Dann vernahmen sie, wie im Nachbarzimmer die Tür ging und Christas rasche Schritte den Flur hinunterliefen.

Noch immer äußerte sich Charlotte nicht. Still und blass saß sie mit gefalteten Händen im Schoß im Schreibtischsessel. Ihren Stock hatte sie angelehnt.

»Das würde bedeuten, dass auch Sie in Verdacht geraten könnten, Frau Böhme«, setzte Julia an.

»In welchen Verdacht? Dass ich diese Frau erschlagen habe?« Charlottes Stimme hatte sich unwillkürlich erhoben. Erschrocken lauschte sie ihren eigenen Worten nach. Doch es blieb still im Haus. »Sie war hier, diese Frau«, sagte sie dann hart. »Eine impertinente Person!«

Julia nickte, um sie zum Weiterreden zu bewegen.

»Sie hat es gewagt, mich in meinem eigenen Haus zu bedrohen! Diese Frau war ein Albtraum, kann ich Ihnen sagen.«

Der Schmerz in Julias Rücken zog sich bis an den Rippenbogen und wie eine Greifklammer nach vorn. Es nahm ihr die Luft. Sie erhob sich, um sich ein wenig Erleichterung zu verschaffen. »So etwas in der Art habe ich schon gehört«, sagte sie, als sie wieder freier atmen konnte.

Charlotte musterte sie kritisch. »Sie sollten sich wirklich etwas mehr schonen. Was sagt denn Ihr Mann dazu?«

»Um mich geht es jetzt nicht«, wehrte Julia ab. »Wenn Sie erlauben, gehe ich nur etwas auf und ab.«

»Wie Sie wünschen«, meinte Charlotte skeptisch. Sie hatte sich mit dem Drehsessel zu Julia umgewandt, die vor der Durchgangstür hin- und herlief.

»Können Sie sich noch erinnern, wann Irene Zeidler bei Ihnen war? – Und«, setzte sie nach einem kurzen Zögern hinzu, »wie oft?«

»Zweimal«, sagte Charlotte. »Einmal – das war genau zu Alwins Geburtstag. Ich war ganz überrascht. Das Fräulein Sophia hatte sie hier angeschleppt. Gewiss ist sie von dieser schrecklichen Person dazu genötigt worden! Stellen Sie sich vor, ich war ganz allein mit meinem Kind hier in diesem Haus. Mein Mann war im Krieg, mein Schwager zu einem Einsatz.« Sie hob die Hände wie zur Abwehr. »Da tauchte diese Frau auf! Sagte, sie kenne meinen Mann von früher. Sie hätte ihren Mann hier kennengelernt und sie wüsste gar nicht, was aus der alten Freundschaft zwischen den Zeidlers und den Böhmes geworden sei. – Glauben Sie mir, wenn es da eine Freundschaft gegeben hätte, dann hätte ich davon gewusst! Aber den Namen Zeidler hatte ich noch nie gehört!«

Für einen Moment blieb Julia vor ihr stehen und stemmte ihre Fäuste in die Nierengegend. »War Sophia Veit denn mit dabei bei dieser Szene?«

»Nur am Anfang. Das Ganze schien ihr peinlich zu sein. Sie ging mit Alwin seine Geschenke anschauen.« Mit einem Ruck setzte sich Charlotte aufrecht hin. »Das Fräulein Sophia hatte kaum das Zimmer verlassen, als diese Frau anfing, von einer Vereinbarung zu sprechen, die einzulösen sie hier erschienen sei! Eine Verpflichtung der Familie Böhme gegenüber den Zeidlers.«

»Sie wollte Geld?«

Charlotte nickte. »Allein, wenn ich daran denke, wie sie das gesagt hat. Ganz so, als wollte sie bei mir Schulden eintreiben. Eine bodenlose Frechheit von diesem Weibsstück!« Wie zu einem Kampf bereit, griff Charlotte nach ihrem Stock. »Ich mag damals jung und unerfahren gewesen sein, meine liebe Frau Eisler, aber ich ließ mich dennoch nicht so leicht hinters Licht führen. Diese Frau war eine raffinierte Betrügerin, eine Hochstaplerin!« Der Stock pochte auf den Boden und Charlotte hatte ihre Stimmer wieder erhoben. »Ich habe sie sofort rausgeschmissen! – Das arme Fräulein Sophia. Aber es musste sein. Der Junge war tüchtig erschrocken. So hatte er seine Mutter noch nie gesehen. Er kam gleich zu mir, um mir beizustehen.« Sie gönnte sich einen Augenblick der Rührung. Zu ihrem Erstaunen glaubte Julia sogar, Tränen in Charlottes Augen glitzern zu sehen. Sie vermutete, dass diese Bekenntnisse nur die Spitze des Eisberges waren.

Mit eingestemmten Fäusten im Rücken nahm Julia ihre Wanderung durch das Zimmer wieder auf. »Es hat den Anschein, dass auch Ihr Schwager Bernhart sich nicht an eine solche Verpflichtung gegenüber den Zeidlers erinnern konnte.«

Erstaunt sah Charlotte auf. »Wie kommen Sie darauf?«

»Wie ich erfahren habe, hatte Irene Zeidler ihn als

Erstes auserkoren, um Zugang zu den Böhmes zu bekommen. Er hat sie wohl abblitzen lassen, zumindest in dieser Hinsicht.«

Für einen Moment schien es, als wollte Charlotte das kommentieren, doch zog sie es vor, sich in Schweigen zu hüllen. In tiefem Nachdenken lehnte sie ihren Stock wieder an die Kante des Schreibtisches.

Julia stellte sich vor ihr auf und wippte auf den Füßen, um eine neue Schmerzwelle zu lindern.

»Wann war Irene Zeidler das zweite Mal bei Ihnen?«, nahm sie den Faden wieder auf.

»Am Sonntag«, sagte Charlotte dumpf. »Doch da habe ich sie erst gar nicht über die Schwelle gelassen.« Sie sah auf und suchte Julias Augen. Eine finstere Entschlossenheit lag darin. »Der Junge hatte Angst vor ihr. Ich war wieder allein zu Hause!«

»Sie ist einfach so gegangen?«

Charlotte reckte sich trotzig. »Es wurde lebhaft. Aber ja, sie ist gegangen. Und zwar lebendig!«

»Verstehe.« Julia hätte schwören können, dass Charlotte mehr dazu zu sagen hatte.

»Wenn die Polizei Sie nochmals befragen sollte, Frau Böhme, empfehle ich Ihnen, bei der vagen Erinnerung Ihrer ersten Befragung zu bleiben. Doch wenn Sie mir etwas anvertrauen wollen, wissen Sie, dass ich als Ihre Anwältin zum Schweigen und Ihren Interessen verpflichtet bin.«

»Natürlich«, sagte Charlotte gnädig und tastete erneut nach ihrem Stock.

Julias Schmerz wollte nicht nachlassen, bestimmt waren es Senkwehen. Ihr trat erneut der Schweiß auf die Stirn.

»Wollen Sie sich nicht doch lieber setzen?«

»Es geht gleich wieder, danke.« Sie suchte am Türrahmen der Doppeltür nach Halt und gönnte sich ein paar tiefe Atemzüge.

»Warum aber haben Sie Irenes Tochter bei sich aufgenommen, nach all dem?«, fragte sie, als sie wieder zu Atem gekommen war.

Charlotte schwieg eine Weile. »Nach dem Brand standen die beiden plötzlich bei uns vor der Tür und fragten nach dieser Person«, sagte sie dann widerwillig.

»Sie sind schnurstracks hierher?«

»Nein. Aber das Gutshaus stand ja nicht mehr. Marga – sie war damals noch blutjung, und sie war so ganz anders als ihre Schwester – Marga sagte, ihre Schwester habe ihr gesagt, dass es ein altes Band der Freundschaft gäbe zwischen Dorotheas Vaterfamilie und der meinen.«

»Marga wusste davon?«, fragte Julia erstaunt.

»Von der Freundschaft, ja«, erwiderte Charlotte. »Von nichts weiter sonst.« Sie fuhr sich über die Stirn, wie um eine Erinnerung wegzuwischen. »Zum Glück war Bernhart an diesem Tag im Haus. Der hat seine Verbindungen spielen lassen und konnte so Alfons kontaktieren. – Ich hatte ihm natürlich von der Anmaßung und dem Auftritt dieser Frau hier erzählt. Er wollte, dass Alfons davon erfährt. Der Mann von der Zeidler war ein hohes Tier.«

»Was hat Ihr Mann gesagt?«

Mit einem tiefen Seufzer drehte sich Charlotte von Julia weg in Richtung Schreibtisch. »Es hatte tatsächlich einmal eine Verbindung zwischen den Böhmes und den Zeidlers gegeben«, sagte sie. »Nur Alfons wusste noch davon. Bruno, sein Vater, und der alte Zeidler waren Kriegskameraden gewesen. Man wollte sogar mit einer Heirat beide Familien verbinden.«

»Das erklärt jedoch noch nicht Irenes Vermessenheit, bei Ihnen wegen einer alten Schuld vorstellig zu werden«, meinte Julia. »Vor allem nicht mit einer solchen Vehemenz. Ich kann mir kaum denken, dass Irene Ihren Sohn entführen wollte. – Oder ging es um eine Art Aussteuer?«

»Ich weiß es nicht«, beharrte Charlotte, die urplötzlich

müde und geschlagen wirkte. »Doch als das Kind dann hier im Dorf war, konnte ich gar nicht anders, als Alfons Willen zu tun.«

»Stand in den Briefen nichts von der Abmachung?«

»In welchen Briefen«, erwiderte Charlotte schroff. Sie drehte sich wieder zu Julia.

»Die Briefe, die Ihr Sohn am Vorabend der Flut von Charlie erhalten hat. Haben Sie sich deswegen gestritten?«

Mit einem Ruck erhob sich Charlotte. »Die waren ja wohl eher ein Grund zur Freude! Alwin war schon immer rührselig, wenn es um seine erste Frau Dorothea ging.« Die Stimmung schlug ins Feindselige, wie Julia deutlich spürte.

»Es ging in diesen Briefen auch um einen Pfand oder einen Schatz, wie ich erfahren habe. Können Sie mir sagen …« Sie unterbrach sich, um Atem zu schöpfen. »Können Sie mir sagen, was es damit auf sich hat?«

Charlotte pochte mit dem Stock auf den Boden. »Ich weiß nicht, was Sie damit meinen.«

Julia glaubte ihr nicht. Eine neue Welle an Schmerzen überrollte sie. Mit aller Willenskraft konzentrierte sie sich auf ihre Worte. »Wo sind die Briefe jetzt?«

»Was glauben Sie wohl? Die Flut hat sie genommen«, verkündete Charlotte finster. »Vielleicht ist das auch besser so. Sie sind privater Natur und haben mit der Firma nichts zu tun!«

Julia schnappte nach Luft für eine Erwiderung, doch dazu kam es nicht mehr. Eine tiefschwarze Ohnmacht rang sie zu Boden. Sie sah noch schemenhaft, wie Charlotte etwas rief und jemand anderes ins Zimmer eilte und sich über sie beugte. Dann sank sie in gnädige Dunkelheit.

22.

Paul hatte sich verspätet. Unter feierlichem Geläut zog der kleine Trauerzug bereits aus der Begräbnishalle die Pappelallee entlang. Eine Schar Neugieriger säumte den Weg. Unter ihnen waren eine agile, junge Reporterin und ihr Fotograf, die aufmerksam ihre Hälse reckten. Ein Bläserquartett begann einen Trauermarsch. Der Urnenträger des Bestattungsinstitutes folgte dem vorangetragenen Kreuz. Dahinter, neben dem neuen Pfarrer und beiderseitig gestützt durch Axel und Gabriele, ging Schwester Marga als die nächste Verwandte der Toten.

»Was soll man da schon groß sagen am Grab, wenn die schon seit über sechzig Jahren tot ist«, fragte sich halblaut eine Frau unter den Schaulustigen. »Dass die da noch so einen Aufstand machen.«

Christa, die eben an der Seite Alwins an ihr vorüberzog, warf einen bösen Blick auf die Lästerzunge. Alwin schien tief in Gedanken. Mit hängendem Kopf schlurfte er an der Hand seiner Frau zum Familiengrab. Charlotte hielt sich etwas abseits von ihnen. Sie schritt aufrecht den Weg entlang, sichtlich bemüht, alles um sich herum auszublenden.

Zu gern hätte Paul gleich mit ihr gesprochen, nachdem, was er an spärlichen Informationen von Julia bekommen hatte. Julia war noch sehr mitgenommen und matt gewesen. Die Erleichterung darüber, dass es ihr und dem Kind gut ging, trotz der Schwäche vom Mittwochabend, hatte das Thema Böhme in den Hintergrund gedrängt. Außerdem hatte Ariane wie ein Wachhund neben ihnen gestanden. Julia benötige Schonung, lautete ihre strikte Anweisung. Paul hoffte, er würde heute etwas mehr erfahren.

Ein paar Schritte hinter der Familie Böhme lief Pfarrer Thieme. Er grüßte Paul und bat ihn mit einer Kopfbewegung zu sich. »Das ist schon eine seltsame Trauerfeier,

Paul«, flüsterte er ihm zu. »Ich fühle mich gar nicht wohl dabei.«

»Es wirkt wie eine Inszenierung«, bestätigte Paul ebenso leise. »Nach all dem, was man über die Tote weiß, mutet das in der Tat seltsam an.«

»Ach, mein lieber Paul, es gibt eine Gerechtigkeit, die ist höher als alle Vernunft.«

»Ich denke, das ist vor allem Schwester Marga zuliebe so arrangiert worden. Sie hat ihrer Schwester sehr nahegestanden.«

»Da haben Sie gewiss recht. – Wie geht es Ihrer Frau?«

»Besser. Sie muss nun bis zur Geburt liegen.«

»Das wird ihr nicht gefallen«, schmunzelte Thieme. »So wie ich sie kenne … – Sehen Sie, da ist Karl mit seinem Großvater.« Paul entdeckte die beiden Genannten sofort. Sie standen dicht bei Ella-Ma und Trude. Charlie winkte ihm zu, als wollte er ihm etwas sagen. Etwas im Hintergrund hielten sich die Heller-Schwestern auf. Meta schien unruhig zu sein und wurde von Friedegard gerade gescholten.

Die Bläser setzten ihre Instrumente ab und schlossen sich dem Zug an. Schweigend gingen sie in Richtung der Stufen, die zu den Familiengräbern an der oberen Mauer führten. Vorn klickte die Kamera. Die Reporterin hatte sich etwas abseits gestellt und interviewte einen Spaziergänger, der mit seinen beiden Hunden unterwegs war und nun Zeuge dieses Begräbniszuges geworden war. Volkes Stimme sollte eingefangen werden.

»Denen ist wirklich nichts heilig!«, bemerkte der Pfarrer missbilligend. »Bestimmt sind die von irgend so einem Revolverblatt. Das würde doch kein seriöser Journalist machen.«

Einer der Hunde fing an zu kläffen. Ein gequälter Aufschrei folgte. Der Trauerzug geriet ins Stocken. Alwin wankte. Er klammerte sich an seine Mutter, die ebenfalls strauchelte. Mit wenigen Schritten war Paul bei ihnen, um sie zu stützen.

»Da! Da ist er, der Mörder!«, schrie Meta derweil und stürzte sich in Richtung Trauerzug.

»Oh mein Gott! Haltet sie auf«, rief ihre Schwester aufgeregt. »Meta! Du närrisches Weib. Komm sofort zurück!« Wieder klickte die Kamera. Der zweite Hund fiel mit lautem Gebell ein. Einige der Umstehenden griffen ein, um Meta zu bändigen, während Alwin sich wie ein kleines Kind hinter seine Mutter kauerte und wimmerte.

»Kommen Sie, Herr Böhme«, befahl Paul, um den Mann aus seiner kindlichen Angst zu holen. »Herr Böhme! Sie müssen jetzt aufstehen. Es ist alles in Ordnung.«

»Hörst du nicht, was der Doktor sagt, Alwin«, sagte nun auch Charlotte mit erstaunlich milder Strenge. Paul bemerkte, dass ihr die Tränen in den Augen standen. Christa dagegen war gegen Meta angestürmt und hatte sie wortreich in die Arme ihrer Fänger getrieben, die sie beherzt wegführten. Mit einem Wink von ihr setzte der kleine Trauerzug seinen Weg fort.

Paul führte den wimmernden Alwin weiter in Richtung Urnengrab.

»Ich wusste gleich, dass es zu viel für dich werden würde, Alwin«, zischte Christa, als sie sich wieder zu ihnen gesellte.

Charlotte warf ihr einen wütenden Blick zu. »Ach, sei doch still! Du verstehst wieder einmal gar nichts!«

»Da irrst du dich«, entgegnete Christa. »Ich verstehe mehr, als du denkst. So langsam verstehe ich alles!«

Ihre Stimme blieb gedämpft und war doch energisch genug, um ihre Schwiegermutter zum Schweigen zu bringen.

»Ihre Frau hat recht, Herr Böhme«, sagte Paul. »Es wäre gut, wenn Sie sich gleich nach der Beisetzung etwas Ruhe gönnten.«

»Marga hat danach zum Familienkaffee ins Erbgericht geladen«, widersprach Christa. »Wenn wir Böhmes A sagen, dann sagen wir auch B! – Ich werde meinen Alwin nun wieder übernehmen.«

Mittlerweile hatte sich Alwin etwas gefangen. »Es geht schon, Herr Doktor«, murmelte er. »Weiß auch nicht, was jetzt manchmal so über mich kommt. Was manchmal so über mich kommt …«

»Jaja! Komm du nur wieder an meine Hand«, kommandierte Christa derweil und übernahm Pauls Platz an Alwins Seite. »Ich pass schon auf dich auf.« Sie zerrte ihn ein Stück vorwärts, so dass Paul nun neben Charlotte im Trauerzug lief. Sie gingen eine Weile schweigend. Hinter ihnen hatte sich der Tumult um Meta gelegt. Die Bläser begannen, einen neuen Choral zu spielen, und der kleine Trauerzug fand zu seiner Ordnung zurück. Einige Schaulustige schlossen sich ihnen an.

Paul half Charlotte die Stufen hinunter, was sie widerstandslos geschehen ließ. Schwer stützte sie sich auf ihren Stock. Als sie auf den Hauptweg unten ankamen, der zu den Familiengräbern führte, beließ sie ihren Arm auf seinem. Paul fragte sich, was geschehen war, dass sich die Rollen der beiden Frauen so vertauscht hatten in den letzten Tagen. Eben hatte er den Entschluss gefasst, Charlotte danach zu fragen, als sie das Wort ergriff. »Ich hoffe, es geht Ihrer Frau etwas besser? Und dem Kind?«

»Danke, beiden geht es gut, ihnen wurde Schonung verordnet«, sagte Paul. »Eine bittere Medizin für meine Frau.«

Ein kleines Lächeln huschte über Charlottes Gesicht, das jedoch sofort erlosch. »Ich mache mir Vorwürfe. Ich hätte …«, sie stockte. »Aber das ist jetzt nicht der richtige Zeitpunkt!« Ihre letzten Worte klangen schon wieder nach ihrer altvertrauten Festigkeit.

»Ich fahre sie dann später im Krankenhaus besuchen.«

»Nehmen Sie einen Gruß mit und beste Wünsche. – Ich bedauere sehr, dass sie uns nun fehlt. Und Gott weiß, wie sehr sie uns fehlt!«

»Mein Schwiegervater wird gewiss auch …«

»Aber sie soll sich bitte nicht mit uns belasten«, sagte sie bestimmt, als hätte sie Pauls Einwurf nicht gehört. Für einen Moment erschien die alte Matriarchin wieder. »Es findet sich eine Lösung. Es findet sich immer eine Lösung!«

Sie waren am Grab der Böhmes angelangt. Die Bläser verstummten wie auch die Kirchenglocken. Der neue Pfarrer sprach ein paar Worte, dann beteten sie. Die Urne wurde in das Grab gesenkt. Zum Klang des nächsten Chorals begann die kleine Trauergemeinde, am Grab vorüberzuziehen. Nur wenige verharrten und verneigten sich. Paul staunte, dass Ella-Ma und Trude darunter waren. Auch Oswald ließ es sich nicht nehmen. Schwester Marga war gerührt.

»Sie kommen doch auch mit uns ins Erbgericht?«, flüsterte sie, als er ihr die Hand reichte.

Paul errötete. »Leider nein«, sagte er und schob seine Brille etwas höher. »Ich will noch meine Frau besuchen.«

»Ich verstehe. Selbstverständlich. Grüßen Sie sie ganz lieb. Das war aber auch eine Aufregung vorgestern Abend.« Sie drückte herzlich seine Hand. »Ich dachte doch, heute könnte ich mich unter ärztlicher Aufsicht einmal so richtig der süßen Sünde widmen, um all die Aufregung zu besänftigen.« Verschwörerisch zwinkerte sie ihm zu. »Sicher sehen wir uns noch vor meiner Abreise. Ich muss Ihnen nämlich etwas erzählen. Gestern, als wir mit Alwin saßen und alte Briefe anschauten, da erinnerte er sich plötzlich an etwas! Es hat ihn gleich wieder tüchtig aufgeregt. Christa musste ihn zu Bett bringen. Da ist mir doch wieder etwas eingefallen in der Nacht, als ich für Irene betete. Ich glaube, ich weiß jetzt, was meine arme

Schwester hier so fasziniert hat. Aber: Pst! Wir reden später weiter.« Sie zwinkerte wieder, bevor sie sich der nächsten Kondolenz zuwandte.

»Was hat sie damit gemeint«, wollte Charlotte wissen, die direkt neben ihm stand. Auch Christa schaute interessiert.

»Ich weiß nicht«, bekannte Paul freimütig. »Vielleicht ja ein Liebhaber?«

»Oh!« Charlotte sah auf einen imaginären Punkt hinter der Friedhofsmauer, so als gewahrte sie dort jemanden. »Das ist natürlich möglich.« Damit wandte sie sich ab und schritt den Weg hinunter in Richtung Dorf. Christa blickte ihr mit undurchdringlicher Miene hinterher.

»Da hat es Berthold also doch nicht geschafft«, ließ sich Gabriele vernehmen, die neben ihnen aufgetaucht war. Christa fuhr ertappt herum. »Ist halt wichtig für die Firma«, schnappte sie. »Nischt is' umsonst, selbst der Tod kostet das Leben!« Sie ignorierte Gabrieles Empörung. »Der rennt sich immerfort die Hacken ab dafür. Und er hat es nicht so mit diesem ganzen Salm wie dein Mann.« Sie nickte mit dem Kopf in Richtung Grab. Axel stand dicht bei seiner Großtante und nahm die spärlichen Kondolenzen mit aller ihm zur Verfügung stehenden Würde entgegen. »Es ist seine Großmutter, deren Asche hier zu Grabe getragen wird«, sagte Gabriele schlicht und blickte zu Axel. Paul bewunderte sie für ihre stille Kraft, der Provokation zu widerstehen. »Lotte ist schon zurückgegangen, wie ich sehe«, fügte sie hinzu. »Ich denke, ich gehe hinterher.«

Für Paul war das ein willkommener Anlass, sich ebenfalls zu verabschieden. »Ich begleite Sie ein Stück.«

Unten am Friedhofstor wurden sie von Charlie abgefangen. »Na endlich!«, rief er ihnen entgegen. »Ich hab schon gedacht, du bist oben lang zurück. Ich muss dir unbedingt was erzählen. Eine grandiose Entdeckung!«

Gabriele verstand rasch, dass sie bei dieser Erzählung stören würde. Mit einem knappen Gruß zum Abschied ging sie weiter die Stufen hinab zum Marktplatz.

»Was ist denn los?«, fragte Paul, kaum dass sie außer Hörweite war.

Charlie zog ihn in den Schatten der kleinen Winterlinden, die den Kirchsteig säumten. »Ich geh doch mit dem Alwin all die alten Firmenbücher durch, auch Haushaltsbücher und so weiter.«

Paul machte ein fragendes Gesicht, um seinen Freund zum Weitererzählen anzuspornen.

»Du wirst nicht glauben, was ich da entdeckt habe.«

»Sicherlich sagst du es mir?«

Charlie zappelte herum. »Nein«, beschloss er dann. »Ich muss es dir zeigen. Das glaubst du mir sonst nie.«

»Charlie! Ich muss noch etwas in der Praxis erledigen, dann zurück und mich umziehen, damit ich halbwegs pünktlich bei Julia sein kann. – Also, spuck es aus!«

»Die Haushälterin der Böhmes!«, rief Charlie in gedämpfter Aufregung, da nun weitere Schaulustige und Trauergäste an ihnen vorbei gen Dorf strömten. Er zog Paul tiefer in den Schatten der Bäume an die Friedhofsmauer.

»Siebold?«, erinnerte sich Paul vage.

»Das war die Nachfolgerin«, triumphierte Charlie. »Die kam erst nach dem Krieg zu den Böhmes. Nun rate, wer die alte Haushälterin der Böhmes war!«

»Ich habe keine Ahnung …«

Charlie ließ seine tätowierte Rechte auf Pauls Schulter krachen. »Die Herrmann Friedel! Genau die, in deren Grab man die Leiche der Zeidler gefunden hat. – Ist doch stark, was? Jetzt haben wir unsere Verbindung zu den Böhmes.«

»Das ist eine sehr interessante Sache, die du hier ausgegraben hast. – Stell dir vor …« Paul sah Charlie an.

»Bernhart Böhme war doch zu Hause an diesem Tag«, ergänzte der begeistert. »Er hat diese Irene erschlagen und dann da oben im frischen Grab der alten Haushälterin verscharrt.«

»Es wäre eine Möglichkeit.«

»Die beste«, fand Charlie. »Dann wären alle Lebenden aus dem Schneider. – Sagst du es Julia?«

»Auf jeden Fall.« Noch immer war Paul in Gedanken. »Schwester Marga ist auch noch etwas eingefallen.«

»Was denn?«

»Zu dem, was ihrer Meinung nach ihre Schwester in Finkendörfel gehalten hat.«

»Warum befragst du sie nicht gleich beim Leichenschmaus?«

»Da gehe ich nicht hin.«

Charlie sah enttäuscht aus.

»Ich will zu Julia«, erklärte Paul ungeduldig. »Dazu ist später auch noch Zeit. – Mach's gut Charlie. Ich muss jetzt wirklich los. Aber wirklich, große Neuigkeiten.« Er war schon im Gehen. »Wir reden heute Abend weiter.«

23.

»Also doch zu viel der süßen Sünde«, scherzte Paul, als er das Messgerät auslas.

Christa schüttelte tadelnd den Kopf. »Zwei Stück vom Zuckerkuchen! Also wirklich Marga, so eine Schlemmerei.«

»Ich weiß! Ich weiß!« Schwester Marga tupfte sich den Schweiß von der Stirn. »Die kleinen Sünden bestraft der liebe Gott sofort«, versuchte sie, seinen leichten Ton zu erwidern. »Doch es ist mir so peinlich, dass ich Sie nun noch aufhalte, Herr Doktor. Wo Sie doch zu Ihrer Frau wollen.«

Paul kontrollierte die Insulinspritzen, um eine Auswahl zu treffen. »Machen Sie sich keine Sorgen. Ich darf auch noch nach dem Abendessen rein. Ein Privileg. – Kann ich noch einmal Ihr Zuckerbuch sehen?«

»Brauchen Sie noch etwas?«, fragte Christa diensteifrig.

»Nein, nur das Zuckerbuch.« Er sah sich nach ihr um. Es schien ihm, dass Christa sie nur widerwillig allein lassen wollte. »Na«, sagte sie schließlich. »Da will ich mal … Aber rufe mich, wenn du etwas brauchst, Marga.«

»Natürlich, meine Liebe. Ich danke dir!«

Kaum war Christa aus dem Zimmer, ergriff Marga Pauls Arm. »Es muss hier eine Art Schatz geben oder gegeben haben. Den hat Irene für Dorothea retten wollen«, flüsterte sie im Verschwörerton. »Das hat sie mir am Telefon gesagt, daran erinnere ich mich wieder. Eine Leihgabe oder so etwas. Und dass sie nicht eher weichen würde, bis sie ihn habe. Sie wollte das für Dorothea, nicht für sich. So war sie eben auch, meine Schwester.«

»Einen Schatz«, sinnierte Paul. »Sie hat nichts Näheres erwähnt?«

»Nur, dass er Dorothea zustehe und sie ihn deshalb haben wolle. – Können Sie sich einen Reim darauf machen?«

Paul schüttelte den Kopf. »Aber ich werde mit meiner Frau darüber reden«, sagte er. »Soll ich Ihnen gleich die Injektion geben?«

»Jaja, nur zu. – Aber beunruhigen Sie Ihre Frau nicht.«

Paul nickte. »Es reicht, wenn Sie diese Stelle frei machen. So ist es recht. Danke.«

Eine gute Stunde später stand Paul an Julias Bett. Sie saß aufrecht an das Kopfteil gelehnt. »Dieser Rücken bringt mich noch um!«, beklagte sie sich gedämpft, weil ihre Nachbarin schon zu dösen schien. Sie hatte ihnen den Rücken zugewandt. »Das Baby ist auch sehr ungnädig mit mir. Es ist der reinste Boxwettkampf.«

Paul gab ihr einen Kuss auf die Stirn. »Dafür habe ich dir von deinem geliebten Weizenapfelmus mitgebracht, mit lieben Grüßen von Gwen und all den anderen, die ich jetzt nicht aufzählen kann.«

»Danke dir«, sagte Julia, die sich nun konzentrierte. »Erzähle mir von der Beisetzung. Wer war alles da? Was hat Charlotte gesagt?«

Er berichtete ihr karg und verschlüsselt, da sie nicht allein im Raum waren. Doch Julia begriff auch so, welche Schlussfolgerung Charlies Erkenntnis zuließ. »Bernhart«, sagte sie gedehnt. »Es wäre also möglich.«

Paul nickte. »Und was den Grund angeht, so hat mir Schwester Marga vorhin noch einen Hinweis gegeben. Es scheint genauso zu sein, wie Charlie immer behauptet hat.« Er nahm sein Mobiltelefon und schrieb es Julia auf. Julia las es mit Erstaunen. Dann ließ sie sich wortlos in ihr Kissen zurücksinken und starrte an die Wand.

Plötzlich klingelte Pauls Telefon. »Entschuldige«, sagte er. »Ich habe vergessen …« Er wollte den Anrufer wegdrücken, dann sah er jedoch Axels Nummer, an die er sich erinnerte. »Ich glaube, da sollte ich besser rangehen.«

Er stand auf und ging in Richtung Zimmertür, während er den Anruf entgegennahm. »Ja, hallo, Axel. Wo brennt es denn?« Er blieb stehen. »Was sagst du da? – Hey! Ganz ruhig, alter Freund.« Kreidebleich wandte er sich zu Julia um. Eine Weile hörte er nur wortlos dem brüllenden Axel zu, dessen Zorn jeder im Zimmer vernehmen konnte. »Ich komme«, sagte Paul und drückte aus.

»Was ist?«, fragte Julia bang.

»Ich muss sofort zurück nach Finkendörfel. Schwester Marga ist tot.«

Teil drei

1.

Paul band sich seine Laufschuhe mit der größten Sorgfalt. Er prüfte den Akkustand seines Telefons. Der Gewohnheit folgend wollte er die Musik starten, doch er zögerte. Kein Soundtrack konnte dem gerecht werden, was ihn gerade bewegte, alles klang zu banal. Also steckte er das Telefon in seine Gürteltasche und verließ das schlafende Haus. Im Osten regte sich der Morgen mit einem blassen Streifen unter einer Wolkenbank. Die Sterne blinkten noch über ihm, als er lostrabte. Seine gleichmäßigen Schritte hallten über den stillen Hof der Faktorei. Paul lief durch das geöffnete Hoftor hinaus und hinauf in Richtung Bornhain in die Weite, in die heilende Natur. Er hatte diese Nacht kein Auge zugetan. Die Brust war so eng, dass er sich zwingen musste, den morgenkühlen Atem zu schöpfen. Es ging hinauf; sacht über ausgewaschene Feldwege durch die Äcker und Weiden.

Von hier oben aus weitete sich der Blick über das Tal von Finkendörfel. Morgenstille lag über dem Dorf, nur ab und an kläffte ein Hund. Kleine Tiere raschelten verborgen in den Büschen, als er daran vorbeilief. Dann ging es in den lichten Wald des Bornhains hinein und steil hinauf über die Kuppe. Seine Füße bewegten sich rhythmisch im fein abgestimmten Spiel der Muskulatur. Das Herz schlug schneller bei der Anstrengung. Er keuchte. Es tat gut, seinen Körper in der Bewegung zu spüren. Seine Gedanken drehten sich währenddessen immer noch im Kreis der Erinnerungen an den gestrigen Abend. Sie kreisten und kreisten und fanden weder Anfang noch Sinn oder Lösung; einer Maschine gleich, die heiß zu laufen drohte. Wie in einem Film in der Endlosschleife liefen die Geschehnisse immer wieder vor seinem inneren Auge ab.

Paul fragte sich nach dem Warum. Hatte er etwas versäumt? War ihm etwas entgangen? Oder war es tatsächlich ein tragisches Versehen von Marga gewesen, wie seine Kollegin behauptet hatte.

»Also ich denke, sie hat ihr Messgerät einfach verkehrt herum gehalten und geglaubt, der Zucker wäre noch so hoch.« Karin, die heute den ärztlichen Bereitschaftsdienst hatte, hielt Paul zum Beweis für ihre Worte Messgerät und Insulinspritze unter die Nase. »Dann hat sie noch einmal nachgespritzt.«

Paul kannte Karin von den Dienstberatungen her. Sie war eine erfahrene Ärztin, sehr direkt, aber ein Kumpeltyp, der Paul von Anfang an das Gefühl gegeben hatte, mit dazuzugehören. Man duzte sich. »Schwester Marga war eine langjährige Diabetikerin«, wandte er dennoch ein. »Sie kannte sich aus. Ich kann mir nicht vorstellen, dass ihr so ein Lapsus passiert ist.«

»Aber sie konnte ziemlich schlecht sehen, hier liegt ja sogar eine Leselupe über ihrem Gebetbuch. Und im Ausnahmezustand war sie sicherlich auch. Hat man nicht die Schwester von ihr heute beerdigt? Die wurde doch umgebracht, oder?«

Alwin, der am Bett der Toten saß, stöhnte auf. Sofort war Christa bei ihm. »Ganz ruhig, mein Alwin! Bleib ganz ruhig!«

Paul trat noch näher an das Bett heran. Unbewusst faltete er die Hände.

In ihm wühlten viele unbeantwortete Fragen. Schwester Marga in der einsetzenden Todesstarre auf dem Bett liegen zu sehen, schmerzte ihn zutiefst. »Als sie den Hausbesuch anforderte, war sie überhaupt nicht im Ausnahmezustand«, sagte er. »Sie hatte zu viel vom Kuchen genascht und spürte, wie der Zucker in ihr arbeitete. Sie war schweißig und etwas bewegungsträge, aber bewusstseinsklar.«

»Vielleicht hat sich das später noch geändert, als du weg warst?«

Paul griff nach dem Zuckerbuch. »Hier ist die letzte Messung vom Spätnachmittag. Das Insulin habe ich ihr selbst verabreicht.«

Seine Kollegin überzeugte das nicht. »Ich kreuze eine nicht natürliche Todesursache auf dem Totenschein an«, sagte sie entschlossen und griff nach ihrem Kugelschreiber. »Verdachtsdiagnose: Hypoglykämischer Schock mit Todesfolge aufgrund fehlerhafter Insulingabe durch die Patientin selbst.«

»Meinen Sie etwa, der Doktor hat was Falsches gespritzt?«, mischte sich Christa ein.

»Das meine ich eben gerade nicht«, erwiderte Karin in etwas zu scharfem Ton.

Axel, der auf der anderen Seite des Bettrandes saß, hob den Kopf. Gabriele stand neben ihm. Sie sahen alle zu Paul. Der spürte, wie ihm ein heißer Schrecken durch die Glieder fuhr. Hatte er? Er griff nach dem Zuckerbuch. »15 Einheiten«, sagte er. »So wie es hier steht. Sie hatte 28 Millimol pro Liter, als ich sie untersucht habe.«

»Völlig regelrecht«, bestätigte Karin. Trotzdem war Paul beklommen zumute.

Axel räusperte sich. »Vielleicht müssen wir das untersuchen lassen?«

»Das willst du doch deiner Tante nicht antun«, rief Gabriele empört. »Das hätte Marga niemals gewollt.«

»Kann schon sein, dass eine Obduktion angefordert wird, wenn hier nicht natürliche Todesursache steht«, brummte die Ärztin, während sie den Totenschein ausstellte. »Ist aber höchst zweifelhaft angesichts der Umstände und des Alters der Toten. Außerdem ist Insulin nur kurze Zeit nachweisbar nach dem Tod.«

»Was ist geschehen?« Charlotte stand in der Tür. Hochaufgerichtet, doch blass und mit zerzaustem Haar, das sie greisenhafter erscheinen ließ als gewöhnlich. »Warum hat mich niemand geweckt?«

»Marga ist tot«, sagte Christa. »Überdosis Insulin.«

Charlotte starrte sie an. Dann blickte sie zu der Toten. »Das kann nicht sein«, entfuhr es ihr. »Das ist nicht möglich.« Karin erhob sich. »Leider ist es nun so«, sagte sie.

»Sie können die Tote hier aufbahren bis morgen oder auch Montag, wenn Sie einen kühlen Raum haben, der geeignet ist. Ansonsten können Sie jetzt den Bestatter informieren.«

»Und wer bitte sind Sie?« Charlotte hatte zu ihrem herrischen Ton zurückgefunden.

Bei Karin schnellte eine Augenbraue in die Höhe. Sie reagierte empfindlich. »Dr. Richter«, erwiderte sie karg und verschränkte die Arme vor ihrer Brust. »Ärztlicher Bereitschaftsdienst.«

»Was haben Sie hier verloren? Dr. Eisler ist unser Arzt. Wer hat Sie gerufen?« Charlotte redete sich in Rage. Noch immer schien sie die Lage nicht vollends begriffen zu haben.

»Ich!«, rief Axel. Er war wütend und wirkte verzweifelt. »Ein Notruf! Ich habe Tante Marga hier so liegen sehen und dann …« Er schlug die Hände vor sein Gesicht. Gabriele legte ihm die Hand auf die Schulter. »Es war schon zu spät.«

»Wir wollten sie zum Abendessen rüberholen«, jammerte Axel derweil in seine Hände. »Den Tag gemeinsam ausklingen lassen, von Mutti reden. Wir wollten …« Der Rest ging in einem harten Schluchzen unter.

Karin seufzte. »Nun denn, ich muss dann auch weiter. Sie haben jetzt ja Ihren Hausarzt hier.«

»Was denn«, rief Charlotte. »Wollen Sie denn gar nichts unternehmen?« Mit einem Schniefen richtete Axel sich auf. »Sie ist tot, Omi! Tante Marga ist tot.«

Mit einer unwirschen Geste wies Karin auf den kleinen Schreibtisch. »Da liegt der Totenschein.«

Charlotte schnappte nach Luft. »Tot«, wiederholte sie, als hätte sie es zum ersten Mal vernommen. »Ich … ich kann es nicht fassen! – Das ist inakzeptabel!«, fügte sie in scharfem Ton hinzu. Sie wollte mit ihrem Stock auf den Boden pochen, doch da er ihr fehlte, geriet sie ins Wanken. Paul und Karin sprangen gleichzeitig zu ihr, um die Hochbetagte zu stützen.

Alwin wurde plötzlich unruhig. Er erhob sich langsam und kam zu ihnen herüber. Etwas an seinem Gesichtsausdruck alarmierte Paul.

»Was will diese Frau von dir, Mutti?«, fragte Alwin.

Die Ärztin drehte sich zu ihm um. Halb irritiert, halb verärgert musterte sie ihn von oben bis unten. »Meinen Sie etwa mich?«

»Alles in Ordnung, Herr Böhme«, beeilte sich Paul zu versichern. Ihm schwante Unheil.

»Was will diese Frau von dir?!« Seine Stimme bekam etwas unnatürlich Schrilles.

Charlotte starrte ihren Sohn an. »Alles ist gut, Alwin.«

Dann geschah alles gleichzeitig. Alwin sprang auf die Ärztin zu und riss sie zu Boden. »Lass meine Mutti in Ruhe!«, brüllte er. Christa schrie entsetzt auf. Paul ging dazwischen, um Karin vor den wütend trommelnden Fäusten des Mannes zu schützen. Es kostete größere Anstrengung, als bei Alwin zu vermuten gewesen wäre, ihn wegzuzerren. Auch Axel war hinzugesprungen und half nun seinem Vater auf. Die Männer keuchten. Charlotte war kreideweiß geworden. Christa hatte beide Hände vor den Mund geschlagen, ihre Augen waren weit aufgerissen.

»Verzeihen Sie bitte, Frau Doktor«, rief Gabriele, die gemeinsam mit Paul der Ärztin auf die Füße half. »Mein Schwiegervater steckt momentan in einer Krise. Er weiß manchmal nicht, was er tut.«

»Dann sollte er sich gefälligst behandeln lassen«, schimpfte Karin, die endlich wieder aufrecht stand. Sie klopfte sich Arme und Beine ab, als sei sie in den Straßenstaub gestoßen worden. Dann nahm sie Alwin ins Visier. »Und Sie können sich auf eine Anzeige gefasst machen, nur damit Sie's wissen! Das lasse ich mir nicht gefallen!«

Paul öffnete den Mund, um etwas zu sagen, doch Alwins Anblick ließ ihn verstummen. Alle anderen im Raum auch. Nur Karin musterte den Mann kritisch, der sie voller Entsetzen anstarrte, als sei sie ein Höllengeist. »Na, nu kriegen Sie sich mal wieder ein, Mann!«, sagte sie versöhnlicher.

»Es ist meine Schuld«, stammelte Alwin, »es ist alles meine Schuld!«

»Völlig richtig«, bestätigte Karin trocken. Sie griff nach ihrer Arzttasche.

»Das ist also die Strafe! Es ist alles meine Strafe!«

Endlich kam Bewegung in Charlotte. Sie eilte zu Alwin und nahm ihn in ihre Arme, wo sie ihn wiegte wie ein Kind.

Karin warf Paul einen mitleidigen Blick zu. »Ich geh dann mal. Den Totenschein habt ihr ja. – Mach's gut Paul.« In dem Moment, als sie die Tür erreichte, schoss Christa auf sie zu. »Ich bringe Sie noch hinaus, Frau Doktor. Und tun Sie nur entschuld'chen. Meinem Alwin …, also seit dem Unfall ist er nicht mehr er selbst.«

»Er sollte in eine Klinik«, befand Karin ungnädig. »Aber das hat Ihnen Ihr Hausarzt bestimmt auch schon gesagt.« Damit ging sie hinaus.

Alwin war nicht in die Klinik gegangen. Das hatte der kleine Familienrat noch am Totenbett von Schwester Marga beschlossen. Paul hatte sich alle Mühe gegeben, sie zu überzeugen. Selbst Berthold, der später von seinem Termin gekommen war, hatte sich kurze Zeit auf seine Seite geschlagen. Doch Christa hatte alle Hoffnung auf eine vernünftige Lösung zunichtegemacht mit ihren Einwänden.

Schließlich hatte Alwin selbst entschieden, zu Hause zu bleiben. Dabei, so musste Paul zugeben, hatte Alwin wieder beherrscht und klar gewirkt. »Ich weiß nun, was zu tun ist, Herr Doktor. Ich weiß es nun.« Er wolle sich mit Pfarrer Thieme beraten, hatte er gesagt, was zu wütendem Protest seiner Frau und zu stiller Beunruhigung bei seiner Mutter geführt hatte. Paul wusste jedoch, dass Thieme gleich nach der Beisetzungsfeier zu einer Gemeinderüstzeit aufgebrochen war. Da hatte Alwin nur genickt und war aus dem Sterbezimmer seiner Großtante gegangen, ohne sich noch einmal umzusehen. Christa war ihm sofort gefolgt, während Paul mit den restlichen Familienmitgliedern in tiefem Schweigen zurückgeblieben war. Charlotte war an das Bett der Toten herangetreten und hatte mit ihrer rechten Hand die Leiche ganz sacht an der

Schulter berührt, so als hätte sie sich davon überzeugen müssen, dass tatsächlich kein Leben mehr in diesem Körper war.

Es gab nichts mehr zu tun. Paul spürte es in tiefer Ratlosigkeit und Ohnmacht. Der Tod hatte Schwester Marga ereilt. Mitten im Satz fast. Es blieb das unbestimmte Gefühl, dass noch etwas unerledigt geblieben war im Leben der Diakonisse. Etwas, was sie ihm als Vermächtnis hatte mitgeben wollen. »Es tut mir so leid«, hatte Paul schließlich gesagt. »Das war nicht abzusehen gewesen.«

»Ach, wirklich?« Diese bissige Frage von Berthold hatte sich in Pauls Gedanken geschnitten wie ein Laserstrahl und war unkommentiert geblieben von den anderen Böhmes. Doch Paul spürte ihre Zweifel nahezu körperlich. Er hatte sie mit sich nach Hause genommen.

Mittlerweile hatte Paul den Höhenweg erreicht, der die Erhebung des Bornhains in weitem Bogen mit dem Vulkanmassiv des Eckertsberges verband. Er hielt inne. Es war der Radweg, über den er mit Trude am Tag der Flut nach Finkendörfel gelangt war. Wenn er sich nun nach dem Dorf umwandte, zeigte sich ein unschuldiger Ausblick, nur die braune Narbe am Kirchberg zeugte von dem Erdrutsch, der ihr Heim zerstört hatte. Es sollte wieder aufgebaut werden, doch würde es jemals sein Zuhause werden können?

Schon lange hatte sich Paul nicht mehr so fremd und isoliert gefühlt wie in diesem Augenblick. Ein schier überwältigender Eindruck von Vergeblichkeit und Sinnlosigkeit drückte ihn nieder. Er musste sich zwingen, weiterzulaufen. Die Bewegung linderte seine Bedrückung etwas.

Seine Zweifel jedoch umflatterten ihn weiter wie Krähenscharen. »Du läufst doch nur davon«, kreischten sie. »Läufst davon vor deinem eigenen Versagen.«

2.

»Nun, sie war ja wohl schon recht betagt, die Gute«, sagte Vater Georg am anderen Ende der Verbindung. Julia strich sich eine Haarsträhne zurück. Vor einer Stunde hatte sie ein Einzelzimmer erhalten und konnte nun frei und ohne Zuhörerschaft sprechen. »Trotzdem findet Paul die Umstände verdächtig«, erwiderte sie. »Immerhin war Schwester Marga putzmunter, als er sie zwei Stunden vorher verlassen hatte.«

»Ich denke, unser Paul ist zu übergenau. Es ist sein erster Todesfall, da sieht er gewiss nur Gespenster.« Vater fand noch weitere Argumente, die ihr das Herz leichter machen sollten. Julia spürte, dass er zu gern wieder auf den überaus erfolgreichen Autorenabend und die Feierstunde des Vorabends in Breslau zu sprechen kommen wollte. Mutter Milla war für ihre feinfühlige Übersetzung besonders gewürdigt worden.

»Deine Mutter platzt fast vor Stolz«, prahlte Vater nicht minder ehrliebend. »Zweihundert geladene Gäste und selbst von der EU war eine Rednerin gekommen.«

Julia schämte sich, dass sie so wenig Anteil nahm an der großen Ehrung für ihre Mutter, aber ihre Gedanken schweiften fortwährend nach Finkendörfel. Sie zwang sich, zuzuhören und ab und an eine wohlwollende Bemerkung einzuflechten. Doch ihre Unaufmerksamkeit blieb nicht unbemerkt. Vater unterbrach seinen begeisterten Bericht.

»Ich freue mich für Mama«, sagte Julia rasch in die einsetzende Stille hinein. »Gib ihr meine Gratulation.«

»Sie steht neben mir und hört mit.«

»Oh!« Julia errötete, obwohl Dutzende Kilometer zwischen ihr und den Eltern lagen und sie keinen Videoanruf tätigten.

»Hallo, Mama. – Glückwunsch für diese Ehrung«, sagte sie verlegen. »Schon gut, meine Kleine«, hörte Julia von weiter weg die Stimme ihrer Mutter, die vor gut gelaunter

Großzügigkeit nur so triefte. »Sag uns lieber, wie es dir und dem Baby geht.«

»Besser«, erwiderte Julia knapp. »Ich darf wieder aufstehen und ein paar Schritte gehen. Seit heute Mittag habe ich auch ein Einzelzimmer.«

»Wunderbar. Ein Hauptgewinn.«

»Wie war denn nun die große Vernehmung von Ella-Ma und Trude am Donnerstag«, wollte Mutter Milla wissen.

»Ganz gut, glaube ich.« Julia massierte sich mit ihrer freien Hand die Stirn.

Das missbilligende Schweigen ihrer Eltern zu ihrer dürftigen Antwort zwang sie, weiterzusprechen. »Sie beschwören, dass sie nicht mehr erzählt hätten, als sie mussten. Die Ermittlerin sei sehr freundlich gewesen.«

Davon, dass Irene Zeidler damals Charlotte Böhme besucht hatte, sagte sie nichts. Das hatte Zeit und gehörte nicht ans Telefon.

»Alles andere erzählen wir euch, wenn ihr wieder da seid«, ergänzte sie deshalb versöhnlich. »Ich weiß selbst noch nicht viel. Nach meinem kleinen Kollaps werde ich ja wieder einmal in Watte gepackt!«

»Aus gutem Grund!«, bemutterte Milla streng aus der Ferne. »Lass dir ja nicht einfallen, dein Einzelzimmer als Basislager für euren ganzen Ermittlungsquatsch zu nutzen. Oder sogar heimlich zu arbeiten!«

Julias Seufzen musste ihren Eltern als Erwiderung darauf genügen. Vater Georg lachte verhalten. »Da hat dich Mutter Milla wohl erwischt, was?« Er räusperte sich. »Wir kommen morgen auf der Heimfahrt gleich bei dir vorbei.«

»Um mich zu kontrollieren?«

»Um dich zu umarmen, du störrisches Kind«, bemühte sich auch Milla um einen heiteren Ton. »Wann kommt Paul heute?«

Julia sah auf ihre Uhr. »Er müsste eigentlich jede Minute hier eintreffen. Wir sind für drei verabredet. – Doch wartet – da klopft jemand an.« Das Display ihres Telefons zeigte ihr ein Bild von Paul am oberen Rand. »Ich muss Schluss machen, ihr Lieben. Es ist Paul. Wir sehen uns morgen. Gute Fahrt.«

Sie drückte aus, ohne eine Antwort abzuwarten. »Ja, Paul? – Ich denke, du bist schon unterwegs.«

Dann lauschte sie eine Weile so ungläubig wie unwillig Pauls Worten. »Wie denkst du dir das? Eine Konsultation hier im Krankenzimmer? – Nein, es geht mir gut. Das ist ja nicht der Punkt. Eben musste ich Mutter Milla hoch und heilig versprechen, nicht zu arbeiten. Und dann kommst du …« Sie hielt inne, da Paul sie unterbrach. »Es ist Charlotte Böhme«, hörte sie ihn sagen. »Sie möchte eine Aussage machen.«

»Bei der Polizei?«

»Bei dir.«

Sie saßen in einem Dreieck. Julia thronte aufrecht in ihrem Bett. Ihr gegenüber am Besuchertisch hatten sich Paul und Charlotte platziert. Die alte Matriarchin hatte müde Augen. Jedes Lebensjahr schien sich plötzlich in ihr Gesicht gegraben zu haben. Ihre Entschuldigung wegen ihres Eindringens in Julias Schwangerschaftsurlaub, wie sie es nannte, war jedoch gewohnt knapp und herrschaftlich gewesen. Sie hatte sich schwer auf den Besucherstuhl niedergelassen und war in Schweigen verfallen.

»Sie wollen eine Aussage machen, Frau Böhme?«, ergriff Julia die Initiative. »Welcher Art?«

»Ich will ein Geständnis ablegen.« Charlotte blickte auf. Ihre Worte klangen entschlossen.

Julia stieß Luft aus. Sie fasste sich jedoch schnell. »Ich bin Ihre Anwältin, Frau Böhme.«

Charlotte schwieg einen Moment, als müsste sie sich sammeln. »Es ist nicht recht«, sagte sie dann. »Nun, da Alwin sein Gedächtnis wiedergewinnt, könnten falsche

Rückschlüsse gezogen werden. Das liegt nicht in meinem Interesse.«

Paul hob den Kopf. »Ihr Sohn erinnert sich?«

»An Ereignisse, die weit zurückliegen«, stellte Charlotte klar. »Er war noch ein Kind. Er stand völlig unter Schock.«

»Sie meinen, als Irene das zweite Mal bei Ihnen auftauchte?«, fragte Julia.

»Ja. Das meine ich.« Charlotte umklammerte mit ihrer Rechten den Knauf ihres Stockes. »Ich ... ich habe Ihnen am Mittwoch nicht ganz die Wahrheit gesagt, Frau Eisler.«

»Irene ist nicht einfach so gegangen.«

»Ist sie nicht.« Charlotte seufzte. »Das wäre auch zu schön gewesen.« Sie spielte mit ihrem Stock. »Nein. Wieder hatte sie den Moment abgepasst, als ich allein mit dem Jungen war. Sie war so schnell im Haus, so rasch konnte ich nicht reagieren.«

»Sie hat Sie überrumpelt«, stellte Paul fest. »Was hat diese Frau nur angetrieben?« Er erinnerte sich an die letzten Worte von Schwester Marga. Im Moment hielt er es jedoch für besser zu schweigen.

Charlotte fuhr fort, von diesem Abend im Februar des letzten Kriegsjahres zu berichten. »Mit einem Mal stand sie bei uns im Wohnzimmer«, erzählte sie mit verhaltener Stimme. »Sie war so etwas von impertinent! Unglaublich aggressiv! Erst nur mit Worten, dann griff sie nach mir. Der Junge bekam Angst und rannte, um mir zu helfen. Es gab ein Gerangel. – Ich stieß sie weg, diese Furie. Sie stürzte auf den Kaminsims.« Ihr Blick ging ins Leere. »Da war nichts mehr zu machen.«

Julia faltete sorgsam ihre Hände über ihrem Bauch und schloss für einen Moment die Augen. »Totschlag im Affekt«, sagte sie dann. »Notwehr sogar, würde ich plädieren. Das ist also lange verjährt.«

Endlich schaute Charlotte sie an. Alle Müdigkeit und Schlaffheit war aus ihren Zügen verschwunden.

»Sie meinen, es gibt keine Gerichtsverhandlung? Keinen Prozess? Keinen Skandal?«

»Wahrscheinlich ließe es die Staatsanwaltschaft auf sich beruhen, wenn Sie aussagten, so dünn wie die Ermittlungslage ist«, wiederholte Julia.

Paul schob seine Brille zurück. »Wie haben Sie es geschafft, die Leiche zu vergraben?«

»Mein Schwager wusste Rat«, erzählte Charlotte. »Er kam am Montag in aller Frühe von seinem Einsatz zurück. Mir ging es nur darum, den Jungen zu schützen. Er war … er ist so schnell außer sich. Ich habe ihm von meinem Schlafmittel gegeben. Es wäre nur ein böser Traum gewesen, habe ich ihm gesagt.« Sie senkte ihren Blick wieder bei diesen Worten.

»Deswegen waren diese Erinnerungen bei Alwin verschollen«, überlegte Paul. »Und als meine Kollegin Sie gestern anfasste, kamen sie urplötzlich wieder.«

Charlotte nickte. »Doch leider völlig verworren. – Ich hoffe, Ihre Kollegin sieht von einer Anzeige ab. Gern entschädigen wir sie auch für ihren erlittenen Schrecken.«

Paul sah Julia an. Sie erwiderte seinen Blick. Sie dachten beide an Metas kleinen Hund.

»Ich werde mit ihr reden«, versprach Paul dennoch.

»Woran entzündete sich der Streit mit Irene«, wollte Julia wissen. »Ging es tatsächlich um diesen Schatz?«

»Ich wusste nichts von einem Schatz«, entgegnete Charlotte heftig. »Doch dieses Weibsbild drohte uns und wollte nicht eher weichen, bis sie das Pfand in ihren Händen hielte.«

»Wusste denn Irene, was genau dieses Pfand war?«

Charlotte hob die Schultern. »Offensichtlich nicht«, sagte sie dann. »Deshalb hielt ich sie auch für eine Schwindlerin.«

»Sie hatte nichts in der Hand? Kein Schreiben, keine Urkunde?«

»Nichts dergleichen!«

Charlotte erhob sich. »Ich danke Ihnen«, sagte sie im abschließenden Ton. »Die Tat ist verjährt. Das ist alles, was ich wissen muss. – Bemühen Sie sich nicht, Herr Doktor«, rief sie in Richtung Paul, der sich ebenfalls erhoben hatte. »Danke, dass Sie mich mitgenommen haben. Für die Heimfahrt rufe ich mir ein Taxi.« Sie verabschiedete sich rasch und mit guten Wünschen für die Geburt.

Julia und Paul starrten noch eine Weile auf die Tür, die sich hinter ihr geschlossen hatte. Dann ließ sich Julia mit einem Schnaufen in ihr Kopfkissen zurückfallen. »Also doch Böhmes Lotte!«

»Hat das nun irgendwelche Konsequenzen?«, fragte Paul. »Musst du irgendetwas tun?«

Listig zwinkerte Julia ihm zu. »Ich denke, ich soll mich ausruhen?«

»Richtig«, erwiderte Paul ungeduldig. »Ich meine auch eher, müssen wir, muss ich etwas tun?«

»Warum?« Julia lehnte sich in ihr Kissen zurück. »Gehe nie zu deinem Fürst, wenn du nicht gerufen wirst«, sagte sie dann. »Wir werden schön die Füße still halten und es so machen, wie Ella-Ma und Trude es ganz brav getan haben, nämlich nicht mehr zu sagen als unbedingt notwendig.«

Sie blickte auf Paul, der unschlüssig mit seiner Brille spielte. »Du siehst unzufrieden aus, Schatz. Beunruhigt dich etwas?«

»Hm!«, machte Paul und setzte seine Brille wieder auf. »Kann man so sagen. Etwas stimmt nicht.«

»Was sollte nicht stimmen?«

»Ich bin überzeugt, dass Charlotte lügt.«

Julia zuckte mit den Schultern. »Wenn schon«, sagte sie. »Hier hält doch jeder mit etwas hinter dem Berg. Siehe unsere beiden lieben Alten.«

»Trotzdem«, beharrte Paul. »Es beunruhigt mich. Es beunruhigt mich ganz außerordentlich.«

3.

»Charlie ist noch in seinem Studio bei der Arbeit, Herr Böhme.« Gwen schob ihren quengelnden Ältesten ungnädig beiseite, um an den Kinderwagen zu gelangen. »Das kann gut noch ein, zwei Stunden dauern.« Da der Anrufer uneinsichtig blieb, gab sie mit einem unhörbaren Seufzer auf. Sie wusste, wie wichtig Charlie die Chronik der Damastweberei war. »Ich werde sehen, ob Sie ihn selbst sprechen können. – Justus! Gib Ruhe! Mama telefoniert. – Einen Moment Geduld noch, Herr Böhme«, sagte sie wieder in das Telefon und ging dabei mit raschen Schritten über den Hof auf die Seite der einstigen Stallungen hinüber, wo Charlie sein neues Tattoo-Studio eingerichtet hatte.

Es war angenehm kühl in dem weiß gekachelten Raum. Gwen desinfizierte ihre Hände am Spender an der Tür, wobei sie sich das Telefon unter den Hals klemmte. Der Sterilisator gab mit einem Piepen bekannt, seine Arbeit vollendet zu haben. Im Nebenraum summte die Tattoomaschine.

»Charlie?« Sie schob den Vorhang beiseite. »Telefon für dich.«

Charlie hob den Kopf. Er sah bekümmert aus über die Störung, doch nicht verärgert. Seine Kundin ebenso wenig. Sie war eine attraktive Mittfünfzigerin und nickte Gwen freundlich zu.

»Es ist Alwin Böhme für dich. Er sagt, es sei dringend.«

Mit einem entschuldigenden Blick zu der Frau legte Charlie die Maschine auf die Folie und zog seine Handschuhe aus.

»Es geht gleich weiter, Frau Reichelt.« Er griff nach dem Telefon.

»Kein Problem«, sagte die Frau, der die Augen vor Tränen glitzerten. »Da kann ich mich noch etwas an den Schmerz gewöhnen.«

»Aber wenn es zu schmerzhaft wird, müssen Sie es sagen. Das soll nicht sein.« Charlie nickte ihr noch einmal zu und ging dann mit dem Telefon hinaus. »Ja, Herr Böhme?«

Gwen sah, dass sich die Frau einen Namen mit einem zerbrochenen Herzen stechen ließ. »Ein Trauerfall?«, fragte sie.

Die Frau ließ ihren Tränen freien Lauf, nun, da sie nicht mehr tapfer sein musste. »Achtundzwanzig glückliche Jahre«, sagte sie. »Halten Sie mich für verrückt?«

Entschieden schüttelte Gwen den Kopf. Sie wollte noch etwas Tröstliches zu der Frau sagen, doch Charlie kam bereits zurück. »Ich soll heute noch mal zu Alwin«, sagte er, als er Gwen das Telefon reichte. Er klang verwundert und besorgt zugleich. »Und ich soll unbedingt den Pfarrer mitbringen. Alwin hat uns etwas Wichtiges zu sagen.«

»Herr Pfarrer? Hallo?« Charlie klopfte zum zweiten Mal an die Tür von Pfarrer Thieme. Statt seiner steckte Großvater Oswald seinen Kopf aus dem Nebenzimmer. »Was machst du denn hier für einen Krach? Thieme hat sich hingelegt. Er ist noch völlig erledigt von diesen Blagen.« Das Wochenende als Betreuer einer Rüstzeit für Schulanfänger und ihre Familien steckte dem Pfarrer noch in den Knochen.

»Aber es ist wichtig«, beharrte Charlie. »Er wird heute bei Alwin Böhme gebraucht.«

»Was du nicht sagst! Wenn der Herr Alwin spricht, müsst ihr alle gleich springen, was?« Er deutete ein Ausspucken an.

In diesem Augenblick öffnete Thieme seine Tür. Er war im Unterhemd, Hosenträger hielten eine weite Stoffhose unter der Rundung seines kugelrunden Bauches. Sein spärlicher Haarkranz stand wie eine zerzauste Krone um seinen sonst kahlen Schädel. Thieme rückte seine Brille zurecht. »Entschuldigen Sie«, sagte er. »Ich muss wohl eingeschlummert sein.«

»Lass dich von diesem Burschen ja nicht wieder vor jeden Karren spannen, Theo«, knurrte Oswald, bevor er wieder in seinem Zimmer verschwand. Die Tür hatte sich kaum hinter ihm geschlossen, als Charlie den Pfarrer ins Bild setzte.

»Schwester Marga ist tot? – Das ist ja … so plötzlich! Wie unerwartet doch so ein Heimgang kommen kann.«

»Das ist nicht alles«, erzählte Charlie eifrig. »Ich glaube, Alwin erinnert sich wieder. Zumindest klang es danach. Er will uns etwas sagen. Uns beiden.«

Thieme starrte einen Augenblick durch die runden Gläser seiner Brille. »Er erinnert sich«, wiederholte er mechanisch. Dann besann er sich. »Natürlich komme ich mit, mein lieber Karl. Geben Sie mir nur eine Minute.«

»Das ist ausgeschlossen«, beharrte Christa Böhme. Sie wollte sie partout nicht über die Schwelle lassen. »Er schläft bereits.«

»Aber Ihr Mann selbst hat uns hierher beordert«, rief Charlie. »Er hat es wirklich dringlich gemacht. Ich sollte auch unbedingt Pfarrer Thieme mitbringen.«

Unbeugsam stand Christa in dem Türspalt, so als befürchtete sie, die beiden Besucher wollten sich gewaltsam Zutritt verschaffen. »Wer weiß, was da wieder in seinem wirren Kopf vorgegangen ist.«

»Ihr Mann war völlig klar und eindeutig, so eindeutig, wie ich ihn von früher kenne.«

»Nun, jetzt ist er es nicht mehr«, sagte Christa. »Das schwankt eben immerzu. Tut mir leid, dass er Sie umsonst herbemüht hat. Kommen Sie morgen wieder.« Mit einem Kopfnicken zum Abschied schloss sie die Tür.

»Das ist ja wirklich …! Also das ist in der Tat höchst

ungewöhnlich«, murmelte Thieme betreten und rieb sich mit einem Taschentuch seine Stirn trocken.

Charlie knetete seine langen Finger. »Mir stinkt das hier ganz gewaltig«, sagte er dann.

»Wie meinen Sie das?«

»Alwin war überhaupt nicht verwirrt, als ich mit ihm gesprochen habe heute. Er klang so normal und sicher wie schon lange nicht mehr. – Ich denke …«

Er legte seinen tätowierten Zeigefinger an die Nase. »Ich denke, sie will verhindern, dass wir ihren Mann sprechen.«

Thieme riss die Augen auf. »Die Frau Böhme? Aber warum sollte sie das tun?«

»Ich weiß es nicht, aber das finden wir heraus.« Charlie zog den Pfarrer von der Eingangstür weg. Sie gingen langsam die Stufen zum Hof hinunter. »Klingeln Sie noch einmal«, flüsterte er, als sie unten angekommen waren. »Verwickeln Sie die Böhme in ein Gespräch.«

»Du lieber Herr Jesus, aber womit denn?«

»Über Alwin natürlich. Erzählen Sie ihr, welche Fortschritte er machen würde, dass Sie ihn wie gewünscht sehen und sprechen wollen, dass Sie ihm das schuldig wären oder so etwas.« Er redete sich in Eifer.

Charlie nahm eine Bewegung am Haus wahr. Aus dem Augenwinkel sah er, wie sich eine Gardine bewegte an einem der Fenster im Erdgeschoss. Einer plötzlichen Eingebung folgend, begann er mit den Armen zu fuchteln, so als würde er sich in einer heftigen Diskussion mit dem Pfarrer befinden.

»Was haben Sie denn, mein Lieber?«, fragte Thieme verwundert. »Ist Ihnen nicht wohl?«

»Die soll ruhig denken, dass wir uns gerade streiten«, sagte Charlie, wobei er dem Haus den Rücken zukehrte. »Ich werde so tun, als wenn ich wütend nach Hause ginge. Sie kehren derweil um und versuchen noch einmal

Ihr Heil an der Tür. Sie müssen sie so lange wie möglich aufhalten.«

»Oh weh!« Wieder betupfte sich der Pfarrer die Stirn. »Was haben Sie nur vor, Karl?«

Wie im Streit riss Charlie nun seine Arme hoch und ließ sie verächtlich wieder sinken. »Ich schleiche mich von der Parkseite zurück und schaue in seinem Zimmer, ob alles in Ordnung ist.«

»Aber wenn er nun wirklich schon in seinem Bett liegt?«

»Das müssen wir riskieren. Viel Glück an der Tür. Verschaffen Sie mir so viel Zeit wie möglich!« Er zwinkerte dem Pfarrer verschwörerisch zu und ging dann mit langen Schritten vom Hof der Böhmes, über dem der gleichmäßige Takt der Webstühle aus der Fabrikhalle schwebte wie ein Wiegenlied. Der Himmel hatte sich zugezogen. Es wurde bereits dämmrig. Thieme sah seinem Mitverschwörer lange nach, bevor er sich umdrehte und zögernd die Stufen hinauf zur Eingangstür stiefelte.

Als Charlie in seinem Versteck im Unterholz des unteren Schlossteiches nach ihm schaute, war er bereits in ein Gespräch verwickelt. Charlie betete, dass es Christa sein möge und nicht etwa Berthold. Dicht am Rand des Hinterhofes entlang huschte Charlie bis zum Fenster von Alwins Büro, das einen Spalt weit offen stand. Geduckt schlich sich Charlie heran und spähte hinein. Es dauerte eine Weile, bis sich seine Augen an das Dämmerlicht des Rauminneren gewöhnt hatten. Dann sah er Alwin in seinem Stuhl dösen. Er war also noch nicht zu Bett gegangen.

Charlie klopfte leise an das Fenster. »Herr Böhme«, rief er verhalten. Es regte sich etwas im Inneren. Doch es war nur die Katze Safi, die sich auf Alwins Schoß eingerollt hatte. Sie spitzte die Ohren, blieb aber ruhig liegen. »Herr Böhme!«, rief Charlie wieder. »Ich bin's Brauns Charlie.

Hallo! Sie wollten, dass wir kommen.« So versuchte er es weiter, während er immer wieder klopfte.

Ganz langsam, wie benommen, hob Alwin den Kopf und wandte sich nach der Störung um. Safi sprang von seinem Schoß und spazierte nach einer ausgiebigen Dehnung der Vorderpfoten mit aufgestelltem Schwanz in Richtung Fenster.

Alwin stemmte sich mit einiger Mühe aus seinem Lehnsessel. Mit unsicheren Schritten kam er heran und spähte durch den Fensterspalt. »Ja? – Wer ist denn da?« Er erkannte Charlie nicht. Es zeichnete sich eher Angst als Unwille auf dem Gesicht des einstigen Wüterichs ab. »Hallo? – Was wollen Sie?«

»Sie haben nach mir gerufen, Herr Böhme. Pfarrer Thieme habe ich auch mitgebracht«, sagte Charlie eifrig. Er lauschte einen Moment in das Innere des Hauses. Er konnte nichts vernehmen. »Darf ich reinkommen?«

Einen Augenblick schwankte Alwin. Seine Augen stierten auf seinen ungewöhnlichen Besucher. Zumindest schien er etwas Vertrauen zu schöpfen. »Kannst du nicht durch die Tür kommen«, knurrte er unsicher.

Charlie setzte sein gewinnendstes Grinsen auf. »Das geht gerade nicht. Ein Drache bewacht das Tor.« Noch immer hatte Alwin ihn nicht richtig erkannt, hätte Charlie schwören können. Safi dagegen schon. Sie war auf das Fensterbrett gesprungen und gab Charlie zur Begrüßung einen Stups mit ihrer Katzennase. Das gab den Ausschlag für Alwins Entscheidung. Er hob den Fensterriegel an, was ihm erst nach einigen Versuchen gelang. »Ein Drache!«, brummte er dabei. Endlich war der Spalt breit genug, so dass Charlie hineinklettern konnte.

»Danke, Herr Böhme«, sagte er leise und schüttelte ihm die Hand. Alwin blickte ihn aus verschleierten Augen an, als sähe er ihn zum ersten Mal. Charlie dachte sofort an Drogen und fragte sich, ob Christa sie ihm gegeben hatte.

»Setzen Sie sich lieber wieder«, sagte er deshalb rasch und führte Alwin zu seinem Sessel zurück. »Der Pfarrer kommt sicherlich auch gleich. – Falls er an dem Drachen vorbeigekommen ist«, setzte er leise hinzu.

Alwin starrte ihn verständnislos an. »Sie sind der Braun-Junge, richtig?«

»Ja, genau«, rief Charlie erleichtert. »Sie wollten uns etwas sagen, Herr Böhme. Es war Ihnen sehr wichtig.«

Alwin versuchte, sich zu konzentrieren. »Ach, mein Junge!«, seufzte er dann, als es ihm nicht gelingen wollte. Vom Flur her näherten sich Schritte und Gesprächsfetzen. Es waren Christa und der Pfarrer.

»Besser, Ihre Frau sieht mich nicht«, flüsterte Charlie. Er legte seinen Zeigefinger auf die Lippen und blinzelte Alwin zu. »Ich verstecke mich hinter dem Vorhang«, sagte er dann in der Hoffnung, Alwin würde begreifen. Er zeigte auf den bodenlangen Vorhang, der den Durchgang zum Gästezimmer verbarg. Im nächsten Augenblick war er dahinter verschwunden. Es war keine Sekunde zu früh. Der Stoff wackelte noch, als Christa mit Thieme das Zimmer betrat.

»Da sehen Sie selbst, es ist alles in Ordnung! Ich weiß gar nicht, was Sie wollen!«

Thieme ignorierte sie und ging schnurstracks zu Alwin. »Was ist denn nur los, mein Lieber«, sagte er, noch etwas atemlos durch den Streit mit der Hausherrin. Alwin sah ihn trübe an. »Theo! Schön, dass du da bist.«

»Du hast nach mir gerufen und hier bin ich. Der junge Herr Braun …« Er unterbrach sich. Charlie sah, wie er verstohlen nach dem offenen Fenster schielte. Christa hatte es nicht bemerkt. Sie stand an der noch offenen Zimmertür. Ihre fleischigen Arme hatte sie vor der Brust überkreuzt. Ungeduldig wippte sie mit ihren Füßen, so als könnte sie damit den Abschied des lästigen Pfarrers beschleunigen.

»Der junge Herr Braun kommt ein anderes Mal wieder«, sagte Thieme währenddessen zu Alwin und nahm sich einen Schemel heran. Dabei entdeckte er wohl Charlies Füße, deren Zehen unter dem Vorhang herauslugten. Er nickte. »Es war dir ja so dringend, dass wir kommen sollten, mein Lieber. Also, was hast du denn auf dem Herzen?«

»Ja, es ist dringend«, sagte Alwin lahm. Er mühte sich offensichtlich um klare Gedanken, doch schien es ihm nicht zu gelingen. »Ich weiß nicht mehr, Theo«, beschied er schließlich kummervoll. »Es geht um … nein. Ich weiß es nicht. Meine Gedanken … sie sind wie Mauke.«

»Da sehen Sie es!«, rief Christa von der Tür her. »Mein Mann braucht dringend seine Ruhe.«

»Meine Gedanken«, wiederholte Alwin und umklammerte die Hände des Pfarrers. »Ich kann sie nicht zusammenhalten. Nicht zusammenhalten.«

Thieme tätschelte Alwins knochige Finger. »Es ist vielleicht ganz gut, wenn der Doktor morgen noch mal nach dir schaut, Alwin.«

»Was? Dieser Kurpfuscher kommt mir hier nicht mehr über die Schwelle!« In ihrer Empörung machte Christa Anstalten, näher zu kommen. So rasch er konnte, hievte sich der Pfarrer vom Schemel hoch. Irritiert sah er zu ihr herüber. »Was meinen Sie damit?«, wollte er wissen.

»Dass wir für Alwin einen neuen Arzt suchen«, giftete Christa. »Berti sagt, das ist das Beste für Vater.«

»Aber Sie haben doch immer so große Stücke auf unseren Paul gehalten.«

»Da hatte er ja auch noch nicht seine Patienten vorzeitig ins Grab gebracht.«

Charlie spürte in seinem Versteck, wie ihm die Spucke wegblieb bei dieser Unterstellung. Auch Thieme wollte das nicht auf Paul sitzen lassen, doch Christa wiegelte jedes weitere Wort ab und drängte auf einen schnellen

Abschied des Pfarrers. Mit besorgter Miene wandte sich Thieme noch einmal Alwin zu, der verständnislos dem Wortwechsel gefolgt war. »Wir sehen uns dann also auf jeden Fall morgen Vormittag, mein Lieber«, sagte er. »Ich hoffe, du hast eine ruhige Nacht heute.« Dann warf er noch einen warnenden Blick in Richtung Vorhang und verließ mit Christa das Zimmer.

Charlie war nur eine Minute später nach einem kurzen Abschied aus dem Fenster hinaus. Safi, die wie eine Wächterin die ganze Zeit auf dem Fenstersims gesessen hatte, sah ihm mit Bedauern hinterher. Dann begann sie, sich die Pfoten zu lecken.

4.

»Die will ihn vergiften, sage ich dir«, rief Charlie glühend vor Entrüstung.

Paul rang sich ein Lächeln ab. »Charlie!«

»Alwin stand voll unter Droge. Da kenne ich mich aus.«

»Vielleicht hatte er sein Schlafmittel genommen? Es war ja schon recht spät, als ihr bei ihm wart, oder?«

»Spät war es«, sagte der Pfarrer, der müde und mitgenommen am Tisch in der Küche saß. »Doch nicht viel nach acht.«

»Alwin ist immerhin noch rekonvaleszent. Da kann es schon sein, dass seine Tage einen anderen Rhythmus haben. Er braucht seinen Schlaf, so wie ein Säugling.«

Charlie schüttelte den Kopf. »Du kapierst es echt nicht, Alter, Alwin hat mich selbst vorher angerufen. Da klang er nicht so, als ob er gleich ins Bett will. So schnell wie möglich sollte ich zu ihm kommen. Den Pfarrer wollte er unbedingt mit dabeihaben. Alwin war ganz der alte Wüterich, den ich kenne.« Charlie fuchtelte mit seinen Armen, um seine Worte zu untermalen. »Er wollte uns was Wichtiges erzählen. Bestimmt erinnert er sich jetzt endlich wieder. Doch diese …!« Gerade noch rechtzeitig besann er sich auf die Anwesenheit des Pfarrers. »Die wollte das um jeden Preis verhindern.«

»Es war tatsächlich einiges befremdlich am Verhalten der Frau Böhme«, bestätigte Thieme mit großem Ernst.

»Die hat uns ganz frech den Zutritt verweigert. Gelogen hat sie auch, Alwin war gar nicht im Bett. Er war benebelt, das war es. Die hält ihn klein, sage ich. Die gibt ihm was, damit sie Macht über ihn hat. Ich schwör drauf!«

Paul nahm seine Umhängetasche von der Schulter und legte sie auf einen der Stühle, bevor er sich selbst endlich zu dem unerwarteten Empfangskomitee an den Tisch setzte. Eben kam er von einer Besprechung mit dem Architekten und war ganz guter Dinge gewesen, was den Wiederaufbau ihres Zuhauses betraf. Für einige Stunden waren die Böhmes mit ihren Angelegenheiten ganz aus seinem Bewusstsein verschwunden. Noch auf dem Heimweg hatte er am Telefon mit Julia glücklich über ihre Zukunft in Finkendörfel gesponnen.

Paul nahm seine Brille ab, um sich zu sortieren. »Am Mittwoch bin ich wieder zum Hausbesuch bei Alwin Böhme«, sagte er, während er die Gläser sorgsam polierte. »Da kann ich das ja mal in aller Ruhe zur Sprache bringen. Frau Böhme mag manchmal übertreiben mit ihrer Fürsorge, doch ich kann mir nicht vorstellen, dass …«

Charlie stöhnte und warf seinen Kopf in den Nacken. »Da sind wir gleich beim nächsten Thema: Sie hat dich bei den Böhmes zur unerwünschten Person erklärt! Da wird nix mehr mit Hausbesuch. Du kommst ihr nicht mehr über die Schwelle, hat sie gesagt.«

»Das stimmt«, sagte Thieme. »Mit einem Mal ist die Frau Böhme gar nicht mehr gut auf Sie zu sprechen, lieber Paul. – Völlig unerklärlich«, schob er eilig nach.

Wie ein eisiger Stahl fuhr diese Nachricht in Pauls Herz, er spürte, wie ihm der Schweiß ausbrach. Den beiden anderen blieb seine Aufruhr nicht verborgen. »Ist irgendwas passiert?«, fragte Charlie.

»Der Tod von Schwester Marga«, sagte Paul.

»Was? Sag bloß … Aber das hat doch … Hast du da etwa einen Fehler gemacht?«

»Habe ich nicht«, erklärte Paul. »Ich habe alles noch einmal genau nachgeprüft. Meine Kollegin bestätigt das auch. Doch vielleicht war das nicht ausreichend für die Familie.« Er sank in tiefes Nachdenken. »Manchmal ist es leichter, den Tod zu ertragen, wenn man jemandem oder etwas die Schuld geben kann.«

»Schon klar, Alter, die wollen dich zum Sündenbock machen!«

»Zumindest Christa und Berthold Böhme«, beschwichtigte der Pfarrer. »Das hat ja wohl nichts zu heißen. Lassen Sie sich nicht entmutigen, Paul.«

Mit einem Ruck erhob sich Paul. Die Brille hielt er noch in der Hand. Mit der anderen hangelte er nach seiner Tasche. »Ich kläre das am Mittwoch«, sagte er dann. »Danke euch erst einmal für die Info.« Er setzte seine Brille auf. »Gute Nacht.«

Damit ging er hinaus. Die mitleidigen Blicke der beiden brannten wie Nesseln in seinem Nacken.

»So, hier kommt noch die Frau Reime für Sie, Chef«, flötete Schwester Claudia. »Ansonsten ist es ruhig heute. Da können Sie pünktlich zu Ihrer Frau.«

Paul legte sein Mobiltelefon beiseite und nahm die Karteikarte, die Claudia ihm reichte. »Heute mal nicht«, erwiderte er. »Die Rückenschmerzen sind wieder schlimmer geworden. Ich wurde soeben ausgeladen.«

»Da geht es bestimmt bald los«, behauptete Claudia mit wenig Mitgefühl in der Stimme, während sie schon wieder in Richtung Tür strebte. »Frau Reime! Sie können!«

Die Patientin war eine etwas verhuschte Frau, dafür

bekannt, ständig um das Wohlwollen ihres Umfeldes bemüht zu sein.

»Ihr Ekzem ist ja schon viel besser geworden«, sagte Paul nach der Untersuchung. »Vertragen Sie die neue Salbe auch gut? Gibt es nächtlichen Juckreiz oder Brennen?«

»Alles ist bestens, Herr Doktor«, beteuerte sie. Hastig zog sie sich wieder an. »Wir sind ja alle so froh, dass Sie unsere Vertretung sind.« Sie setzte sich wieder auf den Patientenstuhl neben dem Schreibtisch. »Sie bleiben uns doch treu?«

Paul sah fragend auf.

»Ich meine ja nur«, haspelte die Frau. »Was die Leute auch so reden. Ich glaube sowieso kein Wort davon.«

Wieder wurde es kalt um Pauls Herz. Eine eisige Schlinge zog sich zusammen und er hatte noch keine Ahnung, wie er sich davon befreien sollte.

»Was reden denn die Leute so«, fragte er Claudia, die im leeren Wartezimmer die Zeitschriften sortierte. Erschrocken hielt sie einen Moment inne, bevor sie besonders eifrig ihre Arbeit fortsetzte.

»Doktor Schnelltod, sagen die Leute«, antwortete sie dann beklommen. Dann wandte sie sich abrupt zu ihm um. »Völliger Quatsch, wenn Sie mich fragen. Das sind bloß wieder so ein paar Stänkertypen, die das Treiben verrückt machen. Hören Sie einfach nicht auf die!«

Sie bemerkten beide erst spät, dass jemand das Wartezimmer betreten hatte. »Frau Dr. Reichel!«, rief Claudia. »Was können wir für Sie tun?«

Karin Reichel schenkte Claudias Gastlichkeit keine Beachtung. »Wir müssen reden, Paul«, sagte sie. Sie gingen ins Sprechzimmer und Karin schloss mit Nachdruck die Tür. Sie blickte Paul an, der um den Schreibtisch herumgegangen war und ihr seinen Sessel anbot, während er sich an die Untersuchungsliege lehnte. Einen Moment noch blieb Karin zögernd an der Tür stehen, die Klinke in der Hand, dann gab sie sich einen Ruck. »Die Böhmes wollen, dass ich die hausärztliche Betreuung von Alwin Böhme übernehme.«

»Was?« Entgeistert blickte Paul sie an.

»Ich habe rundweg abgelehnt«, beeilte sich Karin zu versichern. Mit raschen Schritten kam sie näher und ließ sich in den Drehsessel fallen. Sie verschränkte die Arme vor der Brust und musterte Paul, der noch um Worte rang. In ihm rasten die Gedanken. Charlie, Alwin, Christa, Drogen, der plötzliche Tod von Schwester Marga.

»Sie sagen, sie hätten das Vertrauen in dich verloren«, meinte Karin unbehaglich. »Angeblich wegen des Todes dieser alten Diakonisse. – Doch daran war überhaupt nichts ungewöhnlich«, fuhr sie auf. »Deine Verordnung war völlig in Ordnung und für weiteres Fehlverhalten bist du schließlich nicht verantwortlich. Und das habe ich denen auch gesagt. Beziehungsweise ihr.«

»Christa Böhme«, riet Paul, der endlich wieder etwas freier atmen konnte.

»Genau die«, schnappte Karin. »Hysterisches Weibsbild! Ich setze mich doch nicht in so eine Schlangengrube! Die hat sie doch nicht mehr alle!« Sie tippte mit ihrem Zeigefinger gegen die Schläfe. »Ich wollte dir nur sagen, falls du irgendwelche Unterstützung brauchst …« Sie erhob sich und reichte Paul die Hand.

Paul ergriff sie. »Ich danke dir. Das ist sehr kollegial von dir.« Er schluckte den Kloß herunter, der ihm noch im Hals steckte. »Nächste Woche kommt außerdem Köhler wieder.«

»Na, so lange werden die es wohl noch aushalten«, sagte Karin erleichtert. »In Lebensgefahr schwebt Alwin Böhme ja nicht gerade, so wie er über mich hergefallen ist am Freitag.«

»Da war er in einer Art Regression, Karin.«

»Immer verteidige ihn, den alten Zausel. Glaub mir, ich kenne ihn schon, seit ich als Ärztin hier angefangen habe. Den muss man zu nehmen wissen!« Sie schnaubte. Dann schüttelte sie noch einmal Pauls Hand. »Ich begreife nur nicht, woher dieser plötzliche Sinneswandel kommt. Hast du den Mann nicht sogar gerettet während der Flut?«

»Du sagst es«, meinte Paul nachdenklich. »Ich muss das alles selbst noch einmal sortieren für mich.« Er begleitete Karin zur Tür. »Es war ja auch Christa Böhme, die bei dir angerufen hat, und nicht Alwin.«

Sie sah ihn überrascht an. »Das stimmt! Stocher da mal nach. Du solltest nur wissen, dass ich auf deiner Seite stehe.«

Paul bedankte sich noch einmal bei ihr und begleitete sie hinaus. Claudia stand an der Rezeption und sah sie erwartungsvoll an. Doch die Ärztin verabschiedete sich nur kurz von ihr und rauschte dann hinaus. Eine Weile herrschte Stille. »Sonst ist niemand mehr da, Chef«, sagte die Schwester schließlich kleinlaut. »Ob ich da wohl Feierabend machen könnte?«

»Natürlich«, fuhr Paul aus seinen Gedanken. »Machen Sie das. Ich habe noch an etwas zu arbeiten. Ich schließe dann alles ab.«

Erleichtert fuhr Claudia den Computer herunter und schnappte sich ihre Tasche. An der Tür zögerte sie einen Moment, als wollte sie Paul noch etwas sagen. »Schönen Feierabend!«, rief sie dann nur betont fröhlich. »Lassen Sie sich nicht unterkriegen, Chef.«

Paul sah ihr noch nach, als sich die Tür schon längst hinter ihr geschlossen hatte. »Lasse ich mich nicht«, sagte er dann laut in die verwaisten Praxisräume. Dann kehrte er in das Sprechzimmer zurück. Er nahm sich die schmale Kartei von Schwester Marga vor. Auch das zehnfache Studium der Fakten brachte ihn nicht weiter. Unerklärlich blieb ihm vor allem, was diese geistig fitte, langjährige

Diabetikerin dazu gebracht hatte, sich eine weitere Dosis Insulin zu spritzen. Könnte es jemand anderes gewesen sein? Christa Böhme war einst die Gemeindeschwester gewesen. Sollte sie der Diakonisse die tödliche Dosis Insulin verabreicht haben? Sie hatte das Wissen, die Fähigkeit und gewiss auch die Gelegenheit. Doch hätte sich Schwester Marga nicht gewehrt? Bei der Leichenschau waren keine Abwehrspuren zu sehen gewesen. Vor allem, welches Motiv hätte Christa gehabt? Oder handelte sie im Auftrag von jemand anderem? Marga war in Begriff gewesen, ihm etwas über den Grund zu erzählen, der ihre Schwester Irene zu den Böhmes geführt hatte. War also doch etwas dran an dem Schatz? Um was handelte es sich dabei?

»Hallo?«

Paul schreckte auf. »Ja, ich bin hier.« Er erhob sich rasch. Jemand war in der Praxis.

Einen Augenblick später steckte sein Schwiegervater den Kopf zur Tür herein. »Paul! Du bist allein. Das trifft sich gut.« Er kam weiter und schloss sorgsam die Tür hinter sich. Seine Miene war ernst, obwohl er sich bemühte, seine übliche Freundlichkeit zu zeigen. Georg legte seine Aktenmappe auf den Schreibtisch, dann setzten sie sich beide. Paul schwante Unheil.

»Was führt dich denn her?«, fragte er vorsichtig.

»Eine Überdosis offene Fragen und ein eklatanter Mangel an Antworten«, sagte Georg grimmig. »Ich komme eben von den Böhmes.«

»Oh!«, machte Paul.

Georg nickte mit hochgezogenen Augenbrauen. »Du ahnst, was jetzt kommt?«

»Ich weiß nicht recht …«

»Es war ein Routinetermin, den ich für Julia übernommen hatte. Letzte Absprachen für den neuen Gesellschaftervertrag. Es hieß, Alwin sei wieder geschäftsfähig.«

Paul blickte erstaunt drein. »Es mag ihm besser gehen, doch fit genug für Vertragsverhandlungen halte ich ihn noch nicht, zu instabil, affektlabil, bis hin zum Kontrollverlust. Er ist leicht ermüdbar und es gibt kognitive Einschränkungen, wenn er erschöpft ist.«

»Gut diagnostiziert«, sagte Georg. »Genau deswegen strebt man nun eine Betreuungsvollmacht für ihn an, eine Vormundschaft also. Durch seine Frau.«

»Hat sie es also geschafft«, entfuhr es Paul.

»Vielleicht hat es aber auch Berthold Böhme geschafft?« Georgs Stimme wurde geschäftsmäßig hart. »Er ist es, der uns das Vertrauen als Anwaltskanzlei entzogen hat.«

In stummer Verblüffung lehnte sich Paul zurück.

»Ich komme ahnungslos dorthin und werde mit dem Kollegen Grünert konfrontiert, der von nun an für Berthold Böhme die Verhandlungen führen soll. Und wenn Christa das Stimmrecht für ihren Mann erhält, weißt du, was das für Axel bedeuten würde?«

»Genau das hat Julia zu verhindern gesucht«, murmelte Paul. Dann sah er auf. »Was ist mit Charlotte? Was sagt sie dazu? Und Axel?«

»Axel hat wieder mit dem Saufen begonnen und Charlotte Böhme war ausgerechnet heute unpässlich.«

»Unpässlich? Das sieht ihr gar nicht ähnlich.«

»Ich will Julia nicht damit belasten«, sagte Georg streng. »Aber ich will von dir jetzt auf der Stelle wissen, was hier gespielt wird.«

»Natürlich«, erwiderte Paul tief in Gedanken. »Höchste Zeit, für Klarheit zu sorgen.« Dann stand er auf. »Ich muss noch einmal los!«

5.

Es war Gabriele, die ihm schließlich öffnete. Paul hatte schon aufgeben wollen, als sich nach mehrmaligem Läuten niemand gerührt hatte, obwohl Licht in den Räumen zu sehen war.

Gabrieles Augen waren gerötet vom Weinen. »Paul!«, rief sie überrascht. Sie trat zur Seite, um ihn hereinzulassen. »Entschuldigen Sie bitte das Warten. Es gab gerade wieder Zoff.«

»Ich habe schon gehört, dass Axel einen Rückfall hat.« Paul sah eine gepackte Reisetasche hinter ihr im Flur stehen. »Sie wollen ihn verlassen?«

Sie wandte sich halb um, dann zuckte sie mit den Schultern. »Ich schlafe heute bei einer Freundin«, sagte sie resigniert. »Ich muss hier einfach weg! – Kommen Sie nur herein. Aber ich weiß nicht, ob Axel … in seinem Zustand.« Ihr liefen die Tränen. »Ich muss hier weg!«, wiederholte sie und schnäuzte sich in ein Taschentuch, dessen Zustand bereits von reichlichem Gebrauch zeugte.

»Es wäre gut, wenn Sie noch einen Augenblick bleiben könnten«, sagte Paul. »Es gibt etwas, was ich Ihnen beiden sagen muss. Eine ungute Entwicklung.«

»Ach, noch eine?« Sie lachte bitter auf. »Was könnte uns jetzt schon noch erschüttern.«

Paul lächelte schwach statt einer Antwort. Sie gingen den blitzsauberen Flur entlang zu einer Glastür, die in den Wohnbereich führte. Axel stand leicht schwankend am Kamin und goss sich gerade einen neuen Cognac ein. Er hielt inne, als er Paul erblickte. Zögernd stellte er die Flasche auf dem Kaminsims ab. Dann griff er nach dem Glas und ging damit hinüber zur Sitzecke. Dort ließ er sich in das Polster fallen. Mit glasigem Blick fixierte er seinen ungebetenen Besucher. »Du hast ja Mut!«, sagte er mit schwerer Zunge.

»Vielleicht mehr, als du denkst«, erwiderte Paul.

Wie Gabriele, die sich mit verschränkten Armen an den Türpfosten lehnte, war er stehen geblieben. »Es geht mir um deinen Vater.«

»Ach! Und ich dachte, du willst dich wegen Tante Marga entschuldigen.«

»Das kann ich nicht entschuldigen. – Nur mein Mitgefühl geben, du weißt, dass du das hast.«

Axel reckte sich. »Du willst mir also allen Ernstes erzählen, dass das überhaupt nicht unnormal ist, wenn ein eben noch quicklebendiger Mensch zwei Stunden später tot und starr auf seinem Bett liegt?«

»Es ist unnormal«, gab Paul zu. »Doch das hatte nichts mit der Behandlung zu tun.«

»Womit denn dann?«

»Tante Marga hat einen Irrtum begangen«, mischte sich Gabriele ein. Ungeduldiger Ärger sprang aus ihrer Stimme, so als hätte sie diese Worte schon viele Male gesagt. »Sie war alt, sie war aufgeregt an diesem Tag und sie hatte zu viel vom Kuchen gegessen. Das hat sie selbst immer wieder beteuert!«

Müde winkte Axel ab und nahm einen tiefen Zug aus dem Glas. »Es geht eh alles zum Deibel!«

»Hör auf, so zu reden!« Sie wollte noch mehr sagen, schluckte aber ihre restliche Rede herunter. Mit einem Kopfschütteln wandte sie sich an Paul. »Was ist mit Alwin?«

»Ja! Was ist mit dem alten Zausel? Hat er etwa wieder alle seine Tassen im Schrank?«

»Axel!«

»Deine Stiefmutter möchte, dass jemand anderes die ärztliche Betreuung übernimmt«, sagte Paul.

»Na ja, vielleicht findet sie es auch nicht so lustig, was du mit Tante Marga angestellt hast.«

»Axel! Nun hör aber auf!«

»Jaja – schon gut. Ich hab‘s kapiert.«

»Ich könnte gut damit leben, wenn Alwin mir das Vertrauen entzöge, weil er mich für mitschuldig hält am Tod Schwester Margas. So etwas gibt es immer wieder einmal.« Paul nahm sich einen Stuhl vom Esstisch, um sich zu setzen. Nach kurzem Zögern tat es Gabriele ihm gleich. In einigem Abstand zu ihrem Mann nahm sie auf der Couch Platz. Erwartungsvoll sahen sie ihn an. »Aber?«

»Er war es eben nicht, sondern seine Frau.« Paul erzählte ihnen von dem Abenteuer Charlies und des Pfarrers vom Vorabend.

»Sie meinen, Christa manipuliert Alwin«, fragte Gabriele mit Erschrecken.

»Das macht sie doch schon immer! Das macht sie doch mit jedem!«

Gabriele ignorierte Axels Einwurf. »Aber … Sie meinen Drogen? Dass sie ihn unter Drogen setzt?«

»Ich weiß es nicht«, bekannte Paul. »Aber ich sehe mich in der Pflicht, diesem Verdacht nachzugehen. – Dafür brauche ich deine Unterstützung, Axel.«

»Meine …« Erstaunt blickte Axel auf. »Was sollte ich da schon groß ausrichten können, hä?«

»Du bist der Älteste. Du bist Dorotheas Sohn.«

Verächtlich stieß Axel Luft aus. »Als wenn das schon jemals was bedeutet hätte.«

»Noch gilt der alte Vertrag, soviel ich weiß«, sagte Paul.

»Na und? Die wollen ihn doch jetzt ändern. Haben sich sogar einen neuen Anwalt genommen.«

»Ja, und du hast sie gewähren lassen!«, rief Gabriele. »Anstatt dabei zu sein und für dein Recht zu kämpfen, hast du ja wieder nur in die Flasche geguckt!«

»Omi wird das schon geschaukelt haben«, erwiderte Axel verdrossen und griff nach seinem Glas.

»Deine Großmutter war auch nicht dabei heute, wie mir mein Schwiegervater vorhin erzählt hat. Er stand ganz allein auf weiter Flur und wusste nicht einmal, ob er überhaupt noch jemanden von den Böhmes vertritt.«

»Was?« Gabriele war aufgesprungen. »Das ist ja … eine Frechheit ist das! Ein Komplott!«

»Was ist mit Omi? Ist sie krank?«, wollte Axel wissen. Er hatte das Glas wieder abgestellt, ohne davon zu trinken.

Paul hob die Schultern. »Ich weiß nur, dass sie sich nicht wohlgefühlt hat und deshalb nicht an der Gesellschaftersitzung teilnehmen konnte.«

»Aber …« Axel stockte. »Das würde sie niemals tun«, fuhr er dann fassungslos fort. »Sie hat noch nie gefehlt. Da müsste sie schon mit dem Kopf unterm Arm …« Er blickte auf. »Wir müssen zu ihr. Du musst nach ihr sehen, Paul. Da stimmt doch was nicht!«

»Ich komme mit«, sagte Gabriele. Der Kummer in ihren Augen war blitzender Wut gewichen.

»Bestimmt steckt Berthold dahinter!«, behauptete sie dann. »Er hat heimlich für sich einen neuen Anwalt bestellt, dann Axel verjagt mit seinen Anschuldigungen und wer weiß, was er oder seine herzallerliebste Mami bei Lotte angerichtet haben. Vielleicht haben sie sie vergiftet oder terrorisiert, so wie dich gestern, Axel.«

»Berthold drängt darauf, dass seine Mutter die volle Vertretungsvollmacht für Alwin erhält«, steuerte Paul bei.

»Und damit das Stimmrecht nebst Veto«, flüsterte Gabriele. Sie war bleich geworden.

»Mein Schwiegervater kann mehr dazu sagen. Er ist heute Abend für euch erreichbar, sagt er.« Paul reichte Gabriele die Visitenkarte, die damit sofort zum Telefon hinüberging.

»Was meine ärztliche Einschätzung von Alwins Gesundheitszustand betrifft, so rechtfertigt der nicht so eine weitreichende Entmündigung.«

Paul hatte sich erhoben und ging mit langen Schritten durch das große Wohnzimmer. »Er macht Fortschritte, auch wenn er noch instabil ist. Die Ergotherapeutin ist zufrieden mit ihm, Freitag soll er sich wieder bei der Neurologin vorstellen. Es besteht große Hoffnung auf Genesung. Auch sein Augenlicht kehrt wieder.«

»Die Erinnerungen ja ebenso, wie dein Kumpel Charlie erzählt.« Mit einiger Mühe hievte sich Axel aus dem Polster hoch. »Wir müssen zu Omi. Sie muss davon erfahren.«

In der Zwischenzeit telefonierte Gabriele hastig und mit angestrengter Stimme. Immer wieder fuhr sie sich mit der freien Hand über die Stirn. »Ja, Herr Veit«, sagte sie in das Mobilteil des Telefons. »Ich danke Ihnen. Wir verbleiben so. Ihre Kanzlei vertritt immer noch uns drei Gesellschafter. Das möchte ich Ihnen an dieser Stelle noch einmal versichern.« Sie warf einen beschwörenden Blick auf Axel, der bestätigend die Arme ausbreitete. »Paul ist hier. Wir fahren zu Lotte und sehen da nach dem Rechten. Ja, bis morgen dann. Vielen Dank. Auf Wiederhören.« Während der letzten Worte war sie mit dem Mobilteil am Ohr auf Paul und Axel zugekommen. »Er bestätigt uns, dass eine Entmündigung nicht so ohne Weiteres möglich ist, und ohne ärztliche Begutachtung schon gar nicht. Sie müssen Alwin also unbedingt untersuchen, Paul.«

Paul nickte. »Wenn du einverstanden bist, Axel, komme ich morgen Nachmittag ganz regulär zum Hausbesuch zu deinem Vater. Offiziell ist der nämlich auch nicht abgesagt. – Noch nicht.«

»Ich bin dabei«, beteuerte Axel leicht schwankend. »Es ist schließlich mein Elternhaus.«

Gabriele knallte das Mobilteil auf den Tisch. »Aber bitte nüchtern!«

»Jaja. – Wann bist du drüben?«

»Um drei ungefähr«, sagte Paul. »Ich rufe dich vorher an.«

»So machen wir das.« Axel stieß stöhnend Luft aus. »Jetzt schauen wir aber erst mal nach Omi.«

Das Haus der Böhmes lag im tiefen Dunkel. Nur der Lichtschein aus der Werkhalle der Weberei lag über dem hinteren Hof. Die Spätschicht endete gerade. Sie hörten, wie die Arbeiter lachend zum Parkplatz auf der anderen Seite liefen. Die Maschinen schwiegen schon.

Sie betraten das Haus über den Hintereingang durch den Küchentrakt. Drinnen war alles still. Es schien, dass die Bewohner bereits zu Bett gegangen waren. Paul fühlte sich unbehaglich. »Sie schlafen schon alle«, flüsterte auch Gabriele. »Ich komme mir vor wie ein Einbrecher.«

»Ich will jetzt wissen, wie es meiner Omi geht«, sagte Axel trotzig. »Und dass notfalls ein Arzt sie untersucht.« Mit der Wasserflasche in der Hand, die ihm Gabriele aufgedrängt hatte, stiefelte er mit schweren Schritten die Treppe hinauf ins Obergeschoss. Das Flurlicht ging automatisch an, als sie die zweite Etage erreichten. Niemand war zu sehen.

Axel zögerte einen Moment. Er wandte sich um. »Ich war schon ewig nicht mehr hier oben«, murmelte er. »Links oder rechts? Welches Zimmer?«

»Keine Ahnung«, flüsterte Gabriele. »Am besten, immer dem Schnarchen nach.«

Die beiden gingen von Tür zu Tür und legten ihre Ohren daran. Dann nahmen sie sich die andere Seite vor. Paul war auf dem Treppenabsatz stehen geblieben. Er wollte abwarten, ob er überhaupt gebraucht wurde oder willkommen war.

»Hier!«, rief Axel halblaut. »Das ist es.« Er klopfte ganz sachte und trat dann sofort ein. »Hallo? Omi? Ich bin's, der Axel.« Gabriele folgte ihm. Drinnen verebbte das Schnarchen. Paul hörte ein paar schlaftrunkene Wortfetzen. Ein Lichtschein drang nun aus dem Zimmer. Die Stimmen wurden etwas lauter, doch nicht verständlich. Schließlich erschien Gabriele an der Treppe und winkte ihn herauf. »Kommen Sie!«

Widerstrebend kam Paul ihrer Aufforderung nach. »Moment noch!«, rief Axel halblaut, als Paul in der Tür stand. »Kannst du mal helfen, Gabi? Ich kriege das blöde Ding nicht rein.« Dann saß auch die Zahnprothese und Charlotte Böhme war empfangsbereit. Sie lag leicht erhöht in ihrem Kissen, das Gesicht faltig, grau und schlaff. Die sonst so wachen Augen waren trübe auf Paul gerichtet. »Sie hätten sich nicht die Mühe machen sollen, Herr Doktor«, sagte sie matt und reichte ihm die Hand.

»Axel hat sich Sorgen um Sie gemacht, weil Sie heute nicht zur Sitzung gekommen sind.«

»Sitzung.« Ihre Augen irrlichterten zu ihrem Enkel. »Was war da?« Sie schluckte. »Bei der Sitzung.« Paul war sich sicher, dass sie nicht genau wusste, wovon die Rede war.

»Berthold hat sich einen neuen Anwalt genommen«, brummte Axel verlegen. »Ich war leider auch nicht. Ich war … verhindert.«

»Betrunken!«, korrigierte Gabriele scharf. Dann wandte sie sich an Charlotte. »Er hat sich auf dich verlassen, Lotte. Was war denn nur los mit dir? Du hast noch nie bei einer Gesellschaftersitzung gefehlt.«

Mit einiger Mühe richtete sich Charlotte auf. »Es war mir nicht wohl heute«, sagte sie zittrig. »Ich hatte mich etwas hingelegt.« Paul sah, wie sie versuchte, sich zu konzentrieren. »Ich muss eingeschlafen sein.« Dann kam eine Spur Empörung in ihre Stimme und belebte sie. »Warum hat mich denn keiner geweckt?«

Gabriele starrte sie entgeistert an. »Sie hat es vergessen«, murmelte sie. Dann sah sie hilfesuchend zu Paul. »Ist es in Ordnung, wenn ich Sie kurz untersuche, Frau Böhme?«, sagte der prompt. Charlotte nickte unsicher.

Axel und Gabriele zogen sich in den Erkerbereich des Schlafzimmers zurück, damit Paul seine Arbeit tun konnte. Er prüfte Lichtreflexe und Pupillenweite der Augen,

Puls und Blutdruck, dann tastete er den Bauch ab. »War Ihnen übel? Mussten Sie erbrechen?«

»Übel ja, so koddrig. Aber Erbrechen, nein.« Von Minute zu Minute wurde Charlotte munterer. »Mir war nur sterbenselend, ich glaube vor Müdigkeit.«

»Haben Sie etwas eingenommen?«

»Ein paar Magentropfen.«

»Kann ich die bitte einmal sehen? Manche von denen enthalten Opiate.«

Paul inspizierte das Fläschchen mit den Magentropfen. »Ich empfehle Ihnen ein anderes Präparat, Frau Böhme. Dieses hier kann tatsächlich zu einer solchen Schläfrigkeit führen, wie Sie sie heute erlebt haben.«

Charlotte ließ sich in ihr Kopfkissen zurücksinken. »Ich bin alt, Herr Doktor. Und ich bin müde. Unendlich müde.«

»Aber, Omi!« Axel kam zu ihr ans Bett, während Paul einen Schritt zurücktrat, um ihm Platz zu machen. Er stand neben Gabriele, die ihm einen besorgten Blick zuwarf.

»Vater scheint sich zu erinnern«, sagte Axel derweil zu seiner Großmutter. »Er wollte auch etwa erzählen, doch Christa hat ihn …«

»Wir sollten das jetzt nicht weiter ausführen«, warf Gabriele ein. »Lotte ist viel zu benommen.«

»Aber …«

»Deine Frau hat recht, Axel«, sagte auch Paul.

»Alwin erinnert sich also?«, fragte Charlotte schleppend. Sie hatte ihre Augen wieder geschlossen. Doch plötzlich schlug sie sie auf und fixierte Paul. »Sagen Sie Ihrer Frau, dass ich morgen eine Aussage bei der Polizei machen werde«, sagte sie zu ihm.

Verwundert wandte sich Axel zu Paul um. »Was meint sie damit?« Paul schüttelte den Kopf. »Nicht jetzt. – Wir sollten morgen darüber sprechen, Frau Böhme. Es ist gut, wenn Sie nun versuchen, wieder zu schlafen, nachdem wir Sie so in Aufregung versetzt haben.«

»Ich bleibe bei dir, wenn du magst«, bot Gabriele an. »Axel kann mit dem Doktor mitfahren.«

Charlotte lehnte ab. »So gebrechlich bin ich nun auch wieder nicht.«

»Aber wenn Christa nun …«

»Nicht, Axel!«, sagte Gabriele scharf. Auch Paul warf ihm einen warnenden Blick zu. »Ich schaue gern morgen noch mal nach Ihnen, wenn ich Alwin besuche«, sagte er und packte das Stethoskop in die Tasche.

»Tun Sie das«, murmelte Charlotte. »Und nun raus mit euch allen!«

Es war fast Mitternacht, als Paul auf den Hof der Faktorei fuhr. Er stellte das Auto am gewohnten Platz ab und lief über den nächtlich verlassenen Hof in Richtung Kücheneingang. In einigen Fenstern brannte noch Licht. Ein Kinderweinen drang aus den angelehnten Scheiben. Bald würde das auch ihnen blühen, durchwachte Nächte mit Schlummerliedern und Wanderungen durch die Wohnung, Ohrenschmerzen, Bauchkneipen und Fläschchen wärmen. Wenn nur alles gut ginge. Er sah auf das Display seines Telefons. Keine Nachricht von Julia.

Kurz vor der Tür prallte Paul mit einem Mann zusammen. Es war Berthold. Sein Gesicht war bleich. Paul wollte ihn eben ansprechen, als er ohne ein Wort in der Dunkelheit verschwand. Den Kopf voller Fragen betrat Paul das Haus. In der dunklen Küche sah er im Schein der Hoflampe, der durch die Fenster fiel, eine Gestalt am Küchentisch sitzen. Er knipste das Licht an.

»Ariane! Was ist passiert?«

Sie antwortete nicht. Mit verweinten Augen saß sie am Tisch. Vor ihr und um sie herum lagen Geldscheine. Es waren hohe Noten, es musste sich um eine erhebliche

Summe handeln. Arianes Gesicht war versteinert, ihre Hände lagen gefaltet in ihrem Schoß. Erst langsam wandte sie Paul ihren Blick zu. Mit raschen Schritten ging er zu ihr. »Was hat das zu bedeuten? Was wollte Berthold hier?«

»Mich demütigen, mich verletzen!« Ariane stieß einen verächtlichen Laut aus. »Was auch sonst!« Unvermutet knallte sie beide Fäuste auf die Tischplatte. Ein paar weitere Scheine flatterten zu Boden. »Ich hätte es wissen müssen!«

»Er verletzt dich – mit Geld?« Paul nahm sich einen Stuhl und setzte sich zu ihr. Dann begriff er. »Cilia ist sein Kind.«

Sie nickte. Ihre Augen füllten sich mit Tränen. »Wir kennen uns aus Berlin. Er hat mir versichert, es sei nur vorübergehend, dass er hier in der Firma aushelfen müsste, weil sein Bruder irgendwelchen Mist gebaut hat. Vor allem aber wegen seiner Mutter. – Seine Mutter!« Die letzten Worte stieß sie verächtlich zwischen ihren Zähnen hervor. »Um die dreht sich doch alles! Zumindest bei Berthold. – Er wollte ihr die Wahrheit sagen. Und nun kriege ich das von ihm!«

Ihre Hände krallten sich in die Geldscheine. »Morgen gehe ich zu denen und lasse die Bombe platzen«, schwor sie dann mit düsterer Stimme. »Die können sich auf was gefasst machen, diese feine Familie.«

Ihre Telefone meldeten sich gleichzeitig. »Julia!«

6.

Paul erwachte davon, dass ihn jemand sanft an die Schulter tippte. »Morgen, Chef«, sagte Schwester Claudia. »Sagen Sie bloß, Sie haben die ganze Nacht hier verbracht.«

»Nur den frühen Morgen«, murmelte Paul schlaftrunken. Er sah auf die Uhr. Es war kurz vor sieben.

»Schlafengehen hat sich nicht mehr gelohnt, als ich von der Klinik zurück war.«

»Oh, kann man etwa gratulieren?«

»Noch nicht, leider.« Paul dehnte sich und bewegte vorsichtig seinen Kopf. Die paar Stunden Schlaf im Drehsessel und auf der Schreibtischplatte hatten seine Muskulatur ordentlich verspannt.

»Aber es ist doch alles in Ordnung?«, fragte Claudia besorgt.

Paul nahm seine Brille ab, um sie zu putzen. »Wie man es nimmt«, sagte er dann. »Das Köpfchen dreht sich offenbar nicht richtig ins Becken.« Er erhob sich und ging ein paar Schritte durch das Sprechzimmer. »Ariane ist bei ihr. Sie wollen durch Beckenkreisen versuchen, die Lage des Babys zu ändern.«

»Beckenkreisen! Das klingt mir aber verdächtig nach Sport, also zumindest recht anstrengend.«

Paul lächelte sie an, nachdem er seine Brille wieder aufgesetzt hatte. »Vor allem ist es wohl nicht gerade angenehm. Heute Mittag entscheidet sich, ob es doch ein Kaiserschnitt wird. Meine Frau will unbedingt eine normale Geburt.«

»Tapfer, tapfer!« Claudia nahm den Kasten mit den Karteikarten vom Vortag vom Schreibtisch. »Irgendetwas Besonderes heute?«, fragte sie dann leichthin.

»Ja«, sagte Paul. »Die Karteikarte von Charlotte Böhme bitte mit zu den Hausbesuchen.«

Die Schwester sah ihn erstaunt an. »Die vom Böhme Alwin auch?«

»Die auch«, wies Paul an. Er fuhr sich mit dem Handrücken über die Bartstoppeln. »Ich fahre kurz zur Faktorei für eine Dusche und frische Sachen. Wir fangen dann pünktlich an.«

»Da wünschen wir Ihrer Frau und dem Kindchen alles Gute, Herr Doktor.« Der alte Herr schüttelte Pauls Hand, indem er sie mit seinen beiden Händen umschloss. »Gottes Segen für Sie beide! Für Sie alle drei. – Und nun komm, Muttchen. Da wollen wir mal wieder.« Betulich half er seiner Frau aus dem Besucherstuhl. Auch sie nickte Paul freundlich zu und drückte seinen Arm zum Abschied, als sie an der Seite ihres Mannes aus der Tür ging.

Der nächste Patient war ein Lehrer im Ruhestand aus Eckertswalde. »Philemon und Baucis«, sagte er schmunzelnd, während er mit Paul dem alten Paar hinterhersah. »Das ist nicht alltäglich heutzutage.«

»In der Tat«, sagte Paul und bat ihn herein.

»Das kann man Ihnen auch nur wünschen, mein lieber Dr. Eisler. Wie der Buschfunk berichtet, ist es bald so weit bei Ihrer Frau? – Sie bleiben uns doch erhalten, oder?«

Paul lächelte unverbindlich. Im Stillen fragte er sich, wo die Anfeindungen der letzten Tage geblieben waren. Die Ankunft eines Kindes stellte alles andere in den Hintergrund, wie es schien.

Eben hatte er sich den Laborbefund seines Patienten vorgenommen, als Claudia klopfte und sogleich den Kopf zur Tür hineinsteckte. »Dringender Hausbesuch, Chef«, rief sie von der Tür her. »Tut mir leid, Herr Klein. Ausfallstunde heute. Wollen Sie einen neuen Termin?«

Mittlerweile war sie eingetreten und reichte Paul zwei Patientenkarten über den Schreibtisch. Erstaunt las Paul die Namen. »Was denn, beide?«

»Nur die Frau B.«, erwiderte Claudia. »Den anderen habe ich mal vorsichtshalber dazugelegt. Weil Sie's ja so gesagt haben.«

Ohne große Diskussion hatte sich Lehrer Klein von Claudia zurück an die Rezeption führen lassen. Paul studierte die Telefonnotiz. »Schwächeanfall. Wie bei Schwester Marga …« Charlotte hatte selbst angerufen und es dringend gemacht, wie Paul dem energischen Ausrufezeichen von Claudia auf dem Zettel entnahm. Er zog den Kittel aus und griff nach seiner Tasche. Dann ging er hinaus. An der Rezeption hatte sich bereits eine kleine Warteschlange gebildet. »Wird's denn lange dauern, Herr Doktor?«

»Das kann ich Ihnen nicht sagen«, antwortete Paul der Patientin. Er schwenkte den Zettel in Richtung Claudia, bis die ihn ansah. »Und sie hat wirklich selbst angerufen?«

»Eindeutig, ja.«

»Dann informieren Sie den Enkelsohn, dass ich jetzt zu ihr fahre.«

»Geht klar, Chef!«

Als Paul auf dem Hof der Böhmes aus dem Wagen stieg, kam Berthold gerade mit Gabriele von der Fabrikhalle herüber, wo die Webstühle in ihrer rhythmischen Melodie ratterten. »Ich glaub, ich spinne!«, rief Berthold. Mit langen Schritten stürmte er auf Paul zu. »Machen Sie, dass Sie hier wegkommen! Sie haben hier nichts mehr zu suchen.«

Gelassen sah ihm Paul entgegen. »Ich wurde gerufen«, sagte er ruhig.

»Sie haben schon genug Unheil angerichtet! Denken Sie, ich lasse von Ihrer Pfuscherei auch noch meinen Vater um die Ecke bringen?«

Gabriele war atemlos bei ihnen eingetroffen. »Berthold! Was redest du denn da?« Sie griff nach seinem Arm, doch er schüttelte sie ab. »Verschwinden Sie!«, blaffte er Paul an. »Wir haben uns einen anderen Arzt gesucht. Ich will Sie hier nicht mehr sehen und schon gar nicht bei meinem Vater!«

»Das haben Sie nicht zu entscheiden, Herr Böhme«, erklärte Paul und nahm seine Arzttasche vom Rücksitz des Wagens.

»Ich erteile Ihnen Hausverbot hier, damit das klar ist. Und nun hauen Sie gefälligst ab. Sonst rufe ich die Polizei!«, brüllte Berthold. Den Oberkörper vorgebeugt, machte er einen bedrohlichen Schritt weiter auf Paul zu. Gabriele versuchte noch einmal, ihn zurückzuhalten. »Berthold! Das kannst du doch nicht machen!« Ihre Beschwichtigungsversuche machten ihn nur noch rasender. Sein Gesicht war hochrot, an der Schläfe pochte eine Ader.

Paul wich keinen Zentimeter zurück. Eine kalte Entschlossenheit, nicht unähnlich einer höchst fokussierten Wut, hatte ihn erfasst.

»Tun Sie das«, versetzte er kühl. »Dann werde ich Sie anzeigen wegen Behinderung eines ärztlichen Noteinsatzes.«

»Noteinsatz! Dass ich nicht lache. Ich rette damit wahrscheinlich meinem Vater das Leben!«

»Es ist Ihre Großmutter, die mich gerufen hat. Und nun lassen Sie mich durch.« Er ging an dem verblüfften Berthold vorbei. Gabriele war sofort an seiner Seite. »Was? Lotte hat Sie gerufen? Heute früh war sie noch ganz wohlauf. Hat sogar gescherzt wegen unseres nächtlichen Überfalls.« Gemeinsam schritten sie die Stufen zur Eingangstür hinauf. Gabriele schloss auf. Paul sah noch, wie Berthold unten aufgeregt in sein Handy sprach.

»Sie hat sich in das Konferenzzimmer zurückgezogen«, sagte Gabriele währenddessen. »Dort ist ihr Lieblingsarbeitsplatz. Sie hätte etwas Korrespondenz zu erledigen, meinte sie.« Als sie das Haus betraten, erhaschte Paul mit einem Blick, dass die Tür zu Alwins Krankenzimmer einen Spalt weit offen stand. Es war niemand zu sehen. Das erleichterte Paul. Er hatte keine große Lust auf ein Zusammentreffen mit Christa, bevor er Charlotte untersucht hatte. Erstaunlich war nur, dass Christa sie nicht schon abgefangen hatte. Mit raschen Schritten liefen sie den Flur entlang und dann die Stufen hinauf ins Obergeschoss. Gabriele ging voran. Nach einem kurzen Klopfen traten sie in den großen Raum, den Paul schon von einem früheren Besuch her kannte. Damals war er noch der Größte für Christa Böhme gewesen. Er fragte sich, ob es wirklich nur der Tod der Diakonisse war, der Christa neuerdings so gegen ihn aufbrachte.

Charlotte lag auf einer Chaiselongue an der Ecke der Fensterfront, wo neben einem dunklen Mahagonischreibtisch eine kleine Sitzecke eingerichtet war. Auf der Lederfläche des Schreibtisches lagen Briefe und eine Mappe.

»Lotte? Der Doktor ist da.« Sie erreichten die Bewusstlose zugleich. »Oh mein Gott!«, entfuhr es Gabriele. »Sie wird doch nicht …«

»Keine Sorge, sie ist am Leben.« Paul kniete sich neben die Couch und ergriff die Hand Charlottes. »Der Puls rast«, murmelte er. »Wir sollten den Notarzt rufen.«

»Ich mache das«, rief Gabriele. »Und Axel rufe ich auch an! Gebe Gott, dass er nüchtern ist!« Sie wandte sich ab, um zu telefonieren.

Währenddessen untersuchte Paul weiter Charlotte und sprach sie immer wieder laut mit ihrem Namen an. Tatsächlich kam sie zu sich und sah ihn trübe an. »Alfons?«

»Ich bin es, Paul Eisler. Ihr Arzt.«

»Arzt.«

»Sie haben mich gerufen, Frau Böhme. Weil Ihnen nicht wohl war.«

Mit einem Stöhnen schloss sie die Augen. »Es ist weg«, sagte sie kaum hörbar.

»Was ist weg, Frau Böhme? Bleiben Sie bei mir! Schauen Sie mich an! So ist es gut. Haben Sie etwas eingenommen? Frau Böhme! Hallo!« Fieberhaft untersuchte Paul sie währenddessen weiter.

Dann schaute er sich um. Auf dem Teetischchen neben der Chaiselongue standen ein paar Baldriantropfen. Es fehlte nicht viel aus dem Fläschchen und an dem Wasserglas nahm Paul auch nicht den typischen Geruch wahr.

»Frau Böhme, haben Sie etwas eingenommen?«

Sie öffnete mit Mühe ihre Augen. »Ach, Sie sind es, Herr Doktor.«

Erleichtert wiederholte Paul seine Frage. Er reichte ihr das Wasserglas, als sie den Kopf schüttelte. Inzwischen war Gabriele mit ihren Telefonaten fertig. »Alle in Trab gesetzt«, verkündete sie. Dann ergriff auch sie Charlottes Hand. »Ach, Lotte! Was machst du nur für Sachen.«

»Ich glaub, mich hat etwas gestochen«, murmelte Charlotte.

Paul wurde aufmerksam. »Wo?«

Sie rieb sich den Arm. Paul nahm ihn und betrachtete die altersfleckige, trockene Haut. Dann fand er den Einstich. »Wann war das?«, fragte er streng. In ihm formte sich plötzlich eine Version der Geschehnisse, die ihn auf das Höchste beunruhigte. »Frau Böhme, können Sie sich erinnern, wann sie gestochen wurden?«

»Heute früh. Ich weiß nicht recht. Ich bin ganz verwirrt. Was sagten Sie?«

»Waren Sie heute Vormittag ganz allein hier am Schreibtisch? Oder war jemand bei Ihnen?«

Lange sann sie darüber nach. Schon hatte Paul Sorge, dass sie wieder wegdriftete. »Christa war hier.«

»Christa?«, rief Gabriele. »Was hat sie gewollt?«

»Frau Böhme«, sagte Paul und griff nach seiner Arzttasche. »Ich mache jetzt ein kleines Experiment. Ich werde Ihnen ein Medikament injizieren. In den Oberschenkel. Und Gabriele, seien Sie so gut und bringen ein Glas Fruchtsaft oder Cola oder einfach Zuckerwasser. Richtig süß, acht Stück pro Glas.«

Nur einen Augenblick starrte Gabriele ihn an. »Oh!«, machte sie dann. »Sie denken …«

»Ja, genau, das denke ich.«

»Ich bin sofort wieder da.«

Es dauerte nur wenige Minuten nach der Injektion,

dass Charlotte wacher und zunehmend orientierter wurde. Der Saft mit dem Würfelzucker tat sein Übriges.

»Können Sie sich erinnern, wie Sie gestochen wurden, Frau Böhme?« Charlotte nippte am Saft. Dann schüttelte sie den Kopf. »Christa war hier«, sagte sie dann. »Ich habe mit ihr geschimpft.«

»Worum ging es dabei«, wollte Gabriele wissen.

»Es ist weg«, rief Charlotte. »Sie muss es mir gestohlen haben.«

»Was ist weg? Was hat sie gestohlen? Mein Gott, Lotte, lass dir doch nicht jedes Wort aus der Nase ziehen.«

Charlottes Augen füllten sich mit Tränen. Mit einer zittrigen Geste wies sie auf den Schreibtisch. »Ich habe alles aufgeschrieben. Das volle Geständnis.«

»Geständnis?«

»Ich habe Irene Zeidler erschlagen.«

»Du?« Gabriele fuhr erstaunt zurück. »Aber wie denn das?«

»Sie wollte den Schatz wiederhaben.«

»Welchen Schatz?«

»Die Diamanten.«

Gabriele wurde aschfahl. »Das sind gar nicht deine? Ich dachte immer …«

»Ja.« Nun war es Charlotte, die nach Gabrieles Hand griff. »Das war eine Lüge. Eine Lüge, seit Dorotheas Ankunft hier in diesem Haus. Eine Lüge aus Schuld geboren und aus Angst. – Die Diamanten gehören Axel. Und dir.«

Paul hielt für einen Moment den Atem an.

Als Gabriele nichts darauf zu sagen vermochte, fuhr Charlotte fort. »Ich wusste nichts von der Abmachung zwischen dem alten Zeidler und meinem Schwiegervater. Selbst Bernhart hatte keine Ahnung. Erst als Alfons aus der Gefangenschaft heimkehrte, wurde mir klar, wie berechtigt Irenes Anspruch gewesen war.« Sie machte eine Pause.

»Wir wollten es wieder gutmachen. – Doch als Alfons starb, ohne Alwin einzuweihen, behielt ich das Geheimnis für mich. Aus Reue, aus Scham.«

»Die Briefe haben es ans Licht gebracht«, vermutete Paul. »Die Briefe, die Charlie mit Ihrem Sohn ausgegraben hatte.«

Sie nickte unter Tränen. »Er war so außer sich vor Wut. Alwin war schon immer außer Kontrolle, wenn er wütend war oder ängstlich. Da war er zu allem fähig. Doch ich hätte nie gedacht, dass sich seine Wut auch derart gegen mich richten würde.«

Ihr Blick ging ins Leere, so als sähe sie diese Szene direkt vor sich. »Er wollte sofort das Testament wieder ändern, deshalb ist er trotz der Flut gleich zu Ihrer Frau.«

»Sind Sie ihm gefolgt?«

»Aber nein, wo denken Sie hin. Ich mag ja rüstig sein für meine Lebensjahre, Herr Doktor. Aber in dieser seelischen Aufruhr … Ich war wie gelähmt.«

Gabriele erhob sich. »Warum? Warum hast du es vor Axel verschwiegen«, fragte sie bitter. »Er hätte es so nötig gehabt in der Krise.«

»Er sollte sich erst wieder fangen. Außerdem habe ich ihm geholfen«, verteidigte sich Charlotte. »Immer wieder habe ich ihm Geld überwiesen. Alles ist akribisch notiert.«

»Das waren die Zahlen auf dem Zettel, den wir bei Alwin gefunden haben«, sagte Paul.

»Seine elenden Wettschulden«, sagte Charlotte traurig. »Ich weiß, dass er damit die Firma retten wollte, nachdem er sich so verspekuliert hatte. Deshalb habe ich es auch gemacht. Doch in die Hand geben, wollte ich ihm den Schatz nicht. Der Bestimmung gemäß sollte er der Firma dienen.«

»Wie alle anderen traust du Axel gar nichts zu!«

»Er hätte alles bekommen nach meinem Tod.« Charlotte deutete auf den Schreibtisch. »Ich habe alles aufgeschrieben, alles verfügt. Doch nun ist die alte Verfügung verschwunden.«

»Die zwischen Zeidler und Ihrem Schwiegervater?«

»So ist es.« Charlotte richtete sich auf. »Ich habe Christa in Verdacht oder Berthold. Christa hat ihre Ohren überall. Sie hat den fürchterlichen Streit mit Alwin nicht überhören können damals. Nie hat sie mich deswegen angesprochen, doch ihrem Sohn hat sie gewiss alles brühwarm erzählt.«

»Für Berthold tut Christa alles«, murmelte Gabriele.

Eine plötzliche Unruhe packte Paul. »Wo ist Christa jetzt?«, wollte er wissen.

»Keine Ahnung«, sagte Gabriele. »Bei Alwin vielleicht?«

In diesem Augenblick streifte die Katze Safi herein. Ihr Schwanz peitschte hinter ihrem schmalen Körper. Sie hatte ihre Ohren angelegt und mauzte lautlos. Paul griff nach seiner Tasche. »Bleiben Sie bei ihr«, sagte er zu Gabriele. »Ich muss sofort zu Alwin.«

7.

Safi huschte ihm voran die Treppe hinunter in den unteren Flur. Obwohl Paul fast rannte, war die Katze vor ihm in Alwins Zimmer. Paul hatte nur kurz mit der Faust an die halb geöffnete Tür geklopft und war sofort eingetreten. Das Zimmer war mit Vorhängen abgedunkelt. Seine Augen brauchten etwas, um sich an das Dämmerlicht zu gewöhnen. Auf dem Schreibtisch spendete eine kleine Leselampe spärliche Beleuchtung. Die sonst so wohlgeordneten Papiere waren zerwühlt, einige Blätter lagen auf dem Boden. Es war totenstill.

»Herr Böhme? Paul Eisler ist hier. Ich komme schon etwas früher zum Hausbesuch.« Keine Antwort. Paul ging zum Lehnsessel hinüber, in dem Alwin ihn sonst immer erwartet hatte. Er war leer, die Decken lagen durcheinander.

Safi wanderte unruhig um die Stuhlbeine und sandte ihm anklagende Blicke zu. Ein Hocker war umgeworfen. Alles deutete auf einen Kampf hin. Mit einem Ruck zog Paul die Vorhänge beiseite. Es war niemand im Zimmer außer ihm und der Katze.

Die sprang elegant auf das Fensterbrett und durch den Spalt des geöffneten Fensters auf den Hof hinaus. In Pauls Hosentasche summte das Telefon. »Es geht los«, las Paul. Er atmete tief durch, dann steckte er das Handy seufzend wieder ein.

»Frau Böhme?«, rief Paul. Er ging zum Vorhang hinüber, der die Schiebetür zum Sterbezimmer Margas verdeckte. Sie war unverschlossen. Die Leiche der Diakonisse war inzwischen in ihr Mutterhaus überführt worden. Still und verlassen lag das Zimmer da. Nur die Erinnerung von den Geschehnissen vom Freitagabend schwebte noch darin.

Paul dachte an das Insulin. Sollte Marga tatsächlich von Christa vergiftet worden sein? Und nun hatte sie es auch bei ihrer Schwiegermutter versucht? Welchen Grund könnte es dafür geben? Paul durchschritt den Raum und sah sich aufmerksam dabei um. War Alwin nun in Gefahr? Christa tat alles für ihren Sohn Berthold, sie würde vor nichts zurückschrecken. Gab es etwas, was Bertholds Interessen bedrohte? – Wenn Alwin seine Testamentänderung rückgängig machte, dann ja. Doch warum dann Marga? Inwiefern berührte Marga Christas Interessen? Wieso wäre die Diakonisse zu so einer Gefahr für Christa geworden, dass sie dafür hatte sterben müssen. Was hatte Christa befürchtet?

Wie ein Blitz durchfuhr es ihn: Es war gar nicht Christa, die von Margas Enthüllungen betroffen gewesen wäre. Charlotte hatte ein Geheimnis! Sie musste es gewesen sein, die Marga aus dem Weg hatte haben wollen. Ihre Injektion heute war womöglich ein missglückter Suizidversuch gewesen. Sie hatte Paul als Zeugen zu sich gerufen, um es Christa in die Schuhe zu schieben. –

Pauls Gedanken jagten. – Wo war Christa aber nun? Und wo war Alwin? Waren auch sie in Gefahr?

Paul lief hinaus auf den Flur. Einen Augenblick erwog er, wieder hinauf zu Charlotte zu gehen und sie zur Rede zu stellen, bevor der Notarztwagen eintraf. Doch etwas in ihm warnte ihn. Er musste erst Alwin finden. Er rannte hinaus auf den Hof. Atemlos sah er sich um. An der neuen Fabrikhalle standen zwei Weberinnen draußen und rauchten. Er lief zu ihnen. »Haben Sie Alwin Böhme gesehen? Oder seine Frau?«

»Alle beide.« Sie grinsten ihn an. »Und den schönen Berti hinterdrein«, feixte eine von ihnen.

»Der Alte ist ja fit wie früher.«

»In Höchstform! Das macht die gute Pflege, Herr Doktor.« Sie lachten laut.

»Wo sind sie?«, fragte Paul ungeduldig.

Die Kleinere von ihnen zeigte mit dem Daumen auf das Gebäude der alten Weberei hinter ihm. »Im Museum.« Sie zog an ihrer Zigarette und betrachtete ihn abschätzig. Dann stieß sie den Rauch durch die Nase aus. »Da ist die Kacke ganz schön am Dampfen. Sind Se mal schön vorsichtig, Doktorchen, dass Se dem Alten nicht in die Quere kommen.«

Paul bedankte sich mit einem Kopfnicken für Hinweis und Warnung. Dann wandte er sich um und ging zu der halb geöffneten Schiebetür, die zum stillgelegten Teil der Damastweberei gehörte und als Museum diente. »Hallo?«

Hinter ihm hörte er seinen Namen rufen. Es war Axel, der über den Hof gekeucht kam. Die beiden Frauen steckten die Köpfe zusammen und lachten wieder.

»Der Notarzt ist jetzt da«, rief Axel schon von Weitem. »Er ist bei Omi. Aber sie ist schon wieder ganz in Ordnung.« Atemlos kam er bei Paul an.

»Gabriele ist noch bei ihr?«

»Ist sie«, schnaufte Axel durch. »Wo ist Vater?«

»Er soll hier drin sein«, sagte Paul. »Mit Christa und Berthold.«

»Was soll …!« Grimmig schob Axel Paul beiseite und betrat den Vorraum der Halle. Die alten Handwebstühle standen verwaist und still. »Hey! Wo seid ihr alle? Was soll das Ganze?«

Ein Stöhnen erklang von der Treppe her. Axel schaltete das Licht an. »Berti!« Sie kamen beide zugleich bei dem Verletzten an. »Was ist hier los.«

Berthold lag an der Wand. Eine hässliche Platzwunde klaffte an seiner Stirn. Er hielt sich seinen Arm. »Hat mich die Treppe runtergestoßen«, murmelte er mühsam.

»Deine Mutter?«

Trotz seiner offensichtlichen Schmerzen sandte Berthold seinem Bruder einen vernichtenden Blick zu. »Vater, Mensch! Was denkst denn du. Er ist völlig außer Kontrolle. Er hat Mutti. Du musst …« Wieder stöhnte er auf.

»Hol den Notarzt her, Axel«, sagte Paul bestimmt. »Ich kümmere mich um deinen Vater.«

Einen Moment zögerte Axel, dann klopfte er Berthold auf die unverletzte Schulter. »Halte durch!«

Als Axel aus der Tür war, vergewisserte sich Paul, dass er Berthold allein lassen konnte. Der nickte ergeben. »Gehen Sie. Aber seien Sie vorsichtig. Diesen Alwin kennen Sie noch nicht.«

Von oben kamen rumpelnde Geräusche. Paul hörte Christa leise jammern, während er die Stufen hinauf zum Museum stieg. An der Holztür hing ein Schild, das diesen Raum als einstiges Kontor auswies. Sie war nur angelehnt. Paul öffnete sie vorsichtig. Sie knarrte. Sofort herrschte drinnen Ruhe. »Herr Böhme?« Beherzt trat Paul ein.

Alwin stand an einer geöffneten Vitrine. Er hielt Papiere in seinen Händen und starrte Paul über den Rand einer

Lesebrille entgegen. Sein Blick war wild und von finsterer Entschlossenheit. »Was wollen Sie hier?«

Christa, die unter dem Tisch der Vitrine kauerte, schlug sich die Hände vor den Mund, als sie Paul erblickte. Tränen rannen ihr über die fleischigen Wangen. Sie schüttelte warnend den Kopf.

»Ihre Mutter hat mich zu einem Hausbesuch gebeten«, erklärte Paul derweil, als sei an dieser Situation hier nichts Außergewöhnliches. »Ich dachte, da ziehe ich den Routinebesuch bei Ihnen gleich vor und schaue, wie es Ihnen geht.« Es gelang ihm sogar, seinen Worten ein Lächeln beizufügen.

»Ich brauche keinen Arzt mehr!«, behauptete Alwin. »Was ich brauche, ist ein Richter!«

»Einen Richter?« Paul ging behutsam einen Schritt auf die Vitrine zu. »Wie könnte der Ihnen helfen?«

Unvermittelt gab Alwin seiner Frau einen Tritt. »Um mich von dieser Giftmischerin zu befreien, und ihrem kriminellen Sohn!«

Christa stieß einen Jammerlaut aus. »Ich wollte doch nur, dass du dich nicht aufregst, mein Alwin«, wisperte sie unterwürfig. Sie erhielt noch einen Tritt. »Du hast mich vergiften wollen!«, schrie Alwin. »Du hast Tante Marga vergiftet! Theo hat mir alles erzählt! Gewarnt hat er mich vor dir und deinen Machenschaften.«

»Aber Alwin …«

»Halt dein Maul!«

Wieder ging Paul einen Schritt näher, da sich Alwins Aufmerksamkeit auf Christa richtete. »Was Schwester Marga betrifft, so ist Ihre Frau möglicherweise unschuldig«, sagte er vorsichtig.

Alwin warf ihm einen giftigen Blick zu. »Die steckt doch mit dem sauberen Berthold unter einer Decke! Umbringen wollten die mich und alle, die von dem Schatz wissen. Doch der gehört Axel! Ganz allein Axel.«

Er richtete sich auf und schwenkte drohend den Packen Papiere in seiner Hand. »Betrüger und Mörder sind sie, alle beide!«

»Herr Böhme.« Paul legte alle Sanftheit in seine Stimme, die er aufbringen konnte. »Alwin. Sicherlich lässt sich alles in Ruhe klären. Ich schlage vor, dass Sie …«

Mit einer Handbewegung unterbrach ihn Alwin. »Hören Sie auf! Ich weiß alles! Ich erinnere mich ganz genau: Berti, dein sauberer Sohn, hat mich niedergeschlagen dort in diesem Haus.« Wieder bekam seine Frau einen Tritt. »Umbringen wollte er mich. Bloß, um an den Schatz zu kommen.«

»Nein! Alwin, nein!«, greinte Christa. »Er wollte dich nur davon abhalten, gleich zu der Anwältin zu rennen. Du solltest alles noch einmal überdenken.«

»Da gibt es nichts zu überdenken.« Es schien, als fände Alwin zu etwas mehr Klarheit in seiner Rage. »Ich habe mich schuldig gemacht an meinem Sohn und ich werde nicht eher ruhen, bis ich ihm wieder zu seinem Recht verholfen habe.«

»Aber Berti ist doch auch dein Sohn«, wagte Christa einzuwenden. Das brachte ihr einen weiteren wütenden Tritt ein. »Er ist die Pest! Ihr beide seid die Pest!«

Christa verstummte mit einem Jammerlaut.

»Herr Böhme«, sagte Paul und ging weiter auf ihn zu. »Ihr Sohn Berthold liegt verletzt auf der Treppe. Axel holt eben den Notarzt. Bitte beruhigen Sie sich. So können Sie am besten dafür sorgen, dass Axel zu seinem Recht kommt, dass er den Schatz der Zeidlers erhält, der für ihn bestimmt ist.« Er hatte Alwins Aufmerksamkeit. »Es ist gut, dass dieser Schatz nun zu seinem rechtmäßigen Besitzer findet. Dass der gute Geist, der hinter diesem Schatz steckt, hinter dieser Vereinbarung zwischen Ihren Vätern …«

»Sie ist verschwunden!«, schrie Alwin unvermittelt los. Er stieß die Vitrine um. Mit einem Krachen schlug sie auf die Holzdielen. Das Glas splitterte. Christa verdeckte ihr Gesicht hinter ihren Armen und weinte hemmungslos. »Gestohlen! Und wenn du sie vernichtest hast, wie die Briefe, dann bringe ich dich um!«

»Ich hab sie nicht«, schluchzte Christa. »Du hast sie doch mit ins Haus genommen.«

»Dann hat sie eben Berthold gestohlen!«

Paul spürte eine Bewegung hinter sich. Er trat einen Schritt beiseite.

»Herr Böhme!« Zwei uniformierte Beamte betraten das Kontor. »Wir müssen Sie bitten, mit uns zu kommen.«

Alwin maß sie kurz, dann zerrte er seine Frau an den Haaren hoch und griff nach einer Flachsbürste aus der Schauwand. Er hielt ihr die rostigen Krallen an die Kehle. »Ihr werdet mich nicht aufhalten!«

Mit einem schnellen Hechtsprung rammte Paul das Paar und stieß Alwin an die Wand. Die Krallen schrammten ihm über die Wange, doch die Überraschung war geglückt. Widerstandslos ließ sich Alwin die Kralle entwenden. Auf allen Vieren kroch Christa davon. Die Beamten griffen Alwin. »Nu' ist aber gut!«, rief der eine atemlos. »Wer macht denn so was!«

Paul lief das Blut über das Gesicht. Er wischte es sich mit dem Ärmel ab, dann kümmerte er sich um Christa. Mit gespreizten Beinen saß sie auf dem Boden und wiegte weinend ihren Oberkörper. Paul berührte sie an der Schulter. »Alles gut. Sie sind in Sicherheit, Frau Böhme.«

Als die Beamten den sich aufbäumenden Alwin zur Tür führten, erschien Axel im Rahmen. Er war kreidebleich. »Vater!«

In diesem Augenblick brach Alwins Zorn in sich zusammen. »Axel! Mein Sohn. Vergib mir!«

»Was soll das alles?«

Tränen liefen Alwin über die Wangen. »Es ist alles deins! Alles ist dein Erbe.«

Er machte einen Versuch, Axel zu umarmen, was die Polizisten jedoch verhinderten. »Ich habe so viel Schuld auf mich geladen. So viel Schuld. Ich habe auch diese Frau getötet damals. Sie wollte Mutti einfach nicht in Ruhe lassen. Da habe ich sie weggeschubst.« Er stierte auf eine Stelle hinter Axel, als sähe er Irene Zeidler wieder vor sich stehen. »Ich ahnte nicht … oh, da ist so viel Schuld.«

»Das kannst du später alles dem Richter erklären«, rief einer der Polizisten. »Jetzt geht es erst einmal ab!«

»Herr Böhme steht unter traumatischem Einfluss«, mischte sich Paul ein. Er erhob sich. »Ich bin sein Hausarzt.«

»Was Sie nicht sagen!«

»Ich bestehe darauf, dass Herr Böhme in eine Klinik gebracht wird.« In der Hosentasche summte Pauls Handy. Er ignorierte es. »Ich komme mit, wenn Sie nichts dagegen haben, Herr Böhme.« Alwin musterte ihn mit stumpfem Blick, er war in eine ergebene Apathie verfallen.

»Na, wenn Sie meinen.«

Axel hielt Paul am Ärmel fest. »Bist du dir sicher?«

»Ich denke schon«, sagte Paul. Er nahm das Handy aus der Tasche und warf einen Blick darauf. Es war eine weitere Nachricht von Ariane, ein erhobener Daumen. Ein freudiger Schreck durchfuhr ihn. Axel sah es. »Ist das jetzt nicht wichtiger?«

»Eines nach dem anderen.«

Sie stiegen die Stufen hinab. Berthold war bereits nach draußen gebracht worden. An der Wand kündete eine verschmierte Blutspur von dem, was ihm widerfahren war. Alwin würdigte sie keines Blickes.

Draußen erwartete sie Gabriele. Sie hatte verweinte Augen. »Sie wollen Lotte doch mitnehmen ins Krankenhaus«, sagte sie. »Die Polizei hat Berthold wegen Ihnen gerufen, Paul. – Das muss man sich einmal vorstellen! Ist das nicht verrückt? Das ist alles einfach nicht zu fassen.«

Unglücklich sah sie auf Alwin und berührte ihn sacht am Arm. »Ach, was machst du nur für Sachen.« Alwin blickte durch sie hindurch. Wie ein Greis wankte er zwischen den Beamten, die ihn mühsam über den Hof schleppten.

»Ich werde dafür sorgen, dass Alwin in eine psychiatrische Klinik kommt«, sagte Paul. Wieder summte sein Telefon in seiner Hosentasche und versetzte ihn in Aufruhr. Er widerstand der Versuchung, gleich nachzusehen.

»Ist vielleicht besser«, sagte Axel. »Aber wenn du glaubst, dass Vater nur wegen des Schlags bei der Flut so ist, irrst du dich. Der war schon immer so.«

»Was wollen die denn noch hier?«, rief Gabriele plötzlich. Paul sah die beiden Kriminalistinnen über den Hof kommen. Sie hatten ernste Gesichter. Rasch ging er ihnen entgegen. Er reichte Sonja Walther die Hand und begrüßte ihre Kollegin mit einem Kopfnicken. »Wer hat Sie gerufen?«, fragte er. »Charlotte Böhme. Sie wollte ein Geständnis ablegen.« Die Kommissarin sah Paul direkt in die Augen. »Aber sie ist ja nun dank Ihnen im Krankenhaus.« Sie machte eine Pause. »Was glauben Sie, wann sie vernehmungsfähig ist?«

»Sofort, würde ich sagen. Ich halte sie für suizidgefährdet, Sie sollten Vorsorge treffen.« Paul wandte sich zum Gehen. »Und was ist mit Alwin Böhme?«, rief Sonja Walther ihm hinterher.

Paul drehte sich halb zu ihr um. »Alwin Böhme ist definitiv nicht vernehmungsfähig!«, sagte er dann bestimmt. »Er gehört auf eine bewachte psychiatrische Station. – Und jetzt entschuldigen Sie mich bitte, ich glaube, ich bin gerade Vater geworden.«

»Herzlichen Glückwunsch, Chef!«, strahlte Claudia ihn an, als Paul in die Praxis zurückkehrte. »Ich habe alle nach Hause geschickt. Sprechstunde gibt es erst morgen wieder. – Oh Mann! Es ist einfach sensationell!«

Paul starrte sie an. »Sie wissen es schon alle? Wie geht es meiner Frau? Wie geht es dem Baby?«

»Ihrer Frau?« Claudia war perplex. »Sagen Sie bloß, es geht los.« Als Paul nicht antwortete, fuhr sie aufgeregt fort: »Ich rede doch von Ihrem Einsatz bei den Böhmes. Ist natürlich schon rum im Dorf. Mit Bildern im Netz.« Sie hielt ihm ihr Mobiltelefon unter die Nase. Paul erblickte die beiden Polizisten, die Alwin in ihrer Mitte führten, und sich selbst im Gespräch mit den beiden Kriminalistinnen. Wortlos gab er Claudia ihr Telefon zurück. Dann nahm er das seine aus der Hosentasche. Doch er kam nicht dazu, es anzusehen, da in diesem Augenblick Mutter Milla mit Eddie im Schlepptau in die Praxis stürmte. »Ein Mädchen!«, rief sie und umarmte Paul so stürmisch, dass er ins Wanken geriet. »Was ist denn mit dir passiert? Hast du dich geprügelt?«, fing sie sich gleich darauf wieder in ihrer üblichen Form. »Und warum antwortest du denn nicht? Seit Stunden versuchen wir, dich zu erreichen!«

Eddie rollte mit den Augen. »Deine Tochter Sophia ist vor 48 Minuten gesund und munter auf dieser schönen Welt angekommen«, erklärte er nach einem Blick auf seine Uhr. »Ich gratuliere dir, Schwagerherz.«

Paul sank auf den nächsten Stuhl und griff nach seinem Herzen. Dann sah er auf. Er strahlte.

»Sophia ist da!«

Epilog

Jemand näherte sich. Safi spitzte die Ohren. Es war die Frau. Nach einem energischen Klicken verschwand die süßlich klingende Geräuschkulisse aus dem Fernseher. Der Schläfer regte sich nicht.

Die Katze blinzelte und hob den Kopf. Behutsam nahm die Frau sie vom Schoß ihres kranken Freundes und setzte sie in das Katzenkörbchen am Fuß des Rollstuhls, nicht ohne ihr dabei über das Köpfchen zu streicheln. Der Kranke erwachte. »Doro?« Er fuhr sich über die Augen. »Ach, du bist es.«

»Ich nehme dich mit, Alwin«, sagte Gabriele. »Wir wollen essen. Axel wartet schon. Er hat heute den Kartoffelsalat gemacht. Außerdem gibt es deine geliebten Weihnachtswürstchen vom Pohl-Fleischer.«

»Weihnachten!«, stieß Alwin hervor.

»Ja, es ist ein trauriges Fest bei uns in diesem Jahr.« Gabriele löste die Bremsen des Rollstuhls. »Lottes Tod liegt uns noch allen auf der Seele.« Sie nickte in Richtung Ecktischchen, wo unter einem geschmückten Adventsstrauß das schwarz bebänderte Bild der Matriarchin stand, traut vereint mit den Bildern der anderen Toten aus der Böhme-Familie. Gabriele bugsierte den Rollstuhl über die Schwelle in den Flur hinaus. Safi war aus ihrem Körbchen gesprungen und erwartete sie bereits draußen. »Wir dachten, wir verbringen Heiligabend trotzdem hier in der Familienvilla und nicht bei uns drüben. Aus Tradition«, sagte sie, nachdem sie die Tür zum Krankenzimmer geschlossen hatte.

»Tradition!« Das hellte Alwin etwas auf. »Die müssen wir bewahren, die Tradition.«

»Natürlich, Alwin. Das machen wir.« Ihre Stimme war gleichbleibend freundlich.

Sie fuhr ihren Schwiegervater den Flur hinunter in Richtung Küche, die sie in diesem Jahr als Weihnachtsstube geschmückt hatten. Safi lief ihnen mit hochgestelltem Schwanz voraus.

An der geöffneten Küchentür erwartete sie Axel. »Frohe Weihnachten, Vater!«

»Weiß nicht, was daran froh sein soll«, knurrte Alwin, als er ihn erkannte. Gabriele sah alarmiert auf, doch Axel schien gewillt, sich heute nicht provozieren zu lassen. Gemeinsam schoben sie Alwin in die Küche und an den festlich gedeckten Tisch. Kerzen leuchteten mit einem kleinen Weihnachtsbaum um die Wette. Es duftete nach Räucherkerzen, Zimt und heißer Schokolade.

»Wo sind denn alle?«, nörgelte Alwin, als er am Tisch war. Er spielte mit der Serviette.

»Omi ist tot, Vater!« Axel wurde nun doch ärgerlich. »Und Berthold ist in Berlin.«

»In Berlin?« Alwin stierte ihn an. »Was will der in Berlin? Ist Christa mit ihm weg? Hat sie mich verlassen? Habt ihr mich denn alle verlassen?« Er steigerte sich mit jeder Silbe. »Alle haben sie mich verlassen!« Speichel lief aus dem rechten Mundwinkel. Alwin zerknüllte seine Serviette und warf sie auf den Tisch.

»Natürlich«, rief Axel bitter aus, »wir zählen mal wieder nicht! Das ging ja schnell vorbei, dass ich dir irgendwie wichtig war!«

»Axel, bitte!« Alwin starrte verständnislos auf seinen Ältesten, so als sähe er ihn zum ersten Mal.

Mit gesenktem Kopf begann Axel, ihnen Kartoffelsalat auf die Teller zu schaufeln.

»Nicht so viel für mich«, sagte Gabriele. Sie legte ihrem

Mann begütigend die Hand auf den Unterarm, als er bei ihr stand.

»Alle verlassen mich«, verfiel Alwin derweil ins Weinerliche.

»Safi ist doch bei dir«, meinte Gabriele geduldig. Sie hatte sich auf die andere Seite von Alwins Rollstuhl gesetzt. »Siehst du, sie will rauf auf deinen Schoß. Warte, ich mache etwas Platz für dich, Safi.« Tatsächlich vermochte es die zarte Katzenschönheit mit ihrem Schmusen, den Verwirrten zu beruhigen. Mechanisch streichelte Alwin das silbergraue Fell des Tieres, während Safi interessiert an der würzigen Wurst schnupperte, die Gabriele für ihn klein geschnitten hatte. Ab und an steckte er sich einen Löffel in den Mund, ohne einen Blick darauf zu werfen, was er da gerade aß. Gabriele und Axel saßen still mit wachsamen Blicken auf ihn. Die Küchenuhr tickte. Vom CD-Player klang leise Weihnachtsmusik herüber. Bald wurde Alwin schläfrig. Vornübergebeugt dämmerte er über der eingerollten Katze auf seinem Schoß.

Gabrieles Mahlzeit blieb nahezu unberührt. Auch Axel zeigte wenig Appetit. »Heiße Schokolade?«, fragte er dann. »Gern!«, mit einem Seufzen schob Gabriele ihren Teller weg. Alwin rührte sich nicht, als Axel den Tisch abräumte.

»Wie soll es nun weitergehen?«, fragte Gabriele. »Ist es nicht besser, wir ziehen wieder hier unten ein?«

»Bis du verrückt?« Axel ließ die Teller auf den Küchenschrank knallen. »Wir haben ein Haus!« Mit Nachdruck begann er, die Reste des Salates in den Abfall zu werfen. »Ich bin nicht ohne Grund hier ausgezogen, wie du weißt.«

»Dieser Grund sitzt nun im Gefängnis«, erwiderte Gabriele gedämpft, um Alwin nicht aufzuschrecken. »Du kannst ihn schlecht allein hier lassen«, ergänzte sie mit einer Kopfbewegung in Richtung ihres Schwiegervaters. »Paul sagt, dass nun auch eine beginnende Demenz nicht mehr auszuschließen ist. Und dein Vater hat schließlich …«

»Ach, der!« Axel kehrte mit zwei Tassen Schokolade an den Tisch zurück und setzte sich auf den Stuhl, der am weitesten von seinem Vater entfernt stand. »Ich verstehe nicht, wieso die den Alten überhaupt entlassen haben. Der hat doch überhaupt keine Kennung mehr!«

»Es ist Weihnachten, Axel«, erklärte Gabriele mühsam geduldig. »Er ist dein Vater. Neben mir und deinem treulosen Bruder ist er die einzige Familie, die du noch hast. Wenn du Christa nicht mehr mit dazuzählen willst.«

»Diese Giftmischerin? Niemals!«

Safis Ohren zuckten. Alwin jedoch rührte sich nicht, obwohl Axel seine Stimme unwillkürlich erhoben hatte.

»Sie hat meine Tante ermordet, wenn auch zusammen mit Omi, aber sie hat es getan! Wer weiß, ob sie nicht auch schon meine Mutter vergiftet hat damals!«

»Christa wird ihre Strafe bekommen«, sagte Gabriele. »So wie sich Lotte nun vor ihrem höchsten Richter verantworten muss.« Sie seufzte. »Sie dachten, sie müssten es für die Firma tun.«

»Erzähle doch nicht, Christa hat das nur für ihren Berti gemacht.«

»Da magst du recht haben«, gab Gabriele zu. »Was war das nur für ein Jahr!«

Axel antwortete nicht. Schluckweise trank er von der duftenden Schokolade. Gabriele sah ihn so lange und intensiv an, bis er ihren Blick erwiderte. »Was ist?«

»Immerhin«, meinte Gabriele mit einem Lächeln.

»Immerhin, was?«

»Immerhin hat mir dieses Jahr auch meinen Mann zurückgebracht.« Ihr Lächeln hielt an, so dass Axel errötete. Verlegen brummelte er, dass er sie schließlich nie verlassen hätte.

»Ich denke schon«, erwiderte Gabriele und nippte auch an ihrem Kakao. »Doch nun habe ich dich ja wieder.«

Axel senkte seine Augen. »Glaubst du wirklich? – Ich

mag ja weg sein von der Sauferei. Aber keiner von uns ist noch der Alte nach diesem Jahr.«

»Da hast du wahrscheinlich recht«, meinte Gabriele und stand auf, um zu ihm herüberzugehen. »Es ist so viel passiert mit uns, dass wir gar nicht mehr in unser altes Leben passen.« Sie stellte sich hinter ihn und legte die Arme um ihn. »Ich denke mir jedoch«, fuhr sie dann fort, »dieser neue Axel sollte endlich seinen Platz einnehmen. Und zwar nicht nur in der Weberei, sondern auch hier, in der Böhme-Villa. Was denkst du?«

»Raki! Wirst du wohl aus dem Stubenwagen verschwinden! Du erdrückst mir ja das arme Kind.«

Als Zeichen seines Protestes öffnete der rostrote Perserkater seine Augen in provozierender Langsamkeit. Es nutzte ihm nichts. In einem Handstreich nahm Trude ihn vom Kissen seines erwählten Schlafortes und setzte ihn unsanft auf dem Boden ab. »Du hast hier nichts zu suchen«, drohte sie ihm. »Wenn du dich nicht zusammenreißt, bekommst du noch Hausverbot!« Dann beugte sie sich über das Kind. »Sophia, meine Kleine! Na? Du hast ja deine Augen auf! Und so lieb bist du? Strahlst du deine alte Trude an, was?«

»Sei doch nicht so närrisch mit dem Kind, Trude!« Ella-Ma stellte den Heringssalat auf den Tisch. »Hilf mir lieber! Die läuten schon.«

Trude hörte sie nicht. Sie hatte Sophia aus dem Stubenwagen genommen und wanderte schunkelnd mit ihr zur Fensterfront der frisch renovierten Blockstube.

»Horch, die Kirchenglocken, Sophia. Sie läuten die Weihnacht ein.« Sie wiegte das Kind in ihren Armen, während die Kleine sie aufmerksam aus ihren kristallklaren Augen betrachtete. »Die Christvesper ist aus. Jetzt kommen sie alle gleich nach Hause. Dann hast du deine Mama wieder.« Sophia strahlte sie an. »Oh, sie versteht mich!«, rief Trude beglückt. »Alles verstehst du schon, du kleines Wunder!«

»Ach, Trude! Du übertreibst mal wieder maßlos. Hast du schon das Brot geschnitten?«

»Das wollte Eddie machen«, sagte Trude versonnen, ohne einen Blick von dem Kind zu wenden.

»Na, wenn er das mal getan hat«, brummte Ella-Ma. »Den habe ich doch auch bloß seine Nichte anhimmeln sehen vor dem Kirchgang. – Die Würstchen müssen ins Wasser und den Kartoffelsalat müssen wir auch noch umfüllen. Der steht noch in der Kammer. – Nun komm endlich!« Als Trude keine Anstalten machte, ihren Worten zu folgen, ging sie zu ihr und nahm ihr Sophia ab. »Zünde wenigstens die Pyramidenkerzen an, dann könnt ihr beiden weiterstaunen.« Diese Aussicht allein vermochte es, dass Trude das Kind für einen Moment ihrer Gefährtin überließ. Mit großer Bedachtsamkeit entzündete sie die Kerzen an der großen, fünfstöckigen Pyramide, während nun Ella-Ma mit dem Kind im Arm durch die Stube wanderte.

»Wer hätte all das zu hoffen gewagt am Ende des Sommers?«, sprach sie zu dem Kind. »Mit dir meine Kleine kam die Wende zum Guten.« Sie gab ihr einen Kuss auf die Nase. Sophia nieste.

»Was machst du denn?«, kam Trude herübergeeilt. Sie nahm ihr das Kind wieder ab.

Ella-Ma seufzte. »Ich frage mich, wozu wir den alten Stubenwagen wieder so fein hergerichtet haben, wenn die Kleine nur gestängelt wird!«, schimpfte sie halbherzig. Dann zurrte sie ihre Schürze fest, die sie über ihrem Festtagskleid trug und schickte sich an, die Tafel für den Weihnachtsabend fertig zu decken.

Traditionell ging die Familie nach der Christvesper noch über den Friedhof, wenn nach dem Glockengeläut der Posaunenchor Weihnachtslieder auf dem Kirchturm spielte. Sie entzündeten Grablichter für die Verstorbenen. Auch für den kleinen Stevie brannte dort ein Licht, der in fremder Erde begraben worden war. Es erfüllte Ella-Mas Herz mit großer Dankbarkeit, Julia und Paul nun wieder glücklich zu sehen.

Heute Abend würde die Blockstube voller Leben und Freude sein. Und es würde eng werden. Der geschmückte Christbaum nahm in seiner Pracht eine ganze Ecke für sich ein. Davor türmten sich die Geschenke. Auf dem Tischchen in der Sofaecke drehte sich die Pyramide mit den geschnitzten Figuren der Heiligen Familie, mit Hirten, Ochs und Esel, den Schafen natürlich, unzähligen Engeln und den Weisen aus dem Morgenlande.

Trotz dieser vollständig dargelegten Weihnachtsgeschichte hatte Eddie darauf bestanden, auch noch die Krippe aufzubauen. Er hatte sie gemeinsam mit Georg aufwendig restauriert als Weihnachtsgeschenk für Ella-Ma und Trude. Für die war es jedoch das größte Geschenk, das Christfest wieder in ihrem Heim feiern zu können. Im Frühjahr würde auch der neue Anbau bezugsfertig sein und die junge Familie wieder bei ihnen einziehen. Nach all der Zerstörung durch die Flut und den schmerzlichen Wirrnissen des Spätsommers, die diese Katastrophe mit sich gebracht hatte, gab es nun eine lichtvolle Zukunft für dieses Haus und seine Bewohner.

Ella-Ma beeilte sich, die Vorbereitungen für das Abendessen abzuschließen.

Gerade war alles bereit für den ersten Heiligen Abend im geretteten Heim, als die Familie vom Kirchgang zurückkam. Lachend und schwatzend polterten sie durch den Flur.

»Oh Mann, wie das duftet«, hörte sie Eddie rufen. »Ich sterbe vor Hunger!«

»Das ist der Gänsebraten, den gibt es erst morgen«, desillusionierte ihn Julia sofort.

»Ich weiß, ich weiß. Aber das Gänseklein von heute Mittag ist lange durch, ich habe ein riesiges Loch im Bauch.«

»Du hast doch genug Mohnstriezel genascht …«

Ella-Ma beeilte sich, ihre Schürze abzulegen. »Trude!« Diesmal folgte Trude der Aufforderung und legte Sophia behutsam in den Stubenwagen. Wie ein Empfangskomitee stellten sie sich daneben.

Georg betrat als Erster die Weihnachtsstube. »Ah!«, rief er und rieb sich wohlig die Hände. »Ein frohes Fest, euch Lieben!«

Es folgte der übliche Umarmungstrubel mit guten Wünschen und Hinweisen auf die jeweiligen Geschenkeberge. Bewunderungen, Überraschungen, Dankesbezeugungen, ein paar Tränen, die vergossen wurden.

Kater Raki wurde gemaßregelt, weil er sich wiederholt für den ruhigen Schlafplatz im Stubenwagen interessierte. Wie alle Jahre wieder wurde es spät mit dem traditionellen Essen. Erst gegen zehn kamen sie allesamt zur Ruhe und saßen über die Stube verteilt bei einem Glas Punsch. Sophia schlief friedlich im Stubenwagen. Raki lauerte unter dem Tisch auf eine neue Chance, ihr Gesellschaft zu leisten.

»Nun, Paul«, begann Vater Georg. »Was hast du für Neuigkeiten für uns.«

»Ja, Schwagerherz! Spanne uns nicht länger auf die Folter, sonst platzt Mutter Milla noch vor Neugierde.«

»Das tue ich nicht, du respektloser Bengel!« Milla goss sich vom Holunderblütensaft nach. Sie hatte sich heute für den Fahrdienst bereit erklärt. »Ich weiß es nämlich schon«, fügte sie triumphierend hinzu.

Eddie stöhnte. »War ja klar. Wahrscheinlich wusstest du es noch vor Paul selbst, was?«

»Nicht ganz«, sagte Paul und rückte seine Brille zurecht. Er lächelte Milla an. »Da diese neue Stelle jedoch Millas

Vermittlung zu verdanken ist, habe ich sie natürlich gleich nach Julia eingeweiht.«

»Du hast den Job!«

»Gestern kam die schriftliche Bestätigung. – Einarbeitung schon zwischen den Jahren und ab Januar bin ich dabei.«

Sie prosteten ihm Glückwünsche zu. Sophia meldete sich und Julia ging mit ihr in die Küche, um sie dort in aller Ruhe stillen zu können.

Sie hatte kaum die Tür hinter sich geschlossen, als Raki seine Chance ergriff und in den Stubenwagen sprang. Niemand bemerkte ihn dabei. Sie waren alle auf Paul konzentriert. Er berichtete von seiner neuen Klinik und den Kollegen dort und wie sehr er sich auf die ärztliche Basisarbeit freue. Kein Wort mehr von einem Umzug der kleinen Familie. In dem Punkt hatte Mutter Milla aufgeben müssen. Doch schien sie alles andere als unzufrieden zu sein.

Als Julia mit ihrer schlummernden Tochter im Arm zurückkehrte, bemerkte sie den Kater im Stubenwagen. Seine Ohren zuckten etwas, als ob er sich ertappt fühlte. Julia ließ ihn an seinem Platz und gesellte sich mit Sophia wieder zu ihrer Familie, ohne sich zu setzen.

»Verliebt in Basisarbeit«, mäkelte Eddie derweil. »Mensch, Paul, du gehörst doch an die Uni!«

»Du gehörst an die Uni, mein Sohn!«, warf Milla mit einem ungnädigen Seitenblick auf Eddie ein. »Keine Ausreden mehr!«

Eddie lenkte schnell von sich ab. »Wer soll dir das denn glauben«, fuhr er leidenschaftlich an Paul gewandt fort, »bei all deinen wissenschaftlichen Ambitionen und nach all dem Theater hier in der Provinz.«

»Vielleicht ja gerade deswegen«, erwiderte Paul gelassen. »Erst wenn wir herausgefordert sind, erweist sich, was uns wirklich trägt.« Nachdenklich schwenkte er den

Rest Punsch im Glas. »Irgendwie spüre ich, wie ich hier wieder Wurzeln schlage.«

»Na, wenn das kein erhörtes Gebet ist«, murmelte Trude. »Raki!« Sie sprang auf.

»Pscht!«, machte Ella-Ma. »Du weckst ja die Kleine auf.«

Julia stellte sich mit Sophia in den Weg. »Lass den Kater ruhig schlafen. Wir verabschieden uns für heute.«

Noch einmal füllte Georg ihre Gläser. »Frohe Weihnachten und auf ein gutes neues Jahr in diesem Haus«, sagte er feierlich.

Kater Raki hob misstrauisch den Kopf, als die Familie aufbrach. Doch schließlich kehrte Stille ein in sein Heim, das nun so aufregend neu und dennoch irgendwie vertraut duftete. Zutiefst zufrieden legte er seinen Katerkopf ein Stück weiter nach vorn auf seine Pfoten. Als Trude und Ella-Ma in die Weihnachtsstube zurückkehrten, hörten sie ihn leise schnarchen. Sie traten näher heran.

»Da stehen wir nun, wir beiden Alten und haben unser Katerkind im Stubenwagen«, sagte Ella-Ma.

Trude verschränkte die Arme vor der Brust. »Na ja«, meinte sie dann friedfertig. »Sophia passt eh bald nicht mehr hinein.«

»Du meinst, wir lassen ihn gewähren?«

»Immerhin hat er in diesem Jahr wieder eines seiner Katerleben lassen müssen bei der Flut. Aber das war – nun, wo das Haus wieder steht – das einzige echte Opfer, das wir bringen mussten.«

»Du hast recht: Wir haben ein solches Glück!« Ella-Ma lächelte sie an. »Lass uns die Kerzen löschen, Trude.«

Danksagung

Wie immer danke ich meiner Familie, die mich in jeder erdenklichen Weise unterstützt und ohne deren Ermunterung und Aufrichtung besonders in Krisenzeiten der dritte Fall der Oberlausitzkrimis wohl nie fertig geworden wäre.

Ein herzliches Dankeschön geht an all die fleißigen Oberlausitzer Zeitzeugen und Helfer während der Augustflut 2010, deren Fotomaterial und lebendige Erzählungen weite Teile dieses Romans mit inspiriert haben. Beispielhaft für viele andere seien genannt: Annelies Schulz, Johannes und Martina Mildner sowie Frank und Kerstin Muster.

Ich danke meiner Lektorin Karin Damaschke für ihr einfühlsames und kluges Bearbeiten des Manuskriptes und ihre schier unendliche Geduld mit mir. Ich danke vor allem der Verlegerin Natascha Sturm vom Neissuferverlag, dass sie das alles möglich gemacht und den Oberlausitzkrimis eine neue Verlagsheimat gegeben hat.

Und im Gedenken danke ich noch immer Herrn Dr. Frank Stübner, dem viel zu früh verstorbenen Verleger und Bücherfreund vom einstigen Lusatia Verlag, dem dieser dritte Fall gewidmet ist, für seinen Mut und seine Ermutigungen für alles Neue. Er wird von uns allen sehr vermisst.

Über die Autorin

Sylke Hörhold (Jg. 1965) lebt und arbeitet in einem besonders schönen Teil des Oberlausitzer Berglandes. Hier spielen sich auch die fiktiven Geschehnisse ihrer kleinen Reihe der Oberlausitzkrimis ab. Sie ist Mutter von zwei erwachsenen Söhnen und wohnt mit ihrem Mann in einem Haus im Pilzdörfel, einem Ortsteil der Gemeinde Sohland an der Spree.

Familiengeschichten, historische Geschichten und Sagen aus der Oberlausitz interessieren sie ebenso wie heilsame Geschichten für kleine und große Kinder.

In ihrem Hauptberuf ist sie Psychotherapeutische Heilpraktikerin und Referentin für Hospiz und Trauerbegleitung. Ihre Profession des seelischen Heilens verbindet sie in verschiedenen Schreibkursen auch mit ihrer großen Leidenschaft für das Schreiben.

Von Sylke Hörholds **Oberlausitz-Krimireihe** sind bereits folgende Bände erschienen:

»Emmelie. Der erste Fall«, ISBN 978-3-9818700-5-3,
Neuauflage im Frühjahr 2019, und
»Hexenbrennen. Der zweite Fall«, ISBN 978-3-9818700-2-2.